Simone va

La mémoire assassine

Traduit du néerlandais
par Emmanuèle Sandron

ÉDITIONS
FRANCE
LOISIRS

Titre original : *De Reünie*
publié par Anthos, Amsterdam.

Édition du Club France Loisirs,
avec l'autorisation des Presses de la Cité.

Éditions France Loisirs,
123, boulevard de Grenelle, Paris.
www.franceloisirs.com

© Simone van der Vlugt, 2004.
© Presses de la Cité, un département de Place des Éditeurs, 2009,
  pour la traduction française.
ISBN : 978-2-298-02624-5

*Pour mes parents,
qui m'ont donné
une enfance si heureuse
et si insouciante*

Prologue

Elle termine le trajet toute seule. Après avoir fait un long signe de la main à son amie, elle se concentre sur le chemin qui se déroule sous les roues de son vélo. Le dos droit, elle pédale en chantonnant, nonchalante.

C'est lundi, et les cours sont finis. L'après-midi commence à peine.

Elle a fixé sa veste en jean sur son porte-bagages, par-dessus son cartable de toile noire. Le soleil dépose une caresse chaude sur ses bras nus.

C'est une belle journée : l'été s'annonce splendide. Là-haut, le ciel bleu dessine comme une coupole rayonnante.

Au feu, elle freine et met pied à terre. L'endroit est moins fréquenté, on est un peu en dehors du centre.

Elle est seule. Aucune voiture ne passe, ni aucun bus. Elle regarde de droite à gauche, agacée par cette attente inutile.

Une camionnette s'arrête derrière elle. Le moteur continue à tourner.

Vert !

La jeune fille se remet en selle et traverse le

carrefour. La camionnette la dépasse en crachant un épais nuage de gaz d'échappement. Elle tousse, agite la main pour chasser l'odeur et garde les pieds immobiles sur les pédales.

Le véhicule s'éloigne en direction des Dunes noires. La jeune fille songe à son rendez-vous. Soudain elle éprouve une légère appréhension. Peut-être aurait-elle dû choisir un endroit moins isolé.

1

Debout à l'entrée de la plage, les mains dans les poches de ma veste en daim, je regarde la mer. Nous sommes le 6 mai, et il fait beaucoup trop froid pour la saison. La plage est déserte, hormis un batteur de grève. La mer couleur de plomb part à l'assaut de la plage, écumante, menaçante.

À quelques mètres de moi, une jeune fille est assise sur un banc. Elle aussi regarde la mer, emmitouflée dans sa doudoune. Elle porte de bonnes chaussures qui la protègent des intempéries et du vent. Un cartable noir gît à ses pieds. Son vélo est appuyé contre la clôture, non loin d'elle ; elle a jugé bon de lui mettre un antivol.

Je l'observe. Je pensais bien la trouver là. Elle regarde la mer sans la voir. Même le vent qui s'acharne sur ses vêtements n'a aucune prise sur elle. Il a beau faire voler ses cheveux châtain clair, elle ne lui accorde aucune attention.

Malgré son insensibilité au vent, elle a quelque chose de vulnérable qui me touche.

Je la connais. J'hésite à lui adresser la parole, car elle, elle ne me connaît pas. Il est pourtant de la plus haute importance que nous fassions connaissance. Qu'elle m'écoute. Que j'arrive à la convaincre.

Lentement, je marche vers son banc, le regard dirigé vers la mer, comme si je voulais profiter du spectacle des vagues déchaînées.

La jeune fille tourne vers moi un visage dénué d'expression. Un moment, elle semble vouloir partir, mais elle se résigne à me voir pénétrer dans le cercle de sa solitude.

Nous sommes assises côte à côte sur le banc. Les mains dans les poches, nous observons le combat de l'eau et du vent.

Il faut que je parle. Bientôt, elle s'en ira, et nous n'aurons rien dit. Mais que dire quand chaque mot compte ?

Je prends une profonde inspiration et me tourne vers elle. Elle me regarde. Nos yeux ont la même couleur. La même expression aussi, sans doute.

Elle a quatorze ou quinze ans. L'âge d'Isabel lorsqu'elle a été tuée.

Il y a de cela des années, je suis allée au collège ici. Je parcourais tous les jours dix kilomètres à vélo, à l'aller comme au retour. J'avais parfois le vent dans le dos, souvent de face.

Il soufflait de la mer et balayait le polder sans rencontrer aucun obstacle avant de se heurter à ma bicyclette. Ce combat quotidien contre le vent du large m'a permis de développer une belle capacité pulmonaire et une condition physique à l'avenant ; c'était aussi un excellent moyen d'évacuer mes frustrations.

Ces dix kilomètres qui séparaient le collège de la maison, ce no man's land de prairies et de vents salés, constituaient comme une zone tampon entre les deux mondes dans lesquels je vivais.

Je regarde la mer, qui pousse pareillement sur la plage les vagues et les flots de souvenirs. Je n'aurais pas dû revenir.

Qu'est-ce qui m'a amenée ici ?

Un petit article de presse... Il y a deux semaines, je feuilletais rapidement mon quotidien, debout dans la cuisine, ma tasse de café à la main. Il était huit heures, j'étais habillée et j'avais pris mon petit déjeuner, mais je n'avais pas le temps de lire le journal à mon aise. Juste celui de le parcourir.

J'ai tourné une page, et mon regard est tombé sur un entrefilet : « Le Helder : réunion des anciens de la cité scolaire ». Je l'ai lu en diagonale. Mon ancien bahut, qui avait depuis fusionné avec d'autres établissements du Helder, lançait une invitation à ses anciens élèves.

J'ai vingt-trois ans. Autant dire que les années de collège, c'est la préhistoire pour moi.

Je n'ai aucune intention d'y aller.

La jeune fille est partie. Plongée dans mes pensées, je l'ai laissée s'échapper. Ça ne fait rien. Je la retrouverai.

Le vent plaque mes cheveux contre mon visage. Il souffle tellement fort que j'en ai la respiration coupée par moments. Oui, c'était comme ça aussi, avant. Je pédalais contre le vent, les larmes coulaient sur mes joues. Je nouais toujours mes longs cheveux en queue de cheval pour éviter les nœuds indémêlables. Le soir, lorsque je prenais ma douche, ils avaient toujours le parfum salé de la mer.

Les odeurs sont immuables. Elles vous enveloppent, ravivent les souvenirs anciens et vous entraînent dans les recoins sombres de votre mémoire.

Pourquoi suis-je revenue ? Que pensais-je trouver ici ? Des explications ? Une libération ?

Eh bien, non. C'est déstabilisant, c'est douloureux et c'est perturbant. Je n'aurais pas dû revenir.

La seule chose que cela pourrait m'apporter, c'est davantage de clarté. Mais je ne suis pas sûre d'être prête pour ça...

Je retourne à la voiture. Des nuages de sable volent devant moi et le vent me pousse dans le dos comme pour m'exhorter à me hâter. Je ne suis pas la bienvenue. J'ai cessé d'être une fille du pays.

Et pourtant, je n'ai pas l'intention de rentrer directement à Amsterdam. Sous la pluie qui se met à tomber dru, je n'accélère pas le pas. Ma voiture est solitaire sur le grand parking. En temps normal, il y aurait foule, mais l'été nous a oubliés. Je revois les files de véhicules qui brillaient au soleil par beau temps. C'était chouette d'habiter en bord de mer. On dépassait à vélo les gens qui cuisaient dans leur voiture, bloqués dans les embouteillages. On jetait sa bicyclette contre la clôture, on retirait sa serviette du porte-bagages et on cherchait un endroit où s'étendre au soleil. On s'énervait de voir les cimetières de cannettes de bière laissés par les Allemands. C'était comme ça. Désormais, il n'y a même plus moyen de trouver une place sur l'immense plage de Zandvoort, à moins de s'y précipiter avant huit ou neuf heures du matin.

J'ouvre la portière de ma petite voiture et je m'y réfugie avec un soupir de soulagement. Après avoir allumé le chauffage et réglé la radio sur une station sympa, je pioche dans le sachet de bonbons posé sur le siège du passager et je démarre. Quittant le parking presque désert, je longe les Dunes noires en direction du centre.

Le Helder est sinistre sous la pluie. Amsterdam aussi, mais Amsterdam continue à vivre. Ici, on dirait que les sirènes viennent d'annoncer une attaque aérienne.

J'aime les villes qui ont une âme, un cœur historique. Au Helder, il n'y a rien de vieux, sauf les gens. À peine sortis du lycée, les jeunes quittent ce bout du bout du monde, à la pointe septentrionale des Pays-Bas, et partent s'installer à Alkmaar ou à Amsterdam. Ne restent que les marins de la base navale militaire et les touristes qui embarquent pour l'île de Texel.

J'ai d'ailleurs failli m'y retrouver ce matin, à Texel. Je n'étais pas revenue au Helder depuis que mes parents se sont installés en Espagne, il y a cinq ans, et j'avais l'habitude de circuler ici à vélo, pas en voiture. J'ai raté une bifurcation, j'ai quitté la digue, je n'ai pas pu faire autrement que de prendre à droite et je me suis retrouvée au bout de la longue file de voitures qui attendaient le bateau. Je passais la marche arrière quand une autre voiture s'est ajoutée derrière moi. J'ai dû attendre d'être au tout début de la file pour faire demi-tour et échapper à des vacances imprévues parmi les moutons.

Arrivée à la Middenweg, je prends la direction de mon ancien collège. La cour est presque déserte. Quelques élèves bravent le crachin pour s'envoyer la dose de nicotine qui les aidera à tenir le coup.

Je continue. Je contourne le collège et suis la route que j'empruntais tous les jours à vélo. Je longe le camp militaire de Deibel, puis le Lange Vliet. J'ai le vent de face, mais il ne peut plus rien contre moi. Je roule lentement en regardant la piste cyclable que j'ai parcourue pendant des années. Isabel habitait le village de Juliana, comme moi. Ce jour-là, nous n'avons pas fait le chemin ensemble, mais elle a dû elle aussi emprunter le Lange Vliet.

Je me souviens de l'avoir vue quitter la cour

16

à vélo. J'avais lambiné exprès avant de partir moi aussi. Il ne serait peut-être rien arrivé si je l'avais suivie de près.

J'accélère et je descends le Lange Vliet à la vitesse maximale autorisée. Me voici à Juliana. À la première occasion, je prends à gauche, en direction de l'autoroute. À hauteur du canal, je passe en cinquième et je monte le son de la radio.

Je quitte ce trou perdu. Je rentre à Amsterdam.

Je chante les chansons du Top 50 à tue-tête en continuant à piocher un bonbon après l'autre. Ce n'est qu'après avoir laissé Alkmaar derrière moi que je reviens au présent. Et que je pense à mon boulot. Je recommence lundi. Nous sommes jeudi : il me reste trois jours rien qu'à moi. Je n'ai pas très envie de retourner travailler, mais je crois vraiment que cela me fera du bien. Il y a trop longtemps que je suis seule à la maison, en proie à des images incompréhensibles qui surgissent à tout moment du néant, tels des rêves. Il est grand temps que je retourne dans le monde du travail. De toute façon, je recommence à dose thérapeutique, quelques heures par jour. Je pourrai m'occuper à des trucs sympas l'après-midi. Comme le médecin me l'a recommandé.

Je travaille au siège central d'une grande banque multinationale. Ce n'est pas vraiment le travail auquel j'aspirais, car mes études m'ont préparée à enseigner le néerlandais et le français, mais une fois mon diplôme en poche, j'ai eu du mal à trouver un collège à mon goût. Je dois admettre que j'ai vite arrêté de chercher. Le premier contact que j'avais eu avec des classes d'adolescents rebelles, lors de mon stage, m'avait fortement déplu.

Bref, dès la dernière année de fac, j'ai commencé à suivre des cours du soir en secrétariat. J'ai appris à maîtriser l'outil informatique et postulé à d'autres fonctions. C'est ainsi que j'ai atterri à La Banque, neuf étages au-dessus du périphérique.

La première fois que j'ai pénétré dans le bâtiment, j'étais réellement impressionnée. L'entrée, très imposante, donnait sur un parc élégant et lorsque, passé la porte à tambour, je me suis avancée dans ce luxueux espace de marbre aux dimensions royales, j'ai eu la sensation de me ratatiner jusqu'à devenir quasi invisible.

Mais je me suis adaptée. Les costards-cravates et les tailleurs qui m'entouraient se sont révélés habiller des personnes relativement banales. J'ai renouvelé ma garde-robe, gardant à l'esprit le conseil avisé de ma mère : quelques vêtements chers et de bonne qualité rendent davantage de services que des sacs entiers d'articles soldés. J'ai relégué mes jeans au fond de ma commode, m'habillant généralement d'une veste à la coupe impeccable, d'une jupe s'arrêtant à hauteur du genou et de bas sombres. C'est ainsi déguisée en secrétaire que je traversais matin après matin le hall monumental.

Le boulot en lui-même ne m'enchantait pas particulièrement. D'accord, le titre sonnait bien : «secrétaire au siège central de La Banque». Si j'avais décroché ce job, c'est que j'avais «de bonnes aptitudes relationnelles et des connaissances linguistiques approfondies». Mais à quoi bon une bourse d'études et toutes ces années de fac pour finir par ânonner quelques phrases bateau au téléphone, du genre «*Please, hold the line*», et remplir des bons de commande de bâtons de colle ? C'est sans doute là que résidait la «flexibilité» assortie à ma fonction...

Bref, je n'avais pas une folle passion pour ce que je faisais, mais l'ambiance au secrétariat était agréable.

J'habitais seule, je travaillais. Ma nouvelle vie avait commencé.

Un an plus tard, je m'écroulais.

2

Il n'y a pas de gâteau pour fêter mon retour. Le secrétariat n'est pas non plus décoré de guirlandes. De toute façon, je ne m'attendais à rien de ce genre. Enfin bon, si, peut-être un peu. Ce petit espoir s'évanouit dès que je m'arrête sur le seuil pour reprendre mon souffle après tous ces escaliers.

Bien sûr, j'aurais pu prendre l'ascenseur, mais je fais déjà si peu de sport... Mon médecin m'a conseillé d'emprunter plus souvent les escaliers – il ignore que je travaille au neuvième.

Mes collègues ne me remarquent pas tout de suite. En un coup d'œil, je repère plusieurs changements : mon bureau occupé par quelqu'un d'autre, l'air assuré de ma remplaçante, les visages inconnus... C'est comme si je venais postuler à mon propre poste.

Enfin, quelqu'un me voit, et mes collègues viennent vers moi pour me saluer. Mon regard glisse rapidement de l'une à l'autre, cherchant un visage qu'il ne trouve pas.

— Salut, Sabine ! Comment vas-tu ?

— D'attaque pour reprendre le collier ?

— Prépare-toi au pire ! C'est la folie, ici !

— Comment ça va ? Tu as l'air en pleine forme !

Aucune d'entre elles n'est venue me voir à la maison quand j'étais malade, à part Jeanine.

Renée s'approche, une tasse de café à la main.

— Bonjour, Sabine ! dit-elle en souriant. Tout va bien ?

Je hoche la tête, les yeux fixés sur mon bureau.

Elle suit mon regard.

— Je vais te présenter ta remplaçante, Margot. C'est elle qui a occupé tes fonctions pendant ton absence. Elle reste jusqu'à ce que tu reprennes à temps plein.

Sourires réciproques entre Margot et moi, mais elle ne se lève pas pour venir me serrer la main.

— Nous nous sommes déjà rencontrées, dit-elle.

Renée a l'air étonnée.

— Au pot de Noël, précise Margot.

Renée acquiesce. Oui, elle s'en souvient, maintenant.

Je me dirige vers mon ancien bureau, mais elle me retient.

— Il reste un bureau libre au fond, Sabine. Margot travaille ici depuis si longtemps ! On ne va tout de même pas l'obliger à déménager !

Je me dis que je ne vais pas commencer mon premier jour par un esclandre pour quelque chose d'aussi insignifiant qu'un bureau. En silence, je gagne ma nouvelle place, dans le coin le plus éloigné de la pièce, et je m'installe. Mes yeux restent fixés sur la place qui avait toujours été la mienne jusque-là.

— Où est Jeanine ? dis-je, mais le crépitement soudain de l'imprimante couvre ma question.

— Du café ? propose Renée sur un ton énergique.

— Je veux bien !

— Avec du lait, si mes souvenirs sont bons ? Je fais oui de la tête. Elle disparaît.

Allez, ce n'est qu'un bureau ! Inspire ! Expire ! Quelque chose a changé. Je ne parviens pas à mettre le doigt dessus, mais quelque chose a changé. L'ambiance est sensiblement différente. L'intérêt suscité par mon retour s'est vite estompé. Je m'étais préparée à bavarder joyeusement, surtout avec Jeanine, mais il n'y a que du vide autour de moi.

Chacune s'est replongée dans son travail, me laissant assise dans mon coin. Je me lève et vais chercher une pile de courrier.

— Tiens, où est Jeanine ? dis-je à la cantonade. En vacances ?

— Elle a remis sa démission le mois dernier, répond Renée sans détacher les yeux de son écran. C'est Zinzy qui la remplace. Tu la verras cette semaine, elle est en congé pour l'instant.

— Jeanine est partie ? Je ne savais pas.

— Il y a beaucoup de choses qui ont changé.

— Comme quoi ?

Renée se tourne vers moi.

— Depuis janvier, Wouter m'a nommée secrétaire en chef.

Nous nous regardons sans rien dire.

— Ah bon! Je ne savais pas que cette fonction existait.

— Il fallait la créer, conclut Renée en reportant son regard sur son ordinateur.

Il y a tellement d'idées qui me traversent l'esprit que je ne sais pas quoi rétorquer. Alors je retourne à mon bureau en silence. Je m'assieds, je dépose la pile de courrier devant moi et, subitement, j'ai l'impression que la matinée n'en finira jamais. Je réprime l'envie de passer un coup de fil à Jeanine. Pourquoi ne m'a-t-elle pas dit qu'elle avait quitté La Banque ?

Je regarde par la fenêtre jusqu'à ce que je sente les yeux de Renée sur moi. Elle continue à m'observer jusqu'à ce que je me penche sur le courrier. *Bienvenue au bureau, Sabine !*

Jeanine et moi, nous avons été engagées en même temps. À l'époque, nous étions toutes seules au secrétariat. La Banque venait de lancer un nouveau fonds, et tout était à faire. On était vraiment bien, elle et moi. On échangeait des potins sur les commerciaux et les collègues de l'administration. À nous deux, on a complètement réorganisé les archives. Quand l'une s'absentait une demi-heure pour faire un peu de shopping, l'autre prenait les appels qui lui étaient destinés. Dans l'ensemble, mon boulot me plaisait assez à cette époque.

Mais, très rapidement, nous avons été débordées. Les commerciaux embauchés pour gérer le fonds étaient de plus en plus nombreux et nous ne parvenions plus qu'à grand-peine à abattre tout le travail de secrétariat. Il fallait engager du renfort, et vite.

Jeanine et moi, nous avons mené les entretiens d'embauche, et c'est comme ça que Renée est arrivée. Elle travaillait bien, mais sa présence a immédiatement plombé l'ambiance.

Renée avait été secrétaire de direction... Renée savait comment faire tourner un service... Renée n'appréciait pas ceci ou cela... Même Jeanine et moi ne trouvions pas grâce à ses yeux ! Par exemple, il était pour elle hors de question de prolonger la pause déjeuner ou de filer faire une course pendant les périodes d'accalmie. Sur le principe, elle avait raison, bien sûr. Mais quand nous avons compris qu'elle avait informé Wouter de ses griefs lors d'un entretien à huis clos, nous n'avons pas apprécié. Wouter, lui, était aux anges. « C'est une perle, cette Renée ! » disait-il.

« Et dire que c'est nous qui l'avons engagée ! » s'était exclamée Jeanine.

Wouter a chargé Renée de recruter une quatrième secrétaire. Elle avait l'œil, selon lui.

« Pas nous ! ai-je admis.

— On dirait que non ! » a acquiescé Jeanine.

Renée a fait paraître des annonces dans les grands journaux et a consulté des agences de placement. Cela l'occupait tellement que Jeanine et moi, nous devions nous taper tout le travail.

Renée passait des après-midi entiers à rencontrer des candidates plus ou moins douées, sans jamais engager personne.

« Il n'y a pas moyen de trouver une bonne secrétaire ! disait-elle en secouant la tête au sortir d'un énième entretien. Les gens ont l'air de croire que le travail de secrétariat se limite à taper des lettres et à envoyer des fax ! Allez créer une équipe solide dans ces conditions ! »

Nous avons continué à trimer du matin au soir, car La Banque ne cessait de se développer. Le travail s'accumulait.

Nous faisions des heures sup tous les jours. Souvent, nous devions renoncer à notre pause déjeuner. J'étais surmenée. La nuit, je ne dormais pas. Je me sentais traquée. Je restais dans mon lit à fixer le plafond, le cœur battant. Dès que je fermais les yeux, j'étais prise de vertiges qui faisaient tourner le monde autour de moi dans une danse de plus en plus endiablée. J'ai tenu le coup ainsi quelques mois, mais j'ai fini par m'écrouler. L'apathie a fondu sur moi, s'insinuant dans toutes les fibres de mon être. Comme si tout mon univers était subitement devenu gris.

Il y a un an, en mai, j'ai pris un congé de maladie et ne suis revenue au bureau que pour le pot de Noël. J'ai bu un verre de vin et j'ai parlé avec mes collègues. Enfin, j'ai essayé. Parce que personne ne semblait remarquer ma présence. Comme si j'étais transparente. Les conversations portaient sur des sujets dont j'ignorais tout. Il y avait beaucoup de nouveaux visages. Jeanine était clouée au lit avec la grippe.

Je sirotais mon vin en regardant autour de moi. Personne ne parlait de la promotion de Renée, mais j'ai remarqué qu'elle avait toujours le dernier mot. Les employées engagées en mon absence, dont Margot, faisaient comme si je n'existais pas.

J'ai mis ça sur le compte de la timidité.

Je leur ai souri gentiment.

Elles ont détourné les yeux.

J'ai essayé de parler avec Luuk et Roy, deux types de l'administration avec lesquels je m'étais toujours bien entendue. Ils ont répondu à mes questions, mais n'ont pas pris la peine d'engager une vraie conversation avec moi. Comme s'ils s'étaient concertés, ils se sont mis à parler football, puis à déblatérer sur le compte d'un client qui exigeait toujours de voir les chiffres. Je les ai écoutés un moment, j'ai bu une gorgée de vin et j'ai continué à regarder autour de moi.

Wouter, qui était juste à côté, s'est détourné.

Je suis rentrée rapidement chez moi.

L'idée de recommencer à travailler ne m'enchantait guère, mais je me suis consolée en me disant que c'était seulement à mi-temps.

Je tire la pile de courrier à moi. Je commence par ouvrir les enveloppes et par ôter les élastiques. Après une demi-heure, j'en ai déjà jusque-là. *Bon sang, quelle heure est-il ? Même pas neuf heures! Comment vais-je tenir jusqu'à midi ?*

Je laisse mes yeux flotter à travers la pièce. Margot est assise à quelques mètres devant moi. Son bureau fait face à celui de Renée, de sorte qu'elles peuvent se parler sans que j'entende un seul mot de leur conversation.

Les commerciaux entrent sans cesse, apportant des brouillons à taper, du courrier à envoyer par recommandé, ce genre de choses. Renée dirige et répartit les tâches comme un capitaine de vaisseau. Elle me confie les plus ingrates et les plus fastidieuses. Plier des cartons d'archivage, préparer le café pour la salle de réunion, aller chercher des visiteurs dans le hall... *Et dire que nous ne sommes encore qu'à la moitié de la matinée...*

À midi et demi, quand je prends mon sac, je n'ai parlé avec personne, et je suis lessivée.

Arrivée au parking, je monte dans ma voiture avec un ouf de soulagement et, lentement, je m'éloigne de La Banque.

3

Je n'en peux plus. J'ai le visage blême, des taches de transpiration sous les aisselles, et c'est la pagaille dans mon deux-pièces. Après la rigueur fonctionnelle du bureau, le côté bordélique de ce fatras me saute aux yeux.

Cet appartement, je n'ai jamais réussi à m'y sentir vraiment chez moi ni à y imprimer ma marque. Pourtant, ado, je rêvais du moment où je vivrais enfin seule. Je savais exactement comment j'aménagerais mon antre. Personne, cependant, ne m'a jamais dit que je devrais consacrer la quasi-totalité de mon salaire à rembourser mon crédit et aux courses hebdomadaires. Ni que je ne gagnerais pas suffisamment pour me payer le mode de vie dont je rêvais.

J'ai bien essayé de donner le change en badigeonnant un mur en blanc, en repeignant les chambranles et en jetant un tapis aux teintes pastel sur le plancher nu, mais après ça, j'ai baissé les bras. Aujourd'hui encore, quand j'entre dans ma cuisine, je dois me retenir pour ne pas arracher le carrelage des murs. Ce brun et cet orange font beaucoup trop années 70 à mon goût. Je pourrais les remplacer, bien sûr, mais alors, adieu l'équilibre harmonieux avec le moka des placards encastrés et le lino café au lait ! Bref, je ne touche à rien.

Vidée, je pose mon sac sur la table et jette un coup d'œil au répondeur en me dirigeant vers la cuisine. Le voyant clignote. Je m'arrête, surprise. J'appuie sur le bouton. Une voix métallique m'informe que mon correspondant n'a pas pris la peine de me laisser un message. Je rembobine la bande, irritée. S'il y a bien quelque chose que je ne supporte pas, c'est qu'on raccroche après le bip du répondeur. Je vais passer le reste de l'après-midi à me demander qui m'a appelée.

Ce n'est pas ma mère. Elle laisse toujours un message aussi long que la cassette. Elle vit presque toute l'année en Espagne avec mon père. Je les vois peu.

C'était sans doute Robin, mon frère. Quand il me téléphone, ce qu'il fait rarement, c'est qu'il veut vraiment me parler. Il a horreur des répondeurs. Lui ne laisse pratiquement jamais de message.

Dans la cuisine, je sors une barquette de fraises du réfrigérateur et me coupe deux tranches de pain pour me préparer mon déjeuner habituel. Je ne connais rien de meilleur que des fraises écrasées sur du pain frais. C'est bien simple, c'est ma drogue ! Je crois bien que ça m'a aidée à surmonter ma dépression. Dans le yaourt, à la crème fouettée, sur une biscotte : des fraises, des fraises et encore des fraises ! Chaque année, lorsqu'elles commencent à ne plus avoir de goût, je panique. *Au secours ! La saison est finie !* Je connais alors un véritable manque. J'en suis venue à me dire que la consommation de fraises entraîne une accoutumance, comme celle du chocolat. Au chocolat aussi, je suis accro, soit dit en passant. L'été les fraises, l'hiver, une épaisse couche de Nutella sur mon pain. Et j'accumule les kilos.

En écrasant mes fraises sur ma tartine, je repense à ce coup de téléphone. Qui était-ce ? Après tout, c'était peut-être Jeanine. Mais pourquoi m'aurait-elle appelée ? Cela fait long-temps que nous n'avons pas été en contact.

J'enfourne une fraise géante en regardant par la fenêtre de la cuisine, perdue dans mes pensées. Jeanine et moi, nous nous sommes tout de suite bien entendues, mais, étran-gement, nous n'avons jamais vraiment cherché à nous voir en dehors du bureau. Comme si nous n'arrivions pas à passer de l'état de « col-lègues » à celui d'« amies »... En tout cas, c'est l'impression que j'ai eue pendant mon congé de maladie. Elle m'a rendu visite plusieurs fois, au début, mais je suppose que je n'étais pas d'une compagnie très agréable, toujours amorphe dans mon canapé, le regard dans le vague... Elle a tenté de me remonter le moral, ce que personne n'aurait réussi à faire, et puis nos rapports se sont espacés. Je ne lui en veux pas : j'étais un cas désespéré !

Malgré cela, je me réjouissais de la revoir à La Banque. Notre amitié n'avait simplement pas eu la possibilité de s'épanouir, et j'espérais que nous reprendrions nos relations là où nous les avions laissées. Je ne suis pas très douée pour nouer des amitiés durables. Bien que je ne sois pas d'un naturel timide et que je n'éprouve aucune difficulté à parler en société, je ne prends jamais le chemin des confidences ou de l'intimité. Disons que je parle beaucoup, mais que je ne dis jamais grand-chose. Je n'ai pas forcément envie d'y changer quoi que ce soit. Pourquoi les gens devraient-ils tout savoir de vous ? Mais ma réserve les dissuade de se confier à moi. C'était déjà comme ça à la fac. Les autres m'aimaient bien, ils ne m'ont jamais traitée autrement qu'avec gentillesse, mais cela n'a pas empêché que, pendant quatre ans, je me sente mise à l'écart.

La première année, je vivais encore chez mes parents. Pour être franche, je n'ai fait que deux vraies tentatives pour trouver une chambre à louer à Amsterdam. La première fois, c'était dans la Rhijnvis Feithstraat, une rue longue et étroite. Je m'y suis présentée pleine d'espoir. J'ai sonné, la porte s'est ouverte et un homme obèse en caleçon est apparu au sommet de l'escalier. « Oui ? » J'ai regardé ses joues pas rasées et son gros ventre. « Rien ! j'ai dit. Laissez ! »

L'autre chambre se trouvait dans le quartier

du Pijp, dans la Govert Flinckstraat, pour être précise. Un réduit sous les combles, aux murs suintants d'humidité, avec vue sur des cours intérieures crasseuses où séchait du linge, une cuisine commune peu ragoûtante et une chasse d'eau défectueuse.

J'ai essayé de m'imaginer dans un tel cadre. En soi, c'était tentant de ne plus avoir à faire deux heures de train par jour. Je me voyais flâner à vélo le long du Herengracht (le canal que je longeais pour aller en cours, bordé de façades nobles et dignes qui se miraient dans l'eau paisible) avec la nonchalance d'une citadine qui considérerait comme siennes les rues et les places animées. C'est ainsi que j'aimais me voir, même si, au fond, j'étais une petite provinciale qui n'osait pas faire le grand saut et entrer dans la vraie vie.

Tout bien considéré, ce n'était pas une si mauvaise solution de rester chez mes parents. Je n'avais aucun souci de lessive ou de repassage, sans compter qu'un repas équilibré m'attendait tous les soirs sur la table, tandis que mes condisciples se gavaient au fast-food. Et puis, c'était agréable, à la maison. J'ai donc cessé de chercher une chambre... jusqu'au jour où mes parents ont nourri le projet d'aller vivre au soleil. Quand ils me l'ont annoncé, j'avais dix-neuf ans, et ce fut comme si le ciel me tombait sur la tête. Mes parents, mon soutien, mon point d'ancrage ! Ils me tournaient le dos ! D'où tenaient-ils que j'étais adulte, que je saurais tenir seule sur mes deux jambes et que je n'aurais plus besoin de leur aide ? Qui leur avait soufflé cette idiotie ? Je ne m'en sortirais jamais sans eux, jamais ! Où irais-je désormais le week-end ? Vers qui pourrais-je me tourner ? Assise dans leur canapé, j'ai caché mon visage dans mes mains et j'ai éclaté en sanglots.

Avec le recul, j'ai un peu honte de leur avoir rendu les choses si difficiles. Robin m'a confié plus tard qu'ils avaient sérieusement envisagé de renoncer à leur projet et qu'il avait insisté pour qu'ils ne me laissent pas gouverner leur vie.

« Elle va se trouver un petit ami, et du jour au lendemain, vous ne la verrez plus ! s'était-il exclamé. Vous êtes encore assez jeunes pour vivre votre rêve ! Dans dix ans, quand Sabine aura fait sa vie depuis longtemps, vous n'oserez peut-être plus franchir le pas ! »

Ils m'ont aidée à acheter un appartement à Amsterdam. Et ils sont partis. Au début, mais seulement au début, ils revenaient me voir pour un oui ou pour un non.

Je menais alors une vie solitaire, pas seulement à la fac, mais également après. Je n'ai gardé de contact avec aucune de mes connaissances de l'époque. Les autres étudiants se sont dispersés aux quatre coins du pays. De toute façon, je n'avais pas l'énergie de sortir pour voir des gens après une journée de travail. Cinq jours par semaine, mon univers était celui de La Banque, avec la moquette bleu marine des couloirs et l'éclairage économique des toilettes qui vous fait ressembler à un extraterrestre. Mes bouffées d'oxygène, je les trouvais à la cantine ou au distributeur de friandises du dixième étage, où Jeanine et moi avions l'habitude de nous réfugier à seize heures pour une petite pause.

Officiellement, je finissais à dix-sept heures, mais une semaine sur deux, je devais assurer la permanence téléphonique jusqu'à dix-huit heures. Ces jours-là, je commençais une heure plus tard.

Quand je rentrais chez moi à six heures et demie, je n'avais même plus la force de me cuisiner quelque chose, et encore moins de songer à entretenir mon réseau social. C'est tout juste si je pouvais avaler un plat préparé devant la télé. Aux toilettes, je consultais ma montre, sur le qui-vive, avant de me rappeler que je pouvais lire tranquillement la blague du jour sur le calendrier sans que Renée me jette un regard désapprobateur à mon retour.

Quand je suis tombée malade, Jeanine et moi commencions à entretenir des relations amicales même le week-end. Maintenant, je vais mieux, et voilà qu'elle est partie ! Pourquoi n'est-elle pas restée ?

Jeanine m'ouvre, les cheveux enveloppés dans des papillotes en papier alu.

— Sabine !

Échange de regards un peu gênés. Je m'apprête à marmonner une excuse pour cette visite à l'improviste quand elle m'ouvre la porte en grand.

— Je croyais que c'était Mark. Entre !

Nous nous faisons la bise.

— Ça te va bien ! dis-je en indiquant ses papillotes.

— Je suis en train de me faire une coloration. Ce qui explique ce vieux peignoir cradingue. On voit encore les taches de la dernière fois. J'ai eu une de ces frayeurs quand j'ai entendu sonner !

— Il ne fallait pas ouvrir.

— Oui, mais j'étais beaucoup trop curieuse de savoir qui venait me voir ! Heureusement, ce n'est que toi.

Je décide de prendre ça comme un compliment.

— C'est qui, Mark ? dis-je en empruntant le petit couloir qui mène au salon.

— C'est le mec génial avec qui je sors depuis quelques semaines, ma chère ! Il m'a déjà matée sans maquillage, il a vu mes slips dans la corbeille à linge et il sait que je fais des « slurp » en mangeant, mais je ne suis pas encore prête à lui annoncer que ce n'est pas ma couleur naturelle !

Jeanine rit et se laisse tomber dans le canapé. Son peignoir s'entrouvre sur un tee-shirt rose décoloré et élimé.

Je crois comprendre que Mark n'a pas trop intérêt à se pointer ce soir. Et moi ? Jeanine n'est peut-être pas non plus ravie de me voir...

Je m'assieds sur une chaise en rotin avec un

coussin blanc qui se révèle plus confortable qu'elle ne le laissait paraître.

Nouveaux regards. Échange de sourires timides.

— Tu veux du café ? Ou est-ce déjà l'heure de prendre quelque chose de plus alcoolisé ? Huit heures et demie... Hmmm... Pourquoi pas ? Un verre de vin ?

— Je commencerai par un café !

Et alors qu'elle entre déjà dans la cuisine, j'ajoute :

— Mais sers-moi un verre de vin à côté !

Je l'entends rire. Satisfaite, je regarde autour de moi. J'ai bien fait de rendre visite à Jeanine. J'aurais pu m'ennuyer toute seule chez moi pendant toute la soirée. Au lieu de ça, on va papoter en compagnie d'une bonne bouteille de vin ! C'est exactement comme ça que, jeune fille, j'imaginais la vie indépendante que je mènerais plus tard.

— Tu as déjà recommencé à travailler ? demande Jeanine en entrant dans la pièce, une tasse de café dans chaque main.

Elle les pose sur la table, sort deux verres à vin d'un placard et les place à côté du café.

— Aujourd'hui !

— Et alors ? Ça s'est passé comment ?

Je prends ma tasse et la regarde.

— Tu as du lait ?

— Ah, oui, c'est vrai ! J'oubliais ! Tu mets toujours des tonnes de lait ! Je ne comprends pas comment tu peux aimer ça, ça n'a plus rien à voir avec du café.

— Et moi je ne comprends pas comment tu peux boire ce jus de chaussette nature, dis-je.

Jeanine se lève et va chercher du lait dans la cuisine.

— Voilà, Miss! Autre chose? Je te demandais comment ça s'était passé au bureau.

— C'était...

Je m'interromps pour chercher le mot juste.

— C'était... bof. J'étais contente de voir arriver midi et demi.

— Bref, c'était l'horreur!

— On peut dire ça comme ça.

Nous buvons notre café en silence.

— C'est pour ça que je suis partie, dit Jeanine après un moment. L'ambiance a tellement changé! Renée a de l'ambition, je peux te le dire, et elle n'engage que des gens qu'elle peut faire obéir au doigt et à l'œil. Je l'ai dit à Wouter, tu sais, le jour où je lui ai donné ma démission. Mais tu le connais! Il est gaga de notre petit despote! Elle s'est comportée comment, avec toi?

— Nous ne nous sommes pratiquement pas parlé. De toute façon, je n'ai adressé la parole à personne. La plupart des nanas étaient des inconnues pour moi, et la moitié d'entre elles seulement ont pris la peine de se présenter. J'ai passé mon temps à ouvrir le courrier et à plier des cartons d'archivage!

— Il faut que tu quittes ce trou à rats! Le plus vite possible!

— Et je fais comment ? Je n'ai pas d'économies, je ne peux pas me permettre de claquer la porte comme ça, moi ! Imagine, si je ne trouve rien d'autre !

— Tu trouveras ! Adresse-toi à une agence d'intérim !

— Joyeuse perspective ! Pour qu'on m'envoie à droite et à gauche ranger des archives et compléter des bons de commande toute la journée ? Non, merci bien, j'ai déjà donné ! Je vais attendre un peu. Le premier jour est toujours le plus difficile. Mais tu ne m'as pas dit ce que tu faisais ?

— Je travaille dans un cabinet d'avocats. Tu n'imagines pas comme c'est sympa ! Le travail est différent, bien sûr, mais c'est surtout l'ambiance...

Sentant poindre la jalousie, je bois mon café d'un air sombre.

— Je vais chercher pour toi ! me promet spontanément Jeanine. Ça marche toujours mieux par le bouche à oreille, et je rencontre tellement de gens là-bas !

— Oh ! Si tu pouvais faire ça !

— Bien sûr ! Pas de souci ! Dis, est-ce qu'Olaf travaille toujours à La Banque ?

— Olaf ? Quel Olaf ?

— C'est vrai, tu ne le connais pas. C'est un gars du département informatique, chou comme tout. Tout le service a flashé sur lui !

— Je ne l'ai pas encore rencontré.

— Alors il faut absolument que tu ailles au

département info. Débranche ton ordi et va chercher Olaf !

— Ne dis pas n'importe quoi !

— Renée en est gaga ! dit-elle en gloussant. Observe-la quand il entre dans la pièce. C'est à se tordre de rire !

Elle se lève et imite Renée en train de minauder, et c'est en effet hilarant.

— Heureusement, il ne s'intéresse absolument pas à elle. Tu as fini ton café ? Alors, on passe aux choses sérieuses ! Tu fais le service ? Pendant ce temps, je vais m'occuper de mes cheveux. Si je ne les rince pas, demain matin, ils seront orange !

Pendant que Jeanine s'affaire dans la salle de bains, je remplis les verres de vin. Cela fait une éternité que je ne me suis pas sentie aussi détendue. C'est bien, de prendre des initiatives. Je devrais le faire plus souvent. Il ne faut pas attendre que les gens viennent à vous, il faut aller vers eux. Jeanine aura peut-être envie qu'on se paie un petit ciné. Je bois une gorgée de vin en souriant à cette perspective.

Jeanine revient. Ses cheveux sont trempés et acajou. Elle a passé un jean et un tee-shirt blanc qui lui donnent un air enjoué. Je la reconnais, maintenant, mis à part la couleur.

— C'est génial, dis, après le châtain ! Il fallait oser !

— Ils sont plus sombres parce qu'ils sont mouillés. Secs, ils devraient prendre des reflets cuivrés. Ma vraie couleur est tellement triste !

Un peu jalouse, je regarde son épaisse toison bouclée. Avec de tels cheveux, elle n'a pas besoin de reflets cuivrés ; je tuerais père et mère pour les avoir dans ce qu'elle appelle la version triste. Moi, je suis obligée de me faire un brushing tous les matins, et je ne suis même pas contente du résultat. J'ai déjà pensé à les faire couper, pas trop courts, mais quelque chose de frais, mi-long. Si j'y ajoutais une coloration, la métamorphose serait complète. Je ne m'y suis jamais résolue...

La soirée se prolonge. Nous buvons, rions, cassons du sucre sur le dos de Renée. Jeanine me dit tout ce qu'elle sait sur les nouvelles recrues. La conclusion, c'est qu'elles sont sympas, mais qu'aucune ne voit à quel point Renée peut les manipuler.

— Elle leur a dit des horreurs sur ton compte ! me prévient Jeanine. N'attends pas qu'elles viennent vers toi. Fais le premier pas et prouve-leur que tu es le contraire de ce que Renée a prétendu.

— Tu crois vraiment qu'elle a dit du mal de moi ? Tu la crois capable d'une telle hypocrisie ?

— Et comment ! Pour elle, on n'est jamais malade, à moins de se retrouver aux soins intensifs ou d'avoir tout le corps dans le plâtre ! Elle m'a dit un jour que quand on était malade, c'était parce qu'on le voulait bien et qu'elle, elle travaillait quoi qu'il arrive. Et c'est vrai ! Un jour, elle te vide une boîte de Kleenex en une demi-heure. Le lendemain, la moitié du département tousse et renifle, mais madame se porte comme un charme ! Et je peux t'assurer qu'elle croit mordicus qu'une dépression, ça se surmonte. C'est une question de volonté ! Pour elle, tu as eu le grand défaut de t'apitoyer sur ton sort. C'est ce qu'elle a dit aux petites nouvelles. Je le sais, j'étais là ! Te voilà prévenue !

J'ai ôté mes chaussures. Je suis assise les jambes repliées sur le côté et je me réchauffe les pieds sous mes cuisses.

— Mais toi, tu me crois ?

— Bien sûr que je te crois !

Jeanine me ressert du vin avant de disparaître dans la cuisine. Tout en fouillant dans un placard, elle continue à me parler, juste un peu plus fort.

— J'en connais, des victimes du burn-out ! Mon oncle est passé par là, mon père aussi, et à mon boulot, c'est pas ce qui manque non plus ! C'était ça, non, un burn-out ? dit-elle en revenant, un bol de chips à la main, et en m'interrogeant du regard.

Je hoche la tête, supposant que le burn-out et la dépression, c'est du pareil au même.

Jeanine se ressert un grand verre de vin.

— Je comprends Renée, reprend-elle en s'installant dans la même position que moi. C'est vrai que le monde entier semble atteint de surmenage à des degrés divers. Parfois, tu te demandes si Untel est vraiment inapte à reprendre le travail ou s'il ne profite pas un peu de la situation pour rester chez lui... Il y a des abus, c'est sûr, mais le problème avec Renée, c'est qu'elle s'arroge le droit de poser elle-même un diagnostic. Elle a dû étudier la médecine dans une vie antérieure ! Un jour, je lui ai téléphoné pour lui dire que j'avais la grippe et que je ne viendrais pas travailler. Eh bien, tu ne devineras jamais ! Elle m'a envoyé illico un médecin-contrôleur ! Normalement, ils viennent le lendemain ou le surlendemain pour vérifier qu'on ne triche pas, mais non, une heure après mon coup de fil, le gars sonnait à ma porte ! « À la demande expresse de votre patron », c'est ce qu'il m'a dit ! Ha ha ha ! Devine qui avait bassiné les oreilles de Wouter !

Je la regarde sans comprendre en buvant une gorgée de vin.

— Pourquoi ne t'a-t-elle pas crue ? Tout le monde peut avoir la grippe, non ?

— C'est sans doute parce que la veille, je m'étais plainte d'avoir si peu de jours de congé. Mais si j'ai râlé, c'était justement parce que je ne me sentais pas bien : logique, non ? Le soir même, j'avais de la fièvre et un terrible mal de gorge. Elle n'a pas voulu me croire ! Wouter m'a même téléphoné ! Soi-disant pour prendre de mes nouvelles, mais après ça, je n'ai même pas osé aller acheter un filet d'oranges à l'épicerie du coin ! Imagine qu'ils m'aient envoyé un deuxième médecin-contrôleur et que je n'aie pas été là pour le recevoir !

— Quels connards ! dis-je en prenant une poignée de chips.

Et là, je ne sais pas comment, un gros morceau de chips se coince dans ma gorge. Je suis prise d'une terrible quinte de toux qui me donne les larmes aux yeux. Impossible de déloger cette satanée chips.

— Bois un peu de vin ! conseille Jeanine en me tendant mon verre.

Je fais la sourde oreille, car je tousse tellement que j'en ai envie de vomir.

— Bois ! s'écrie Jeanine, inquiète.

Je fais un petit signe de la main pour indiquer que c'est impossible, mais elle me présente mon verre et le tient à hauteur de mon visage.

— Ça va la décoincer !

J'aimerais qu'elle ait l'idée de me donner une tape dans le dos. Pour qu'elle comprenne, je le fais moi-même, mais beaucoup trop bas, car je n'atteins pas l'espace entre mes deux épaules.

Jeanine se lève et me frappe d'un coup sec sur la colonne vertébrale. Beaucoup trop fort et beaucoup trop bas.

Je lève le bras pour lui dire d'arrêter, mais elle se méprend, croit que je l'encourage à poursuivre et me frappe de plus belle.

— Lève-toi ! crie-t-elle. Je vais te faire la manœuvre de Heimlich !

À ce moment précis, le morceau de chips se dégage et je retrouve la capacité de respirer. Je m'effondre dans le canapé en toussant encore un peu. Quand j'ai essuyé mes larmes, je bois une gorgée de vin.

— Ça va mieux ? Je t'avais dit de boire !

Je pose mon verre sur l'accoudoir du canapé.

— Idiote ! Tu as failli me briser le dos !

— Quoi ? Mais je t'ai sauvé la vie !

— En me regardant m'asphyxier et en me hurlant de boire du vin ? Et puis en me défonçant la colonne vertébrale ? Il faut donner un petit coup sec entre les épaules ! Et Dieu sait ce que ta manœuvre de je ne sais qui m'aurait fait !

Jeanine me fixe sans rien dire. Je lui rends son regard. Et nous éclatons de rire.

— Où est-ce que j'ai frappé ? demande-t-elle entre deux fous rires. Là ? Et où est-on censé le faire ? Oh ! Mais j'étais tout près, non ?

Et nous rions jusqu'à en avoir mal au ventre.

— Je devrais peut-être suivre des cours de secourisme, dit Jeanine en essuyant ses larmes. Ils cherchent des volontaires, au boulot.

Je lui indique la bouteille vide posée sur le sol.

— Une autre ? Pourquoi pas ? C'est même une excellente idée !

La glace est définitivement rompue. Nous nous retrouvons tout à fait comme autrefois. Nous buvons, papotons, rions, papotons encore, rebuvons... Quand je me lève pour me rendre aux toilettes, le plafond se met à tanguer. Je me rassois aussitôt dans le canapé.

— Tu crois qu'on a trop bu ?

— Naaan ! répond Jeanine. Je te vois en double, c'est la preuve que tout va bien. D'habitude, je te vois en quatre exemplaires !

Nouveau fou rire.

— Mais tu vas dormir ici, reprend-elle, la voix pâteuse. Je ne veux pas te laisser sortir comme ça. Quelle heure est-il ? Seigneur ! Deux heures !

— Oh ! C'est pas vrai ! Je travaille, moi, demain !

— Dis que tu es malade, me conseille Jeanine. Renée comprendra !

En pouffant, nous allons chercher une couette dans le grenier, nous la glissons dans une housse et me préparons un lit sur le canapé.

— Bonne nuit, dit Jeanine d'un ton ensommeillé.

— Bonne nuit, dis-je avant de me réfugier sous la couette.

Je pose ma tête sur le coussin et je m'enfonce dans un océan de douceur.

4

On parle de moi. Pas ouvertement, mais dans mon dos. Quand je rentre dans le service, le courrier à la main, je le remarque aux silences, aux regards furtifs, aux airs embarrassés... Je perds confiance en moi.

Je remplis un bon de commande (des ciseaux, des perforatrices, des trombones) tout en surveillant l'horloge murale du coin de l'œil. Serait-elle arrêtée ? J'ai l'impression que la matinée n'en finit pas.

Une voix virile brise le silence.

— Bonjour la compagnie ! C'est ici qu'il y a un petit problème ?

Je pivote d'un quart de tour sur mon siège pour découvrir un corps d'un mètre quatre-vingt-dix coiffé d'un casque de cheveux blonds. Un grand sourire, un visage séduisant.

— Ça alors ! Sabine !

Le nouveau venu traverse le secrétariat à grandes enjambées et s'assied sur le bord de mon bureau.

— Je pensais bien t'avoir reconnue hier, mais maintenant, j'en suis sûr ! Tu ne me reconnais pas, hein ? Je le vois bien, va !

Je fais des tentatives désespérées pour me souvenir d'où je connais cet homme, en vain.

— Euh, oui, attends... Enfin, je...

J'ai la très nette impression que mes collègues me regardent avec stupéfaction et même un brin de jalousie. Elles me soupçonnent sans doute d'avoir une double vie : secrétaire le jour, et la nuit, Dieu sait quoi.

— Olaf ! dit-il. Olaf van Oirschot ! Tu te rappelles, le copain de Robin !

L'épais brouillard qui embrumait mon cerveau se lève d'un coup. Je pousse un profond soupir de soulagement. Bien sûr ! Le grand Olaf, un des amis de mon frère ! Au bahut, Robin faisait les quatre cents coups avec une petite bande d'imbéciles qui s'intéressaient davantage à leurs blagues débiles qu'à leurs résultats scolaires.

— Ah ! Ça te revient !

Je fais oui de la tête en reculant un peu pour mieux le regarder.

— Est-ce que ce n'est pas toi qui avais fait semblant d'être aveugle dans une brasserie ?

Il rit, gêné.

— Oh ! Tu connais cette histoire ! Oui, bon, que veux-tu que je te dise ! On était jeunes... Et on a remboursé la casse !

Les collègues se rapprochent. Renée semble avoir un besoin urgent du bac des travaux en cours, alors qu'en général, elle s'arrange pour l'ignorer. Elle se tourne vers Olaf comme si elle venait de remarquer sa présence.

— Oh ! Olaf ? J'ai un petit problème avec

mon ordinateur, dit-elle en souriant. Quand je veux sauvegarder, il me dit des choses incompréhensibles. Tu veux bien venir voir ?

Et elle l'entraîne vers son bureau.

— À plus tard, Sabine ! me dit-il.

Je fais oui de la tête et retourne à mon bon de commande. Impossible de me concentrer. Cette confrontation inattendue avec une période de ma vie que j'ai laissée derrière moi il y a très longtemps m'a déboussolée. Et je ne peux pas m'empêcher de penser que l'adolescent dégingandé d'autrefois est devenu un très, très bel homme...

Quand je sors enfin du secrétariat, à midi et demi, je tombe nez à nez avec Olaf devant les ascenseurs.

— Ah ! Tu vas déjeuner, toi aussi ? demande-t-il.

— Non, je rentre chez moi.

— Encore mieux !

— Je travaille à mi-temps, dis-je, me sentant obligée de m'expliquer.

— Moi aussi, même si je passe toute la journée au bureau ! dit-il en souriant.

Dans l'ascenseur, il s'appuie contre le miroir, les bras croisés, et me détaille de la tête aux pieds, sans la moindre gêne. J'ai l'impression que l'ascenseur rétrécit à chaque seconde qui passe.

Je décide d'adopter la même position nonchalante que lui, mais je suis incapable de le regarder droit dans les yeux. Je ris à une de ses plaisanteries, d'un rire qui me semble très timide. *Tu n'as plus quinze ans, Sabine ! Et puis, c'est Olaf ! Tu le connais !*

Je ne me sens pas du tout à l'aise. Désespérée, je lâche la première chose qui me passe par la tête :

— Tu travailles à La Banque depuis longtemps ? On ne s'était jamais croisés ici avant...

— Ça fait tout de même quelques mois...

Il continue à mater mes jambes et mes seins comme si c'était la chose la plus naturelle au monde. La lueur qui brille dans ses yeux me gêne horriblement.

— J'ai été longtemps malade. Un burn-out.

J'évite le mot « dépression », parce qu'il évoque trop la camisole de force. Olaf claque la langue d'un air compatissant.

— Oh ! C'est ennuyeux, ça ! Tu es restée hors du coup longtemps ?

— Pas mal, oui !

— Et tu recommences en douceur...

Je fais oui de la tête. Le silence s'installe. Nous échangeons un regard stupide, ou plutôt *je* le regarde stupidement alors que lui continue à sourire, parfaitement maître de la situation. *Qu'est-ce que je lui trouve, à ce type ?* Les traits de son visage sont trop irréguliers et anguleux pour qu'on puisse dire qu'il est réellement beau. Le bleu de ses yeux est trop clair pour contraster avec la blondeur de ses cils et de ses sourcils. Ses cheveux épais sont du genre à toujours se révolter contre les injonctions du peigne. Mais il est grand et il

49

a des épaules carrées, ce qui lui donne tout pour être, disons-le franchement, atrocement, désespérément, sublimement séduisant. Il a beaucoup changé. De son côté, il semble aussi surpris par mon apparence, même si j'ai toujours été convaincue d'être restée la même depuis le collège. Mes cheveux châtains raides comme des baguettes me tombent toujours sur les épaules, je ne suis presque pas maquillée, à l'exception d'un trait de crayon sous les yeux et d'un chouïa de mascara, et mes goûts vestimentaires n'ont pas beaucoup évolué non plus. Je suis la mode de loin, sans plus. Il me faut toujours un certain temps pour m'habituer aux nouvelles tendances, les aimer et les intégrer à ma garde-robe. En général, le temps que je m'y fasse, elles sont déjà dépassées. C'était déjà comme ça au collège.

Or, Olaf me regarde comme si j'étais la fille la plus branchée qu'il ait rencontrée depuis des siècles – c'est n'importe quoi, bien entendu. À mon avis, il se fiche de moi.

— Quel hasard, hein, qu'on se retrouve ici ! dit-il en souriant. J'ai l'impression que tout le monde s'est installé à Amsterdam ! Tu n'imagines pas le nombre de vieilles connaissances que j'ai déjà croisées ! Tôt ou tard, on finit toujours par se rencontrer. Tu veux vraiment rentrer chez toi ? Et si on déjeunait ensemble ?

Je lui jette un regard effrayé. Quoi ? Déjeuner ensemble ? Pour qu'il me dévisage

50

pendant que j'approcherais ma fourchette de ma bouche d'une main tremblante ?

— Euh, non, vraiment, il faut que j'y aille. Une autre fois, peut-être.

Nous sommes arrivés. Les portes s'ouvrent. Je vois Renée et quelques autres collègues sortir du deuxième ascenseur.

— Allez ! insiste Olaf. Tu dois manger, de toute façon, non ? Ce sera plus sympa si on déjeune ensemble !

Renée nous regarde tour à tour, incrédule.

— On y va ! tranche Olaf. Ça va être super de continuer à bavarder tous les deux !

Nous pénétrons dans le restaurant de La Banque comme si nous ne nous étions jamais perdus de vue. Renée nous suit, entourée de sa cour de secrétaires.

— Je craque pour un pain croquette, dit Olaf après avoir saisi un plateau. Toi aussi ?

— Pourquoi pas ?

J'ai pris cinq kilos en un an à cause du Prozac et du chocolat. Une croquette à la viande en plus ou en moins n'y changera pas grand-chose.

Nous choisissons une table proche de celle vers laquelle se dirige Renée avec sa clique. Elle s'assoit à un endroit qui lui permet de continuer à me surveiller.

J'essaie de paraître la plus détendue possible en souriant à Olaf.

— Tu as lu cet article sur la réunion des anciens du bahut ? demande-t-il en badigeonnant sa croquette de moutarde.

51

J'acquiesce en découpant soigneusement la mienne. Il est absolument hors de question que je mange avec les doigts. À la première bouchée, la sauce me dégoulinerait sur le menton, ce serait charmant !

— Et tu y vas ?

Je repense à la cour du collège à la récré, aux groupes qui s'égayaient un peu partout, au muret contre lequel je m'appuyais, solitaire...

— Non, dis-je d'une voix décidée avant de manger ma première bouchée.

Olaf rit.

— Je n'en vois pas non plus l'utilité, dit-il en écrasant sa croquette à l'intérieur de son petit pain. Si j'avais voulu rester en contact avec quelqu'un, je l'aurais fait. Quoique... Nous non plus, on ne s'était pas revus depuis des années ! C'est chouette de se retrouver après tout ce temps !

Je ne me sens pas encore tout à fait à l'aise. Plus Olaf me regarde, plus j'ai conscience de mes cheveux ternes, de mon visage blême et fatigué et des auréoles de transpiration sous .nes bras. Moi qui aurais tant voulu prendre une bonne douche chez moi avant de me préparer quelques tartines grillées ! Au lieu de ça, me voilà pas très présentable, assise à la cantine en face d'un mec beau à tomber par terre !

Olaf fond sur sa croquette comme un busard sur sa proie. Son plaisir est visible et... audible. Je n'aime pas les hommes qui mâchent en vous montrant ce qu'ils ont dans la bouche, même quand ils ont une belle gueule. Pourtant, ici, cette vision a le mérite de me soulager et de me redonner confiance en moi. D'accord, c'est embêtant d'avoir des auréoles sous les bras, mais ça l'est encore plus de laisser tomber des morceaux de croquette dans son assiette. Le plus extraordinaire, c'est qu'Olaf a l'air de s'en fiche éperdument. Sans même s'excuser, il les pique avec sa fourchette et les renfourne aussitôt.

— Plus j'y pense, plus je me dis que ce serait supersympa de revoir tous les gens de l'époque, reprend-il la bouche pleine. Si tu changes d'avis, dis-le-moi ! On ira ensemble. Et comment va Robin ?

— Bien ! Il vit en Angleterre, dis-je, contente de changer de sujet.

— Ah bon ? Qu'est-ce qu'il fait ?

— Il travaille aussi dans l'informatique.

— Pour quel genre de boîte ?

— Il est dans le domaine de la confection. Chez Van Gils.

— Et il va s'installer là-bas définitivement ? Ou c'est seulement provisoire ?

— J'espère que c'est provisoire. D'autant plus que mes parents vivent en Espagne depuis plusieurs années. Robin et moi, on travaillait tous les deux à Amsterdam, mais sa boîte voulait ouvrir une filiale en Angleterre. Quand tout sera bien lancé là-bas, il reviendra. Enfin, j'espère.

— Oui, vous avez toujours été très liés, je

m'en souviens, dit Olaf avant de mordre une bouchée de pain-croquette si grosse que je détourne prudemment les yeux.

Je ne le regarde de nouveau que lorsque je suis certaine qu'il a tout avalé. Il s'essuie les lèvres et boit une gorgée de café.

— Hou là ! Il faut que j'y retourne ! dit-il en se levant après avoir consulté sa montre. Dis, j'ai trouvé ça très sympa ! Il faudra qu'on recommence !

Il rit de si bon cœur que je ne peux m'empêcher de lui sourire.

— D'accord !

Je le pense vraiment, malgré la croquette. Nous rangeons nos plateaux sur un chariot avant de nous diriger en toute innocence vers l'ascenseur.

— Tu descends, je suppose ? Je t'accompagne !

Ce n'est pas nécessaire, évidemment. Il pourrait très bien prendre un autre ascenseur. Mon ventre se serre. Lorsque les portes s'ouvrent, Olaf me suit.

Je lève les yeux vers lui, un peu mal à l'aise. Je sais que nous sommes déjà à la phase de test. Celle où le gars voudrait bien proposer un rendez-vous à la fille et où il tourne autour du pot en essayant de savoir si elle en a envie ou pas. Je suis censée sourire et me montrer suffisamment amicale pour le mettre en confiance et l'aider à franchir le pas. Or, je ne suis pas bonne du tout à ce petit jeu...

— On se voit demain, d'accord ? Bon

boulot ! dis-je d'une voix enjouée en tournant les talons.

Je remonte la bandoulière de mon sac sur mon épaule et je lève la main en signe de salut avant de traverser le hall d'un pas décidé. Je ne me retourne pas. Ce n'est pas nécessaire. Je suis pratiquement certaine qu'Olaf est resté figé sur place, interloqué.

5

Enfin, de l'air ! À ma sortie du bâtiment, la lumière joyeuse du soleil de mai m'accompagne jusqu'à mon vélo. J'ai une voiture, une petite Ford Ka, mais je ne la prends que lorsqu'il pleut. À Amsterdam, les déplacements sont souvent plus rapides à vélo, surtout aux heures de pointe. Je suis bien contente de ne pas être motorisée aujourd'hui. J'ai besoin d'air frais. Mon cœur bat à tout rompre.

Je traverse le parc Rembrandt. Les arbres sont recouverts d'un voile de verdure printanière. Des gens promènent leur chien, des collégiens assis sur un banc fument une cigarette et mangent des frites, les canards s'ébattent dans l'étang. Je pédale si lentement que les joggeurs me dépassent en quelques foulées.

Oh ! Comme il fait bon ! Je me sens comme une détenue qui vient de sortir de prison et qui goûte prudemment à la liberté retrouvée. Un chien m'accompagne un moment en aboyant, mais je n'ai pas peur ; j'aime les chiens. J'ai même envie d'en avoir un. Impossible de rester insensible à leur nature fidèle et peu compliquée : donnez-leur à manger, un toit, des caresses, un peu d'attention, et ils sont vos amis pour la vie ! Même si vous leur balancez des coups de pied ou que vous les injuriez, ils continuent à vous aimer et à vous obéir servilement.

Il paraît que les gens choisissent des chiens qui leur ressemblent. Si la réincarnation n'est pas une vue de l'esprit et si je devais revenir sur cette terre sous une forme canine, je crois que je serais un golden retriever. Mon frère Robin a quelque chose du pitbull. Les toutous dociles qui se laissent marcher sur les pattes, pas son genre ! Il préfère les cabots qui ont du caractère.

À vrai dire, nous ne nous ressemblons pas, ni physiquement, ni moralement. Il a deux têtes de plus que moi, des bras d'ouvrier du bâtiment – mais sans les tatouages –, et des cheveux foncés, coupés ras. C'est un extraverti, un caractère dominateur, bref, quelqu'un qu'il vaut mieux ne pas chercher. C'est le visage qu'il offre aux autres, en tout cas. Avec moi, c'est le frère idéal. Il me manque encore plus que nos parents.

Je me souviens encore de cet après-midi ensoleillé d'avril. J'avais quatorze ans. Je rentrais du collège à vélo en longeant les champs de narcisses. Les fleurs balançaient leur délicate corolle jaune dans le vent. J'ai eu envie de faire une surprise à ma mère et de lui offrir un bouquet. Sans y réfléchir davantage, j'ai posé mon vélo dans l'herbe, jeté un coup d'œil en direction de la maison toute proche et sauté par-dessus le petit fossé.

Ce n'était pas vraiment mon genre, de faire un truc pareil. Je savais que ce n'était pas bien du tout. J'avais très peur de voir arriver le fermier, mais comme il ne se passait rien, j'ai quand même fait quelques pas dans le champ de fleurs. Au moment où j'ai aperçu le propriétaire furibond, il était trop tard. Il me coupait déjà le chemin. Tétanisée par la peur, je suis restée immobile au milieu des narcisses. L'homme a foncé droit sur moi. Je me suis mise à balbutier que j'allais lui payer ses fleurs, mais il m'a saisie par le bras, m'a traînée sur plusieurs mètres et m'a balancée dans le fossé à coups de pied au derrière, sans autre forme de procès. J'ai eu de tels bleus que j'ai eu du mal à m'asseoir pendant plusieurs jours. Je suis remontée sur mon vélo en pleurant et je suis rentrée à la maison frigorifiée dans mes vêtements trempés. Ma mère et Robin buvaient un verre au jardin. Il leur a fallu un certain temps avant de comprendre mes explications embrouillées.

« C'est malin, ma fille ! Que cela te serve de leçon ! a commenté ma mère avec son bon sens habituel. Si ce paysan autorisait tous les collégiens à cueillir un bouquet de narcisses... »

Remarque typique de ma mère. Elle avait raison, bien sûr, mais c'était à elle que j'avais destiné ces fleurs, et j'aurais espéré un peu plus de compassion de sa part. Elle a toujours été très prosaïque. J'avais un problème avec un prof ? C'est que je m'étais montrée insolente. Ou que j'avais fait quelque chose que je n'aurais pas dû. Quelqu'un m'avait jetée en bas de mon vélo à l'intérieur du centre commercial et je m'en étais sortie avec un poignet foulé ? On ne roule pas à vélo dans le centre commercial, c'est interdit ! Je savais, bien sûr, que j'avais une part de responsabilité dans mon malheur, mais ma peur n'en avait pas été moins grande, et un mot de consolation aurait été le bienvenu. Avec le recul, j'ai compris que ma mère essayait désespérément de me blinder, mais sur le moment, j'ai eu l'impression qu'elle me laissait tomber.

Mais Robin ! Sa réaction ! Plus j'avançais dans mon histoire en sanglotant, plus son indignation enflait. Il se fâcha en entendant la réponse raisonnable de ma mère : « Peut-être, mais ce connard n'avait pas besoin de l'envoyer dans le fossé à coups de pied ! À coups de pied ! Tu te rends compte ? S'en prendre ainsi à une gamine de quatorze ans ! Tu parles d'un héros ! Regarde-la ! Elle ne peut même plus s'asseoir ! Et tout ça pour un bouquet de narcisses ? Il est fou, ce mec, ou quoi ? Il habite où, ce connard, Sabine ? »

Dès que je lui eus donné l'adresse du fermier, il se leva et enfila sa veste en cuir. « Que fais-tu ? » demanda ma mère. « Je vais lui dire deux mots, à cet enfoiré ! » Elle ne voulut pas en entendre parler : « Tu ne lui diras rien du tout ! Reste ici ! »

Elle savait se faire obéir, mais Robin avait

déjà seize ans. Il était grand et fort pour son âge. Et plutôt du genre têtu et soupe au lait. L'instant d'après, nous entendions le vrombissement de son cyclomoteur. Il était parti. Le soir, à table, il nous raconta qu'il était entré dans la cour de la ferme, avait vu un type en bleu de travail sur un tracteur et lui avait demandé si c'était lui le connard qui avait poussé sa sœur à coups de pied dans le fossé. Le fermier avait confirmé et tenté de se justifier, mais Robin ne lui en avait pas laissé le temps. Il lui avait botté les fesses jusqu'au dit fossé.

Ma mère a longtemps redouté que le type ne porte plainte, mais il ne l'a pas fait. Quant à moi, à dater de ce jour, j'ai plus que jamais porté mon frère aux nues.

Tournant à droite, je quitte le parc et je longe la voie de tramway jusqu'à mon appart. Mon quartier n'a rien de chic, mais je le trouve sympa. J'aime la petite boulangerie turque au coin de la rue et l'épicerie avec son étalage de bananes devant la porte. Cela colore Amsterdam, beaucoup plus que les voilages impeccables et les bibelots en porcelaine qui ornent certaines fenêtres. C'est peut-être cet assemblage hétéroclite qui rend l'atmosphère si particulière. En tout cas, j'aime vivre ici. Je ne retournerai plus jamais au Helder.

Après ce grand bol d'air, je cherche ma clé dans le fouillis de mon sac en daim et j'ouvre la porte de mon immeuble. Je range mon vélo dans le hall. Ma voisine du deuxième, Mme Bovenkerk, n'y trouve heureusement rien à redire.

Je referme à clé derrière moi par mesure de sécurité et je contrôle ma boîte aux lettres. J'ai du courrier ! Deux enveloppes, seulement. Des factures.

Je monte l'escalier qui mène à mon appartement et j'introduis la clé dans la serrure. Me voici chez moi. Je suis accueillie par le silence. Le témoin de mon répondeur ne clignote pas.

Je me prépare une tartine aux fraises que je mange debout dans la cuisine. Le soleil éclabousse les façades de l'autre côté de la rue. Elles auraient bien besoin d'une couche de peinture. Derrière la couronne d'un arbre, quelqu'un prend un bain de soleil, dans le plus simple appareil. Quand la brise remue les branches, j'aperçois sa silhouette.

J'ai tout l'après-midi devant moi, bien en sécurité dans mon antre. À moins que je n'aille me balader au parc ? Je devrais nettoyer les vitres. Avec ce soleil, elles ont l'air d'être en verre dépoli tellement elles sont sales. Il faudrait pour cela que je commence par débarrasser l'appui de fenêtre des piles de papiers que j'y ai accumulés et que j'époussette les petites lampes et les babioles. Et puis que je remplisse un grand seau d'eau chaude, que je nettoie toute cette crasse à grand renfort de Glassex et que je joue de la peau de chamois en experte pour ne laisser aucune trace. Le plus dur resterait encore à venir, car il faudrait ensuite m'attaquer aux vitres extérieures avec une chamoisine accrochée à un manche à balai. J'ai un jour engagé un laveur de vitres. Il est venu quatre fois, avant de disparaître mystérieusement.

Je pousse un profond soupir, fatiguée à la seule idée d'un tel déploiement d'énergie. Au lieu de me lancer dans ces grands travaux, je trie les documents accumulés sur l'appui de fenêtre. J'y retrouve quelques factures et je décide de les payer aussitôt par télébanque. J'époussette mes petits chats en plâtre, jette quelques plantes mortes et lave les pots à présent vides avant de les réaligner sur l'appui de fenêtre. Je pourrais acheter de nouvelles plantes, mais à quoi bon ? Elles vont de toute façon crever puisque je sais déjà que j'oublierai de les arroser. Évidemment, il y a la solution du plastique. On vend maintenant de très belles plantes artificielles qui font plus vraies que nature. Pourquoi pas ?

Coup d'œil à l'extérieur. Un soleil accusateur continue à éclairer mes fenêtres. Soudain une incroyable lassitude s'abat sur moi. Je m'effondre dans le canapé, feuillette un magazine et regarde par la fenêtre, dans la mesure où c'est encore possible. J'allume la télé. Pendant un long moment, il n'y a rien de bien extraordinaire, jusqu'à ce que commence *As The World Turns*, ma série préférée. Voilà des amis sur qui on peut compter ! En se débattant avec des problèmes qui font paraître

les miens insignifiants, ils m'aident à supporter chaque jour qui passe. C'est reposant,
de voir des gens dans des situations pires que
la vôtre. Au moins, moi, je ne suis pas enceinte
sans l'avoir voulu ! Au moins, moi, je ne suis
pas atteinte d'une maladie incurable ! Finalement, je n'ai pas à me plaindre... Du moins,
pas si on considère comme un avantage le fait
de n'avoir personne pour vous faire un bébé
ou pour vous tenir la main pendant que vous
mourez de votre maladie incurable.

Là, subitement, je pense à Bart, je ne sais
pas pourquoi. Étrange ! Cela fait des années
que je l'avais oublié... C'est peut-être parce
que j'ai rencontré Olaf aujourd'hui. Oui, cela
expliquerait le malaise que j'ai ressenti. Olaf
me fait trop penser à autrefois. Cela n'a rien
à voir avec lui, mais avec les souvenirs qu'il
a ravivés.

Je les repousse fermement, bien décidée à
me concentrer sur *As The World Turns*, mais
c'est Bart qui pose un regard grave sur moi, à
l'écran, et c'est Isabel qui joue le rôle de Rose.
Je zappe, agacée, mais cela ne sert à rien. Les
souvenirs ne me lâchent pas. Pire : des bribes
d'événements dont j'avais tout oublié me
reviennent obstinément en mémoire.

J'éteins la télé, j'enfile ma veste en jean,
j'empoigne mon sac à dos rouge et je m'enfuis
à vélo. Des plantes artificielles ! Où vais-je
en trouver ? Partout, sans doute, mais j'en
veux des belles, et pour ça, je dois aller
au Bijenkorf, le grand magasin au cœur

d'Amsterdam. Ce n'est pas tout à côté, mais ça me fera du bien.

Amsterdam bourdonne comme une ruche. Des trams passent en jouant de la cloche, les terrasses sont pleines de monde, les portes-fenêtres des balcons sont presque toutes grandes ouvertes. Les premiers touristes ont fait leur apparition sur le Dam. Les bras écartés et chargés de pigeons, ils sourient d'un air crispé pour la photo obligatoire.

Je gare mon vélo à l'entrée du magasin avant de me fondre dans la masse. Pourquoi les commerces font-ils toujours le plein par grand soleil ? Qu'est-ce qui pousse les gens à aller s'enfermer alors qu'il fait un temps splendide ? On se bouscule à tous les niveaux. L'escalator me mène au premier étage, et je repère tout de suite ce qu'il me faut : de la gypsophile très réaliste, des pois de senteur roses et blancs dans de jolis pots en pierre et de vrais bouquets de lavande qui répandent un formidable parfum de Méditerranée. J'empoigne un panier près de la caisse et je le remplis avec une avidité que je ne me connaissais pas. Voilà qui va transformer mon appart tristounet, voilà qui va m'aider à me sentir bien ! Demain, grand nettoyage ! Je vais laver les vitres, vider les placards et jeter tous les trucs qui ne servent à rien !

Me voici à la caisse, contente de ces bonnes résolutions. La caissière s'empare de mes trésors avec des doigts aux ongles interminables.

— Cinquante-cinq euros et dix centimes, s'il vous plaît ! dit-elle d'une voix morne.

— Pardon ?

— Cinquante-cinq euros et dix centimes.

— Tant que ça ? dis-je en regardant ce que j'ai posé sur le tapis roulant.

— Oui.

Cinquante-cinq euros pour quelques plantes artificielles et deux ou trois pots ? Ridicule ! Soudain je me souviens d'avoir vu un petit étal de fleurs au coin de la Bilderdijkstraat.

— J'ai changé d'avis, dis-je à la caissière en replaçant mes achats dans mon panier. Je vais les ranger moi-même.

— Comme vous voulez.

La mort dans l'âme, mais pestant contre le coût de la vie, je replace tout ce que je voulais acheter dans les rayons et je reprends l'escalator, rongée par un sentiment aigu d'insatisfaction. Et dire que j'ai pédalé jusqu'ici pour ça ! Il faut que je m'achète quelque chose ! Je refuse de rentrer chez moi les mains vides ! Des fringues ! Le rayon vêtements me faisait de l'œil tout à l'heure !

Je déambule entre les jupes et les chemisiers. Du blanc, du turquoise, du jaune citron... Une vendeuse s'approche en souriant. Elle a des cheveux noirs coupés court, des yeux d'un bleu profond et, l'espace d'un instant, j'ai l'illusion qu'Isabel s'est relevée d'entre les morts et qu'elle apparaît devant moi en chair et en os.

Je fais volte-face. Je m'enfuis vers l'esca-lator. *Vite, vite, descendre ! Partir d'ici ! Dehors, vite !*

J'enfourche rapidement mon vélo et slalome entre les gens qui font les vitrines en dégustant une glace. *Vite, chez moi !*

J'arrive en sueur à mon appartement. J'ai pédalé comme si j'avais la mort aux trousses. Je range mon vélo dans le hall, referme le cadenas de l'antivol, monte l'escalier et retrouve la sécurité de mon chez-moi. La porte se referme avec un petit déclic apaisant.

Pas de message sur mon répondeur.

Pas de fleurs.

Rien que des souvenirs.

6

Isabel Hartman a disparu par un jour ensoleillé du mois de mai, il y a neuf ans. Elle
revenait du collège à vélo et n'est jamais
arrivée chez elle. Nous avions été les plus
grandes amies du monde. Un jour, alors que
nous avions quinze ans toutes les deux, elle a
subitement disparu de ma vie. En fait, je
l'avais perdue bien avant, à notre entrée au
collège, où nos mondes avaient semblé
s'éloigner de plus en plus. Ce qui ne veut pas
dire qu'elle n'avait pas continué à influencer
mon existence, comme elle continue encore à
le faire aujourd'hui, d'une certaine manière.
Car je peux dire qu'elle est de nouveau de plus
en plus présente dans mes pensées.

Dès notre entrée à l'école primaire, nous
sommes devenues inséparables. Nous pas-
sions des heures et des heures dans la
chambre d'Isabel. Elle avait un petit divan
confortable sur lequel nous nous gavions de
chips et de Coca. Nous écoutions de la
musique et nous parlions de tout ce qui nous
intéressait : l'amitié, l'amour, son premier
soutif, quelles filles de notre classe avaient

déjà leurs règles et lesquelles ne les avaient pas encore...

Je me souviens de mon incrédulité et de mon chagrin lorsqu'une distance s'était installée entre nous.

Cela avait été un bel été. Nous ne nous étions pas quittées, et il avait continué à faire beau et chaud au mois de septembre. Nous avions douze ans. Nous faisions le chemin à vélo, ensemble. Mais arrivée au collège, chacune pénétrait dans un monde totalement différent. Pendant que je me fondais dans le décor, Isabel s'épanouissait comme une fleur. À peine franchies les portes du bahut, je voyais un changement s'opérer en elle. Elle redressait le dos, elle cessait de rire, elle regardait autour d'elle avec une arrogance quasi royale. Même les garçons des plus grandes classes la remarquaient.

Isabel se métamorphosait. Elle commençait à s'habiller autrement. Elle portait déjà des bonnets B alors que mes hormones étaient toujours en sommeil et que j'étais affublée d'un appareil dentaire. Elle a fait couper ses longs cheveux noirs, s'est mise à porter une veste en cuir et des jeans troués, s'est fait faire un piercing au nez et un autre au nombril. Elle rayonnait. C'est bien simple, elle était devenue intouchable.

Un jour, elle s'est éloignée de moi avant même que nous n'entrions dans la cour. Elle a posé son vélo loin du mien et s'est approchée des autres avec une assurance qui lui a valu attention et respect.

Je n'ai pas osé la suivre. Je me suis contentée de la regarder parler avec les autres filles de notre classe. Toutes grandes et minces, elles portaient des pulls moulants s'arrêtant au nombril. Leurs longs cheveux teints en blond ou en roux flottaient autour de leur visage ou étaient négligemment attachés au moyen de pinces raffinées, révélant leur teint hâlé. Elles fumaient toutes, promenaient des regards acérés autour d'elles et communiquaient dans une langue que je ne parlais pas.

J'ai compris que le train était parti sans moi. Et qu'il était trop tard pour le rattraper en marche.

Isabel était épileptique, mais presque tout le monde l'ignorait. Son traitement lui épargnait des attaques importantes, mais il lui arrivait d'avoir une absence ou une petite crise. En général, je comprenais très vite quand elle n'allait pas bien. Si elle en avait le temps, elle me faisait un signe, mais souvent je devinais la crise imminente à son regard fixe ou à la raideur de ses mains.

Les premiers temps, nous faisions encore l'aller-retour entre chez nous et le collège ensemble. Parfois, nous devions nous arrêter parce qu'Isabel avait une absence. Je posais précipitamment nos vélos et nous allions nous asseoir dans l'herbe. Sous la pluie battante s'il le fallait, mais nous avions nos impers. Si la crise était plus forte, Isabel en sortait épuisée et je la poussais dans le dos sur son vélo jusque chez elle.

Pendant longtemps, ce rituel est resté immuable, mais notre amitié s'interrompait de plus en plus brutalement dès l'arrivée au collège.

Le jour où Isabel a disparu, cela faisait deux ans que nous n'étions plus amies. C'est pour ça que je roulais loin derrière elle en rentrant du collège. Elle pédalait à côté de Mirjam Visser, avec qui elle passait beaucoup de temps à l'époque, et je ne ressentais pas le besoin de me joindre à elles. Elles n'auraient de toute façon pas apprécié. Comme j'allais dans la même direction qu'elles, j'ai ralenti pour ne pas les dépasser. Isabel et Mirjam pédalaient lentement. Chacune avait posé une main sur le bras de l'autre, dans un geste qui exprimait leur lien. Je revois encore leurs dos droits, de même que j'entends encore leurs voix joyeuses et insouciantes. Il faisait beau, l'été s'annonçait.

À un moment, Mirjam devait tourner à droite tandis qu'Isabel et moi devions continuer tout droit. Mirjam a en effet pris à droite, mais Isabel aussi. Je les ai suivies, je ne sais pas pourquoi, car ce n'était pas mon itinéraire habituel. J'avais probablement l'intention de rentrer à la maison par les dunes, ce que mes parents m'interdisaient parce que l'endroit était trop désert. Je passais souvent par là, malgré tout.

Nous roulions donc ainsi, elles devant, moi derrière, le long de Jan Verfailleweg, la petite allée qui mène aux dunes. Mirjam habitait dans une rue latérale. Elle a tourné, a levé la main en guise de salut, et Isabel a poursuivi son chemin toute seule. Cela m'a étonnée : je m'étais attendue à ce qu'elle entre chez Mirjam.

J'ai continué à suivre Isabel de loin et je l'ai vue mettre pied à terre à un feu rouge. J'ai cessé de pédaler, attendant moi aussi que le feu passe au vert. Il m'aurait été pénible de me retrouver à côté d'elle et de devoir chercher un sujet de conversation. Heureusement, une camionnette s'est arrêtée juste derrière elle, faisant écran entre nous. Puis la camionnette a redémarré dans un gros nuage de gaz d'échappement. Isabel s'est remise en selle. Si j'avais continué tout droit, je me serais retrouvée juste derrière elle et je n'en avais pas envie. Alors, j'ai tourné à droite et j'ai pris la direction des dunes après un petit détour.

C'est la dernière fois que j'ai vu Isabel. Mes souvenirs de cette époque sont un peu brumeux. Le plus étrange, c'est que des détails insignifiants demeurent extrêmement précis, alors que je ne me souviens plus de ce qui est important. Par exemple, je n'ai gardé aucun autre souvenir particulier de ce jour-là. Je sais seulement que j'ai suivi Isabel et Mirjam à vélo et que j'étais frappée par la confiance réciproque qu'elles exprimaient en roulant ainsi, chacune avec une main posée sur le bras de l'autre. Je ne me rappelle même pas dans quelles circonstances j'ai appris qu'Isabel avait disparu. Je n'en sais que ce que ma mère m'a raconté par la suite. Du temps de notre amitié, nos parents étaient également proches, mais leurs liens s'étaient distendus en même temps que les nôtres. Il semble que, ce soir-là, la mère d'Isabel ait téléphoné chez nous, inquiète, pour dire que sa fille n'était pas rentrée. Ma mère était montée dans ma chambre, où j'étais occupée à faire mes devoirs, et m'avait demandé si je savais où se trouvait Isabel. J'avais répondu par la négative. Cela ne l'avait pas étonnée, car cela faisait longtemps qu'elle n'avait plus vu Isabel chez nous.

De l'agitation provoquée par la disparition d'Isabel, je ne me souviens guère. Tout ce que je sais ou presque, je le tiens d'autres personnes. Les parents d'Isabel ont immédiatement prévenu la police. « Une jeune fille de quinze ans qui découche une nuit ? Bah ! Elle est certainement restée chez son petit ami ! » aurait répondu l'agent de service. Le père d'Isabel l'a cherchée dans le village et dans les environs pendant toute la nuit, tandis que sa mère téléphonait à toutes leurs connaissances.

Au bout de deux jours, la police a fini par se remuer. Les agents ont interrogé le cercle d'amis d'Isabel, mais comme je n'en faisais plus partie, ils ne m'ont posé aucune question. De toute façon, je n'aurais pas pu leur dire grand-chose, sinon que la dernière personne à avoir vu Isabel n'était pas Mirjam Visser, mais moi. Qu'est-ce que cela aurait changé ? J'avais bifurqué rapidement et je n'étais même pas sûre qu'elle soit passée par les dunes.

L'unité mobile de la police a passé toute la région au peigne fin, avec des hélicoptères, des chiens pisteurs et un scanner à infrarouge. Avec l'aide de voisines, la mère d'Isabel a collé des avis de disparition dans les abribus, les lieux publics et aux fenêtres des maisons.

On n'a jamais retrouvé aucune trace d'Isabel.

Au bahut, sa disparition était évidemment le grand sujet de conversation. Mais là encore, mes souvenirs ne sont pas très précis. Robin me parle encore de temps en temps des élèves qui se réunissaient en petits groupes dans la cour pour ébaucher les théories les plus folles, de la consternation qui avait frappé les amis d'Isabel, mais aussi de la peur que sa disparition avait provoquée. Elle avait été enlevée, violée, assassinée, peut-être les trois. Et si cela avait pu lui arriver à elle, cela pouvait arriver à n'importe qui. Personne ne pensait à une fugue. Isabel n'avait aucune raison de fuguer. C'était la fille la plus populaire de l'école, elle avait des tonnes d'amis et ses parents lui donnaient beaucoup de liberté.

Les profs avec qui Isabel avait eu des problèmes ont été soupçonnés. On s'est méfié des garçons qu'elle avait laissés tomber. Des plongeurs ont sondé le canal et un avion a scruté minutieusement la plage. Des motards de la police ont parcouru tous les chemins dunaires entre le village de Huisduinen et celui de Callantsoog.

Les parents d'Isabel ont lancé un appel dans deux émissions de télévision. Après chacune d'elles, les témoignages ont afflué et des volontaires de tout le pays se sont proposés pour mener une vaste battue, car la police refusait de demander l'aide de l'armée. Elle a pourtant fini par l'organiser, cette battue, avec les militaires. Des voyants ont même offert leur aide, mais on n'a jamais retrouvé Isabel.

Je devais m'être retirée en moi-même, pour avoir gardé si peu de souvenirs de cette époque. L'effervescence a fini par se calmer. C'était la période des examens, nous nous sommes tous concentrés sur nos résultats et sur l'année scolaire suivante, et des tas d'autres préoccupations nous ont accaparés. Bref, la vie a repris son cours. N'empêche, je continue à me demander ce qui a bien pu arriver à Isabel.

Il y a peu de temps, son cas a de nouveau été évoqué dans l'émission *Disparus*. Je zappais quand soudain, le visage souriant d'Isabel encadré par ses cheveux noirs et courts a envahi l'écran. Quel choc ! Comme ensorcelée, j'ai suivi la reconstitution du jour de sa disparition. Tous les scénarios possibles et imaginables avaient été mis en scène, et pendant tout ce temps, Isabel continuait à me sourire dans le coin supérieur droit de l'écran. « Certaines personnes doivent en savoir plus sur la disparition d'Isabel Hartman, a dit le présentateur, d'une voix grave. Si elles sont aujourd'hui prêtes à se faire connaître, qu'elles appellent notre rédaction ! Le numéro s'affiche actuellement dans le bas de votre écran. Si vous savez quelque chose, n'hésitez pas ! Prenez votre téléphone et contactez-nous ! Une récompense de vingt mille euros ira à la personne qui nous communiquera un indice permettant d'élucider cette affaire ! »

Je fouille les recoins de ma mémoire à la recherche de quelque chose dont je ne suis même pas sûre qu'il s'y trouve. Les images de la reconstitution ont déclenché un processus qui me donne la migraine. J'ignore comment, mais je suis subitement convaincue d'une chose : Isabel n'est plus en vie.

7

Ce soir-là, une bouteille de vin à portée de main, je m'installe devant mon ordinateur pour ouvrir mon cœur à des amis que je n'ai jamais rencontrés et que je ne verrai sans doute jamais non plus. Le *chat* est devenu une habitude et, si ça continue, je serai bientôt franchement accro.

Quand on sonne, je sursaute. Un rapide coup d'œil à ma montre m'indique qu'il est neuf heures du soir. Avec des mouvements un peu ralentis par le vin, je me lève et j'appuie sur le bouton de l'interphone.

— C'est moi ! s'écrie Jeanine.

Elle entre et regarde autour d'elle.

— Qu'est-ce que tu faisais ?

— Je *chattais*. Attends, je vais éteindre l'ordi.

Jeanine marche jusqu'à la cuisine.

— Il t'a fallu combien de temps pour boire tout ça ? demande-t-elle, interloquée, à la vue des bouteilles vides alignées sur le plan de travail.

— Oh ! Je ne sais pas exactement...

— À mon avis, pas tant que ça. Qu'est-ce qui

76

t'arrive ? m'interroge-t-elle en me regardant d'un œil critique.

— Rien. J'aime boire un petit verre de temps en temps, sans plus.

— N'importe quoi ! À cette dose, ça veut dire que tu as besoin d'alcool. Et si tu as besoin d'alcool, c'est que tu as un problème.

Je ne me sens pas très à l'aise. J'ai l'impression qu'elle me prend pour une alcoolo qui boit jusqu'à rouler sous la table.

— Tu devrais peut-être essayer de comprendre pourquoi tu te sens si mal au lieu de te raconter des histoires.

Elle a l'air si préoccupée que je sens fondre mon irritation. Il y a longtemps que quelqu'un ne s'est pas soucié ainsi de moi. À part ma psy, bien sûr, mais elle, elle était payée pour ça. Nous nous asseyons à la table de la cuisine. Je garde les yeux baissés.

— Ce n'est pas seulement à cause de Renée, hein ? C'est encore ta dépression ?

Je fais oui de la tête.

— Mais tu voyais une psy, non ? Elle ne t'a pas aidée ?

— Pas vraiment. Un jour, elle m'a dit qu'elle ne savait plus quoi faire. J'allais mieux, mais elle avait l'impression qu'elle ne parvenait pas à toucher le cœur du problème. Ce sont ses paroles, littéralement.

— Et toi, tu le connais, le cœur du problème ?

Je joue machinalement avec les oranges

dans la coupe à fruits, un beau plat en céramique que j'ai acheté à un prix exorbitant en Espagne. Comme je raconte cette anecdote à Jeanine, elle me jette un regard de reproche.

— Sabine... !

Je continue à fixer la coupe à fruits. J'essaie de prendre une décision.

— Ça t'est déjà arrivé d'avoir l'impression de ne pas te souvenir de quelque chose, mais de savoir que cette chose est là, quelque part, dans ta mémoire ? dis-je prudemment.

— Parfois. Quand j'ai oublié le nom de quelqu'un, par exemple. Je l'ai sur le bout de la langue, mais quand je suis sur le point de le dire, il m'échappe !

— Oui, c'est ça.

Je prends une banane et je la pointe dans sa direction.

— C'est tout à fait ça.

— Quel rapport avec ma question ? demande Jeanine. À moins que ça aussi, tu l'aies oublié ?

J'ouvre la banane d'un coup sec et je l'épluche lentement. Et là, j'ai de nouveau un flash. Un souvenir soudain. Je ne bouge pas, je fixe un cadre au mur. C'est déjà parti. Frustrée, je mange ma banane.

Jeanine n'a rien remarqué.

— J'ai oublié tellement de choses du passé ! dit-elle.

— Je t'ai déjà parlé d'Isabel ?

— Oui.

78

— J'ai l'impression de savoir ce qui lui est arrivé.

Jeanine me regarde.

— Mais on ne l'a jamais retrouvée, si ? Comment peux-tu savoir ce qui lui est arrivé ?

— C'est justement ça, dis-je, fatiguée. C'est ça que j'essaie de me rappeler.

Je passe une mauvaise nuit, pour changer. Je me réveille la tête pleine de rêves confus. Des rêves d'avant, des rêves du collège, mais quand je suis bien éveillée, je ne parviens plus à m'en souvenir avec précision. La seule image que j'en garde, c'est le visage souriant de Bart, proche du mien, et sa voix grave qui murmure quelque chose à mon oreille.

Bart, mon premier grand amour, le premier et le seul garçon avec qui j'ai couché. Je ne l'ai pas revu depuis le collège, mais je repense à lui régulièrement. Je ne me rappelle pas avoir jamais rêvé de lui. Pourquoi le passé me poursuit-il soudain si impitoyablement ?

Le lendemain matin, j'arrive au bureau avec la migraine. En prenant une aspirine, je me surprends à guetter Olaf. Ce serait bien si mon ordinateur avait un problème !

— J'ai une proposition ! dit Renée en entrant dans le secrétariat.

Elle ôte sa veste et, d'un geste démonstratif, pose un gros cochon tirelire sur son bureau.

— J'en ai parlé à Wouter, et il est d'accord avec moi pour dire que les fautes de frappe nous font gaspiller beaucoup trop de papier. Il suffirait souvent de se relire une fois de plus sur écran pour les éviter. Cela arrive à chacune d'entre nous, mais, depuis peu, la poubelle à papier déborde !

Elle s'applique tellement à ne pas regarder dans ma direction qu'il n'y a absolument aucun doute sur la personne qu'elle considère comme responsable de cette situation de crise.

— Alors, j'ai eu une idée. Chaque fois que l'une d'entre nous gaspillera une feuille, elle mettra dix centimes dans le cochon ! Avec l'argent ainsi récolté, nous financerons le pot du vendredi après-midi. Qu'en pensez-vous ?

Les bras m'en tombent.

— Mouais, dit Zinzy.

Je l'ai rencontrée ce matin pour la première fois, et elle me paraît très sympa. Petite, les cheveux foncés, très frêle mais, d'une manière ou d'une autre, elle a l'air de pouvoir tenir tête à Renée.

— Je trouve que c'est une bonne idée, dit Margot, qui est celle qui tape le moins de lettres. C'est vrai qu'on gaspille beaucoup de papier.

— Réfléchissez-y, dit Renée d'un ton énergique. Je pense que c'est une très bonne idée.

Je n'en suis pas convaincue, mais je n'ai pas du tout envie de m'exposer. Zinzy reste silencieuse elle aussi.

Pour éviter le regard de Renée, je retourne à mon écran. À l'instant même, je reçois un message d'Olaf. Je clique dessus et je lis :

« Bonjour, Sabine. Apparemment, ton ordinateur n'a aucun problème. Dommage ! »

Je souris et je lui réponds sans attendre : « Il est quand même un peu plus lent que d'habitude. »

Sa réponse arrive aussitôt : « Je viens voir. *Asap !* »

Asap ?

Je réfléchis à ce que cela peut bien vouloir dire avant d'aller me chercher un café. Dans le couloir, je me heurte à... Olaf !

— Ça, c'est rapide ! dis-je en riant.

— J'avais dit *asap* !

— Quoi ?

— *As soon as possible*, dès que possible !

— Ah ! Je croyais que c'était un code informatique.

Olaf éclate de rire.

— Bref, ton ordinateur n'a rien, dit-il.

— Quel hasard que tu...

Nous avons parlé en même temps, mais je m'arrête net. D'un geste de la main, il m'encourage à continuer.

— Oui ? Qu'est-ce que tu disais ? Quel hasard que je quoi ?

— Euh... eh bien... tu m'as envoyé un message juste au moment où je me disais que mon ordinateur était un peu plus lent que d'habitude, dis-je en me dirigeant vers la machine à café.

Olaf m'accompagne et s'appuie contre un meuble.

— C'est pour ça que je suis informaticien. Je sens ces choses-là, moi !

— Du café ?

— Oui, merci ! Noir de noir !

J'introduis un gobelet dans la machine à café et j'appuie sur le bouton ad hoc.

— Qu'est-ce que tu as fait de beau hier après-midi ? demande Olaf en prenant son gobelet de café et en en introduisant un second dans la machine pour moi.

J'appuie sur le bouton « café au lait » avant de répondre :

— J'ai voulu laver les vitres, mais j'ai changé d'avis. Alors je suis partie acheter des plantes artificielles au Bijenkorf. J'en ai choisi plusieurs et je suis allée jusqu'à la caisse avant de les remettre dans le rayon. Je suis rentrée chez moi juste à temps pour voir *Amour, Gloire et Beauté*.

Olaf, en s'esclaffant, renverse du café sur sa chaussure. Renée, qui passait justement par là, se retourne et me jette un regard sévère. Je fais un petit pas de côté pour qu'Olaf ne capte pas le regard noir que je renvoie à cette salope.

— Et qu'est-ce que tu as prévu pour cet après-midi ? me demande-t-il, toujours en riant.

— Je vais au Helder, dis-je en prenant prudemment mon gobelet de café.

Il me regarde, très intéressé.

— Au Helder ? Pour quoi faire ?

Je souris, mais je ne réponds pas.

— Tes parents y habitent toujours ?

— Non, ils se sont installés en Espagne il y a cinq ans.

— Ah oui ! Tu me l'as dit hier ! Ce n'était pas une mauvaise idée.

— Question de point de vue. Robin à Londres, mes parents en Espagne...

Je bois une gorgée de café d'un air sombre.

— Oh ! Pauvre petit chou ! Alors, tu es toute seule ? dit-il en posant sa main sur mon épaule.

Mon malaise revient immédiatement. J'ai l'impression que sa main pèse une tonne. J'aurais l'air ridicule si je me dégageais, mais pourtant, j'en meurs d'envie. La manière dont il me caresse le bras, comme pour me consoler, comme s'il y avait entre nous un lien d'amitié... Or, il n'y a rien. En tout cas, pas encore. Car cela pourrait être la première tentative vers quelque chose de totalement inconcevable. Olaf aurait-il des vues sur moi ? Serait-ce possible ?

— Il faut que je retourne bosser, dis-je en souriant pour m'excuser.

— Tu ne m'avais pas dit que ton ordinateur était trop lent ?

— Pas plus que moi ! Je vais m'en sortir !

Je souris de nouveau avant de retourner rapidement au secrétariat.

Je passe le reste de la matinée à penser à Olaf. Chaque fois que quelqu'un entre, je lève la tête, croyant entendre sa voix. Je vérifie ma messagerie toutes les dix minutes pour voir s'il ne m'a pas écrit. Non. Je me dis qu'il n'y aura rien de plus aujourd'hui, et aussitôt mon angoisse chasse les bulles de joie et d'espoir qui montaient en moi.

Cela faisait longtemps que je ne m'étais pas sentie comme cela. La première fois que je suis tombée amoureuse, c'était à la fête du bahut, avec Bart, et l'intérêt qu'il m'avait manifesté avait suscité en moi le même étonnement qu'aujourd'hui avec Olaf. Il n'y a eu personne après Bart. C'est entièrement de ma faute, parce que pour entreprendre, il faut du courage, et que pour avoir du courage, il faut avoir confiance en soi, ce qui m'a toujours fait défaut.

Renée entre dans la pièce, et je me replonge dans mon travail. Elle me jette un regard glacial, s'assied à son bureau et, à partir de ce moment-là, vérifie toutes les deux minutes ce que je suis en train de faire. À midi et demi, j'empoigne mon sac, profondément soulagée, et je sors sans saluer personne.

Je passe l'après-midi dans le canapé, à zapper en attendant *As The World Turns*. Le soleil brille, révélant la poussière qui recouvre chaque objet dans la pièce.

J'avais décidé de faire le ménage, mais je n'en ai pas le courage. Je ne trouve même pas l'énergie de me préparer une tasse de thé, alors que j'en ai pourtant très envie.

Avec mes pieds, j'attire à moi un livre qui traîne sur la table du salon. Sur la couverture, une femme à l'air dynamique semble défier le lecteur du regard, les mains sur les hanches. *La Femme qui s'affirme*, dit le titre en lettres rouges menaçantes.

C'est un bouquin de psycho que j'ai emprunté à la bibliothèque récemment. On y trouve des tas de tuyaux et de conseils pour résoudre toutes sortes de problèmes. Il suffit d'apprendre quelques phrases par cœur et de les ressortir au moment opportun.

Ce n'est pas mon problème. / Je pars, salut ! / En quoi cela me concerne-t-il ? / Je souhaite qu'on me laisse tranquille. / Je ne suis pas d'accord. / Fais-le toi-même. / Il n'en est pas question. / Je n'en ai pas envie. / Je suis contre.

Je réfléchis à une belle phrase assertive que je pourrais servir à Renée, et j'arrive à la conclusion qu'elles conviennent toutes. Je les apprends par cœur jusqu'à ce que retentisse le générique de *As The World Turns*.

8

— Alors, vous avez réfléchi ? demande Renée le lendemain, une fois que nous sommes toutes arrivées.

Je ne dis rien. Je continue à taper calmement ma lettre.

— À quoi ? interroge Zinzy.

— À ma proposition de payer une amende pour le papier gaspillé, précise Renée.

— Je suis d'accord, dit Margot. C'est une excellente idée, Renée !

Renée nous regarde alternativement, Zinzy et moi.

— Sabine ? demande-t-elle.

Je convoque la liste des phrases assertives. Un message « je » me semble le plus indiqué. Histoire d'imposer le respect.

— Je suis contre, dis-je fermement.

Un silence s'installe.

— Étant donné le nombre de fautes que tu fais, ça ne m'étonne pas, dit Renée.

— Je suis contre. C'est une idée ridicule.

Margot et Zinzy ne disent rien.

— Zinzy ? demande Renée. C'est aussi ce que tu penses ?

Zinzy hésite.

— Je ne sais pas... Si tu crois que c'est vraiment nécessaire...

— Il faut que nous soyons toutes d'accord, dit Renée.

Je sens qu'elle répète une phrase de Wouter. Je pivote vers elle et la regarde droit dans les yeux.

— Écoute, Renée ! Je viens ici pour gagner de l'argent, pas pour financer le pot du vendredi ! En plus, je ne pense pas que nous fassions des fautes exprès. Alors, il me semble que cela suffirait si nous nous engagions à faire plus attention avant d'imprimer.

— Certaines font plus de fautes que d'autres, lâche Renée.

— Si ta proposition est conforme à la convention collective, nous l'appliquerons. Sinon, non, dis-je, glaciale, avant de lui tourner le dos.

Pendant le reste de la matinée, Renée me boude, et Margot et Zinzy m'évitent. L'ambiance est si tendue que toutes les personnes qui entrent au secrétariat baissent automatiquement la voix. Mon bac est rempli de feuilles ornées de post-it explicatifs. Pour les missions qui impliquent des explications orales, on s'adresse à Zinzy ou à Margot.

— Tu sais où est le problème ? me demande Zinzy d'une voix hésitante.

Nous sommes près du distributeur, à

l'endroit même où je venais bavarder avec Jeanine, avant.

— Tu ne donnes pas l'impression d'avoir envie de te remettre à travailler, explique-t-elle. Tu fais une tête d'enterrement. Ce n'est pas très engageant. Les collègues croient que tu es une sale grincheuse qui préférerait rester chez elle à profiter de son congé de maladie !

— D'où peut bien leur venir une idée pareille ?

Zinzy me paraît sympa. Mince, petite, cheveux noirs et lisses, grands yeux bruns... Elle a le look que je voudrais avoir. Il y a quelque chose d'hésitant dans sa démarche qui pourrait faire croire qu'elle manque d'assurance, mais c'est une fausse impression. Elle en fournit régulièrement la preuve en contredisant Renée. Elle est toujours très prudente et ne manque jamais de s'excuser, mais quand même.

Et cette initiative audacieuse – manger un Mars en ma compagnie près du distributeur ! – est la preuve ultime de son indépendance d'esprit.

Grâce à elle, je comprends beaucoup de choses. C'est donc ainsi que me voient les autres ! Bon, je ne peux pas leur donner tort. C'est vrai que je viens travailler à contrecœur, mais ça n'a pas toujours été ainsi.

— Tu me trouves vraiment grincheuse ?

— Pas maintenant. Mais dès que Renée est dans les parages, tu te raidis. Pourquoi as-tu tant de mal avec elle ?

Je chiffonne l'emballage de mon Mars avant de le jeter dans la corbeille à papier.

— Tu comprendras un jour !

À midi et demi, je me dirige vers l'ascenseur. C'est l'heure de la pause déjeuner. Les ascenseurs mettent un temps infini avant d'arriver. Je pourrais descendre par l'escalier, mais la seule pensée de toutes ces marches me donne le tournis. Les ascenseurs existent, il faudrait être fou pour ne pas s'en servir. *Cling !* Je vais me poster devant la porte surmontée d'un témoin rouge. L'ascenseur s'ouvre.

— Oh ! Complet ! dis-je en voyant un mur de costumes.

— Non, Sabine ! Il y a encore de la place ! Allez, rentrez le ventre, les gars ! dit la voix d'Olaf tout au fond.

Ses collègues obéissent aimablement. Les portes se referment sur moi. Je me sens serrée comme dans une boîte à sardines.

Lorsque l'ascenseur s'ouvre au deuxième étage, je tombe presque dans le hall sous la poussée de ceux qui se rendent au restaurant. Olaf me rattrape à grand-peine. J'attends que tout le monde soit sorti pour reprendre place dans l'ascenseur.

— La prochaine fois, j'emprunterai les escaliers ! dis-je en bloquant la porte avec mon pied.

— Oui, c'est terrible, à midi et demi, tout le monde se précipite en bas !

Je jette un coup d'œil au restaurant, où une

longue file d'employés s'étend devant le buffet, un plateau vide à la main.

— Ça sent les *poffertjes*[1] ! dis-je.

— Et tu aimes les *poffertjes* ?

— J'adore ! Surtout avec du beurre fondu et du sucre glace ! Mmm !

— Tu n'as pas l'air d'en manger souvent, dit-il en me jaugeant de la tête aux pieds.

— Jamais ! Je me l'interdis !

Il secoue la tête d'un air désolé.

— Les femmes s'interdisent toujours des tas de choses. Je ne supporte pas cette idée !

— Pourquoi ?

— Parce que c'est souvent n'importe quoi ! J'ai eu une petite amie qui faisait régime tout le temps. Elle ne parlait que de ça. Montignac, les cures de jus de fruit, le Slimfast... Je suis devenu expert en la matière. Elle perdait des kilos pour les reprendre aussi sec. Un jour où je lui avais préparé à dîner, elle a refusé de toucher à quoi que ce soit, sous prétexte qu'elle était au régime carottes ! J'en ai été malade !

Je ris, malgré le pincement au cœur inattendu que j'ai ressenti à entendre Olaf évoquer une de ses ex.

— Tu n'es pas au régime, j'espère ?

— Qu'est-ce que ça peut te faire ? Je ne suis pas ta petite amie !

— C'est vrai !

---

1. Minicrêpes (spécialité hollandaise). *(N.d.T.)*

Il me regarde en souriant d'un air énigmatique.

— Qu'est-ce que tu aimes, à part les *poffertjes* ?

— Le grec ! J'adore manger grec !

Il hoche la tête pensivement.

— Alors on ira manger grec un de ces quatre, d'accord ?

— OK ! dis-je, agréablement surprise.

Il me salue d'un geste de la main.

— On se voit bientôt, Sabine. À plus !

— À plus ! dis-je en souriant.

9

Je suis à peine rentrée à mon appartement qu'on sonne avec insistance. Je me penche à la fenêtre. Olaf! Immédiatement, mon cœur se met à battre la chamade. J'appuie sur le bouton de l'interphone. J'entends la porte s'ouvrir et Olaf monter à pas pesants. Quelques instants plus tard, il entre chez moi, avec une grande boîte contenant un repas grec à emporter.

— Je me disais que tu avais certainement faim! Tu aimes le grec, non?

Je le regarde, bouche bée.

— J'étais en train de me préparer des toasts.

— Des toasts! s'exclame-t-il d'un air méprisant.

Il dépose les barquettes de riz, de salade, de *giros* et de *souvláki* sur la table. Une bonne odeur de friture envahit la pièce. Dans la cuisine, les toasts brûlent. Je cours débrancher le grille-pain.

— Tu es fou! Qui mange grec à midi? dis-je en riant.

— Les Grecs! Assieds-toi, ça va refroidir!

Nous mangeons face à face, avec les barquettes en plastique entre nous.

— Je savais que tu aimais la spontanéité, dit Olaf la bouche pleine. Comment tu trouves ? C'est bon, non ?

— C'est délicieux ! Où es-tu allé chercher tout ça ? dis-je en prenant un morceau de baguette et en me resservant de *tzatziki* sur le bord de mon assiette.

— Chez *Irodion*, au coin de la rue. Encore un peu de vin ? dit-il en levant la bouteille de blanc qu'il a débouchée.

Je fais oui de la tête. Il remplit nos verres et se ressert de *giros*. Moi, je repousse mon assiette. Son appétit impose le respect.

— Dis donc, qu'est-ce que tu manges !

— J'ai toujours été comme ça. Ma mère m'a beaucoup trop gâté. Elle préparait mes plats préférés et me resservait deux ou trois fois. Elle adorait cuisiner.

— Elle adorait ? Elle est morte ? dis-je en rassemblant les barquettes vides dans le grand carton.

— Non, mais elle fait moins la cuisine. Je suis fils unique. Mon père est décédé il y a cinq ans. Maintenant qu'elle est seule, elle ne se donne plus autant de mal. Elle cuisine une fois par semaine et garde des portions individuelles au congélo. Elle bouffe la même chose tous les jours pendant une semaine. Quand je retourne à la maison, elle cuisine exprès pour moi, elle en fait trop, et pareil : elle met le reste

93

au congélo, explique-t-il en raclant son assiette.

Il ronge une brochette avant de jeter la pique dans la boîte en carton.

— Eh bien! C'était délicieux! dit-il en rotant, une main sur le ventre.

— Tu as souvent des renvois comme ça?

Je n'ai pas pu m'empêcher de lui poser la question.

— Oui! Tu sais, dans de nombreuses cultures, c'est un signe de politesse! Tant que tu ne rotes pas, on continue à te donner à manger, car on croit que tu n'en as pas eu assez.

— Dans quelles cultures?

— Je ne sais plus, moi! Dans les pays asiatiques, je crois.

Il débarrasse rapidement la table et va tout ranger à la cuisine avant de m'attirer à lui. En m'enlaçant fermement, il commence à m'embrasser. Il me refile des grains de riz et des restes de *souvláki* que je m'empresse d'avaler. *C'est vraiment dégueulasse, un patin!* me dis-je en sentant sa langue contre la mienne. *Il faut vraiment aimer quelqu'un pour supporter un truc pareil!*

— Il faut que je retourne à La Banque, chuchote-t-il. Tu as prévu quelque chose pour ce soir?

— Oui, je voulais revoir les vieux épisodes d'*As The World Turns* et je n'ai pas fini *La Femme qui s'affirme*.

Il rit.

— Si on allait manger un morceau ?

— D'accord. Mais pas trop tôt, je suis calée pour un bon moment !

— Donne-moi ton numéro, je t'appellerai !

Olaf sort son portable de sa poche et met en mémoire le numéro que je lui dicte. Pour plus de sécurité, j'enregistre également le numéro de son portable.

— OK, je viens te chercher à huit heures. À ce soir !

Il m'embrasse une dernière fois avant de s'en aller. Je me poste à la fenêtre de la cuisine pour voir s'il lève les yeux en direction de mon appart. Nous nous faisons un signe de la main. Je souris avant de m'éloigner de la fenêtre.

J'ai un rancard ! Yes ! Et j'ai tout l'après-midi pour faire quelque chose de mes cheveux et choisir ma tenue !

Je me précipite vers ma chambre et examine le contenu de mon armoire. Dans un coin sombre pendouille une jupe oubliée qui fut assez chic. Trop longue, trop orange et trop étroite.

Je l'enfile malgré tout. L'orange est franchement passé de mode, mais cette couleur vive me va bien. Enfin, la jupe pourrait m'aller si j'arrivais à la passer autour de mes hanches. *Je suis entrée là-dedans, moi ? À quelle époque ? Qu'est-ce que c'est comme taille ? Un 36 ? Non, un 40 ! Un 40 et je n'entre plus dedans, alors que je faisais du 38 à la fin de la fac ! Qu'est-ce qui s'est passé pour que je doive maintenant m'habiller en taille 42 ?*

Je m'observe de profil et constate, horrifiée, l'ampleur des dégâts. Cette gifle est encore plus violente que celle que j'ai reçue quand j'ai vu qu'on m'avait piqué mon bureau. Beaucoup plus violente, même. Comme un film qu'on passe en accéléré, je me revois affalée dans le canapé à me gaver de bonbons, de chocolat, de chips et de pistaches. J'adore les pistaches. Laissez-en un sachet à ma portée, et je le vide à la vitesse de l'éclair.

J'arrache la jupe orange et je la jette hors de ma vue. Les mains sur les hanches, je m'observe dans le miroir de ma penderie.

— Bon ! dis-je à l'attention des bourrelets qui débordent de mon slip. Ça suffit, maintenant ! Fini les calories ! Tu n'as plus d'excuses, ma fille !

Avec un pincement au cœur, je repense au repas qui m'attend ce soir.

— C'est délicieux, la salade ! dis-je à mon reflet. Une bonne salade et une viande blanche ! Tu prendras de petites portions ! On peut très bien aller au restaurant de temps en temps et surveiller sa ligne !

Mais cela ne résout pas pour autant mon problème. Comment vais-je m'habiller ce soir ? Je vide mon armoire et jette un à un tous les vêtements sur mon lit. Trop vieux ! Trop triste ! Trop démodé ! Trop petit ! Trop étroit ! Beaucoup trop étroit !

En désespoir de cause, je téléphone à Jeanine. Elle est au bureau, mais elle ouvre

96

toutes grandes ses oreilles dès que je lui dis que j'ai rendez-vous avec Olaf van Oirschot.

— Non ! Pas possible ! Le beau mec de l'informatique ? Dis donc, Sabine ! Comment as-tu fait pour lui mettre le grappin dessus ?

— En rentrant le ventre et en sortant les seins ! dis-je avant d'éclater de rire.

— Ça marche toujours ! Comment tu vas t'habiller ?

— C'est bien le problème. Je n'ai rien à me mettre ! Je sais que toutes les femmes disent ça, mais moi c'est vrai ! Est-ce que tu pourrais m'aider, s'il te plaît ?

— Bien sûr ! Je passe chez toi après le boulot. Tu cuisines, on mange ensemble, puis on va en ville. Il y a une nocturne, aujourd'hui. On te trouvera bien quelque chose !

— C'est ce soir que j'ai rendez-vous.

Silence au bout du fil.

— Oh oh ! dit-elle. Alors, je prends mon après-midi.

Je regarde le combiné, stupéfaite.

— J'ai seulement besoin de quelques conseils par téléphone.

— Bien sûr que non ! Il faut que je voie ta garde-robe ! Il te reste peut-être quelque chose de mettable. Sinon, on ira faire les boutiques, c'est toujours agréable.

Elle a l'air si décidée et si enthousiaste que je ne proteste pas. Passer un après-midi en ville n'est manifestement pas un sacrifice pour elle.

— Tu es un amour ! dis-je.

— Je sais. Je demande si je peux prendre un congé. Je te rappelle en cas de problème.

Une demi-heure plus tard, Jeanine sonne à ma porte.

— Alors ! Voyons voir ce que tu as dans ton armoire ! dit-elle avant même d'entrer.

— Tout est sur mon lit.

Jeanine file droit dans ma chambre. Un coup d'œil aux vêtements qui s'entassent pêle-mêle sur mon lit, et elle reste figée dans l'embrasure de la porte.

— Hou là ! s'exclame-t-elle devant la montagne de tee-shirts délavés, de pulls pelucheux, de jeans usés et de tailleurs irréprochables, mais tristes à pleurer.

D'un air horrifié, elle soulève un fuseau informe, acheté au plus noir de ma dépression parce qu'il était confortable, et que je considérais à l'époque comme une trouvaille extraordinaire.

La situation devient vraiment gênante quand elle ouvre la penderie et tombe sur une pile de slips en fin de course. Deux soutiens-gorge blancs, enfin, qui furent blancs, leur tiennent fraternellement compagnie. Les baleines pointent traîtreusement aux endroits où le tissu est usé.

— Et ça ? Qu'est-ce que c'est ? demande-t-elle, visiblement choquée.

— Mes slips et mes soutifs.

— Ça, répond-elle en plissant le nez, ce ne sont pas des slips, ce sont des culottes de grand-mère ! Tu avais raison. Tu as besoin d'aide de toute urgence ! Jette-moi ces horreurs ! On va refaire toute ta garde-robe !

— Toute ma garde-robe ? Tu as une idée de ce que ça va me coûter ? C'est la fin du mois, je te rappelle !

— Eh bien, tu seras dans le rouge, pour une fois ! Il y a urgence, insiste Jeanine en jetant un regard méprisant à mon armoire et aux vêtements qui s'étalent sur mon lit. Qu'est-ce que tu as pour cette nuit ?

Je pense à mon tee-shirt long orné du logo de La Banque, sans oser le dire.

— Un pyjama.

— Un pyjama ?

— Ben oui ! Pas toi ? dis-je, sur la défensive. Tu dors en déshabillé alors qu'il gèle ?

— D'abord, il ne gèle pas, c'est l'été ! Ensuite, la nuit, tu dors dans ton pieu, pas dehors ! Bien sûr que j'ai un pyjama en flanelle comme tout le monde, mais j'ai aussi un déshabillé, oui ! Ça fait partie de la panoplie de base de toute femme qui se respecte. Allez, viens ! J'en ai assez vu ! On va faire les boutiques !

Le soleil brille. Je vois des femmes de mon âge vêtues d'une petite jupe fleurie au bord festonné et d'un haut à bretelles, et subitement, oui, je meurs d'envie de renouveler ma garde-robe ! Je veux une jupe comme ça ! Et un haut à bretelles !

Je m'assieds tout excitée à côté de Jeanine

dans le tram 13. J'ai un rendez-vous ! J'ai même une amie avec qui je vais m'acheter des fringues ! Je suis de nouveau dans le coup ! Bon sang, comme ce tram est lent ! Il faut vraiment qu'il s'arrête partout ? Je veux faire les boutiques !

Arrivées au Nieuwezijds Voorburgwal, nous descendons enfin. Nous nous faufilons dans la foule qui se dirige vers la Kalverstraat.

Comme ça fait longtemps que je ne suis pas venue ici ! Quand ai-je cessé de me soucier de mon apparence ? Comment cela a-t-il pu m'arriver ? On se sent beaucoup mieux bien habillée ! En tout cas, je suis sûre d'une chose : je ne ressemble à rien dans cet uniforme de secrétaire. Qui m'a fait croire qu'il fallait s'habiller tristement quand on travaillait dans un bureau ? Qu'il fallait absolument porter une jupe noire et un chemisier blanc ?

— D'abord la lingerie, tranche Jeanine. C'est plus que nécessaire !

Nous entrons dans une petite boutique spécialisée. Je crois que c'est la première fois de ma vie car, du plus loin que je m'en souvienne, j'ai toujours acheté mes sous-vêtements en grande surface. Nous déambulons entre de petites choses adorables en satin pastel et des slips et des soutiens-gorge rouges et noirs provocants.

Jeanine s'empare d'un cintre sur lequel je ne vois que de petits bouts de dentelle presque

100

transparente, qui, après un examen attentif, se révèlent être un minuscule slip avec soutien-gorge assorti.

— Ça ! décide-t-elle, enchantée. Il faut que tu prennes ça ! Et ça !

D'un geste décidé, elle empoigne un déshabillé rose qui a l'air de ne rien cacher du tout. Je considère la chose, passablement dubitative.

— Ça ne fait pas un peu pute ?

— Ça fait sexy, ma choute ! rectifie-t-elle gentiment. Essaie-le ! C'est le genre de chose qu'il faut voir sur soi !

Elle me pousse dans une cabine d'essayage. Pendant que j'enfile prudemment le déshabillé, elle me lance d'autres modèles pardessus le rideau. Un peu plus tard, elle se glisse dans ma cabine, morte de curiosité.

— Alors ? Ça te va ?

Je me regarde dans le miroir. Tout ce que vois, c'est ma foufoune sous un voile de dentelle pastel.

— Je ne sais pas, Jeanine... Ce n'est pas moi, ça... dis-je, mal à l'aise.

— N'importe quoi ! On ne s'habille pas en fonction de qui on est, mais de qui on veut être ! Ça te met en valeur, Sabine. Prends-le ! Avale un calmant et passe à la caisse !

Je suis incapable de résister à une telle force de persuasion. Je retire tout, je me rhabille, je choisis encore quelques ensembles moins provocants mais de qualité et je me dirige vers la caisse. En composant le code de ma carte bancaire, j'évite de regarder le prix total et j'appuie rapidement sur la touche « OK ».

— Bon ! dit Jeanine. On passe à quoi, maintenant ?

Nous allons d'une boutique à l'autre, et ça marche du tonnerre. Nous achetons non pas une jupe, mais toute une série, non pas un haut, mais une ribambelle, de toutes les couleurs possibles et imaginables. Les sacs en plastique me font mal aux mains. Puis je me mets en quête de chaussures assorties. Je voudrais aussi une pince pour retenir mes cheveux avec nonchalance. Ah ! Si j'étais un peu plus bronzée ! J'ai passé tout le mois dernier calfeutrée dans mon appartement. Où avais-je la tête ? À partir de maintenant, j'irai tous les après-midi au bois ou à la plage !

La parfumerie est source d'innombrables tentations. Je flanche, et je m'achète des parfums, du maquillage, des pinces de toutes les couleurs et un tube d'autobronzant. *Allez hop ! Encore un sac en plastique !*

Ah oui ! Les chaussures ! Où se trouve la boutique Mansfield ? Et Invito ?

À six heures, nous montons dans le tram du retour, épuisées.

— Je rentre direct à la maison, je n'en peux plus, dit Jeanine devant chez moi. Je suis contente de ne pas sortir ce soir !

— Je n'en peux plus non plus !

— Prends une douche, masse-toi les pieds, et ça ira. Appelle-moi demain ! Je veux tout savoir !

Je monte l'escalier qui mène à mon appartement avec des pieds de plomb. J'ouvre péniblement la porte, empêtrée dans tous mes paquets, la referme avec le talon et laisse tomber tous mes achats dans l'entrée. *Shop till you drop*, disent les Anglais. « Faire les boutiques jusqu'à l'épuisement »... Je comprends pourquoi.

Je me masse les pieds énergiquement avant de me rendre à la salle de bains. Une bonne douche tiède, voilà précisément ce dont j'ai besoin ! Je reviens dans l'entrée dans le plus simple appareil pour ramasser mes achats et les déposer dans ma chambre. Je coupe soigneusement les étiquettes et essaie de nouveau tous les sous-vêtements, toutes les jupes et tous les hauts. C'est vrai : la lingerie vous procure une sensation étrange. Personne ne sait que vous en portez, sauf vous, et elle vous procure un sentiment de confiance que vous n'avez encore jamais connu. En tout cas, c'est ce que j'éprouve en me voyant dans le miroir. Je prends une pose assurée, les mains sur mes bourrelets pour les cacher, je rejette mes cheveux en arrière et je fixe le miroir avec l'arrogance d'un mannequin.

Je suis une femme fatale... jusqu'à ce que je déplace mes mains et que mes bourrelets me rappellent qu'il me reste quelques détails à régler avant d'accéder à ce statut. Mais je m'en fiche ! Ma nouvelle jupe tombe parfaitement, et je peux passer un petit pull du plus bel effet par-dessus. Je suis très, très satisfaite du résultat.

Je sèche mes cheveux, qui sentent délicieusement bon grâce à mon nouveau shampooing, avant de les fixer nonchalamment au moyen d'une pince neuve. Je suis encore occupée à me maquiller quand on klaxonne dans la rue.

10

Sans me préoccuper de ces appels répétés, j'étends soigneusement mon mascara avant de mettre des boucles d'oreilles en cristal.

On klaxonne de plus belle. Les sourcils froncés, je me penche à la fenêtre.

Olaf ! Dans une Peugeot noire, les vitres baissées, une cigarette au coin des lèvres. Son grand bras bronzé sort par la vitre et ses doigts pianotent sur le toit de sa voiture, au rythme du dernier tube de Robbie Williams qu'il écoute à fond sur son autoradio. En une fraction de seconde, je constate qu'il n'a même pas pris la peine de se changer et qu'il a gardé son jean et son tee-shirt blanc.

Subitement, ma métamorphose me semble un chouïa exagérée. Ce rose ne fait-il pas trop guimauve ? Ce feston n'est-il pas *too much* ? Ces chaussures à talons hauts et à lanières sont géniales, mais le haut à bretelles n'accentue-t-il pas trop mes courbes ?

Je jette un dernier coup d'œil au miroir. Ils sont bien, mes cheveux, avec cette pince ! C'est agréable d'avoir le visage dégagé. Dommage que je sois si pâle. J'ai étalé de l'autobronzant sur une de mes jambes, et elle est devenue orange. Je n'ai pas osé m'en mettre sur le visage, ni sur l'autre jambe, d'ailleurs. De toute façon, au resto, on a les jambes sous la table et dans la voiture, je poserai la blanche sur l'orange pour la cacher.

Tûûûûût! Le bruit du Klaxon se répercute contre les façades. Je jette un coup d'œil irrité par la fenêtre.

Olaf me voit et sort la tête de l'habitacle.

— Hé ! Tu es prête ?

Je lui fais signe de m'attendre, saisis mon sac et mes clés à la volée et me voilà partie. Il me faut trente secondes pour refermer derrière moi et descendre l'escalier, mais il trouve encore le temps de klaxonner.

— Imbécile ! dis-je entre mes dents, furieuse.

Olaf bloque la rue étroite avec sa voiture, mais cela ne semble pas le perturber outre mesure.

— Avance ! dis-je dès que j'ai ouvert la portière.

— À vos ordres, madame ! Vous êtes resplendissante !

Je détourne le visage, silencieuse.

— Qu'est-ce qu'il y a ? Ce n'est pas ce qu'il faut dire quand on passe prendre une jeune femme chez elle ?

— Quand on passe prendre une jeune femme chez elle, on ne fait pas un raffut de tous les diables dans sa rue !

J'ai aussitôt envie de ravaler mes paroles. Je veux être jeune, dans le vent. Il ne faut pas qu'Olaf ait l'impression de sortir sa grand-mère de la maison de retraite pour une petite promenade de santé. C'est raté, je le vois à sa façon de me regarder. Le pire, c'est qu'il ne démarre pas.

— Tu aurais pu sonner, dis-je d'un ton légèrement radouci.

— J'aurais dû me garer en double file. Tu as vu le bordel dans ta rue ?

— Tu pouvais m'appeler sur mon portable. Pourquoi tu ne démarres pas ? Il y a cinq voitures derrière ! dis-je, mal à l'aise, en regardant par-dessus mon épaule.

Un automobiliste est descendu de sa voiture et s'avance vers nous, impatient. Un autre commence à klaxonner.

— Hé, Ducon ! Qu'est-ce que tu crois ? Si t'as quelque chose à me dire, téléphone ! s'exclame Olaf avant de démarrer dans un crissement de pneus.

Je ne peux pas m'empêcher d'éclater de rire.

— Tu te sens chez toi, hein ? Incroyable ! On ne dirait jamais que tu es un batteur de grève !

— Au Helder, je suis un batteur de grève. Ici, je suis un Amstellodamois ! Tiens, les habitants de Tilburg, tu sais comment on les appelle ?

— Aucune idée.

— Les pisse-pots ! Ça vient du temps où Tilburg était le centre de l'industrie textile. On utilisait l'urine pour feutrer la laine... Les habitants étaient payés chaque fois qu'ils apportaient un cruchon de pisse à l'usine. Génial, hein ?

— Hilarant, dis-je.

Ça le fait rire.

— Hou là ! Quel sens de l'humour !

— Je suis surtout contente de ne pas venir de Tilburg. Je sais comment tu m'aurais surnommée. Tu te rappelles que tu m'avais donné un sobriquet ?

— Moi ?

— Oui. Tu ne sais plus comment tu m'appelais ?

— Sabine, peut-être ?

— Mademoiselle Fourmi !

Olaf frappe son volant et éclate de rire.

— Ah ! C'est vrai ! Bon sang, quelle mémoire d'éléphant tu as ! Mais ça t'allait comme un gant, mademoiselle Fourmi ! Tu avais toujours l'air tellement nerveuse !

Nous nous engouffrons dans Nassaukade pour nous retrouver aussitôt dans un embouteillage. Olaf regarde dans son rétroviseur, mais il y a déjà plusieurs voitures derrière nous... Impossible de faire demi-tour !

— *Shit !*

Il donne un coup de volant à gauche et escalade la bordure délimitant la voie réservée aux trams. J'en entends un protester derrière nous à coups de cloche. Olaf indique d'un signe qu'il va se rabattre, mais il continue. Nous approchons de l'hôtel Marriott.

Inquiète, je me redresse sur mon siège. Je ne suis pas habillée pour un endroit aussi sélect.

108

D'accord, je suis jolie dans mes nouveaux vêtements, mais une robe longue aurait mieux convenu à ce genre de restaurant.

Nous laissons le Marriott derrière nous et nous tournons à gauche vers la Leidseplein. Ce sera donc l'Américain. *Merde ! Si j'avais su !* J'inspecte mon maquillage dans le miroir de courtoisie. *Bon, ça pourra aller. Heureusement, j'ai mon tube de rouge et mon crayon à lèvres avec moi. J'irai vite aux toilettes arranger ça.*

Olaf s'engage dans une rue latérale et se gare sur un emplacement réservé aux handicapés.

— Hé ! Qu'est-ce que tu fais ? Tu veux retrouver ta voiture à la fourrière ?

— Ne t'en fais pas, répond Olaf en apposant une carte bien en évidence sur le tableau de bord.

— Depuis quand es-tu invalide ?

— J'ai toujours un point de côté quand je dois marcher longtemps, explique-t-il, mi-figue, mi-raisin. Un ami a eu pitié de moi et m'a obtenu une carte.

Je sors de la voiture en secouant la tête d'un air désapprobateur.

— L'Américain n'a pas de parking ?

— Si, dit Olaf en fermant la voiture. Pour ses clients.

Je m'apprête à traverser, mais, d'un clin d'œil, Olaf attire mon attention dans une autre direction. Mon regard tombe sur une baraque à *poffertjes* dotée d'une terrasse et de chaises en plastique.

— Où veux-tu t'asseoir ? Là, dans le coin ? On sera bien pour regarder les passants.

Olaf se précipite vers la terrasse et recule poliment une chaise rouge vif. Il s'immobilise dans cette position, un peu mal à l'aise, les yeux brillants d'excitation.

Je m'assieds, attendrie. Cette baraque me semble subitement beaucoup plus agréable que le Marriott ou l'Américain. Ici, pas besoin de se faire du souci pour sa tenue !

Un serveur vient prendre notre commande. Deux grandes portions de *poffertjes* avec double ration de sucre et deux bières. Le type hoche la tête et disparaît sans un mot.

Olaf s'appuie sur le dossier de sa chaise, manquant de la renverser, et croise les mains derrière la nuque en poussant un soupir d'aise.

— Tu as eu une bonne idée, dit-il. Des *poffertjes* ! Ça faisait longtemps !

— Je ne me rappelle pas avoir jamais rien proposé de tel.

— Mais si, ce midi, au restaurant ! Tu as dit que tu mourais d'envie de manger des *poffertjes* !

— J'ai dit que ça sentait bon les *poffertjes*.

— Tu préfères qu'on aille ailleurs ? demande-t-il, brusquement inquiet.

— Non, c'est génial ! Parfait ! dis-je en m'installant confortablement pour rendre mon discours plus convaincant.

— Chouette !

Un silence tombe. Un de ces silences qui

vous amènent à vous creuser les méninges à la recherche d'un sujet de conversation. Car, tout bien considéré, qu'avons-nous à nous raconter ? Que savons-nous réellement l'un de l'autre ?

— Comment te sens-tu à La Banque ? dis-je bêtement.

— Comme un poisson dans l'eau ! Les gens du service informatique sont sympas. L'humour est un peu au ras des pâquerettes, mais bon, que veux-tu ! C'est comme ça quand il n'y a que des hommes !

— Vous n'avez pas aussi deux femmes ?

— À mon avis, elles souffrent avec nous ! Chez vous, c'est le contraire, hein ? Rien que des filles !

— Oui.

— L'ambiance est sympa ?

— Tu n'imagines pas !

L'ironie de ma réponse lui échappe.

— Cette Renée m'a tout l'air de jouer au petit chef.

— Renée ? C'est une femme adorable ! Toujours compréhensive, amicale, charmante... Nous avons beaucoup de chance !

Olaf fronce légèrement les sourcils. Puis il me regarde et sourit. Il a compris.

— Une salope, quoi.

Je confirme :

— Une salope.

— Je me disais bien ! Elle est toujours absolument charmante quand elle me voit, pour ne pas dire mielleuse, mais je l'ai un jour entendue dire ses quatre vérités à quelqu'un. C'est une enquiquineuse de première !

Je n'ajoute rien, et Olaf ne semble pas avoir envie de continuer à parler de Renée non plus. Ce qui nous relie aussi, c'est le passé. Je ne suis donc pas étonnée quand il aborde le sujet. Il allume une cigarette et rejette la fumée vers le ciel.

— Mademoiselle Fourmi ! Tu ne devais pas beaucoup apprécier...

— Oh ! J'avais l'habitude de ce genre de choses, avec un frère plus âgé.

Il rit.

— Et comment va Robin ?

— Bien. Il est très occupé. Il a beaucoup de boulot. Cela fait un certain temps que je ne l'ai pas eu au bout du fil, mais la dernière fois qu'on s'est téléphoné, il n'en avait que pour une certaine Mandy.

— Robin s'est donc dégoté une beauté londonienne ! Tant mieux pour lui ! Je l'appellerai un de ces quatre. Tu as son numéro ?

— Oui, mais pas ici. Je te l'enverrai par mail demain matin.

Olaf hoche la tête et observe pensivement la fumée de sa cigarette avant d'aborder le sujet que je tente d'éviter de toutes mes forces.

— Tiens ! N'étais-tu pas amie avec Isabel Hartman ?

Je saisis le paquet de cigarettes posé entre nous sur la table. J'allume une clope. Un silence gênant s'installe.

11

J'ai oublié une grande partie de mes années de collège. Quand j'écoute les anecdotes de Robin, j'ai l'impression de découvrir les événements dont il parle, comme s'ils étaient arrivés à une autre personne. De temps en temps, une étincelle éclaire brièvement la nuit de mon esprit. C'est un souvenir qui me revient. Difficile de comprendre comment ça marche, la mémoire, et encore plus d'accepter qu'elle vous laisse en plan à certains moments, pour vous confronter ensuite à des choses que vous auriez préféré oublier.

Olaf prononce le nom d'Isabel, et l'image qui ressurgit n'a rien d'agréable. Je me revois debout, à la cantine, à la recherche d'un endroit où manger mes tartines. Les filles de ma classe sont installées un peu plus loin. Isabel, assise au bord de la table, mène la conversation. J'ai douze ans. Peu de temps auparavant, je faisais encore partie de leur groupe, mais j'ai été progressivement marginalisée pour finir totalement rejetée.

Néanmoins, je prends une chaise et la tire jusqu'à elles. Les filles font comme si elles ne me voyaient pas, mais je surprends les regards qu'elles s'échangent. C'est comme si leur clan était entouré d'un champ magnétique et que mon arrivée déclenchait mille et un signaux d'alarme.

J'essaie gauchement de glisser ma chaise entre les leurs, mais les pieds s'entremêlent, formant un barrage infranchissable. Je finis par m'éloigner et par m'installer seule à une petite table. Les yeux rivés sur l'horloge murale, j'attends que la cloche sonne la fin de mon calvaire.

À un moment, mon regard interrogatif croise celui d'Isabel. Elle ne détourne pas les yeux. C'est pire. Comme si j'étais transparente.

— C'était ton amie, non ?

Olaf boit une gorgée de bière.

— Isabel ? À l'école primaire, oui, dis-je en tirant sur ma cigarette et en avalant la fumée.

— On ne sait toujours pas ce qui a pu se passer, hein ?

Ce n'est pas une question, c'est une constatation, mais je réponds quand même.

— Non. On a encore parlé d'elle à la télé, dans *Disparus*.

— *Shit !* À ton avis, qu'est-ce qui lui est arrivé ? Est-ce qu'elle n'avait pas une sorte de maladie ?

— Oui, elle était épileptique.

Des images du passé affluent. J'essaie de les arrêter, de les détourner, mais Olaf poursuit sur sa lancée.

— Oui, c'est ça ! Et si elle avait eu une crise ?

114

— Je ne crois pas. Une crise, on la sent venir. Et quand elle est passée, on revient à soi. Si la crise est légère, du moins. Je sais de quoi je parle, j'ai souvent assisté à celles d'Isabel !

— Bref, tu ne crois pas que l'épilepsie pourrait expliquer sa disparition ?

Je fais signe au serveur de m'apporter une nouvelle bière et je secoue la tête. Non, je ne pense pas. Je n'ai jamais cru à cette thèse.

— Tu sais, dis-je, je n'ai pratiquement aucun souvenir des jours qui ont suivi la disparition d'Isabel. C'est fou, hein ? Je devrais au moins me rappeler le moment où j'ai appris qu'elle n'était pas rentrée ! Apparemment, sa mère a téléphoné à la mienne. Le lendemain, ses parents sont même venus me parler, espérant que je pourrais leur donner des informations utiles. On en a beaucoup discuté, à l'école, dans les médias, mais tout ce que je sais de cette période, c'est ce qu'on m'en a raconté par la suite. J'ai presque tout oublié.

Olaf me regarde d'un air sceptique.

— Ce n'est pas possible !

— Si.

— On ne parlait que de ça à l'école !

— Sans doute, mais je ne me rappelle presque rien. C'est peut-être ça qui me bouleverse autant quand je repense à ces événements. J'ai l'impression d'avoir oublié des éléments importants. Tu vois ce que je veux dire ? Sur le moment, on pense que ce sont des détails insignifiants, mais plus tard, on se rend compte qu'il s'agit d'informations capitales. Quelque chose en moi me dit qu'à l'époque, j'en savais davantage que je ne l'ai moi-même compris. Mais maintenant, tout est parti, tout s'est effacé.

Olaf saupoudre ses *poffertjes* de sucre.

— C'est pour ça que tu voulais aller au Helder ?

— Oui. J'espérais que la situation s'éclairerait d'elle-même, mais non. Tout cela s'est passé il y a si longtemps ! dis-je en soupirant.

Olaf enfourne simultanément cinq *poffertjes*.

— Peut-être que le choc t'a plongée dans une sorte de brouillard. C'est très plausible, si tu veux mon avis. Isabel avait été ta meilleure amie. Cette histoire a dû te secouer.

Sans appétit, je picore un *poffertje* froid et gluant. La disparition d'Isabel m'a-t-elle affectée ?

— L'année dernière, au tout début de mon congé de maladie, j'ai demandé à ma mère comment j'avais réagi alors. Elle n'a pas pu me dire grand-chose. Quand Isabel a disparu, mon père était à l'hôpital, il venait d'avoir un infarctus. Elle avait d'autres préoccupations.

Olaf pose sur moi un regard grave.

— Les premiers temps, ma mère a cru qu'Isabel avait fugué. Elle sortait souvent avec des garçons plus âgés, même à Amsterdam. Dieu seul sait où elle allait les chercher ! Elle a peut-être vraiment mis les voiles.

— Tu le crois sincèrement ?

Après avoir réfléchi, je secoue la tête.

— Non. Pourquoi aurait-elle fait ça ? Ses parents lui donnaient une liberté incroyable. Un peu trop, même, aux yeux des miens. Au fond de leur cœur, ils se sont réjouis quand nous nous sommes éloignées l'une de l'autre. Isabel décidait elle-même de ses fréquentations et de l'heure à laquelle elle rentrait. Ses parents ne l'embêtaient pas avec ses devoirs, pas comme les miens. Ils la laissaient sortir avec de vagues connaissances sans lui poser de questions. Tu vois le genre... Bref, sa disparition n'a pas du tout étonné ma mère. Elle a toujours été persuadée qu'il lui était arrivé quelque chose à Amsterdam.

— Ce n'est pas possible, dit Olaf. Elle a disparu en plein jour, après les cours.

Je lève les yeux, surprise qu'il se souvienne aussi bien des détails.

— Oui, c'est vrai. Je me rappelle que je roulais derrière elle à vélo. Elle était avec Mirjam Visser. Quand Mirjam a tourné dans sa rue, Isabel a continué toute seule. J'allais dans la même direction qu'elle, mais je pédalais très, très lentement parce que je n'avais pas envie d'attirer son attention. À un moment, j'ai pris une rue latérale pour lui échapper. Je suis revenue par les dunes, mais le trajet n'était pas aussi agréable que ce que j'avais imaginé. Il y avait beaucoup de vent. J'ai pédalé comme une abrutie. Quand je suis rentrée chez moi, j'étais complètement à bout de souffle. C'est fou, hein, de se souvenir d'un truc aussi insignifiant ! Mais je n'ai aucune idée de ce que j'ai fait le reste de la journée. Je suis sans doute allée à la bibliothèque. Ou alors j'ai fait mes devoirs.

— Et le lendemain ? Et les jours qui ont suivi ? Lorsqu'il est devenu évident qu'Isabel avait vraiment disparu ? On ne parlait que de ça au collège ! s'exclame Olaf, étonné.

— Je ne me souviens de rien. C'est comme s'il y avait un blanc dans ma mémoire. De temps en temps, je retrouve une pièce du puzzle, mais elle disparaît aussitôt, dis-je, impuissante.

— Hum...

Olaf s'enfonce dans sa chaise et allume une cigarette. Il m'en propose une, mais je refuse.

Nous nous taisons. Je bois ma bière à grands traits. Je ne suis pas habituée aux silences, je ne sais pas très bien comment les meubler, même si celui d'Olaf en ce moment ne me met pas mal à l'aise. Il n'attend pas d'explication, ni d'interminables épanchements, et je ne commets pas l'erreur de parler pour ne rien dire. Simplement, il ne dit rien, et moi non plus.

Nous restons donc assis là tranquillement, avec lui qui fume et moi qui finis par lui piquer une clope. Parfois, une cigarette prise au bon moment fait toute la différence.

— Et toi, tu connaissais bien Isabel ? dis-je enfin en faisant tomber ma cendre dans le cendrier.

— On se croisait quelquefois au bistro. Par

118

la suite, il m'est arrivé de bavarder avec elle dans la cour. Robin m'avait dit que vous aviez été copines, mais c'était avant que je ne vienne en visite chez vous, je pense, parce que je ne l'y ai jamais vue.

— Oui, c'est vrai. À ce moment-là, nous n'étions plus amies.

Olaf me regarde. Il ne dit rien. Il se contente de me fixer droit dans les yeux, ce qui est un moyen assez efficace de rendre l'autre nerveux et de le faire parler.

— Les années de lycée ont été très chouettes. Le collège a été une horreur de bout en bout, mais le lycée, c'était génial. J'ai beaucoup changé à ce moment-là. Sympa, joyeuse, bavarde comme une pie ! Je ne laissais plus personne me marcher sur les pieds. C'était une toute nouvelle Sabine ! On ne dirait pas, hein ? Tu ne m'as jamais connue comme ça. Tu sais, parfois, j'ai l'impression d'être plusieurs personnes à la fois. D'avoir des personnalités complètement différentes qui surgissent à tel ou tel moment malgré moi.

Mais qu'est-ce qui me prend de lui déballer ça ? Je tapote nerveusement ma cigarette sur le bord du cendrier et j'éclate d'un rire qui sonne faux, comme pour m'excuser.

— Ça fait penser à la schizophrénie, non ?

— Oh ! Je ne sais pas. Je me reconnais tout à fait dans ce que tu dis. N'avons-nous pas tous plusieurs personnalités ? Suivant la situation, on montre un visage différent, on adopte une nouvelle attitude, on change sa façon de parler. On s'adapte, quoi ! Moi aussi je montre un Olaf très différent au boulot !

Nouveau silence. Le serveur vient reprendre nos assiettes. Il ne nous demande pas si ça nous a plu.

— Deux cafés, s'il vous plaît, dit Olaf.

L'homme fait oui de la tête et s'éloigne.

— Et c'était délicieux, merci ! ajoute Olaf.

Le serveur ne réagit pas.

— Il doit se dire que ce ne sont que des *poffertjes*, dit Olaf en roulant des yeux.

— Justement !

— Justement !

Nous attendons notre café en fumant. Après cette évocation du passé, il paraît difficile d'orienter la conversation vers un sujet plus futile.

— Qu'est-ce que tu te rappelles du jour où Isabel a disparu ? dis-je.

— Pas grand-chose non plus, sauf que je passais le bac de maths. Il faisait une chaleur torride dans le gymnase, c'était terrible. Heureusement, j'ai eu vite fini. Les maths, c'était ma matière préférée. Je n'ai pas attendu Robin, qui séchait sur sa copie. J'ai sauté sur mon cyclo et je suis rentré chez moi. En fin de soirée, il m'a appelé pour me demander si j'avais vu Isabel.

— Robin t'a appelé, toi ? Pourquoi ?

— Probablement parce que la mère d'Isabel vous avait téléphoné et qu'elle s'inquiétait pour sa fille.

— Oui, mais comment aurais-tu su où elle se trouvait ?

— Je ne sais pas, moi ! Robin savait que je la connaissais aussi. À l'époque, Isabel sortait avec... comment s'appelait-il, déjà ? Ce type dans ma classe, avec une veste en jean et des cheveux noirs ! Bart ! Oui, Bart de Ruijter ! J'ai dit à Robin d'appeler Bart.

Je sursaute, mais j'essaie de me maîtriser et de feindre l'indifférence.

— Et alors ?

— Robin a donné le numéro de Bart à la mère d'Isabel. Mais Bart avait sué tout l'après-midi sur le bac de maths, lui aussi. Il n'avait pas vu Isabel. Par la suite, il a été interrogé par la police.

Le serveur dépose devant nous deux minuscules tasses de café.

— Un espresso, dis-je, dégoûtée.

— Tu n'aimes pas ça ?

— Non, pas vraiment. Tiens, prends le mien !

— Qu'est-ce que tu veux, alors ? Un café au lait ?

— Non, laisse. De toute façon, je n'ai pas très envie de café. Tu ne boirais pas un truc un peu plus fort ?

Olaf rit.

— On va voir ça dans une minute. C'est pas les bistros qui manquent dans le coin !

Le bleu du ciel se colore de teintes plus sombres. Les néons diffusent une lumière presque agressive. C'est l'heure où les noctambules prennent possession d'Amsterdam.

J'allume une nouvelle cigarette. Olaf boit son café. Les yeux dans le vague, il réfléchit.

— Robin était raide dingue d'elle, dit-il tout à trac.

— Quoi ? Robin ? Amoureux d'Isabel ? Tu rigoles !

Il me regarde, abasourdi.

— Tu ne le savais pas ?

— Non, et je n'en crois pas un mot ! Robin et Isabel ? C'est ridicule !

— Pourquoi ? C'était une jolie fille... On lui aurait donné dix-huit ans sans problème. Je ne savais pas qu'elle était si jeune, jusqu'à ce que Robin m'apprenne que vous étiez dans la même classe. Je suis certain qu'il avait des vues sur elle, même s'il ne le montrait pas. Personne ne comprenait, d'ailleurs, parce qu'elle le draguait à fond !

— Et il n'en pas profité ? dis-je, émue.

— Non, répond Olaf d'une voix douce. Non, il n'en a pas profité, mais je voyais que ça lui coûtait. Elle l'attirait énormément et elle le savait, cette petite sorcière. Quand elle trouvait quelqu'un à son goût, il fallait qu'elle l'ait, même si c'était pour le laisser tomber presque aussitôt.

Je ne dis rien, tétanisée sur ma chaise en plastique rouge. Robin amoureux d'Isabel ! Il était amoureux ! D'Isabel !

— Il la détestait, dis-je d'une petite voix. Il me l'a dit.

Olaf vide sa tasse et la repose si brutalement sur la soucoupe que je lève les yeux pour voir s'il ne l'a pas cassée.

— Oui, répond-il. Il la détestait aussi. L'amour et la haine sont très proches l'un de l'autre. Pourquoi tu fais cette tête ?

— Tu le sais bien.

Olaf se penche en avant et pose sa main sur la mienne.

— Oui, dit-il.

Après un silence, il ajoute :

— Elle te traitait mal ?

Je détourne les yeux. Un tram passe en jouant de la cloche pour avertir un cycliste nonchalant.

— Oui, m'entends-je répondre. Jusqu'à ce que Robin s'en mêle. Avant, ça a été terrible.

Soudain je sens refluer ma sensation de bien-être. Je renoue avec la douleur familière qui me pèse sur les épaules et me ronge le ventre. Quand j'écrase ma cigarette, ma main tremble.

Olaf le remarque. Ses yeux rencontrent les miens, mais il ne dit rien. Je lui en suis reconnaissante.

12

J'ai aujourd'hui vingt-trois ans et je n'ai encore jamais eu de véritable relation, hormis mon histoire avec Bart. À la fac, j'avais repéré pas mal de beaux mecs, et eux aussi m'avaient repérée, mais pour une raison ou une autre, cela n'a jamais marché. Aucune petite soirée à deux ne s'est jamais transformée en relation durable. C'était de ma faute, je l'ai compris depuis. Je ne supporte tout simplement pas qu'on passe un bras autour de ma taille, qu'on pose une main possessive sur mon épaule, qu'on me presse contre un mur pour m'embrasser. Dans ces cas-là, je me dégage et j'ai envie de frapper.

La psy que j'ai consultée pendant ma dépression a essayé de découvrir si je n'avais pas eu d'expériences sexuelles traumatisantes dans mon enfance ou dans mon adolescence. Elle en était convaincue. Je présentais tous les symptômes, disait-elle. Malgré cela, elle n'a trouvé aucun élément allant dans ce sens durant nos séances et elle a fini par laisser tomber. Je suis sûre que tout fonctionne correctement chez moi. Simplement, après Bart, je n'ai rencontré personne qui m'ait semblé intéressant ou à qui j'aie plu. Je devais avoir treize ou quatorze ans la première fois que j'ai eu conscience de mon désir. J'avais été très impressionnée par un film inspiré d'un livre contant les amours interdites d'une jeune fille et d'un homme beaucoup plus âgé. Me demandant si le livre était aussi beau, je l'avais emprunté à la bibliothèque du village. Dans le film, les scènes d'amour étaient très discrètes, mais c'était tout le contraire dans le livre. C'est même le livre le plus excitant que j'aie jamais tenu entre mes mains. Je le lisais dans mon lit, les joues en feu. Mon corps réagissait si fort qu'il vivait sa propre vie. Pour la première fois.

Même si mes parents n'avaient jamais manifesté le moindre intérêt pour mes lectures, et même si je savais qu'ils ne me l'auraient pas interdit, j'ai caché ce livre dans mon armoire. J'étais gênée, à cause de ce qu'il éveillait en moi.

À partir de ce jour, je n'ai plus jamais regardé les garçons de la même manière. Je ne m'intéressais pas à ceux de ma classe – la plupart avaient une tête de moins que les filles –, mais aux types plus âgés avec qui Isabel traînait dans la cour. Bart de Ruijter, par exemple. Le garçon le plus séduisant et le plus populaire du lycée...

Il avait deux ans de plus que moi, était dans la même classe qu'Olaf et Robin et appartenait à leur groupe. Bien sûr, je l'avais déjà remarqué avant, mais je pensais n'avoir aucune chance. Pourquoi aurait-il posé les yeux sur une fille aussi banale et timide que moi ? Et pourtant, si ! Il m'avait remarquée ! J'en ai eu la révélation au bal de Noël du lycée. Je n'avais pas très envie d'y aller, mais je me sentais pour ainsi dire obligée de le faire. Mon absence aurait signifié que je ne partageais pas les goûts des ados de mon âge. Je n'avais pas envie d'attrister mes parents, de les décevoir ou de leur donner l'occasion de me prendre en pitié. À vrai dire, leur compassion me paraissait encore pire que la fête elle-même.

C'est mon père qui m'y a conduite. Il m'a donné de l'argent pour que je prenne un taxi au retour, afin d'éviter que je traverse les polders toute seule à vélo en pleine nuit. Bien sûr, il aurait pu venir me chercher, mais j'avais refusé catégoriquement. Je n'avais aucune envie qu'il me surprenne en train de faire tapisserie toute seule dans mon coin.

Je m'étais mêlée aux élèves de ma classe, essayant de me tenir éloignée de la bande d'Isabel, mais ça n'avait pas marché. Je les entendais rire et crier tout près de moi. Je dansais seule, comme tout le monde, sur les tubes disco de l'époque. Soudain le groupe s'est trouvé à ma droite. Les filles me désignaient de la tête, s'esclaffaient, roulaient des yeux... Isabel a commencé à m'imiter et a essayé d'entraîner Bart à sa suite. Bart et moi, on se connaissait à peine. Je le voyais nous regarder à tour de rôle, Isabel et moi, sans comprendre. Isabel prenait l'air niais et

dansait avec des gestes maladroits qui susci-
taient l'hilarité générale. Je me suis sentie
rougir.

« Oui, je suis au régime, a dit Isabel d'une
voix suggestive en se caressant les hanches.
J'ai déjà perdu deux kilos ! »

Bart l'a regardée.

« C'est vrai ? Alors ils sont tombés sur tes
fesses ! »

Tout le monde a éclaté de rire et Isabel lui a
donné un petit coup de pied dans les tibias.
Bart m'a fait un clin d'œil.

Quand quelqu'un vole à votre secours alors
qu'on se moque de vous, montrant à tous qu'il
est de votre côté, la reconnaissance et la sym-
pathie que vous éprouvez pour lui se trans-
forment facilement en sentiment amoureux.
C'est ce qui m'est arrivé.

Plus Bart me manifestait de l'intérêt, plus
j'étais folle de lui. Il a su se montrer discret
pour ne pas m'effaroucher. Tellement discret
que les autres n'ont rien vu de ce qui se
passait entre nous.

À un moment, le clan d'Isabel a quitté la
salle. Je me suis retrouvée sur la piste avec les
autres élèves de ma classe. Soudain j'ai vu
Bart devant moi. Le groupe demeurait invisible. Ils étaient probablement encore dehors.

Un sourire s'est dessiné sur les lèvres de
Bart. Il a tendu la main et m'a attirée à lui.
Nous avons dansé. Nous avons bu. On ne
servait pas d'alcool, mais plusieurs élèves
avaient apporté des petites bouteilles de

whisky qu'ils vidaient dans leur Coca. Le fait de verser discrètement un trait de whisky dans notre verre avant de le boire d'un air de conspirateur renforçait notre intimité.

J'ai perdu ma timidité au fil de la soirée. Le whisky y était sans doute pour quelque chose. Le groupe d'Isabel est revenu, mais ils n'ont rien remarqué car Bart et moi dansions de nouveau chacun de notre côté. La soirée était presque terminée quand nous nous sommes retrouvés. Il m'a prise par le coude et nous sommes sortis dans la cour. Ce garçon qui était encore un étranger pour moi quelques heures plus tôt, voilà que je me dirigeais avec lui vers le garage à vélos ! Nous nous tenions par la taille. Je me souviens encore de la tension que je ressentais... Soudain, nous nous sommes embrassés passionnément. Il embrassait d'une manière fantastique. On sentait qu'il avait de l'expérience. Moi, je savais à peine ce que j'étais censée faire. Sa langue tentait en vain de franchir le barrage de mes dents.

« Ouvre un peu plus la bouche ! »

Je lui ai obéi. Ce fut extraordinaire de sentir sa langue explorer ma bouche. J'embrassais le mec le plus populaire du lycée !

Brusquement, l'idée m'a traversée que ce ne pouvait être qu'une énorme plaisanterie. J'ai ouvert les yeux et j'ai regardé autour de moi, craignant de voir les autres approcher en catimini. Le garage à vélos était vide. La main de Bart s'est dirigée vers la fermeture Éclair de

mon pantalon, mais je l'ai retirée prudemment. Il n'a pas insisté.

« Non ? Comme tu veux. »

Nous avons continué à nous embrasser. Le
groupe n'était nulle part en vue. Nous avons
fini par regagner l'entrée principale, la main
dans la main. J'étais au septième ciel. La fête
était terminée, la plupart des élèves étaient
partis. Le groupe avait disparu lui aussi. Ils
étaient sans doute allés en ville, comme l'a
suggéré Bart.

Cela ne m'aurait pas étonnée s'il m'avait
quittée pour aller à leur recherche. Je ne lui
en aurais pas voulu. Au lieu de ça, il m'a
demandé où était mon vélo. Lorsque je lui ai
dit que mon père m'avait amenée en voiture, il
est allé chercher sa propre bécane, un vieux
truc tout rouillé.

« Monte derrière ! »

Il m'a raccompagnée chez moi. Il aurait très
bien pu me déposer à la station de taxis,
puisque j'avais reçu de l'argent pour ça, mais
non : il m'a ramenée en vélo. Dix kilomètres à
l'aller, plus dix autres tout seul au retour.
Nous avons pris tellement de temps pour nous
dire au revoir que je ne me suis glissée à l'intérieur de la maison qu'une heure plus tard.
J'étais tellement excitée que je suis restée
toute la nuit allongée dans mon lit sans
pouvoir dormir. « Bart, Bart, Bart ! » chantait
une petite voix en moi.

J'espérais qu'à partir de ce moment-là, ma

vie changerait du tout au tout. Bart me défendrait, il me protégerait, il me ferait entrer dans le groupe ! Isabel me montrerait du respect et redeviendrait mon amie, même si mon rêve n'allait pas jusque-là. Il m'aurait suffi qu'elle me laisse tranquille.

Les vacances de Noël venaient de commencer, et nous ne retournerions pas en cours avant deux semaines. Bart m'appellerait, nous prendrions rendez-vous et nous vivrions des vacances inoubliables...

Il ne m'a pas appelée.

Pendant quinze jours, j'ai vécu partagée entre l'attente et le doute. Je suis passée à côté des fêtes. La nuit de la Saint-Sylvestre, à minuit, en regardant le feu d'artifice dans le ciel étoilé, j'ai formulé mon vœu pour l'année nouvelle sans grand espoir qu'il se réalise.

À la fin des vacances, je suis retournée au collège, et la première personne que j'ai aperçue en entrant dans la cour, ce fut Bart. Il se tenait au milieu d'un groupe, à côté d'Isabel. Il regardait dans ma direction, mais il ne m'a pas vue. En tout cas, rien ne laissait penser qu'il m'avait vue. Je suis allée ranger mon vélo pendant que la cloche sonnait. La foule des élèves s'est mise en mouvement et a pénétré dans le grand bâtiment en briques par l'entrée principale. Le groupe est passé devant moi au moment où je sortais du garage, mon sac en toile à l'épaule. Le hasard a fait que je me suis retrouvée juste à côté de Bart, à moins qu'il ne se soit arrangé pour que cela arrive.

Après toutes ces années, je n'ai toujours pas la réponse à cette question, mais peu importe. Bart m'a souri, a levé la main et a posé un doigt sur le bout de mon nez. Un geste tendre qui m'a fait davantage d'effet qu'un baiser. Les choses en sont restées là ; il m'a ignorée le reste de la journée. Je n'ai rien compris lorsque, plus tard dans l'après-midi, alors que j'étais rentrée depuis longtemps et que je faisais mes devoirs dans ma chambre, assise face à la fenêtre, je l'ai vu arriver à vélo.

J'ai couru lui ouvrir. Je l'ai trouvé encore sur son vélo.

« Salut ! On va à la plage ? » m'a-t-il dit en me décochant un sourire rayonnant.

Nous sommes donc allés à la plage, nous nous sommes embrassés dans le creux d'une dune et nous avons mangé une portion de frites sauce cacahuètes au Batteur de grève pour nous réchauffer.

Le lendemain, il m'a de nouveau ignorée au collège, mais en rentrant chez moi, j'ai trouvé un billet dans mon sac. « On se fait un ciné vendredi ? Bart »

C'est alors que j'ai compris. Notre relation devait rester secrète ! Je n'ai jamais demandé pourquoi : j'étais contente comme ça. Si la nouvelle que nous sortions ensemble s'était répandue, cela aurait suscité un bel émoi et je n'étais pas prête pour ça.

Pendant six mois, nous nous sommes vus régulièrement, mais toujours dans des endroits où nous ne risquions guère de croiser des

131

connaissances. Je crois que personne n'a jamais su que nous étions ensemble, même si je pense qu'Isabel avait des soupçons. Devant les regards acérés qu'elle nous jetait, à Bart et à moi, je devais me maîtriser pour ne pas craquer. La manière dont elle se comportait avec Bart en public, la façon qu'elle avait de passer une main dans ses cheveux noirs ou de plaisanter avec lui... Elle le voulait, cela se voyait, ne fût-ce que pour prouver qu'elle le pouvait. Mais il était à moi !

Jusqu'au jour où Isabel a disparu. Notre relation s'est alors brutalement terminée. Cette année-là, Bart passait le bac. Même si j'en ai souvent rêvé, nous ne nous sommes jamais revus.

Et maintenant, Olaf est assis en face de moi. Indépendant et plein d'entrain, exactement comme Bart. Est-ce pour cela que je me sens attirée par lui ? Est-ce cela qui éveille mon désir ? Je n'ai fait l'amour avec personne depuis Bart. Je me rends compte seulement maintenant à quel point c'est étrange.

Ce soir ! C'est pour ce soir ! Je le sais, je le sens, je le veux ! Je suis restée seule bien trop longtemps !

Nous buvons quelques verres de vin dans un bistro sympa, puis je laisse Olaf me reconduire chez moi. Il m'accompagne jusqu'à ma porte et je lis la question dans ses yeux. Je souris, je l'invite à entrer d'un geste et je l'embrasse passionnément sur la bouche.

13

D'horribles ronflements me tirent de mon sommeil. Effrayée, je me tourne et manque d'être éborgnée par un coude, celui d'Olaf, couché sur le ventre à côté de moi, les bras repliés sous l'oreiller.

Olaf !

Je n'ai donc pas rêvé ! Cela faisait des années que je n'avais pas fait l'amour...

Plus moyen de dormir. À cause de ces ronflements. Et parce que je suis stupéfaite d'avoir couché si vite. Qu'est-ce qui va se passer, maintenant ? Olaf est sympa, mais quant à savoir si les choses iront plus loin avec lui... Bah, nous verrons bien ! En attendant, je compte prendre mon pied !

Encore tout ensommeillée, je me retourne vers le réveil. Il fait déjà clair... Six heures et quart ! Une nouvelle journée est sur le point de commencer. Je me repasse le film de la soirée de la veille.

Au début, Olaf n'avait pas l'air de vouloir faire autre chose que de m'embrasser dans le canapé. Assis l'un contre l'autre, nous avons bavardé. Nous nous sommes raconté des blagues en nous interrompant de temps en temps pour nous rouler une pelle. La main d'Olaf était posée sur ma cuisse. Elle est remontée lentement vers ma hanche. C'était très excitant d'être caressée ainsi à travers le tissu.

Il n'a pas fallu longtemps pour que nos vêtements se retrouvent éparpillés aux quatre coins de la pièce. Ensuite, nous n'avons pas beaucoup dormi. Est-ce que je le regrette ? Pas le moins du monde ! Comment ai-je fait pour vivre tout ce temps sans sexe ? Je ferme les yeux. Mon corps entier se souvient de cette nuit torride.

Une nouvelle série de ronflements finit par me chasser du lit. Ils me poursuivent jusque sous la douche et dans la cuisine.

Alors que mes toasts sautent hors du grille-pain, j'entends un bruit derrière moi. Olaf se tient sur le seuil de la cuisine, en boxer. Il bâille. Il a le visage tout chiffonné, comme un poussin qui sort du nid.

— Bonjour ! Dis donc, qu'est-ce que tu es matinale !

— Je n'avais plus envie de dormir. Tu sais que tu ronfles terriblement ? dis-je en tartinant un toast de confiture.

— Il fallait me secouer, dit-il en prenant une tasse. Tu as déjà préparé le café !

— Et des toasts ! Tu en veux ?

— Non, je ne prends jamais de petit déjeuner. Un petit noir et une clope, ça me suffit.

— Je serais incapable de tenir le coup sans manger.

Je vais chercher le journal et je l'ouvre sur la table de la cuisine, bien décidée à ne rien modifier à mon rituel matinal. J'ai besoin d'un petit déjeuner solide et de lire les informations.

— Je vais prendre une douche. Ça ne t'ennuie pas ?

— Fais comme chez toi !

Je me plonge dans ma lecture, pas suffisamment pour ne pas entendre les bruits qui me parviennent des W-C. Olaf a laissé la porte ouverte, mais ça n'a pas l'air de le gêner. J'entends ensuite l'eau couler. Il chante ! Tant qu'il ne se sert pas du gel douche à la pomme que je viens de m'offrir...

Mais un parfum caractéristique vient me chatouiller les narines. Je bois une gorgée de café, énervée. « Fais comme chez toi ! » Drôle de phrase, vraiment ! On dit ça par politesse, quand en fait on n'espère qu'une chose : que l'autre respecte votre territoire.

Quand nous sortons dans la rue pour nous rendre au travail ensemble, mon malaise s'est estompé. Olaf est de bonne humeur. Douché de frais, vêtu de son tee-shirt blanc, les cheveux mouillés et coiffés en arrière, il est terriblement attirant. En fait, ça lui va bien, ce parfum de pomme !

Nous n'avons pas loin à marcher jusqu'à sa voiture. Il s'installe sur le siège du conducteur et m'ouvre la portière depuis l'intérieur. Je pose mon sac à mes pieds. Quel bordel dans cette bagnole ! Les rayons du soleil matinal éclairent impitoyablement les boîtiers de CD, les emballages de Mars et les paquets de cigarettes vides qui traînent un peu partout. Ça pue. Je chausse mes lunettes de soleil et j'ouvre la vitre.

— Ça va jaser quand on va se pointer ensemble, dis-je.

— Quoi ?

— Au boulot. Ça va jaser...

— Oh ! dit Olaf distraitement.

— Ça ne te fait rien ?

— Non, je m'en fiche.

Pour lui, le sujet est clos. Il a raison. Qu'ai-je à faire des cancans ? Pourquoi me stresser en imaginant ce que les autres vont bien pouvoir penser ?

Olaf gare sa voiture en marche arrière sur le parking de La Banque. Il y a foule. C'est à croire que tous les employés arrivent en même temps. Olaf passe un bras autour de ma taille et me pousse vers la porte à tambour, comme si j'étais incapable d'avancer toute seule. Dans le reflet des vitres, je vois Renée qui nous suit.

— Je dois faire une ou deux choses en bas, dit Olaf. Surveille tes mails !

Il m'embrasse longuement. Je me dégage, un peu gênée. Il me sourit et m'adresse un clin d'œil avant de traverser le hall à grandes enjambées.

Renée passe devant moi en suivant Olaf des

yeux. Nous nous retrouvons devant l'ascenseur. Après le bonjour de rigueur, le silence s'installe.

L'ascenseur se remplit rapidement et s'élance vers les étages, transportant un groupe de parfaits étrangers muets, obligés de respirer les haleines parfumées au dentifrice et les odeurs de déodorant des uns et des autres.

Au neuvième, Renée se fraye un chemin à travers la cohue et prend la direction du secrétariat à grands pas virils. Je la suis à un rythme beaucoup plus indolent. À mon arrivée, elle est déjà très affairée. Elle allume les ordinateurs, prépare du café et ouvre les armoires.

Les ordinateurs reviennent à la vie en émettant leur petite musique caractéristique. Renée va directement sur Outlook et consulte sa messagerie.

— Sabine ! Tu as bien envoyé la procuration à Price & Waterhouse hier ? Ils me demandent où elle est.

— Une procuration ? Quelle procuration ?

— La procuration que je t'ai demandé de leur envoyer hier ! J'avais posé une note sur ton ordinateur parce que je devais partir plus tôt. Je l'avais collée sur ton écran !

— Je n'ai vu aucune note.

Renée me fixe un moment en silence.

— Ce n'est pas vrai ! finit-elle par dire. Ça signifie que tu n'as pas envoyé cette procuration ?

— Non. Si je ne savais pas que je devais l'envoyer, comment aurais-je pu le faire ?

Renée se prend la tête dans les mains, ouvre la bouche et la referme comme un poisson sorti de l'eau. Puis elle se met à faire les cent pas.

— Oh, *shit* !

Je regarde la pile de fax posés sur mon bureau. Un billet y est fixé par un trombone : « À envoyer avant dix heures trente SVP. »

— Bonjour ! dit Wouter en se dirigeant vers son courrier.

Renée fond sur lui comme un faucon sur un campagnol :

— Wouter, on a un problème ! Sabine a oublié d'envoyer la procuration à Price & Waterhouse !

— Quoi ?

— Ne t'en fais pas, on va trouver une solution ! Donne-moi les clés de ta voiture : j'irai la leur porter personnellement, dit Renée en tendant la main.

Mais Wouter me fusille du regard.

— J'ai dit plusieurs fois qu'il était de la plus haute importance qu'ils reçoivent ce document aujourd'hui ! Avant dix heures ! Je l'ai dit plusieurs fois, répète-t-il d'une voix calme.

Trop calme.

— Tout le monde commet des erreurs, susurre Renée.

— Pas des erreurs pareilles ! Price & Waterhouse est notre plus gros client !

Renée fait un geste résigné.

— Ne nous énervons pas ! Donne-moi tes clés, je vais la leur porter, leur procuration. Je peux encore y arriver, ajoute-t-elle en consultant sa montre.

Wouter pose les clés de sa BMW dans sa main.

— Vite, alors ! Mais sois prudente !

— Bien sûr !

Renée empoigne son sac et sort sans m'accorder un regard. Nous restons seuls, Wouter et moi. Le silence est pesant.

— Je ne savais pas, dis-je. Renée m'a dit qu'elle avait collé une note sur mon écran, mais il n'y avait rien. Je n'ai rien vu, en tout cas.

D'un geste las, Wouter passe sa main dans ses cheveux grisonnants.

— Nous attendons des clients à dix heures, dit-il. Illycaffè. Tu parles italien ?

— Non. Allemand et français.

— Ce sont des Italiens. Tu prépares la salle de réunion ?

Je jette un œil à la liasse de fax que je tiens toujours à la main et qui doivent tous sortir avant dix heures et demie.

— Où sont Zinzy et Margot ?

— Je ne sais pas ! répond Wouter en sortant.

Je consulte mon agenda dans Outlook. « Vendredi 14 mai : Zinzy congé / Margot dentiste. »

Génial !

Ah ! Si j'avais enfilé mes baskets ce matin, et

pas mes nouveaux escarpins à talons hauts ! Je me tords la cheville en courant jusqu'à la réception. La délégation d'Italiens attend déjà. Je les salue avec un *buon giorno* des plus chaleureux, bien consciente que les seuls mots d'italien que je pourrais ajouter sont *grazie* et *pizza margherita*, avant de passer à l'anglais.

J'accompagne ces messieurs à la salle de réunion, où j'ai apporté en toute hâte du lait, du sucre et des biscuits. Le café est en train de passer, mais ils préféreraient du thé. Aaargh !

Je préviens Wouter de leur arrivée et je cours au distributeur de boissons chaudes. Je vide la bouteille thermos que je viens de remplir de café, je la rince rapidement et je la remplis d'eau chaude à l'aide d'un gobelet. *Vite, des sachets de thé ! Voilà, c'est prêt !* Normalement, c'est le personnel du restaurant d'entreprise qui se charge de l'intendance, mais il faut le prévenir. Manifestement, personne n'a rien demandé à personne, sans quoi tout aurait été prêt depuis longtemps.

À mon entrée dans la salle de réunion, Wouter me jette un regard impatient. Les tasses s'entrechoquent, le thé éclabousse la table.

— Laisse, Sabine. Nous nous servirons nous-mêmes, dit Wouter d'un air compassé. Il y a du café ?

Il y en avait, mais il n'y en a plus.

— Bien sûr. J'arrive.

— Et apporte aussi une éponge, dit Wouter,

140

jetant un coup d'œil aux auréoles sur la table en hêtre.

— Tout de suite.

J'adresse un sourire aux Italiens, qui me le renvoient poliment.

Retour au distributeur de boissons chaudes. Il n'y a toujours personne au secrétariat. Le téléphone sonne. J'hésite. À quoi accorder la priorité ? À Wouter : sans son café, il est capable de mordre. J'attrape une éponge au vol et me précipite vers la salle de réunion avec le café de Wouter. *Ne pas trébucher, Sabine ! Surtout ne pas trébucher !*

— Voici ! dis-je d'un ton enjoué en posant sa tasse devant Wouter.

Je me dirige ensuite vers le secrétariat. Tous les téléphones sonnent en même temps. Dans le couloir, je croise Tessa, une des commerciales.

— Tu ne peux pas répondre au téléphone ? Ça fait une heure que ça sonne sans arrêt !

Je cours à mon bureau et je prends le premier appel.

« La Banque, bonjour. Sabine Kroese à l'appareil. Un instant, s'il vous plaît. Je transmets votre appel. »

« La Banque, bonjour. Sabine Kroese à l'appareil. Je suis désolée, il est en réunion. Voulez-vous que je lui demande de vous rappeler ? D'accord, je transmettrai. Bonne journée ! »

« La Banque, bonjour. Sabine Kroese à

l'appareil. *Bonjour, madame Boher. Un moment, je vous le passe*[1]. »

Cela n'arrête pas une seconde. À son arrivée, Margot prend la mesure du chaos et se précipite pour m'aider. À onze heures, ça se calme enfin. Nous nous offrons notre première tasse de café de la journée quand Tessa entre dans le secrétariat.

— Alessi a appelé ?

— Non, dis-je, je ne l'ai pas eu au téléphone.

— Moi non plus, répond Margot.

— Bizarre, dit Tessa. J'ai un besoin urgent de sa réponse. J'ai une réunion avec les actionnaires dans deux minutes. Tu es sûre qu'il n'a pas appelé ?

Elle feuillette la chemise contenant les fax envoyés.

— Le fax pour Alessi n'est pas là. Tu l'as bien envoyé ?

Je sursaute. *Les fax !*

— Ah zut ! J'ai couru toute la matinée. Je n'ai pas eu une minute pour m'en occuper. Je le fais tout de suite !

— Tu ne les as pas encore envoyés ? C'est pas vrai ! s'exclame Tessa, furieuse. Ah ! Renée avait raison ! ajoute-t-elle en quittant la pièce.

— Je suis sûre et certaine qu'il n'y avait pas de note sur mon écran !

C'est le soir. Olaf et moi, nous mangeons

---

1. En français dans le texte. *(N.d.T.)*

une pizza sur le balcon de mon appartement en profitant des derniers rayons du soleil.

— Elle n'était pas tombée par terre ?

— Je n'ai rien vu.

— Elle a peut-être volé sous ton bureau. Ou alors, Renée ment.

Olaf saisit la bouteille de Frascati posée entre nous et nous ressert un verre.

— À mon avis, elle ment, ajoute-t-il.

— À mon avis aussi.

Nous restons là jusqu'à ce que le soleil disparaisse derrière le bâtiment d'en face. Puis nous allons dans ma chambre. Nous faisons l'amour, nous parlons, nous nous moquons de Renée, nous refaisons l'amour. Je ris, mais je ne me sens pas vraiment joyeuse. Quand Olaf part – il doit aller réparer l'ordinateur d'un ami –, je m'installe devant la télé, la bouteille de Frascati à portée de main.

Je bois trop, beaucoup trop – au moins, j'en suis consciente. J'ai bien l'intention d'essayer d'y remédier, mais c'est trop tôt. Je vais mieux. Malgré la mauvaise ambiance au boulot, je me sens plus forte et j'ai retrouvé une partie de mon énergie. Ça me fait du bien, de recommencer à travailler à petites doses. Et pourtant, ce soir, je fais une rechute. Une pub montrant des amies, les informations, une scène émouvante dans une série télé... Tout me fait pleurer. Et quand je commence, impossible de m'arrêter. Un vieux chagrin remonte à la surface...

Il est déjà dix heures quand Jeanine m'appelle.

— Salut, c'est moi ! Tu n'étais pas couchée, au moins ?

— Non, je regardais la télé.

— Ah ! Tant mieux ! Je ne m'étais pas rendu compte qu'il était déjà dix heures. Comment c'était ?

— Avec Olaf, tu veux dire ?

J'éteins la télé à l'aide de la télécommande.

— Oui, évidemment, avec Olaf ! C'était bien ?

— C'était bien, oui, dis-je d'une voix neutre.

Elle se tait un instant avant de s'exclamer :

— Allez ! Raconte ! Tu as couché avec lui ?

— Tu ne veux pas que je te raconte notre soirée ?

— Je veux d'abord savoir si tu as couché avec lui ! Après tu pourras me raconter tout ce que tu veux sur votre soirée romantique en amoureux ! C'était romantique, au moins ? ajoute-t-elle, soudain inquiète.

— Oh ! Si tu considères le fait de manger à la terrasse d'une baraque à *poffertjes* comme le summum du romantisme...

Nouveau silence.

— Il t'a emmenée manger des *poffertjes* ? Il est fou !

Tout au fond de moi, je suis d'accord avec elle, pourtant, je ressens le besoin de défendre Olaf.

— En fait, c'était très bien. C'est original, tu

144

ne trouves pas ? D'accord, il aurait aussi pu m'emmener manger une pizza, mais...

— Une pizza ! m'interrompt Jeanine. Il aurait dû t'emmener à l'Américain, oui ! Ou au Franschman, à la rigueur. C'est là que tout le monde va !

— Tu imagines Olaf à l'Américain ? Ce n'est vraiment pas son genre. Non, je suis contente qu'on n'y soit pas allés, dis-je, et je suis sincère.

— Mais des *poffertjes* !

— Je sais, dis-je d'une voix égale. La prochaine fois, je mettrai un jean crade !

— Il y aura donc bien une prochaine fois ?

— Je pense. Enfin, je ne sais pas. Nous n'en avons pas parlé ce matin, dis-je, ramenant sans le vouloir la conversation sur le point qui intéresse Jeanine par-dessus tout.

— Ce matin au travail ou ce matin chez toi ?

— Ce matin chez moi, petite curieuse !

Et parce que je vois venir sa prochaine question à dix mètres, j'ajoute aussitôt en riant :

— Eh oui, on a couché !

— C'était donc une bonne idée de t'acheter de la lingerie sexy, constate Jeanine, satisfaite.

Je suis bien forcée de l'admettre.

— Oui, tout l'honneur te revient ! J'aurais été belle avec une de mes vieilles culottes !

— Ah ! J'ai encore un tas de questions à te poser, mais il faut que je raccroche. Si on se voyait demain ?

— Génial ! Chez moi ou chez toi ?

— Il va faire beau. On pourrait aller à la plage ? Si tu en as envie, bien sûr.

— Envie d'aller à la plage ? Tu es télépathe ou quoi ? Je me disais justement que j'aurais bien besoin de prendre des couleurs !

— OK, super ! Marché conclu ! Je viens te chercher à une heure et demie, d'accord ?

— D'accord !

— À demain ! N'oublie pas la crème solaire ! Et tu es prévenue : je veux tout savoir ! Tout !

Je raccroche en riant.

14

Le lendemain après-midi, nous voici, Jeanine et moi, sur la plage de Zandvoort. Il y a du monde, mais pas trop pour un samedi. Nous choisissons un endroit près de l'escalier, nous étalons nos serviettes et nous nous fabriquons un oreiller avec du sable. Puis nous nous enduisons mutuellement le dos de crème solaire.

Jeanine pousse un soupir de plaisir.

— Allez, le soleil, au boulot ! Oh, quel été délicieux ! Je veux devenir noire ! Je veux venir bronzer ici dès que j'aurai une minute à moi !

— Si tu fais ça, dans dix ans, tu seras une vieille peau ! dis-je, la tête appuyée sur un bras.

— Pas de danger, avec le peu de congés qu'on me laisse ! De toute façon, je ne me fais pas d'illusion. Il va sans doute faire gris tout le reste du mois.

Elle se retourne sur le dos en poussant un nouveau soupir d'intense plaisir.

J'aime la caresse du soleil sur ma peau. J'ai l'impression de revivre.

— Bon ! Maintenant, je suis prête à entendre tous les détails ! dit Jeanine alors que je commence déjà à somnoler. Raconte ! Comment c'était ?

— Euh... Normal. Bien, je pense, dis-je vaguement.

— Bien, tu penses ? Bordel ! Tu as joui, oui ou merde ?

Je souris timidement. Je n'ai pas l'habitude de parler de ma vie sexuelle. Moins parce que je n'en ai pas eu pendant longtemps que parce que je trouve le sujet trop intime. Jeanine n'est manifestement pas de cet avis, et je n'ai pas envie de gâcher ma relation avec elle, car elle se rapproche de plus en plus de l'idée que je me fais de l'amitié. Et l'amitié passe par l'échange de confidences, je le sais. Il faut que je m'y habitue. Il est grand temps que je m'ouvre de nouveau aux autres.

— Oui.

C'est déjà beaucoup pour moi. Je n'ai pas l'intention de tout dévoiler, non plus. Il ne faut pas exagérer ! Mais Jeanine m'assaille de questions. En dix minutes, elle m'arrache les détails les plus croustillants. Jolie performance !

— Il est bien, tranche-t-elle, satisfaite. Tu es amoureuse ?

— Je ne sais pas vraiment.

Je m'assieds, passe les bras autour de mes genoux et regarde la mer en réfléchissant.

— C'est vrai, je le trouve bien, mais il me semble que l'amour, c'est différent. Je pense beaucoup à lui, mais je ne ressens pas le besoin d'être tout le temps avec lui. J'ai connu autre chose...

Avec Bart, me dis-je, mais je ne prononce pas ce prénom. Cet amour-là compte à peine, je n'étais qu'une ado. Comme mon ventre se serrait quand je le regardais ! Quels frissons quand il me caressait la main furtivement dans un couloir ! Quelle force implacable ramenait mes pensées vers lui quand, seule à la maison, je dessinais des petits cœurs dans mon cahier ! Ça, c'était du désir, même si j'étais très jeune. Je n'ai plus jamais connu cette sensation après lui. Non, pas même avec Olaf.

— Oh ! Dis-moi tout ! C'était qui, ce grand amour ?!

Alors, je lui raconte Bart. Plus je lui en parle, plus j'ai l'impression que tout cela remonte à peine à hier. Encore un peu, et je m'attendrais à le voir surgir là, devant moi.

Puis c'est au tour de Jeanine. Le récit de sa vie amoureuse prend beaucoup plus de temps que le mien.

Allongée sur le dos, j'écoute sa voix en me donnant tout entière au soleil. Je creuse de petits trous dans le sable avec les talons... Je suis distraite par le bruissement des vagues et les cris des mouettes qui tournent dans le ciel bleu... Je respire les odeurs de frites et de crème solaire.

Un souvenir me revient. J'ai treize ans et je suis couchée dans le sable. C'est l'été. Je suis seule. J'allais souvent à la plage, à l'époque.

Elle était toute proche de chez moi et j'aimais lire avec le bruit des vagues en fond sonore.

Un groupe de filles passe un peu plus loin. Je les regarde du coin de l'œil. Isabel, Mirjam et deux ou trois autres élèves de notre classe. Mon amitié avec Isabel n'est déjà plus ce qu'elle a été, mais elle ne me harcèle pas encore.

Avec mes affaires, je me dirige vers elles. Je m'arrête net, un sourire aux lèvres, ma main en visière pour me protéger du soleil. D'une petite voix, je demande si je peux m'asseoir. Je devrais me laisser tomber en lançant un joyeux « Salut ! », mais je sens intuitivement que les rapports qui régissent le groupe ne supporteraient pas une telle exubérance.

Isabel et moi, nous nous regardons pendant plusieurs secondes. Je finis par détourner les yeux. Les filles se rapprochent les unes des autres, leurs têtes se touchent. Elles délibèrent. Et la sanction tombe : « Dégage ! »

Je ramasse mes affaires, que j'avais déjà posées sur le sable, et je retourne à ma place initiale. Ma serviette sur l'épaule et mon sac de plage dans les bras, j'observe le trou que j'avais creusé. Le vent a fraîchi. Je m'éloigne lentement et je rentre chez moi.

— Sabine ?

La voix de Jeanine me parvient de très, très loin. Il me faut plusieurs secondes avant de revenir à la réalité.

— Hmm ?

— Je croyais que tu dormais.

150

— Non, j'écoutais, dis-je, me sentant coupable.

— Qu'est-ce que je viens de dire ?

— Heu...

— Eh bien, merci !

Jeanine se tourne sur le côté et m'observe d'un air sévère par-dessus ses lunettes de soleil.

— À quoi pensais-tu pour rater une histoire aussi passionnante ?

— Je pensais à autrefois. Au collège...

Jeanine ôte ses Ray-Ban en riant.

— Quelle drôle d'idée ! Pourquoi ?

— Parce que je vivais au bord de la mer. J'allais à la plage à pied.

— Ah oui, c'est vrai ! Tu vivais au Helder ! Veinarde !

— À Julianadorp, dis-je. Le village juste à côté.

— Julianadorp, répète Jeanine. Ça me rappelle un parc d'attractions.

— Ça, c'est Julianatoren.

— Ah oui, j'y suis allée avec mon neveu !

La conversation prend un autre tour. De René, le neveu de Jeanine, nous glissons tout naturellement à Renée et ce qu'elle a fait subir à mon amie pendant ma dépression. Nous sommes étendues chacune sur notre serviette, les yeux fermés. Sa voix me semble toute proche.

— Partir, c'était la seule possibilité qui me restait, dit-elle. C'est un despote rongé par l'ambition, cette fille ! Il faut qu'elle dirige tout au doigt et à l'œil ! Casse-toi de là, Sabine ! Casse-toi !

— Pour faire quoi ? dis-je d'une voix somnolente. Il faut d'abord que je trouve un autre boulot.

— Si tu as des problèmes financiers, je t'aiderai. Tu peux toujours venir habiter chez moi si tu ne trouves rien et que tu es à court d'argent.

— Mark appréciera.

— Qui ?

— Mark. Ce n'est pas le prénom de ton petit ami ?

— Oh, lui ! C'est de l'histoire ancienne ! Comment tu sais ça, toi ? Vous ne vous êtes jamais rencontrés, si ?

— Tu l'attendais, le lundi où je suis venue chez toi. Tu te souviens, la première fois qu'on s'est revues ?

— Je l'attendais ce jour-là ? Ah bon ! J'avais complètement oublié !

— C'est que ce n'était pas très important.

— Non, en effet.

Elle se redresse sur les coudes et balaie la plage du regard. Je l'imite. Elle a repéré deux mecs qui courent vers la mer. Ils sont beaux et musclés, et quelque chose dans leur attitude montre qu'ils en ont parfaitement conscience.

— On va nager ? propose Jeanine.

— L'eau doit être très froide.

— Mais non ! C'est juste une impression. Allez, viens !

Elle se lève d'un bond et me tire par le bras.

Les deux gars ont maintenant de l'eau jusqu'aux chevilles. Ils ont l'air indécis, mais lorsqu'ils nous voient arriver, ils plongent sans hésiter.

— Waouh ! dit Jeanine. *Alerte à Malibu*, c'est rien à côté de ça ! Viens, Sabine ! On ne va pas rester là comme deux cruches !

Les deux Apollon refont surface et nous défient du regard en riant. Jeanine plonge d'un mouvement gracieux. Je n'ai pas d'autre choix que de la suivre.

Nous restons tout l'après-midi à la plage. Il est sept heures bien sonnées quand nous rapportons la glacière et nos sacs à la voiture. Nous rentrons à Amsterdam, hâlées par le soleil, du sable plein nos sous-vêtements.

— On se fait une pizza chez toi ? propose Jeanine.

— J'aurais intérêt à faire attention. J'en ai déjà mangé une hier !

Arrivées à mon appart, nous laissons tomber nos sacs et nous tanguons jusqu'à la salle de bains.

— D'où tu connais Olaf, au fait ? Tu m'as dit que c'était une vieille connaissance. Ça date du Helder ? demande Jeanine quand j'ouvre le robinet de la douche.

Nue sous le filet d'eau chaude, je lui explique qu'Olaf était un ami de mon frère et qu'il venait de temps en temps chez nous. Jeanine m'écoute, assise sur l'abattant des W-C. Comme malgré moi, j'enchaîne ensuite sur Bart puis sur Isabel.

— C'est incroyable que tu l'aies connue ! Dire que vous avez été amies ! J'ai souvent vu sa photo dans le journal. Tu n'as vraiment pas de souvenirs de cette époque ?

— Non, presque aucun.

Nous échangeons nos places : Jeanine va sous la douche pendant que je m'assieds sur les W-C pour me vernir les ongles des orteils.

— J'ai lu beaucoup de choses à ce sujet, crie Jeanine pour couvrir le bruit de l'eau. Je ne sais plus où, dans des magazines, sans doute. Ça parlait de gens qui avaient été abusés sexuellement et qui n'en gardaient aucun souvenir. Ça leur revenait beaucoup plus tard. Ils avaient tout refoulé parce qu'ils étaient incapables de supporter ces horreurs. Puis ils avaient entrepris une thérapie qui les avait stabilisés, et subitement, ils avaient retrouvé la mémoire.

— Je n'ai pas été abusée sexuellement.

— Non, bien sûr ! Ce n'est pas ce que je dis ! Je voulais t'expliquer le refoulement. Il se peut très bien que toi aussi, tu aies refoulé quelque chose. Quelque chose de trop horrible, de trop insupportable.

Je continue à me vernir méticuleusement les ongles. Le visage d'Isabel se reflète dans chacun d'eux. Un visage sans vie. Je ferme les yeux, horrifiée. Quand je reviens à moi, mes ongles et mes orteils sont rouge sang.

L'eau s'arrête de couler. Jeanine sort de la douche, une serviette autour de la taille.

— Tu as commandé la pizza ?

15

Un mois avant mon quinzième anniversaire, mon père a été emmené en ambulance à l'hôpital du Helder. Un infarctus.

J'étais en cours d'allemand quand M. Groesbeek est venu me chercher. Le concierge du collège était un homme fruste qui passait son temps à crier. Tout le monde avait une peur bleue de ses mains énormes. Il séparait les bagarreurs, saisissait par le bras les élèves qu'il surprenait en train de commettre un mauvais coup, remplaçait les chambres à air des vélos et soignait les plantes vertes. M. Groesbeek me semblait vieux comme Mathusalem et un peu effrayant, avec ses cheveux gris en pétard et sa voix de stentor. Il venait chaque jour de Callantsoog, son village, avec sa camionnette. Il lui arrivait souvent de cueillir en chemin l'un ou l'autre collégien qui luttait contre le vent et la pluie sur son vélo. Moi-même, il m'a ramassée à plusieurs reprises.

Sur la route de l'hôpital, je regardais par la vitre sale, sentant les yeux du concierge sur moi.

« Ce n'est pas facile pour toi, hein, en ce moment ? »

Je l'ai regardé sans comprendre.

« Au collège ! Et aussi ça, maintenant ! »

Ne sachant quoi répondre, je me suis contentée de hocher la tête.

M. Groesbeek a posé sa main sur ma jambe et l'y a laissée. Je ne parvenais pas à détacher mon regard de cette grande paluche velue. Je la sentais peser sur ma cuisse. Il s'est écoulé un long moment avant qu'il me libère.

Nous avons continué à rouler en silence jusqu'à ce qu'il me dépose devant l'hôpital Gemini.

« Courage ! Et souhaite un bon rétablissement à ton père de ma part ! »

Je suis sortie de la camionnette sans demander mon reste et je l'ai regardée faire demi-tour et s'éloigner. Après, seulement, je suis entrée dans l'hôpital.

Un infarctus, c'est sérieux, mais je ne me rendais absolument pas compte que mon père avait failli mourir. C'était inconcevable pour moi. Son comportement durant les visites renforçait mon incrédulité. Chaque fois que j'entrais dans sa chambre, il m'accueillait par un large sourire et une boutade, comme si son hospitalisation était une vaste blague. De sa main reliée au monitoring, il faisait de grands gestes pour affoler les aiguilles et effrayer ma mère. Robin s'esclaffait, mais moi je ne trouvais pas ça drôle. Silencieuse sur mon tabouret, j'observais le visage livide de mon père, sa drôle de blouse bleue à boutons pression et les électrodes noires collées sur sa poitrine blême.

C'est là que j'ai compris combien je l'aimais. Je lui pardonnais les fois où il avait applaudi à tout rompre quand je me produisais au piano lors des concerts de l'école. Je lui pardonnais même d'avoir crié « Bravo ! », provoquant l'hilarité des élèves de ma classe. Je lui pardonnais aussi de se lever le matin pour me préparer du thé et des tartines avec le pain multicéréales que ma mère achetait non tranché chez le boulanger. Il en coupait d'épaisses tranches qu'il recouvrait d'une généreuse portion de fromage prélevé au couteau à même une boule d'Edam. J'avais toutes les peines du monde à manger ces énormes tartines, ce qui me valait évidemment bien des moqueries, mais je n'ai jamais dit à personne que c'était mon père qui les confectionnait, pour lui éviter d'être la cible des sarcasmes. Pire, je n'aurais jamais osé demander à mes parents de faire trancher le pain à la boulangerie, ni même d'acheter une trancheuse à fromage, car cela m'aurait semblé le comble de l'ingratitude. Je n'ai jamais proposé non plus de préparer mes sandwichs moi-même, car mon père aimait s'occuper de moi. C'était le seul moment de la journée où nous pouvions être ensemble, tous les deux au calme, disait-il. Ma mère n'était pas aussi matinale, et Robin ne prenait pas de petit déjeuner. Il se levait au dernier moment et partait toujours précipitamment.

Mon père était un lève-tôt. Il avait travaillé comme machiniste aux chemins de fer hollandais. À l'époque, il quittait souvent la maison à cinq heures du matin. J'étais encore petite (je devais avoir cinq ou six ans) et je l'entendais descendre l'escalier en chaussettes pour ne pas faire de bruit. Je me glissais alors hors de mon lit et j'allais me poster à la fenêtre de ma chambre, pieds nus et en chemise de nuit, pour lui faire un signe de la main. Il ne s'écoulait jamais beaucoup de temps avant qu'il ne quitte la maison, mais j'avais l'impression d'attendre une éternité, car j'avais toujours un besoin pressant. Un jour, j'ai couru aux toilettes et je suis revenue tout aussi vite à la fenêtre. J'ai été profondément déçue quand j'ai compris que mon père était déjà parti au travail. Je l'imaginais levant des yeux pleins d'espoir vers ma fenêtre et ne m'apercevant pas là-haut. Le lendemain matin, j'étais fidèle au poste, dansant d'un pied sur l'autre.

Après ce premier infarctus, mon père en a fait un deuxième, plus léger, pendant qu'il était encore à l'hôpital, mais heureusement, il y a également survécu. J'allais souvent lui rendre visite, au retour du collège ou dès que j'avais une heure de libre. Je séchais fréquemment les cours à ce moment-là.

Après une de ces visites, de retour au bahut,

j'avais vu les filles de ma classe rassemblées à la cantine. Depuis le matin, Isabel paradait dans la magnifique veste en cuir blanche qu'elle venait de recevoir pour son anniversaire. Tous les regards convergeaient vers elle.

À mon entrée, le silence s'est installé. Un silence tendu, avec des rires réprimés et des regards furtifs. Dans l'espoir de retarder le plus possible les moqueries, j'ai acheté un gobelet de soupe aux tomates avant de me diriger vers un coin de la cantine. Malheureusement, le groupe m'a suivie.

« Alors, Sabine ! On est revenue ? a dit Mirjam. Où est-ce que tu vas traîner comme ça tout le temps ?

— Aux Dunes noires, a dit une autre fille. Elle cherche un mec ! »

Elles ont ri.

« Mon père a eu un infarctus, ai-je répliqué. Il est au Gemini. »

Silence.

Isabel a été la première à se reprendre. J'ai vu une lueur d'effroi passer dans ses yeux, ce qui ne l'a pas empêchée de crâner comme les autres.

« Un infarctus ? Pas étonnant, avec le bide qu'il a ! »

J'ai aussitôt pensé à la sollicitude que mon père lui avait montrée l'automne où elle nous avait accompagnés à un village de vacances du Limbourg. Nous avions dix ans. Après une crise d'épilepsie, elle avait voulu rentrer chez elle. Mon père avait conduit trois heures pour la ramener chez ses parents. Je me suis aussi souvenue des innombrables fois où il nous avait préparé des crêpes, où il nous avait emmenées au parc d'attractions et où il nous avait fait rire en nous montrant des tours de magie qui ne nous abusaient pas un instant.

Face à l'expression narquoise d'Isabel, mes oreilles se sont emplies d'un terrible bourdonnement. Il a enflé, enflé, enflé jusqu'à cogner derrière mes orbites. Mon cœur s'est mis à battre si vite que j'en avais mal à la poitrine. Mes doigts ont serré le gobelet et dans un accès de fureur aveugle, j'ai balancé mon potage sur la nouvelle veste blanche d'Isabel. Je n'oublierai jamais l'expression de son visage. Elle paraissait si effrayée et si consternée que j'ai aussitôt regretté mon geste. Pas longtemps. Car à son regard furieux, j'ai compris que j'allais le payer cher, très cher. Il était impossible de revenir en arrière. Au lieu de supporter ses vexations en silence, je lui avais déclaré la guerre. Et ce fut la guerre.

Ce jour-là, les filles de ma classe ne m'ont pas lâchée d'une semelle. Elles me pinçaient si je parvenais à me faufiler entre elles. Elles ont crevé les pneus de mon vélo. Elles ont jeté le contenu de mon cartable dans la cour et déchiré mes cahiers.

Le soir, elles m'ont attendue à la sortie du collège. Elles ont tailladé mon pull neuf, se sont mises à plusieurs pour m'immobiliser et ont coupé une mèche de mes « cheveux de petite salope ». J'ai fait demi-tour et me suis précipitée chez M. Groesbeek. Il m'a ramenée chez moi dans sa camionnette en me disant que je n'avais qu'à me réfugier à la conciergerie si elles me cherchaient encore des ennuis. « Je vais récupérer ton vélo et le réparer. Je me demande comment elles peuvent avoir des idées pareilles ! Elles ne seraient pas un peu zinzin ? » Mais il ne leur a rien dit. Peut-être avait-il peur d'affronter un groupe, ou pensait-il que de toute façon, il était impuissant...

À partir de ce moment-là, ma vie est devenue un enfer. Je n'osais plus franchir la porte principale du collège. Parfois je suivais un prof et empruntais la sortie qui leur était réservée, mais je devais alors récupérer mon vélo dans la cour. En cas d'urgence, je me rendais à la conciergerie. M. Groesbeek avait une manière bien à lui de me consoler. Il passait un bras autour de ma taille et laissait pendre l'autre devant mes seins, ce qui lui permettait de les toucher de temps en temps, comme par inadvertance. Ou il m'attirait contre lui et me caressait le cou avec ses doigts rugueux. Bref, je me sentais tout aussi coincée chez lui.

Quand il estimait qu'il m'avait suffisamment consolée, il me faisait sortir par la fenêtre. Je me planquais dans les herbes hautes, j'attendais que le groupe se lasse de me chercher et je rentrais à la maison en poussant mon vélo aux pneus crevés. Robin le réparait. Il ne posait aucune question, mais il avait recopié mon emploi du temps et chaque fois qu'il en avait la possibilité, il m'attendait sur son cyclo, à côté de mon vélo. Nous rentrions ensemble, roulant côte à côte. Je posais une main sur son bras. En chemin, nous dépassions Isabel.

Comment admettre que tout ce qui vous constitue, tout ce à quoi vous tenez et qui vous donne des certitudes soit balayé du jour au lendemain ? Qu'il ne reste de vous qu'une ombre aux épaules voûtées, un zombie qui doit rassembler tout son courage pour oser prendre la parole, un fantôme effrayé par sa propre voix ?

L'angoisse s'introduit peu à peu en vous jusqu'à influencer votre attitude même. Bientôt, votre corps n'exprime plus que cela : la peur.

Les parents s'interrogent beaucoup sur l'éducation de leurs enfants, sur ce qui est bon ou pas pour leur développement. Ils veillent à ne pas les laisser sortir trop tard, à les avertir des dangers de l'alcool, de la drogue et des mauvaises fréquentations. Ils consacrent tous leurs efforts à faire d'eux des êtres équilibrés et autonomes et ils sont amèrement déçus s'ils manquent à cette mission.

Or, ils n'ont pas la moitié de l'influence qu'ils croient avoir sur leurs enfants. La personnalité de ceux-ci dépend bien davantage de l'école, des filles et des garçons avec lesquels ils se lient ou non, de la position qu'ils occupent dans leur classe et du cercle d'amis dont ils font partie ou dont ils sont exclus.

Quand on vous colle chaque jour du chewing-gum dans les cheveux, qu'on vous coupe une mèche de temps en temps, « pour le plaisir », qu'on vous fait des croche-pieds ou qu'on vous pince à la première occasion, qu'on vous force à rester toute la journée sur le qui-vive, à ouvrir grand les oreilles et à chercher des échappatoires, vous n'en sortez pas indemne, ça, non !

Certains apprennent vite la leçon, d'autres sont plus lents. Il m'a fallu beaucoup de temps pour comprendre que je n'étais pas obligée de tout subir ni de tout supporter.

16

Ma mère m'a toujours dit que j'étais trop fidèle en amitié. Que je devais davantage penser à moi.

Je pense, moi, que la fidélité est aussi nécessaire à l'amitié que l'eau l'est à la vie, même si je me suis aperçue que bon nombre de gens prenaient, disons, des libertés avec ce principe.

À mon entrée au lycée, il y avait beaucoup d'inconnus dans ma classe. Et j'ai décidé de suivre le conseil de ma mère. À dater de ce moment, je n'ai plus noué que des relations superficielles.

Jeanine a été la première à percer ma cuirasse. Nous venions d'être engagées à La Banque. Nous nous connaissions encore très mal lorsqu'elle a reçu un coup de fil de l'hôpital. Son père avait eu une crise d'apoplexie. Elle est devenue livide. Je l'ai forcée à s'asseoir, je lui ai tendu un verre d'eau, j'ai expliqué la situation à Wouter, j'ai demandé à une commerciale de nous remplacer au secrétariat et j'ai conduit Jeanine à l'hôpital. Comme je m'en allais, elle m'a retenue par le bras : « Sabine... Merci ! »

À peine deux mots, mais prononcés avec un tremblement dans la voix qui m'a profondément touchée. Le soir, je lui ai téléphoné, et j'ai continué à le faire jusqu'à ce qu'elle reprenne le travail. C'était étrange : quelqu'un avait besoin de moi ! Quelqu'un accordait du prix à mon soutien ! Jeanine m'a posé des questions sur ce que j'avais traversé lorsque mon père avait lui-même été hospitalisé.

Le père de Jeanine a survécu, mais il a perdu certaines de ses fonctions musculaires et n'a plus jamais été le même. Tandis qu'elle lui prodiguait ses soins – sa mère n'était plus en vie et elle n'avait ni frères ni sœurs, de sorte que tout reposait sur ses épaules –, les souvenirs de mon adolescence ont commencé à affluer. Sans crier gare, la dépression a fondu sur moi. Je ne sortais plus de mon lit que pour aller voir ma psy. Ma vision de l'avenir était à ce point désespérée que je suis très étonnée de me sentir si bien aujourd'hui, seulement un an plus tard. Mais, franchement, j'irais encore mieux si le passé me laissait en paix. Ma psy n'a pas réussi à tout faire remonter à ma mémoire. Depuis ma rencontre avec Olaf, c'est comme si une porte s'était ouverte. Comme si quelque chose me poussait à examiner chaque souvenir qui émerge pour en finir une bonne fois pour toutes. Ma psy avait raison. On peut courir aussi vite qu'on veut, tôt ou tard, le passé finit toujours par vous rattraper.

Après m'être tournée et retournée pendant deux heures dans mon lit, je renonce. J'ai soif. En pilote automatique, je marche jusqu'à la cuisine. J'allume la lumière. Mon visage blafard, mes cheveux en bataille et mon tee-shirt chiffonné se reflètent dans les grands rectangles noirs des fenêtres. J'ouvre le réfrigérateur pour y prendre le lait, mais mes yeux tombent sur la bouteille de vin à moitié pleine. Trois secondes plus tard, je me sers un grand verre de Frascati.

La première gorgée est toujours la meilleure. Quand le liquide frais coule le long de ma gorge, je ferme les yeux et je pousse un profond soupir d'aise. *Allez, encore une gorgée !*

Appuyée au plan de travail, je scrute la nuit noire. Il y a un courant d'air quelque part. Le froid remonte le long de mes jambes et de mes bras. J'ai la chair de poule. Malgré sa fraîcheur, le vin me réchauffe le cœur, en partie sans doute parce qu'il chasse les images tapies dans l'ombre.

D'un trait, je vide le deuxième verre. L'alcool commence à faire effet. Après le troisième, je retourne au lit en tanguant. Et, enfin, je m'endors.

Le lendemain matin, j'ai la migraine, mal au ventre et de terribles nausées. D'abord, je pense que c'est la gueule de bois, mais bientôt je me sens vraiment malade comme un chien.

166

J'appelle le bureau pour prévenir de mon absence.

— Une gastro-entérite ! dis-je à Renée. J'ai horriblement mal au ventre.

— Ah bon ? Comme ça, subitement ? Eh bien, bon courage !

Je me traîne jusqu'à mon lit où, les genoux ramenés sur le ventre, je lutte contre les crampes. Une vague de douleur m'oblige à me précipiter aux toilettes. Retenant mes cheveux d'une main, je vomis dans la cuvette avant de m'y asseoir en catastrophe, prise de diarrhée. Évidemment, j'ai réagi une seconde trop tard. Une puanteur insoutenable se répand immédiatement. Quand la crise est passée, haletant et transpirant à grosses gouttes, je nettoie la salle de bains avec de l'eau presque bouillante dans laquelle j'ai versé une double dose de nettoyant universel. Je n'ai pas encore fini que, déjà, je sens venir la crise suivante.

On sonne à la porte.

C'est cela, oui... Je ne sais pas qui veut me voir en ce moment, mais je suis légèrement occupée !

On sonne encore, avec un peu plus d'insistance.

Assaillie par des spasmes, je saisis la cuvette à deux mains pour vomir. Quand j'en ai enfin terminé, je titube jusqu'à la porte. J'appuie sur la touche de l'interphone et je réussis à dire :

— Oui ?

— Médecin-contrôleur ! Je peux monter ?

Le médecin-contrôleur ! Bordel, ils sont rapides !

J'appuie sur le bouton pour ouvrir la porte en bas. Des pas lourds montent l'escalier. Un homme trapu aux cheveux châtain foncé s'approche, un dossier à la main, le regard interrogatif.

— Sabine Kroese ?

Je me précipite dans la salle de bains. L'homme reste dans l'entrée, mais pendant que je suis assise sur la cuvette, pliée en deux par la douleur, je l'entends entrer dans le salon.

Il n'y a rien de plus embarrassant que de se retrouver aux toilettes, avec tous les bruits et toutes les odeurs associés à une gastro, alors qu'un inconnu vous attend patiemment à quelques mètres de là. Après m'être longuement lavé les mains, j'ose enfin apparaître.

— Eh bien, eh bien ! dit l'homme d'un air ennuyé.

— Gastro-entérite, dis-je, laconique.

— Ça m'en a tout l'air ! Votre employeur nous a demandé une visite de contrôle rapide. Apparemment, il ne croyait pas vraiment à votre maladie, mais d'après ce que je vois, il n'y a aucun doute sur votre état de santé. Quand pensez-vous pouvoir reprendre le travail ?

— Aucune idée. Ça vient de commencer.

Il écrit quelque chose dans son dossier et me couve d'un regard paternel.

— Restez quelques jours au chaud !

J'en avais bien l'intention. Il a à peine

franchi la porte que je m'écroule dans le canapé. Un contrôle rapide ! Cette nouvelle preuve de défiance suffit à faire partir mes intestins en vrille une fois de plus.

Pendant deux jours, je me traîne du canapé aux toilettes et des toilettes au canapé. Je me force à avaler des litres de bouillon pour ne pas me déshydrater. Mais pourquoi diable faut-il absorber du liquide s'il ressort aussitôt ?

Le mercredi matin, enfin, j'arrive à avaler quelque chose sans le vomir immédiatement, à condition de manger comme un moineau. Le téléphone sonne. Je me sens tellement faible que mes jambes flageolent quand j'atteins l'appareil.

— Allô, ici Sabine Kroese.

— Sabine, ici Renée ! Je me demandais comment tu allais.

La méfiance que j'entends dans sa voix ne me plaît pas.

— Pas très bien, dis-je.

— Ce n'est pas encore fini ?

— Pas vraiment, non.

Silence.

— C'est bizarre, reprend Renée. J'ai téléphoné à mon médecin. Il m'a dit que les petits soucis de ce genre passaient après un jour ou deux.

— Tu as appelé ton médecin ?

— Oui, je trouvais que ça durait, alors...

— Je ne suis absente que depuis trois jours !

— Honnêtement, je pensais te revoir ce

169

matin ! Mais bon, convenons que tu reviendras après l'Ascension.

Je n'en crois pas mes oreilles.

— Je déciderai moi-même du jour de mon retour, Renée. Si tu ne crois pas que je suis malade, pourquoi ne viens-tu pas vérifier toi-même ? Il flotte un parfum très spécial chez moi depuis plusieurs jours. Comme je n'ai pas le temps de nettoyer à chaque fois, tu auras le plaisir de voir les grumeaux de vomissure et les éclaboussures de chiasse à l'intérieur de la cuvette. Et mes draps sont encore roulés en boule dans un coin, tu pourras les admirer et les humer tout à loisir !

Tût, tût, tût.

Renée a raccroché. Je repose le combiné en secouant la tête. Après ça, mes mains tremblent pendant au moins une demi-heure.

Olaf m'appelle l'après-midi pour prendre de mes nouvelles. Il veut me rendre visite, mais je l'en dissuade. L'appartement est sens dessus dessous et je ne suis vraiment pas présentable. Il est hors de question qu'il me voie dans cet état.

Plus tard, je me sens enfin un peu mieux. Je grignote une tartine, j'avale un bol de soupe. Apparemment, pas de problème. Subitement prise d'une faim de loup, je me rue sur le réfrigérateur pour manger tout ce qui n'est pas encore périmé. Le fromage est recouvert d'un duvet angora, le lait forme des caillots. Allez, c'est décidé : grand nettoyage du frigo ! Et puis tant que j'y suis, autant récurer l'appartement à fond ! Armée de tous les produits que je trouve, je me lance à l'assaut de la salle de bains. J'ouvre les fenêtres en grand, je change les draps, je fais tourner une machine, je passe les W-C à l'eau de Javel... Une véritable tornade blanche ! Tout y passe ! Retirant les boîtes de chaussures qui s'empilent dans le fond de mon armoire, je fais un sort à la poussière et je range tout soigneusement avant d'effacer les empreintes de doigts sur la commode. Avec l'embout spécial de l'aspirateur, je m'attaque aux plinthes, puis, couchée à plat ventre, au dessous du lit !

Quand on n'a qu'une petite armoire, on stocke des tas de choses sous son lit, dans des cartons et des sacs en plastique. Je n'ai aucune idée de ce qui peut bien se cacher dans ce fatras, mais tout est recouvert d'une épaisse couche de poussière grisâtre. Après des années d'indifférence, je trouve cette situation insupportable. Toujours couchée à plat ventre, je tire tout à moi et fais l'inventaire de ces horreurs. De vieilles godasses, des cours de la fac, un kimono de karaté tout neuf, datant de l'époque où j'envisageais de prendre des cours d'autodéfense, une tente, un matelas pneumatique... *Bon sang ! Qu'est-ce que je vais bien pouvoir faire de tout ça ?*

C'est alors que j'aperçois le carton qui contient tous mes journaux intimes. Cette confrontation soudaine avec ces cahiers que je ne connais que trop bien m'arrête net dans mon élan.

Je ne les avais évidemment pas oubliés, mais je n'avais jamais imaginé les relire un jour. Je sais encore plus ou moins ce que j'y ai écrit... enfin, je crois...

Un peu curieuse malgré tout, je prends le premier de la pile. Il est recouvert d'un tissu à motif de roses. Immédiatement, je me revois assise à mon bureau, en train d'y déverser le flot de mes pensées. Quel âge avais-je à l'époque ? Quatorze ans ? Quinze ?

Je l'ouvre. Quand commence-t-il ? Un premier janvier, bien sûr, méthodique comme je suis ! Je n'avais encore que quatorze ans, semble-t-il. Ce journal couvre une longue période, car je n'écrivais jamais beaucoup à la fois. À vrai dire, on pourrait plutôt parler de notes, tellement les comptes rendus de mes journées sont secs et brefs.

Je vais m'allonger sur le canapé. De toute façon, il était temps que je m'accorde une pause. Je suis épuisée.

Je rouvre le cahier. Sur la première page, j'ai collé mon emploi du temps de cette année-là et, sur la dernière, celui de l'année suivante. Ma mémoire avait gommé tous ces détails, mais en lisant l'intitulé des cours et les numéros des salles de classe, j'ai presque envie de me mettre à faire mes devoirs. À chaque page que je tourne, je plonge un peu plus profondément dans le passé. En face du jour de la semaine, j'ai dessiné un petit nuage, un petit soleil, les deux ou bien des gouttes de pluie... J'aimais ça à l'époque, je ne sais pas pourquoi.

Mes yeux glissent sur les mots tracés à l'encre bleue, de cette écriture ronde qui m'est si familière. Ici et là, je m'arrête pour lire quelques phrases. Le cœur battant, car j'ai peur de ce que je vais découvrir. Mais il n'y a rien qui sorte de l'ordinaire : la tempête qui m'a fait arriver en retard au collège, le vent qui a tourné pendant la journée, de sorte que je l'avais en face à l'aller comme au retour, les livres que j'ai empruntés à la bibliothèque... Je tourne les pages jusqu'au lundi 8 mai, le jour de la disparition d'Isabel.

« Journée pourrie. Je regrette déjà le week-end. Je viens de rentrer à la maison et je m'apprête à prendre un bain. Je suis trempée de sueur. J'ai pédalé comme si j'avais la mort aux trousses. Si au moins on habitait plus près du bahut ! »

C'est tout. Pas un mot sur Isabel. Mais pourquoi en aurais-je parlé ? Je ne savais pas encore que cette journée se révélerait tellement importante. Rien non plus le lendemain, ni le surlendemain, ni les jours suivants. Des petits nuages, des petits soleils, et c'est tout.

Tiens... À côté du 8 mai, j'ai dessiné un petit soleil. Il a donc fait beau ce jour-là. Il a même fait chaud pour la saison. Oui, Olaf me l'a dit : il régnait une chaleur torride dans le gymnase pendant l'épreuve de maths du bac. Je me sens brusquement mal à l'aise. Une question commence à me trotter dans la tête. Il n'y avait pas un souffle de vent. Le temps était splendide. Alors, pourquoi donc ai-je pédalé comme si j'avais la mort aux trousses ?

17

Il me reste à occuper le reste de l'après-midi et toute la soirée. J'essaie d'ignorer mon journal et sa couverture à fleurs, je le range même dans son carton, mais je finis malgré tout par céder à ses appels déchirants. Cette plongée soudaine dans le passé a donné un coup d'accélérateur à un processus que je ne parviens plus à freiner. *Quoi ? C'était il y a neuf ans ? Neuf ans ! Il s'est écoulé tellement de temps depuis la disparition d'Isabel ?*

Il y a si longtemps que ça que je n'ai pas revu Bart ? Il me manque, là, tout de suite ! Je sais que c'est fou, mais comme il me manque ! J'ai toujours eu la fibre nostalgique, d'où cette pile de carnets intimes, et si j'y cède maintenant, je crois bien que je serais capable de n'importe quoi. Y compris de remuer ciel et terre pour retrouver Bart et lui demander de reprendre notre relation là où nous l'avons arrêtée.

Plus je lis, plus la tentation grandit. Je finis par refermer mon carnet d'un geste décidé, par le replacer dans son carton et par glisser celui-ci sous mon lit. *Bon ! Voilà ! Reviens au présent, Sabine !*

Je me couche tôt, mais la nuit ne m'apporte

aucun repos. Isabel occupe toutes mes pensées. Sans cesse son ombre ressurgit dans mes rêves. Je revis une nouvelle fois cette fameuse journée, mais sur le mode absurde. J'erre dans un labyrinthe d'arbres géants dont l'épais feuillage dissimule le ciel bleu. Car le ciel est bleu, j'en suis presque sûre, tellement il fait chaud, même au plus profond du bois. Les oiseaux gazouillent et on entend le bruit de la mer au loin. Je suis absolument seule. Je continue à errer, errer, errer, sans savoir ce que je cherche exactement.

Soudain Isabel est là, face à moi. Debout au milieu de la clairière, elle me sourit. J'ignore pourquoi, car moi je ne ressens que de la peur. Alors je comprends que ce n'est pas à moi que s'adresse son sourire. En fait, elle ne me voit même pas. Je suis devenue transparente. La silhouette d'un homme se dresse entre les arbres, un peu plus loin. Isabel lui dit quelque chose. Il lui répond. Cette belle voix grave... Je la connais.

Quelque chose a changé. Une légère menace plane maintenant dans l'air. Les oiseaux ont cessé de chanter. L'homme a quitté le couvert des arbres. Il se dirige vers Isabel. Je sais ce qu'il a l'intention de faire. Je le sais avec la même certitude que si je regardais un film que j'avais déjà vu. Il avance vers Isabel. Il la pousse. Elle tombe. Il la saisit à la gorge. Assis à califourchon sur elle, il la maintient au sol en pesant sur elle de tout son poids. Et il commence à serrer, serrer, serrer, de plus en plus fort.

D'où je suis, le visage d'Isabel est invisible, mais je l'entends haleter et je la vois qui tente d'éloigner les mains puissantes de sa gorge. Je sais que je dois faire quelque chose, appeler au secours, me jeter sur le dos de cet homme, je ne sais pas, n'importe quoi, mais quelque chose ! Et je ne fais rien. Je ne fais rien ! Je reste là, les yeux grands ouverts, les bras ballants, avant de reculer lentement dans le bois. Non, je n'ai pas peur. Je connais cet homme. Je n'imagine pas un instant qu'il puisse me faire du mal. Il me semble pourtant préférable qu'il continue à ignorer que j'ai été témoin de ce qui vient de se passer.

Longtemps après que l'homme a disparu, je suis encore là à fixer le corps immobile au milieu de la clairière. Les yeux rivés sur son visage tordu, mort, sur cette enveloppe vide qui était encore Isabel quelques minutes auparavant. Au bout d'un temps infini, je fais volte-face et je pars en courant, mais j'avance au ralenti, comme si de la glu fixait mes pieds au sol. Chaque fois que je regarde autour de moi, c'est pour voir le cadavre d'Isabel dans la clairière. Plus je cours et moins je m'éloigne de cet endroit maudit.

Je me réveille enfin. *Un rêve ! Ce n'était qu'un rêve !* Mon tee-shirt est trempé de sueur. Mes cheveux collent à mes tempes. Je repousse le drap. La fraîcheur de la nuit s'abat sur mon corps. Peu à peu, je reviens à moi.

Dans l'obscurité, je reconnais progressivement les formes familières : mon lit, mon armoire, la chaise sur laquelle j'ai posé mes vêtements, les photos au mur... *Ce n'était qu'un rêve !* Oppressant et angoissant, mais juste un rêve, rien de plus.

J'allume ma lampe de chevet. Je retrouve mon petit univers. Pieds nus, je vais aux toilettes avant de me verser un grand verre d'eau dans la cuisine, pour me rafraîchir. Puis, du vin, pour me calmer.

Le dos au mur, la bouteille de Frascati à la main, je repense à la silhouette que je viens de voir en rêve. J'ai vu le meurtrier d'Isabel ! Je l'ai même reconnu ! Mais, au réveil, j'avais oublié qui il était. Qu'est-ce que cela veut dire ? Que j'ai vraiment été témoin du meurtre et que mon subconscient tente de me le faire comprendre ? Je n'ai pratiquement aucun souvenir de cette journée. Se pourrait-il alors que je me sois trouvée dans les parages au moment où Isabel a été attaquée ?

D'un autre côté, si je devais croire à tous mes rêves bizarres, je n'oserais plus jamais m'endormir ! Si le meurtrier d'Isabel s'était enfui après l'avoir tuée, on aurait dû retrouver son corps. C'est bien la preuve que quelque chose ne tient pas dans ce rêve... Mais quoi ?

Après avoir vidé mon verre de vin et éteint toutes les lumières, je retourne au lit. Sous la couette, j'essaie de tenir mon rêve à l'écart, avec l'impression angoissante que, loin, très loin, mon subconscient essaie de me dire quelque chose.

Le lendemain, je suis debout très tôt, beaucoup trop tôt. À peine ai-je ouvert les yeux que j'ai la certitude que je ne retrouverai pas le sommeil. Alors je me lève, je prends une douche chaude, j'enfile une jupe en jean, une veste blanche et des bottines assorties avant de dévorer deux tartines aux fraises, debout dans la cuisine. Puis je quitte mon appartement avec mon sac à main et un thermos de café.

Aujourd'hui, c'est le jour de l'Ascension et je ne travaille pas. Ça tombe bien, car il fallait absolument que je prenne l'air. Et que je retourne au Helder. Je ne sais pas ce que je vais y chercher, mais le passé m'y attire de toutes ses forces. Pour me libérer de mon angoisse et de mes rêves inquiétants, je dois découvrir la vérité.

Après avoir posé mon sac et le thermos sur le siège du passager, je prends la direction du Helder. Sur la route, je laisse courir mes pensées. Ce n'est sans doute pas un hasard si je n'ai aucun souvenir du 8 mai d'il y a neuf ans. Non seulement je me trouvais sur le lieu du crime, mais il est probable que je connaissais le meurtrier. Pourquoi ai-je effacé ces informations de ma mémoire ? Me suis-je sentie menacée ? La peur de mourir aussi m'a-t-elle fait tout refouler ? Ou le meurtrier était-il un proche ? C'est ce que suggérait mon rêve

179

de cette nuit, mais à quel point peut-on se fier à un rêve ?

La chaleur m'étouffe. Malgré la clim, j'ai des auréoles sous les bras avant d'avoir fait la moitié du chemin. Quand j'atteins Le Helder, il n'est que neuf heures et demie, mais le soleil tape fort. Les vitres baissées, je roule lentement vers le centre. Et maintenant ? Où aller ?

Prise du désir soudain de revoir la cité scolaire, je mets les gaz et tourne à droite dans le Lange Vliet. Voici déjà le parc où nous allions traîner pendant la pause déjeuner. L'été, nous nous couchions dans l'herbe. Enfin, à partir du moment où je suis entrée au lycée et où je me suis fait de nouveaux amis. Avant, je mangeais toute seule à la cantine ou je me réfugiais à la bibliothèque.

Dès que je tourne à gauche, je vois le haut bâtiment de briques rouges, et les années s'effacent.

Je me gare. Je sors de la voiture. Voilà. Une grande partie de ma vie s'est jouée ici, derrière ces murs. Le jour où j'ai eu mon bac, je me suis juré de ne plus jamais y remettre les pieds. Et pourtant, me revoici, le cœur battant, aussi oppressée qu'alors.

Je traverse la rue. J'entre dans la cour.

La jeune fille est là. Je sens sa présence avant même de la voir. Je regarde autour de moi. Là ! Elle est assise sur le porte-bagages d'un vélo, son sac noir à ses pieds. Elle paraît plongée dans son cahier de textes, mais je sais qu'elle fait semblant. En réalité, elle est attentive aux moindres faits et gestes d'un groupe de filles un peu plus loin et très consciente du vide qui l'entoure. Si elle fumait, elle prendrait une cigarette pour se donner une contenance, mais elle n'a que son cahier. Cela ne changerait rien, de toute façon, je suppose. Elle a ce je-ne-sais-quoi qui fait que, dès le début, on l'a mise à l'écart.

J'ai très envie de passer mon bras autour de ses épaules. Je traverse la cour et je m'arrête à sa hauteur.

Elle me regarde, mais reste silencieuse. Elle promène les yeux sur la cour.

Vais-je lui parler ?

J'hésite.

Elle croise mon regard, l'évite, le recroise. Une expression résignée passe sur son visage.

— Bonjour, dis-je.

— Bonjour, répond-elle, hésitante.

— Tu ne me connais pas, mais moi, je te connais. Je voulais te demander quelque chose.

— Quoi ? finit-elle par demander, méfiante.

— À propos d'Isabel Hartman.

Silence.

— Tu la connaissais bien ?

Elle détourne la tête.

— Parle-moi du jour où elle a disparu.

— Je n'ai rien à dire !

— Pourquoi ?

— Elle est morte ! Ça sert à quoi de parler d'elle ?

181

— Comment sais-tu qu'elle est morte ?

Elle hausse les épaules.

— Elle l'est sûrement. Ça fait tellement longtemps qu'elle a disparu !

— Qu'est-ce qui lui est arrivé, à ton avis ?

— Je ne sais pas. Peut-être que son petit ami est au courant.

— Quel petit ami ?

— Le type avec qui elle avait rendez-vous à l'entrée de la plage.

— Elle avait rendez-vous ? Le jour de sa disparition ? Avec qui ?

Elle me fixe de ses yeux bleu clair.

— Tu le sais très bien, répond-elle.

C'est vrai. Comment ai-je pu l'oublier ? Ce jour-là, Isabel avait rendez-vous près du snack, aux Dunes noires. Je l'avais entendue en parler au collège. Elle disait qu'elle en avait marre de lui, qu'elle allait le laisser tomber. Et qu'il n'apprécierait pas. Cela l'avait fait rire et je m'étais figée. Je croyais avoir compris avec qui elle avait rendez-vous, mais j'espérais avoir mal entendu. Je savais qu'Isabel cherchait sans cesse de nouveaux mecs, mais il y en avait deux dont j'espérais de tout mon cœur et de toute mon âme qu'ils resteraient insensibles à ses charmes. C'est pour cela que je l'ai suivie ce jour-là. Pas parce que j'avais envie de passer par les dunes, non. Parce que je voulais vérifier qui était son petit ami. Ou plutôt : qui ne l'était pas. Quand je suis arrivée au snack des Dunes noires après un petit détour, l'endroit était désert. J'ai jeté un œil du côté de la ferme pour enfants, à l'entrée du bois, et j'ai eu le temps d'apercevoir une veste blanche en cuir que je connaissais bien tourner le coin du bâtiment, accompagnée d'une haute silhouette. Sans hésiter, je suis remontée sur mon vélo et j'ai longé l'enclos jusqu'à l'endroit où je les avais vus disparaître tous les deux.

Une douleur fulgurante me transperce le crâne. L'image a brusquement disparu. La jeune fille aussi est partie. Elle semble s'être dissoute dans l'atmosphère, profitant d'un moment d'inattention de ma part.

En proie à une migraine épouvantable, je m'apprête à regagner ma voiture quand je me ravise. D'un geste, j'arrête un marchand de glaces qui pousse sa carriole devant le collège.

— Une glace, mademoiselle ? demande-t-il d'un ton aimable.

— Oui, à la vanille, s'il vous plaît !

— Avec de la crème fraîche ?

— Non, on n'y avait pas droit, à l'époque.

Je pose un euro sur le comptoir et je retourne à ma voiture en léchant mon cornet. La portière ouverte pour évacuer la chaleur, je déguste ma glace avant d'allumer la radio et de démarrer. Je rentre à Amsterdam.

18

Le lendemain, j'ai toutes les peines du monde à me décider à aller travailler. Je suis en retard, pourtant je trouve le secrétariat désert. Tant mieux. Ainsi, personne ne connaîtra l'heure exacte de mon arrivée. Après avoir allumé mon ordinateur, je m'empare de l'enveloppe posée en évidence sur mon clavier. Mon prénom s'y affiche en grandes lettres penchées.

À l'intérieur, un billet. Il n'est pas signé, mais je reconnais l'écriture de Renée : « Sabine, pourrais-tu à l'avenir tenir ta correspondance privée chez toi et non sur ton lieu de travail ? Il me semble que ce n'est pas le temps qui te fait défaut. »

Sans autre forme de procès, je déchire la feuille en mille morceaux. Je replace le tout dans l'enveloppe, où j'écris le prénom de Renée d'une main ferme, avant de la jeter sur son bureau.

Voilà ! Le premier courrier est déjà traité.

Ma messagerie déborde. Parmi tous les mails professionnels, je remarque trois messages d'Olaf : deux histoires drôles et une invitation à fêter mon anniversaire. Je lui réponds aussitôt : « Comment es-tu au courant ? »

La réponse arrive par retour :

« La date était sur ton calendrier ! »

« Qu'est-ce que tu proposes ? »

« Surprise ! »

« Génial ! »

Je classe les lettres à taper par ordre de priorité, puis je prends le temps d'aller me chercher une tasse de café avant de m'attaquer à la pile de courrier sur mon bureau.

Zinzy entre, plongée dans un dossier d'archives.

— Où est Renée ? dis-je.

— En rendez-vous à l'extérieur, avec Wouter.

Elle pose son dossier et s'assied sur le bord de son bureau.

— Sabine !

Je lève les yeux. Zinzy me regarde, mal à l'aise.

— Je voulais te prévenir.

— De quoi ?

— On te débine dans ton dos. Les gens pensent que tu ne t'investis pas assez. Même si tu travailles à mi-temps, tu commets énormément d'erreurs. Ça énerve.

Je ne sais absolument pas quoi répondre. J'ai l'impression qu'une main de fer se referme sur ma poitrine et m'empêche de respirer.

— Ils trouvent que tu exagères, reprend Zinzy. Que tu profites de la situation.

— Je travaille à mi-temps parce que mon

médecin me l'a conseillé. J'ai fait un burn-out il y a un an. Mes matinées de travail me prennent toute mon énergie, dis-je, la gorge nouée.

Je dois m'arrêter après chaque mot pour reprendre ma respiration.

— Je sais, dit Zinzy avec empathie. Mais beaucoup de gens pensent que tant qu'on n'est pas aux soins intensifs, on n'est pas vraiment malade, et que si on n'est pas malade, on doit travailler. C'est l'avis de Renée, et tout le monde la suit. Qu'est-ce que tu as ? Tu veux un verre d'eau ?

— Oui, je veux bien.

— Tiens !

— Merci.

— Ça va mieux ? Tu es toute pâle !

— Oui, ça va déjà mieux, dis-je en esquissant un pauvre petit sourire. Merci, Zinzy.

Elle va se rasseoir à sa place et j'attaque la pile de courrier. Trois quarts d'heure plus tard, je n'ai toujours pas fini et ma migraine continue à s'accentuer.

Wouter et Renée reviennent en fin de matinée. Ils entrent dans la pièce en bavardant joyeusement.

Zinzy est aux archives. Dès que Renée m'aperçoit seule, son sourire disparaît. L'air sévère, elle va s'asseoir à son ordinateur. Du coin de l'œil, je la vois ouvrir l'enveloppe contenant son billet déchiré en mille morceaux. Pas de réaction.

Je continue à travailler calmement. Entre elle et moi, le silence est de plomb.

C'est vrai, je commets trop d'erreurs. Je n'envoie pas les fax à la bonne adresse, je joins les mauvaises pièces aux mauvais dossiers, je laisse des tas de fautes dans mon courrier... Bien décidée à prendre le taureau par les cornes, je bannis de mes pensées tout ce qui pourrait me déconcentrer et je m'applique du mieux que je peux. Je vérifie tout deux fois et je range les piles de courrier sur mon bureau par ordre de priorité. Et ça marche !

Jusqu'au moment où Roy entre en trombe dans le secrétariat.

— Pourquoi cette fichue lettre est-elle restée toute la matinée à la réception ? demande-t-il, furax.

— Je t'avais pourtant demandé d'aller la chercher, Sabine, dit Renée. J'y vais, Roy. Je suis désolée, j'aurais dû vérifier.

— Ce n'est pas ta faute, grommelle Roy. Il faut quand même lui laisser un peu de travail !

Renée sort, suivie de Roy. Je les entends dire du mal de moi dans le couloir. Mes mains tremblent.

Zinzy et Margot continuent à taper comme si de rien n'était.

— Je ne me rappelle absolument pas qu'elle m'ait demandé d'aller chercher cette lettre, dis-je.

— Je l'ai entendue, répond Margot, sans

quitter son écran des yeux. Pendant que tu étais au fax.

— Elle me l'a demandé à moi ? Elle m'a regardée ? Elle a dit mon nom ?

— Bon sang, Sabine ! N'exagère pas ! Il faut te regarder dans les yeux et t'appeler par ton nom chaque fois qu'on te confie un travail ?

— Apparemment, dis-je.

— Alors je ne comprends pas ce que tu fais ici !

Du regard, je quête le soutien de Zinzy.

— C'est vrai, Sabine. Tu es souvent distraite.

Je mords ma lèvre pour l'empêcher de trembler.

— J'ai mes raisons.

— Ah bon ? s'exclame Margot. Pourtant, tu es restée chez toi pendant un an ! C'est à croire que le travail fait peur à certaines !

Sa remarque continue de planer au-dessus des imprimantes, des ordinateurs et des armoires à archives. Lorsque Tessa et Luuk entrent dans la pièce, ils s'arrêtent net, regardent autour d'eux en hésitant et rebroussent chemin. Je les entends parler dans le couloir.

Je cours aux toilettes et passe mes poignets sous l'eau froide. Impossible de maîtriser mes tremblements. Je suis de nouveau prise de vertiges. Des coups de marteau résonnent dans mon crâne. Des taches dansent devant mes yeux. J'étouffe, je suffoque... Vite, je récupère un sac en plastique vide dans la poubelle avant de me réfugier dans une cabine. Assise sur les toilettes, j'entreprends de souffler dans le sac, puis d'inspirer, puis de souffler...

Une demi-heure plus tard, je regagne enfin mon poste.

— Sabine, tu viens en salle de réunion une minute ? Il faut que je te parle, dit Renée sur le ton d'un adulte qui s'apprête à faire la morale à un enfant indiscipliné.

— D'accord, dis-je d'un air détaché en refermant calmement le dossier que je venais d'ouvrir.

Je quitte mon fauteuil avec une lenteur délibérée, prenant encore le temps de ranger quelques papiers sur mon bureau avant de lever les yeux vers Renée, comme si je l'avais presque oubliée. Elle s'est déjà éloignée de quelques pas et elle attend que je la suive, manifestement irritée.

— De quoi veux-tu me parler ? Je n'ai pas beaucoup de temps.

— Je vais te le dire.

Nous nous dirigeons vers la salle où je l'avais reçue lors de son entretien d'embauche. Renée me tient la porte ouverte comme si elle me faisait entrer dans la prison d'Amsterdam et la referme derrière nous d'un geste ostentatoire. Elle commet l'erreur de s'asseoir sur une chaise. Je m'installe sur le bord de la table, de façon à pouvoir la dominer. Manifestement, cela ne lui plaît pas, mais j'ignore le geste par lequel elle m'invite à prendre un siège. Après tout, je m'assieds où je veux.

— Je n'irai pas par quatre chemins, commence-t-elle, les mains croisées dans une attitude hiératique. Si je voulais te parler, c'est à cause de ta façon de travailler. Je sais que tu as été longtemps malade et qu'il faut que tu te réhabitues. Je t'ai donné tout le temps nécessaire pour te réadapter en douceur. Je comprends parfaitement que tu n'aies pas repris à plein régime. Mais ce qui me dérange, c'est que tu ne passes pas à la vitesse supérieure. Tu es plus souvent à la machine à café qu'à ton bureau ! Tu n'arrêtes pas de monter te chercher des Mars... Tu es même souvent déjà prête à partir à midi moins le quart. Et puis voilà que tu retombes malade !

Les battements de mon cœur s'accélèrent, mes oreilles bourdonnent, j'ai la bouche sèche. Il faut que je réponde quelque chose. Je ne dois pas me laisser faire. Je dois démonter objectivement ses accusations.

— Euh...

— Et je ne suis pas la seule à penser que tu exagères ! Les autres sont d'accord avec moi. Par les autres, j'entends Margot et Zinzy. Nous sommes convenues d'observer ta façon de travailler et de nous concerter au bout de quinze jours.

Je n'en crois pas mes oreilles.

— Tu ne te fiais pas à ton sens de l'observation ?

190

Je suis tellement furieuse que je me suis montrée beaucoup plus agressive que je ne le voulais.

— Cela n'a rien à voir ! Nous sommes collègues et en tant que telles, nous travaillons en équipe.

— Nous sommes collègues, justement ! dis-je en regardant la salle vide pour signifier que je me demande à quoi tout cela rime.

Renée soupire.

— Je craignais que tu aies du mal à accepter ma promotion, et j'avais raison. C'est exactement pour ça que j'ai demandé à Margot et à Zinzy de participer à ton évaluation.

— Ce qui n'est absolument pas leur rôle !

— Je le leur ai demandé. Donc, si, maintenant, c'est leur rôle.

Cela fait mal. Horriblement mal.

— C'est sur ces bases-là que tu redéfinis notre relation, dis-je lentement.

— Crois-moi, ce n'est pas ce que je veux.

Comment réagirait-elle si je la giflais ? Elle doit prendre son pied, à faire une telle démonstration de pouvoir vis-à-vis de la personne qui l'a embauchée ! Quand je pense que c'est moi qui l'ai formée ! Quand je pense que je lui ai appris des rudiments de français pour qu'elle ne reste pas muette au téléphone avec nos clients étrangers ! Quand je pense que j'ai vanté ses mérites à Wouter, notre patron !

Comme je regrette ! Comme je regrette amèrement !

— Si ça te pose un problème, il faut le dire, Sabine. Je sais pertinemment que tu travaillais ici avant moi, mais ça ne veut pas dire que tu aurais été promue à mon poste si tu n'avais pas été malade.

— Je ne savais même pas que ton poste existait !

— Eh bien, il fallait le créer, apparemment. Et Wouter a trouvé que j'étais la plus qualifiée pour l'occuper. Il faudra l'accepter. Bon, j'ai dit ce que j'avais à dire. Si tu t'investis un peu plus dans ton travail, il n'y aura pas d'histoire. Je veux te revoir dans deux semaines. Tu avais autre chose sur le cœur ?

Bon sang ! J'ai tellement de choses sur le cœur que j'ai peur de ne pas réussir à les porter toutes !

19

Demain, lundi 24, c'est mon anniversaire. J'aurai vingt-quatre ans. Pour me mettre dans l'ambiance, je passe une partie de mon dimanche à me préparer une tarte aux pommes. J'adore faire de la pâtisserie, mais il y a longtemps que je ne me suis pas lancée dans une telle entreprise.

Pour m'accompagner, je me passe un CD de Norah Jones. La cuisine est exposée plein sud, de sorte que je dois ouvrir toute grande la porte pendant le préchauffage du four. Je m'installe sur le balcon, sur une chaise en rotin blanc, pour éplucher mes pommes.

J'adore cet endroit. Comme je n'ai pas de jardin, ce que je regrette amèrement, j'ai fait appel à toute ma créativité pour donner vie à ces deux malheureux petits mètres carrés. J'ai accroché des jardinières débordant de géraniums et de fuchsias à la rambarde, et presque recouvert le sol de pots en terre cuite où poussent des herbes aromatiques et de la lavande. Sous ce soleil méditerranéen, je prends tout mon temps avant de retourner dans la cuisine surchauffée.

Évidemment, j'aurais pu acheter des tartes

à la boulangerie du coin, mais rien ne vaut les gâteaux maison. Suivant la recette de ma mère à la lettre, je verse un trait de cognac sur les morceaux de pommes et les raisins de Corinthe.

Les odeurs ont la propriété de vous projeter des années en arrière. Celle de chaussures de sport, par exemple, me propulse dans le gymnase du collège, empotée, attendant que quelqu'un me prenne dans son équipe. Et le parfum de la tarte aux pommes maison me rappelle immanquablement mon quatorzième anniversaire. Comme toujours, ma mère avait mis un point d'honneur à tout faire elle-même. Toute la semaine, nous avions eu de la visite (tous les invités n'étaient pas libres à la même date), et elle avait continué à préparer tarte sur tarte, de sorte qu'à la fin, je ne pouvais plus les supporter.

J'avais décidé de ne pas mentionner mon anniversaire à l'école, jusqu'à un événement qui avait changé la donne.

Au début de la semaine, Isabel avait eu une crise. Subitement, son visage avait été parcouru de tics et elle n'avait plus respiré que par saccades. Elle s'était effondrée au beau milieu de la cour. Certaines filles avaient reculé, effrayées, d'autres s'étaient accroupies autour d'elle et la regardaient se convulser, impuissantes. Cela n'avait pas duré plus d'une minute, mais ce laps de temps m'avait suffi pour rouler ma veste sous sa tête et écarter un vélo afin d'éviter qu'elle ne se blesse.

Je m'étais assise à côté d'elle et lui avais

parlé d'une voix douce. La crise n'était pas très grave, et je voyais à ses yeux que mes mots apaisants faisaient leur effet.

Peu à peu, ses bras et ses jambes avaient cessé d'être secoués de spasmes. Je l'avais aidée à se relever. D'un geste que j'utilisais depuis des années, je lui avais indiqué discrètement qu'elle devait essuyer la salive au coin de ses lèvres. Elle avait obéi. En général, elle se redressait comme si de rien n'était, elle lâchait une vanne et recommençait aussitôt à tenir la dragée haute à tout le monde. Cette fois-là, elle s'était retirée un long moment dans la loge de M. Groesbeek, le temps de reprendre ses esprits.

J'avais accompagné Isabel à la conciergerie, où j'avais rapidement essuyé sa veste en jean couverte de cendres de cigarette et de traînées de chewing-gum desséché.

« Tu veux que je te raccompagne chez toi ? » avait proposé le concierge, inquiet.

Mais Isabel n'avait pas envie qu'on la ramène chez elle. J'étais restée à ses côtés jusqu'à ce qu'elle soit complètement rétablie. Le prof d'anglais m'avait même dispensée de son cours.

« Quel sens de l'amitié ! » avait commenté M. Groesbeek d'un ton chaleureux.

Isabel et moi, nous avions évité de nous regarder. Nous n'avions pas non plus échangé un mot quand M. Groesbeek nous avait laissées seules pour aller pincer un élève qu'il avait repéré en train de sécher. Nous étions restées là une bonne heure, et durant tout ce temps, je ne l'avais pas quittée des yeux une seule seconde. J'étais allée lui chercher un gobelet d'eau pour qu'elle puisse avaler ses médicaments. Nos échanges se limitaient au strict nécessaire : « Tiens, un peu d'eau. » « Merci. » « Ça va mieux ? » « Oui, ça va. »

Après ça, nous étions allées en cours de math et j'avais eu une paix royale tout le reste de la journée. J'avais même senti que les autres filles éprouvaient soudain du respect pour moi. On ne chuchotait plus dans mon dos, mes livres étaient restés à leur place dans mon sac et, quand j'avais voulu m'acheter une collation pendant la récréation, j'avais encore de l'argent dans mon portefeuille. La trêve avait duré toute la semaine. J'avais du mal à le croire. Lentement mais sûrement, je me rapprochais du clan d'Isabel. Ma présence était tolérée.

Un soir, j'ai testé ma nouvelle position en quittant l'école par l'entrée principale. Les filles bavardaient en fumant sous l'escalier. Isabel a regardé dans ma direction. Nos yeux se sont croisés. Elle n'a rien dit.

Les cartons d'invitation étaient dans mon sac. J'avais imaginé les envoyer par la poste, mais je trouvais ça trop lâche. Bref, j'ai pris mon courage à deux mains et, avec une nonchalance étudiée, j'ai lancé à la cantonade :

« Samedi, c'est mon anniversaire. J'organise une fête. J'espère que vous pourrez venir ! »

J'ai distribué mes enveloppes à la va-vite, j'ai

salué d'un geste de la main et je me suis précipitée vers mon vélo. J'ai traversé la cour de
récré dans le silence le plus total.

Je n'ai pensé qu'à ça toute la semaine. J'ai
fait les courses avec mon père. Je me suis
torturé les méninges en me demandant
comment le convaincre qu'une fête réussie ne
se conçoit qu'avec du vin et de la bière. Mes
parents n'étaient pas très portés sur l'alcool.
Malgré cela, mon père s'est montré étonnamment compréhensif. Il a glissé des cannettes de bière et plusieurs bouteilles de vin
bon marché dans le chariot et n'a pas bronché
quand j'y ai déposé du fromage français assez
cher et du steak tartare.

Le jour de la fête, Robin et quelques amis
– j'ai bien l'impression qu'Olaf était de la
partie – ont passé des heures à accrocher des
lampions dans le jardin et à installer un bar
dans la remise. Ils ont piqué des torches dans
le sol pour quand il ferait noir. Ils ont même
dressé une tente pour le cas où il pleuvrait.

Finalement, j'ai été contente que mon frère
passe la soirée ailleurs, et que ni lui ni ses
amis n'assistent à cette fête qui s'est révélée
très, très calme.

J'aurais préféré que mes parents soient
sortis eux aussi. Cela leur aurait évité de me
tourner autour toute la soirée en me jetant des
regards compatissants.

J'ai attendu, attendu, attendu, même si je
savais que c'était inutile.

Personne n'est venu.

Pour mon petit déjeuner d'anniversaire, je me suis acheté des croissants. Aussitôt après ma douche, je passe un peignoir et les glisse sur la grille du four. La maison embaume tandis que je m'habille. Je me presse une orange et je m'assieds enfin pour déguster ce petit déj' royal. Le premier croissant est délicieux, mais le deuxième me donne la nausée. Finalement, je quitte mon appart plus tôt que prévu, direction le boulot.

Au bureau, il est de coutume d'apporter quelque chose de bon à manger le jour de son anniversaire ou de faire circuler une liste de pâtisseries que l'on se fait ensuite livrer. Rien de tel pour moi. Je me contente de faire la tournée du courrier.

La matinée n'est pas franchement réussie. Plus je m'applique, plus je fais des fautes de frappe. Mes mains tremblent. Je sursaute quand on m'appelle. À vrai dire, j'ai de plus en plus de mal à me concentrer. Tout me met au supplice : un regard irrité, un soupir réprimé, un échange à voix basse entre Roy et Renée...

Il est allé droit vers elle pour lui montrer le paquet de photocopies que je venais de faire. Apparemment, les feuilles sont en désordre, et il en manque plusieurs. De la machine à café, je ne perds pas un mot de leur conversation.

— Donne-moi ça, Roy ! Je vais m'en occuper ! Tu comprends, c'est TERRIBLE-MENT compliqué !

Ils rient, complices. Roy sort dans le couloir. Nous nous regardons droit dans les yeux. Son visage se fige. Il s'éloigne rapidement sans un mot. Je me verse mon café.

À la fin de la matinée, je croise Olaf dans le couloir.

— Hé ! me crie-t-il de loin. Profite bien de cette journée spéciale !

Il avance vers moi à grandes enjambées, m'enlace et m'embrasse à pleine bouche.

— J'ai réservé une table à *De Klos* pour nous ce soir.

Une petite lueur luit soudain dans la nuit. Je retourne au secrétariat, un sourire aux lèvres.

— Pourquoi est-ce une journée spéciale ? demande Roy, qui a assisté à la scène. Tu as quelque chose à fêter ?

— Non, dis-je, sans lui accorder un regard. Rien.

20

À mon retour, le parfum de la tarte aux pommes flotte encore dans l'appartement. J'ai reçu une carte de mes parents. « Nous te souhaitons de tout cœur un joyeux anniversaire ! Dommage que nous ne puissions pas le fêter tous ensemble. On se reverra très bientôt, promis ! »

En posant la carte sur le manteau de la cheminée, je m'aperçois que le témoin du répondeur clignote. La belle voix de basse de mon frère retentit dans l'appartement. J'enfonce plusieurs fois la touche du répondeur pour l'entendre constamment tandis que je vaque à mes occupations.

Le téléphone sonne. J'attends que le répondeur se déclenche.

« Salut, Sabine, bon anniversaire ! dit la voix enjouée de Jeanine. Je passe chez toi ce soir, d'accord ? Si tu as d'autres projets, qui commenceraient par exemple par la lettre O, rappelle-moi ! Non, envoie-moi plutôt un SMS, je suis en réunion. Ah oui, tant que j'y pense ! J'ai fait des recherches sur Internet. Sur www.disparus.nl, j'ai trouvé un lien vers un site consacré à Isabel. C'est son père qui l'a créé. Peut-être que ça t'intéressera... »

Est-ce que ça m'intéresse ? Ma joie est retombée d'un coup. J'envoie un SMS à Jeanine.

« Je vais au resto avec Olaf ce soir. Tu viens ? J'invite aussi Zinzy. »

Puis j'allume mon ordinateur. Je lance Internet Explorer et je tape l'adresse www.disparus.nl. J'ai les épaules crispées. L'écran est presque aussitôt envahi de photos de disparus parmi lesquels je repère aussitôt le visage d'Isabel. Je clique et j'accède à un rapport sur les circonstances de sa disparition. Il y a aussi des photos de suspects arrêtés dans le cadre d'affaires similaires. L'un d'eux, je ne sais pourquoi, attire particulièrement mon attention. La quarantaine, les cheveux blonds, un visage émacié, avec deux rides profondes qui relient les ailes du nez aux coins de la bouche et le vieillissent prématurément. Je lis la légende : « Sjaak van Vliet, condamné pour le meurtre de Rosalie Moosdijk, qu'il a violée et étranglée durant l'été 1997 dans les dunes de Callantsoog. Il est mort en prison sans avoir jamais avoué son implication dans les autres disparitions qui lui étaient imputées. »

Un clic suffit à effacer ce visage déplaisant. Dans le bas de l'écran s'affiche l'adresse du site créé par le père d'Isabel. Nouveau clic.

Le nom d'Isabel apparaît en grandes lettres. À droite, la dernière photo d'elle jamais prise, apparemment dans son jardin.

« *Voici notre fille, Isabel Hartman. Elle a disparu sans laisser de traces le 8 mai 1995. Elle avait quinze ans. Depuis ce jour, nous n'avons aucune nouvelle d'elle. Nous avons créé ce site dans l'espoir de trouver une piste qui nous mènera jusqu'à elle. Si vous pensez savoir quelque chose, prenez contact avec nous !*

Luuk et Elsbeth Hartman »

Nouveau clic. Voici maintenant le rappel des faits. La dernière personne à avoir vu Isabel est son amie M. Il était quatorze heures. Ensuite, leurs chemins se sont séparés. Depuis, on est sans nouvelles d'Isabel.

Nouveau clic. Le plan du trajet entre le collège et les dunes. Soudain, j'entends le bruissement du vent dans les arbres. Des images très vives et très nettes m'assaillent. Je revois tout, comme dans un film dont je tiendrais le rôle principal – sauf que j'ai oublié mon texte.

La mousse est élastique sous mes pieds, des branches me griffent la peau. Il fait sombre sous le couvert des arbres, mais j'aperçois une clairière un peu plus loin. Je sens peser une angoisse indéfinissable. Comme si mon esprit connaissait un secret dont il ne voulait pas me livrer la clé.

Je m'arrête à la limite du sable, à l'ombre des arbres. Je fais un tout petit pas en avant.

Stop ! Je ne veux pas aller plus loin ! Non ! Il faut arrêter ce film ! C'est une de ces histoires qui commencent de façon inoffensive, mais où on devine qu'il se prépare un événement inattendu qui va vous donner la chair de poule...

J'arrête le film avant qu'il ne m'entraîne trop loin. Je quitte précipitamment le site d'Isabel et je me déconnecte.

Fébrile, je me sers un verre de vin dans la cuisine.

Rien qu'un verre ! me dis-je. Je le bois lentement, les yeux fermés. *Allez, encore un ! Après tout, c'est mon anniversaire !* En descendant le long de ma gorge, le vin chasse mon angoisse et m'apaise. Je traverse le salon, hébétée, et je me laisse choir dans le canapé.

Bravo, Sabine. Du vin au beau milieu de l'après-midi ! Eh bien dis donc ! C'est certainement ça qui va résoudre tous tes problèmes !

Je préférerais de loin m'allonger, mais je me force à me lever pour aller préparer du café. Hypnotisée par les gouttes qui tombent une à une au fond de la carafe du percolateur, je tente en vain de me débarrasser des images qui me hantent. Je suis toujours dans le bois, immobile, à la lisière de la clairière. Je secoue la tête. Je remplis une tasse alors que le café n'est pas encore complètement passé.

À mon grand soulagement, les images disparaissent sous l'effet du café. Il faudra pourtant bien que je regarde un jour ce film jusqu'au bout.

Le téléphone sonne. Cette fois, je décroche sans hésiter.

— Joyeux anniversaire ! Joyeux anniversaire ! Joyeux anniversaire ! Joyeux anniversai-ai-ai-ai-aire ! hurle quelqu'un à mon oreille.

En éclatant de rire, j'écarte le combiné de mon oreille.

— Robin !

— Bon anniversaire, frangine ! Tu as passé une bonne journée ? Mais... mais... je n'entends aucun bruit de fête derrière toi ?

— Mais non, gros bêta ! Tout le monde travaille ! La fête, c'est pour ce soir !

Nous ne serons que trois, mais ça, je préfère ne pas le préciser.

— Dommage, je ne pourrai pas être de la partie. Mais j'ai de bonnes nouvelles ! J'ai fini dans dix jours ! Je rentre au pays !

— C'est vrai ? Oh ! Génial ! Tu n'as pas idée comme c'est calme ici depuis que vous êtes tous partis !

— Tu t'en sors quand même ? demande-t-il, soucieux.

— Oui, ne t'en fais pas. Tout va bien.

— Tant mieux ! Qu'est-ce que tu faisais de beau ?

— Je me préparais du café. Et je surfais un peu sur Internet.

— Tu travailles toujours à mi-temps ?

Je ne réponds pas tout de suite. Jusqu'où puis-je être sincère avec lui ? Finalement, je me contente d'un simple oui.

— Qu'est-ce qu'il y a ?

— Rien, pourquoi ?

— Tu as l'air triste tout à coup.

J'ai toujours eu du mal à cacher quelque chose à Robin. Cela me coûte moins d'efforts de tout lui raconter que de lui servir des bobards. Je lui fais donc un rapide topo de mon glorieux retour à La Banque. Le nom de Renée revient très souvent.

Quelque part en Angleterre, Robin pousse un profond soupir.

— Et maintenant ?

— Il faut que je me tire de là, Robin, et vite. Mais c'est risqué, de quitter son job sans en avoir trouvé un autre.

— Oui, c'est vrai.

Nouveau silence.

— Bon ! Passons à un sujet plus agréable ! J'ai rencontré quelqu'un, et tu le connais !

— Tu as un copain ? Qui ?

— Olaf ! Olaf van Oirschot !

— Non ! s'exclame Robin, surpris. Il vit à Amsterdam ?

— Oui, et il travaille aussi à La Banque ! C'est là qu'on s'est revus.

— Ça alors ! Quel hasard !

— Tu n'as pas l'air follement enthousiaste.

— Écoute, franchement, on a été très proches à une époque, mais après la terminale, on s'est perdus de vue. Je ne sais pas ce qui clochait chez Olaf, mais quand on sortait en bande, ça se terminait toujours par une bagarre. C'était devenu tellement fréquent que ça ne nous faisait même plus marrer. Alors j'ai pris mes distances.

— Ah bon ! Je ne savais pas ! C'est bizarre, parce qu'Olaf ne me donne pas l'impression d'être agressif.

— Il était très soupe au lait, mais ce n'était peut-être qu'une phase. Il s'est sans doute calmé avec le temps.

— Tu sais ce que je viens de découvrir ? dis-je pour changer de sujet. Enfin, c'est une amie qui me l'a appris : il y a un site Internet sur Isabel.

Cette fois, le silence au bout du fil se prolonge. Tellement que je me sens obligée de reprendre la parole.

— Ils ont aussi parlé d'elle dans l'émission *Disparus*. Et il y aura bientôt une réunion des anciens du collège. Je repense énormément à cette époque, Robin.

Mon frère pousse de nouveau un profond soupir.

— Laisse tomber, répond-il. Oublie tout ça.

— C'est plus fort que moi. Je commence même à me souvenir de certaines choses.

Nouveau silence.

— De quoi, exactement ?

— Oh... Je ne sais pas. J'ai des flashs... Rien de précis...

— Et ça vient comme ça, subitement ? Après toutes ces années ?

— Il y a toujours eu des choses qui me revenaient de temps en temps, mais je les ignorais.

C'est à mon tour de soupirer.

— Tu sais des choses importantes que tu

n'as pas dites à l'époque, hein ? Je l'ai toujours pensé. Papa et maman aussi.

— Je l'ignore, dis-je. Peut-être que je sais des choses, mais de là à dire qu'elles sont importantes... À propos, Olaf m'a raconté que tu avais eu une histoire avec Isabel !

— Moi ? Alors là, non ! Où est-il allé chercher ça ? C'était un beau brin de fille, d'accord, mais je savais que ça ne collait pas entre vous deux. Je la rencontrais parfois au Vijverhut, mais il ne s'est pas passé grand-chose entre nous.

— Bref, il s'est quand même passé quelque chose.

Robin soupire.

— Oui, bon, un soir, on s'est embrassés. Cela faisait un bout de temps que je ne l'avais pas vue, je ne l'avais pas reconnue. Dès que j'ai su qui c'était, en ce qui me concerne, c'était fini. J'ai même dit à Olaf que c'était une salope. Et qu'elle finirait par le laisser tomber.

— Quoi ? Le laisser tomber ? Olaf ?

— Oui, il est sorti un temps avec elle. Il en était raide dingue.

J'ai un pressentiment très désagréable.

— Je ne savais pas ! Pourquoi Olaf ne me l'a-t-il pas dit ?

— Bah ! Ce n'était rien du tout ! À mon avis, il n'a pas voulu remuer le passé. Ou il a eu peur de te perdre. Ne t'en fais pas pour ça !

Je ne m'en fais pas. Et pourtant, cette conversation continue à me trotter dans la tête longtemps après avoir raccroché.

— Ce n'est pas une histoire qui a compté pour moi, m'explique Olaf. D'ailleurs, Isabel et moi, on n'était pas vraiment ensemble. On se voyait de temps en temps, c'est tout. Je crois que Robin me confond avec Bart. Bart de Ruijter n'est pas sorti avec elle un moment ?

— Non, dis-je.

Olaf, Jeanine, Zinzy et moi avons pris place dans une espèce d'auberge médiévale, avec de longues tables et des bancs en bois. Je ne me suis jamais sentie aussi bien que dans cette ambiance détendue, avec mes meilleurs amis.

— Pourtant, la police l'a longuement interrogé parce qu'il était son dernier petit ami connu, insiste Olaf.

— La police ? demande Zinzy.

— Ils ont auditionné beaucoup de monde ? je demande.

— Seulement les membres de la bande d'Isabel. Et ça n'a pas donné grand-chose.

Après un moment, Jeanine reprend :

— C'est génial que ton frère revienne, Sabine ! Il t'a manqué, pas vrai ?

— Oui, Robin et moi, on a toujours été très proches.

— Il savait qu'Isabel te rendait la vie impossible ?

— Oui. Quand il le pouvait, il m'attendait à la sortie des cours. Quand j'avais fini avant lui, c'est moi qui l'attendais chez le concierge.

— Bon sang, le concierge ! Comment s'appelait-il ? demande Olaf.

— Groesbeek.

— Groesbeek ! C'est ça ! Qu'est-ce qu'il m'a embêté, ce con ! Chaque fois que je séchais un cours, il me tombait dessus ! On aurait dit qu'il apprenait tous les emplois du temps en début d'année !

— Ou en tout cas celui des gros sécheurs ! commente Jeanine. Nous, nous avions un proviseur qui savait tout, comme par magie. Avec le recul, je pense que nos visages nous trahissaient, mais à l'époque, nous nous demandions vraiment comment il faisait pour nous coincer à chaque fois.

— Moi, je ne séchais pas, dit Zinzy. Je n'aurais jamais osé.

— Oh, moi, je ne m'en privais pas ! dit Jeanine. Je connaissais par cœur le menu du snack au coin de la rue.

Une camionnette verte passe juste au moment où je regarde par la fenêtre. Elle a la même couleur que celle de M. Groesbeek.

— Hou hou, Sabine ! dit Jeanine en remuant une cuisse de poulet sous mon nez. Où es-tu ?

— M. Groesbeek nous proposait souvent de nous ramener quand nous rentrions à la maison à vélo et que nous avions le vent de face. Il rangeait sa camionnette le long du fossé et y chargeait nos vélos. Elle était très spacieuse. Parfois, il retournait prendre d'autres élèves au collège.

— C'était gentil ! commente Zinzy.

— Il habitait dans les environs du Helder, non ? demande Olaf.

— Oui, à Callantsoog, dis-je en regardant de nouveau par la fenêtre.

Une camionnette... Vert sale... Est-ce que je n'ai pas attendu au feu rouge derrière cette camionnette, ce jour-là ? Isabel a continué tout droit, la camionnette aussi. Oui, je m'en souviens ! Je ne voulais pas qu'Isabel me voie. Combien de camionnettes de cette couleur y avait-il au Helder ?

— Est-ce que la police a aussi interrogé M. Groesbeek ? dis-je soudain.

La conversation a déjà pris un autre tour. Ma question tombe comme un cheveu sur la soupe. Les autres me regardent, surpris.

— Je ne sais pas, répond Olaf. Je ne crois pas. Pourquoi l'aurait-elle fait ? Il passait toutes ses journées au bahut, non ?

— Pas toujours, dis-je. Il lui arrivait de ramener des élèves malades chez eux, par exemple. Ou il allait faire des courses.

Un nouveau silence s'installe.

— Il détestait les filles du genre d'Isabel, lâche Olaf.

— Oui... dis-je en regardant par la fenêtre.

— Mais c'est qui, cette fameuse Isabel ? demande Zinzy.

Le lendemain, je dois convoquer toute ma volonté pour monter sur mon vélo et pédaler jusqu'à La Banque. Les jambes en coton, je passe la porte à tambour et je traverse le hall jusqu'à l'ascenseur. Les portes claquent comme les grilles d'une prison. L'ascenseur s'élève avec un bruit de sirène.

Arrivée à mon étage, je m'avance sur la moquette bleu marine du couloir. Chaque pas qui me rapproche du secrétariat résonne comme celui d'un détenu en liberté conditionnelle qui regagne sa cellule.

— Bonjour ! dis-je en entrant.

Renée ne tourne même pas la tête dans ma direction. Margot lève les yeux avant de se concentrer de nouveau sur son travail.

— Bonjour, Sabine, dit gentiment Zinzy. C'était très agréable hier soir !

Renée paraît interloquée, mais Zinzy soutient son regard.

Merci, Zinzy ! Sans elle, je deviendrais folle. Je crois savoir ce qu'éprouvaient les lépreux au Moyen Âge. Bientôt, Renée va me donner une crécelle !

La matinée s'écoule pour moi dans un silence mortel. Les conversations s'arrêtent net dès que j'entre quelque part. Je capte des regards qui en disent long. Les brouillons à taper tombent dans mon bac sans que personne les accompagne d'un petit mot gentil.

Je reviens de ma tournée des bureaux avec une chemise pleine de lettres à poster. Renée et Margot sont en train de boire un café, penchées l'une vers l'autre comme si elles conspiraient. J'entends mon nom, puis celui de Zinzy, et soudain c'est comme si j'avais Isabel et Mirjam devant moi. Heureusement, cette image disparaît aussi vite qu'elle est venue.

— Pardon de vous déranger, dis-je d'un ton aussi dégagé que possible, mais j'ai un tas de lettres qui doivent partir avant dix heures.

— Et alors ? demande Renée.

— Ça me semble évident. Je fais appel à l'équipe. Toute seule, je n'y arriverai jamais.

Renée consulte sa montre.

— Si tu accélères un peu par rapport à ton rythme habituel, tu devrais facilement y arriver.

Je la regarde sans rien dire et me mets immédiatement au travail. Je réussis à tenir le délai, moyennant un sprint jusqu'au service du courrier. À mon retour, le secrétariat est envahi de collègues réunis autour d'une boîte de pâtisseries. J'entends la fin d'une chanson en l'honneur de Tessa.

— Tu en as mis du temps ! dit Renée.

Elle est assise sur le bord de mon bureau, qui croule sous les fax, les mémos illisibles et les lettres à taper.

— Prends un petit gâteau, Sabine ! dit Wouter.

La boîte est pleine de papiers froissés, de traces de crème fraîche, de débris de fruits confits. Plus le moindre petit gâteau.

— Oh ! Désolée ! s'exclame Tessa. J'ai dû mal compter !

21

Autrefois, M. Groesbeek habitait le village de Callantsoog, mais il vit maintenant dans une venelle du port du Helder. Cet après-midi, j'y vais au hasard. Je me gare devant sa porte. Comme toutes celles du voisinage, sa maison borde la rue, sans petit jardin devant. Des rideaux défraîchis empêchent de voir à l'intérieur. Une plaque arborant une tête de chien noir surmontée de l'inscription « Attention, je monte la garde » est là pour dissuader les cambrioleurs. En dessous, un nom : « J. Groesbeek ».

Je sonne.

Aucun mouvement, aucun bruit. Apparemment, il n'y a personne. Je resonne. J'entends enfin des pantoufles traîner dans le couloir et une voix grommelle : « Oui, oui ! »

La clé tourne dans la serrure. La porte s'ouvre. Apparaît une silhouette voûtée par les ans, vêtue d'une veste bleu marine et d'un pantalon gris. M. Groesbeek me regarde d'un air irrité. C'est lui, je le reconnais. C'est l'expression qu'il réservait aux retardataires. Sa couronne de cheveux gris est devenue blanche et s'est clairsemée. Son visage est sillonné de rides. Il a beaucoup changé, mais pas de doute, c'est bien lui !

— Encore ? J'ai déjà donné !

Je montre ma surprise.

— Oh ! dit-il en voyant que j'ai les mains vides. Je croyais que vous veniez collecter des fonds pour les asthmatiques.

— Mais non ! dis-je avec mon plus beau sourire.

— Ils pensent qu'ils peuvent m'arnaquer parce que ma mémoire n'est plus ce qu'elle était, mais ils se trompent ! Tout est en parfait état de marche chez moi !

— J'en suis convaincue, monsieur Groesbeek.

— Ne me parlez pas comme ça ! Je ne vous connais pas ! Qu'est-ce que vous me voulez ?

— Je voudrais vous poser quelques questions.

— Vous êtes de la police ? Ou du journal ?

— Non, non, pas du tout ! Je suis une ancienne élève du lycée. À l'époque où vous étiez concierge !

— Vous n'avez pas besoin de me le dire. J'ai encore toute ma tête, qu'est-ce que vous croyez ?

— Euh... oui, bien sûr. Je suis donc une ancienne élève. Vous me reconnaissez ? Sabine Kroese !

Il me jette un regard totalement indifférent.

— Il y aura bientôt une réunion des anciens, dis-je.

— Oui, j'ai lu ça dans le journal.

— Vous y allez ?

214

— Pourquoi j'irais ?

— Vous seriez content de revoir les anciens élèves, non ?

Il hausse les épaules.

— Content ? Et pourquoi donc ? Ils savent tous qui je suis, eux ! Ils me prennent tous pour un vieux con – qui pourrait leur donner tort ? –, et moi, je ne verrais que des adultes et je ne les reconnaîtrais pas ! Vous pouvez me dire en quoi ça devrait me rendre « content » ?

— Vous ne reconnaîtriez vraiment personne ?

— Mademoiselle, il y avait cinq cents élèves dans ce lycée ! Avec de nouveaux visages chaque année !

— Oui, c'est vrai.

— Bon ! Vous voyez ! Donc...

— Je voudrais faire appel à votre mémoire, monsieur Groesbeek. Je suis en train de recueillir des histoires, des anecdotes et des souvenirs auprès des gens qui ont fréquenté le collège et le lycée en même temps que moi. J'aimerais rassembler tout ça dans un petit livre que les gens pourraient acheter à la réunion des anciens.

L'ancien concierge s'en contrefiche éperdument.

— Je peux entrer ? dis-je d'une voix gentille, mais décidée.

Après avoir haussé les épaules, il se retourne et retraverse son couloir en traînant les pieds, laissant la porte ouverte derrière lui. Je prends ça comme une invitation à le suivre. Le salon minuscule est encombré de meubles sombres. Il flotte dans l'air une odeur indéfinissable qui me donne l'envie impérieuse d'ouvrir les fenêtres. Je ne tarde pas à en comprendre l'origine : M. Groesbeek a des chats.

Pas un ou deux, non, cinq chats, six chats ! Deux sont roulés en boule dans un coin, deux autres sont vautrés sur l'appui de fenêtre, j'en repère un autre sur la table du salon et un dernier vient vers moi et donne de petits coups de tête contre ma jambe, quémandant des caresses. Je suis allergique aux chats. Au moindre contact, je fais de l'urticaire.

— Vous voulez une tasse de thé ?

— Avec plaisir ! dis-je en repoussant discrètement le félin du pied.

M. Groesbeek disparaît dans la cuisine, où il s'affaire pendant de longues minutes avec des tasses et une bouilloire. Je m'assieds sur la chaise la plus proche de la porte.

Le chat saute sur mes genoux et me fixe d'un regard pénétrant. Je le repousse doucement en m'aidant de mon sac à main. Il commence à émettre des miaulements plaintifs, voire franchement accusateurs. Je n'ai jamais aimé cette attitude chez les chats. Ils vous regardent comme s'ils lisaient dans vos pensées et comme s'ils hésitaient entre vous réclamer à nouveau une caresse ou planter tout de suite leurs griffes dans votre main.

Celui-ci est comme les autres. Son regard émeraude me vrille. *Bon !* me dis-je. *Ne te laisse pas faire! N'oublie pas qu'avec les animaux, il faut montrer qui commande.*

— Ksst ! dis-je.

Le chat grimpe sur la table au moment où Groesbeek entre dans le salon avec deux tasses en porcelaine. Il les dépose devant moi, ainsi qu'une boîte très kitsch qu'il a prise dans le dressoir. À l'intérieur, des chocolats blanchis par l'âge et recouverts d'une fine couche de poussière. Je remercie poliment.

— Non ? s'étonne Groesbeek. Toi, tu en veux, hein ? dit-il au chat qui est toujours sur la table.

L'animal inspecte le contenu de la boîte et lèche un chocolat avant de se détourner d'un air hautain.

— Alors, comme ça, vous êtes Susanne ! reprend Groesbeek.

— Sabine. Vous m'avez souvent aidée quand j'avais des problèmes. Mettre une rustine à un pneu crevé, me ramener à la maison quand ça soufflait trop fort...

Je marque un temps d'hésitation.

— Vous m'aidiez même à passer par la fenêtre de la conciergerie quand les autres filles m'attendaient à la sortie.

Groesbeek ne réagit pas. Il boit une gorgée de thé et m'observe par-dessus sa tasse.

— Vous ne vous en souvenez pas ?

Il repose sa tasse et caresse le chat, qui est maintenant au milieu de la table, tout près de ma propre tasse de thé. Des poils flottent dans l'air.

— C'est possible, répond-il. Oui, peut-être. J'ai peut-être bien fait ça.

— Vous m'avez bien aidée, vous savez ! dis-je gravement.

Un moment, j'ai l'impression qu'il sent la ruse, mais non. Pour la première fois, un sourire illumine son visage.

— Votre thé refroidit, dit-il. Vous êtes sûre que vous ne voulez pas un chocolat ?

— Non merci, vraiment !

Le chat flaire de nouveau la boîte, jusqu'à ce que Groesbeek le prenne dans ses bras.

— Ne reste pas là, Nina ! Ce n'est pas pour toi ! dit-il en riant.

Je souris.

— Pour être franc avec vous, je dois dire que j'ai oublié beaucoup de choses, admet Groesbeek. Je sais que j'ai dit que j'avais encore toute ma tête, et je ne suis pas fou, mais je me rends bien compte que j'ai des trous de mémoire. Est-ce que c'est aujourd'hui que j'attends de la visite, ou demain ? Je ne sais plus. Est-ce que j'ai déjà envoyé une carte d'anniversaire à mes petits-enfants ? Je ne sais plus. Pas plus que je ne me rappelle où j'ai rangé mes médicaments...

Il se tait, tout occupé à caresser les deux chats qui ont sauté sur ses genoux. Son pantalon gris se couvre lentement de poils blancs et noirs.

— C'est parfois difficile, Susanne. Vous comprenez ? Non, bien sûr, vous ne comprenez pas. Vous êtes trop jeune.

218

— Je vous comprends mieux que vous ne le pensez, monsieur Groesbeek.

— Parfois, je suis là dans le canapé, et j'attends que ma femme me dise que le dîner est servi, poursuit-il en montrant une photo dans un cadre argenté sur le dressoir. C'est Antje. Elle est morte il y a cinq ans. Non, six.

Il fronce les sourcils, calcule, se gratte le crâne et recommence à caresser les chats.

— Environ, reprend-il.

— Vous vous souvenez d'Isabel ? Elle a disparu...

— Non, elle s'appelait Antje, corrige Groesbeek.

— Je parle d'une élève du collège. Isabel Hartman.

— Hartman, répète l'ancien concierge.

— Elle était dans ma classe, dis-je pour l'aider.

— Oui ?

— Elle était épileptique. Vous l'avez souvent ramenée chez elle après ses crises.

— Ils ont montré une émission à la télé. L'épilepsie ! C'est terrible, comme maladie !

— Oui. Vous vous souvenez d'elle ?

— Je ne me souviens que des visages. Pas des noms.

Je sors une photo d'Isabel de mon sac et je la pose sur la table. M. Groesbeek la regarde, mais son expression ne change pas. Un des deux chats saute sur la photo. Je la retire de sous ses pattes et je la tends au vieil homme.

— Terrible !

— Quoi ? Qu'est-ce qui est terrible ?

Groesbeek fait un geste impuissant des mains. Il ouvre la bouche comme s'il voulait dire quelque chose, mais il se ravise.

— C'est terrible, répète-t-il.

— Qu'est-ce qui est terrible, monsieur Groesbeek ?

— L'épilepsie. On dirait que les gens sont en train de mourir.

Pour illustrer son propos, il écarquille les yeux, les traits figés.

— Vous l'avez vue comme ça ?

Je ne me rappelle pas qu'Isabel ait jamais eu une crise en présence du concierge.

M. Groesbeek reporte son attention sur le chat resté sur ses genoux et commence à lui tenir des propos incohérents.

— Les chats sont des animaux extraordinaires, dit-il avec fierté. Ce sont mes meilleurs amis. Ils ne veulent pas que je les prenne avec moi, à la maison de retraite ! Non non non, ils ne veulent pas ! dit-il sur le ton d'une maman qui s'adresse à son bébé.

— Vous vous rappelez qu'Isabel a disparu ? Et qu'on n'a jamais retrouvé sa trace ? dis-je en brandissant la photo, désespérée.

— Tu entends ça, Nina ? Exactement comme Lise ! On ne l'a jamais revue non plus, pas vrai ?

Je repose la photo sur la table.

— Quand c'est fini, c'est fini ! dit M. Groesbeek.

— Oui.

— Parfois, les gens partent pour toujours. On ne les retrouve jamais. C'est parce qu'ils sont morts.

Je ferme mon sac et consulte ma montre.

— Il faut que j'y aille. Merci de m'avoir consacré votre temps et...

— Ça n'a aucun sens de chercher ! déclare le concierge. Elles sont très bien cachées !

— Au revoir, monsieur Groesbeek. Je suis contente de vous avoir revu.

En me levant, je jette un coup d'œil dans le jardin. Des broussailles indescriptibles... Entre les hautes herbes, il y a plusieurs monticules de terre. On dirait des taupinières géantes.

M. Groesbeek suit mon regard.

— Antje est morte, dit-il.

Je fais oui de la tête en me dirigeant vers la porte. Instantanément, quatre chats m'emboîtent le pas et me raccompagnent. M. Groesbeek se relève aussitôt.

— Ho ho ! Belle et Anne, restez ici !

Il repousse les chats dans le salon et ferme la porte. Nous sommes seuls dans le couloir.

— Vous avez combien de chats ?

— Six, dit-il. Je suis un homme à chats. Certaines personnes aiment les chiens, d'autres, ce sont les chats. Je ne comprends pas les gens qui aiment les chiens. Et vous, qu'est-ce que vous préférez ?

Il est tout près de moi. Beaucoup trop près. Je sens son odeur de vieillard, je vois les pellicules sur son crâne. Il me barre le passage vers la porte d'entrée.

Je ris avant de mentir :

— J'adore les chats !

Il hoche la tête d'un air satisfait et fait un pas de côté. Je me précipite vers la porte.

— Revenez me voir !

Je souris et me précipite vers ma voiture. Je n'ai qu'une envie : m'éloigner au plus vite, mais je me ravise. Au coin de la rue, je m'arrête. Malgré le ridicule de la situation, je m'enfonce dans la ruelle sombre qui longe le jardin de l'ancien concierge. Je compte les maisons. *Ah ! C'est là.* J'essaie prudemment d'ouvrir le portail rouillé, mais il est fermé à clé. Je pourrais escalader la palissade, mais elle m'a l'air branlante. La poubelle posée à côté de la porte me semble un marchepied plus approprié. Elle est un peu haute, mais en la basculant sur le côté, je parviens à regarder par-dessus la clôture. Seigneur ! Quel capharnaüm ! Si c'est Antje qui s'occupait du jardin, je veux bien croire qu'elle est morte il y a plusieurs années. Il n'y a pas une seule fleur dans ce jardin, rien que des mauvaises herbes. Elles ont même envahi les monticules de terre. Qu'est-ce que ça peut bien être ?

Un petit garçon passe à vélo. Il me jette un regard tellement stupéfait que je saute aussitôt de mon perchoir. Je redresse la poubelle, souris à l'enfant qui regarde par-dessus son épaule en zigzaguant et retourne à ma voiture en courant. Je ne peux pas m'empêcher de me gratter. Des plaques d'urticaire apparaissent aussitôt sur mes bras et sur mes jambes. Je ferais mieux de rentrer chez moi et de prendre une bonne douche, mais ce n'est pas possible. Je n'ai pas fini.

Je regagne ma voiture en soupirant. Je roule la vitre grande ouverte, mais rien n'y fait. L'odeur des chats continue à flotter autour de moi.

— Vous auriez dû appeler, dit l'employée du journal local, *De Heldersche Courant*. Nous vous aurions préparé les articles.

— Je suis désolée. Je ne peux pas chercher moi-même ? Je suis venue exprès d'Amsterdam.

Semblant se résigner, la femme se retourne et saisit le combiné de son téléphone.

— Nick ? Tu pourrais me monter le dossier sur les affaires de disparition ?

Elle écoute la réponse de son interlocuteur avant de raccrocher.

— Si vous attendez un petit quart d'heure...

— D'accord ! Merci ! Je vais fumer une cigarette dehors. Vous n'aurez qu'à m'appeler.

Elle me regarde comme pour me dire qu'elle n'a pas que ça à faire, mais elle acquiesce. Dehors, j'allume ma dernière clope. J'essaie de me débarrasser d'un maximum de poils de chat.

Dix minutes plus tard, on frappe à la fenêtre. J'entre et je suis la femme qui m'a accueillie dans une pièce pleine d'énormes armoires à archives. Quelques tables disposées le long d'un mur permettent de consulter les dossiers. Un jeune homme dépose une épaisse chemise devant moi.

— Voilà ! Toutes les affaires de disparition de ces vingt dernières années !

— Merci ! dis-je en m'asseyant.

La femme et le jeune homme quittent la pièce. J'ouvre le dossier. Aussitôt, l'odeur d'encre et de vieux papier me fait froncer le nez. Je parcours rapidement les coupures de presse.

« Le corps d'une jeune fille assassinée vient d'être retrouvé »

« Sans nouvelle d'Anne-Sophie, seize ans »

« *Lisette, où es-tu ?* L'appel émouvant de ses parents »

« Une jeune fille a disparu »

Je lis chaque article. La plupart des affaires datent d'il y a très longtemps, mais je suis frappée par le fait que, dans tous les cas, c'est la même panique et la même incompréhension. Tous ces visages souriants sur les photos, ces coiffures démodées, cette jeunesse insouciante...

Depuis 1980, dix jeunes filles ont disparu à travers le pays dont trois du Helder ou des environs. Quatre n'ont jamais été retrouvées. Les autres ont été assassinées. Violées et étranglées. On a seulement retrouvé le meurtrier de l'une d'elles. L'été 1997, Sjaak van Vliet a violé et étranglé Rosalie Moosdijk, seize ans, dans les dunes à proximité de Callantsoog. Il a été arrêté après six mois d'intenses recherches et s'est suicidé dans sa cellule. Je m'en souviens, mais où ai-je déjà lu ça ? Ah oui ! Sur le site Internet consacré à Isabel.

Je continue à feuilleter les articles, bien consciente de ce qui m'attend, mais je ne peux pas m'empêcher de sursauter quand apparaît le visage en noir et blanc d'Isabel. Je le regarde longuement avant de lire l'article sur Rosalie, disparue elle aussi pendant l'été 1997. Y aurait-il un lien entre les deux affaires ? C'est ce que la police a pensé, comme en témoigne la présence des articles sur Sjaak van Vliet sur le site d'Isabel. Mais elle n'a pas dû trouver assez d'indices probants pour l'incriminer.

Soudain, le jeune homme de tout à l'heure surgit à côté de moi. Il m'a fait sursauter.

— Je peux vous demander quelque chose ? lui dis-je. Je voudrais des copies de ces articles !

— De tous ?

— S'il vous plaît.

Il m'indique la photocopieuse d'un mouvement de la tête.

— C'est dix centimes la copie.

Je me mets au travail. Je lirai tout ça à tête reposée, chez moi. Je trouverai peut-être un lien entre toutes ces affaires. Il est tout à fait possible que plusieurs jeunes filles aient été victimes du même prédateur. Je regarde les copies qui sortent de la machine.

« La police lance un appel à la population dans l'enquête sur la jeune Nina »

« La disparition d'Isabel met la police sur le gril »

« L'enquête sur la disparition de Lisette piétine... »

Je continue à lire. Étrangement, trois des jeunes filles disparues fréquentaient le même collège que moi : Nina, Lydia et Isabel. Les autres ne vivaient pas au Helder, mais quand même dans la pointe septentrionale des Pays-Bas. Cela semble indiquer qu'elles ont toutes été victimes de quelqu'un vivant dans la région.

Je range les photocopies des articles dans mon sac. En quittant les locaux du journal, j'ai l'impression qu'ils me crient quelque chose. Comme s'ils contenaient la solution de l'énigme.

22

Je viens de quitter Le Helder quand j'ai soudain une illumination. J'ai le réflexe de freiner, mais je me retiens juste à temps. Un coup d'œil au rétroviseur : aucun véhicule derrière. Personne en face non plus. J'ai le temps de faire quelque chose d'un peu fou. Je ralentis, je donne un coup de volant à gauche et je coupe la bande centrale. *Voilà ! Demi-tour ! Je retourne au Helder !*

J'éteins la radio pour mettre de l'ordre dans les idées qui se bousculent dans ma tête. *Bon sang ! Dire que je suis allée dans cette maison ! Dire que je lui ai posé des questions sur Isabel ! J'ai même insisté ! Et pourtant, il m'a laissée partir. A-t-il vraiment oublié ? Est-ce cela qui m'a sauvée ?*

Je transpire à grosses gouttes. Je ne peux pas résoudre ça toute seule. Il faut que j'aille voir la police. Même si ça me coûte, il faut mettre les flics au courant. Mais avant cela, je dois vérifier quelque chose.

Je gare une nouvelle fois ma voiture au coin de la rue, hors de vue. Je marche jusqu'au numéro sept. La voisine de M. Groesbeek m'ouvre sa porte. C'est une vieille dame aux cheveux gris soigneusement coiffés, avec un charmant visage de grand-mère. Elle doit gâter ses petits-enfants, j'en suis certaine. Et si elle n'en a pas, elle doit le regretter.

— Oui ? demande la vieille dame.

— Madame Takens ? dis-je en regardant le nom écrit sous la sonnette.

— Oui.

Je souris pour m'excuser.

— J'arrive de chez votre voisin, M. Groesbeek. Il était concierge à mon collège, et je prépare un livre d'anecdotes sur cette époque.

— Oh ! Comme c'est intéressant !

— Oui, j'ai le projet d'écrire un article sur M. Groesbeek. Beaucoup d'élèves se souviennent de lui, et je me disais que ce serait sympa de faire son portrait et de parler de sa vie aujourd'hui.

— Ne comptez pas sur moi ! Si Joop veut que vous sachiez quelque chose, il vous le dira bien lui-même. Je n'ai pas du tout envie qu'on publie des ragots sur son compte !

— Oh ! Mais ce n'est pas du tout mon intention ! M. Groesbeek m'a raconté des tas de choses, ce n'est pas le problème. Je m'intéresse à ses chats ! Je trouve amusant qu'il en ait autant.

— Oui, dit Mme Takens, un peu moins enthousiaste.

— Et puis, il leur a donné des noms tellement originaux ! Des noms d'anciennes élèves ! Vraiment, ce n'est pas banal ! Je

228

voulais les citer dans mon article, ce serait génial.

— Et vous voulez que je vous dise le nom de ses chats ? Pourquoi ne le lui avez-vous pas demandé ?

— Il dort, dis-je d'un air contrit. Nous avons dû interrompre notre conversation parce qu'il était très fatigué. Je ne voulais pas le déranger plus longtemps. Je me suis dit que sa voisine connaîtrait certainement le nom de ses chats. Je pense qu'il y en a un qui s'appelle Nina.

— Oui. Il y a Anne aussi. Et Lydie. Et Belle.

— Belle ? Je sors mon calepin de mon sac pour noter les noms au vol.

— Pour les autres, je ne suis pas sûre. Il en a tellement ! Je l'entends les appeler tous les soirs, mais pour le moment, ça ne me revient pas. Oh si ! Rose ! Mais le dernier nom m'échappe.

— Ce n'est rien, je téléphonerai à M. Groesbeek. Un grand merci, madame !

— Il n'y a pas de quoi. Bonne chance pour votre article !

Dans la voiture, je sors les coupures de presse de mon sac pour les relire attentivement. Je recopie les prénoms des jeunes filles disparues en regard des noms des chats de l'ancien concierge. Puis je file au commissariat de police.

Il a disparu. Avant, il se dressait au centre-ville. J'y suis allée une fois, après la kermesse annuelle, pour déclarer le vol de mon vélo. Par le plus grand des hasards, il m'attendait, posé contre la façade du commissariat. Je nous revois encore entrer, Lisa et moi. Une affiche montrant la photo d'Isabel était accrochée dans la salle d'attente. Tous ces visages de disparus...

J'avais fait la connaissance de Lisa au lycée, l'été qui a suivi la disparition d'Isabel. Elle s'était assise à côté de moi et nous nous étions tout de suite entendues. Quel soulagement que cette classe ! L'ambiance était sympa et il n'y avait pas de clans avec des règles à respecter. Un an sans les mesquineries d'Isabel m'avait totalement métamorphosée. Les autres filles de sa bande me laissaient tranquille. Les tracasseries avaient disparu avec leur meneuse.

Quand on est jeune, on a tendance à ne présenter au monde extérieur qu'une seule personnalité, même si plusieurs cohabitent en vous. Elles sont toutes là, bien cachées, mais vous n'en faites jamais voir qu'une à la fois. Pendant des années, je n'ai montré que Sabine Un et ignoré Sabine Deux, alors qu'elle suppliait qu'on la laisse s'exprimer. Au lycée, Sabine Deux a pris le pas sur Sabine Un, attirant tous les regards. Dégourdie en classe, elle se montrait à la limite de l'insolence avec les profs, toujours joyeuse, spontanée et très, très présente. Sabine Deux était une jeune fille populaire. Lisa était exactement pareille. À nous deux, nous avons ébranlé les murs du lycée. C'était une époque géniale. Mais, pendant l'année de terminale, Lisa a déménagé et nous nous sommes perdues de vue. Aujourd'hui, je balance constamment entre Sabine Un et Sabine Deux.

Je tourne en rond. Avisant une passante, je ralentis et baisse ma vitre :

— Pardon, madame ! Vous pouvez m'indiquer le commissariat ?

Une femme entre deux âges s'arrête sur le trottoir et se penche vers moi.

— C'est assez loin d'ici, vous savez !

Dès qu'elle m'a expliqué le chemin, je fais demi-tour et m'éloigne. Je connais bien le quartier qu'elle m'a indiqué. Ce n'est pas loin du Lange Vliet. Dix minutes plus tard, je range ma voiture sur le parking d'un très beau bâtiment. Je prends le temps d'admirer la façade avant d'entrer.

Il n'y a pas foule. La seule personne avant moi est un homme venu déclarer des dégâts matériels causés à sa voiture. J'attends patiemment qu'il ait fini quand une femme policier me fait signe. Je me dirige vers son guichet.

— Bonjour. Je viens faire une déclaration.

— Une déclaration de quoi ?

— Euh... c'est peut-être un peu bizarre, mais c'est à propos d'une affaire de disparition vieille de neuf ans. Isabel Hartman. Ce nom vous dit quelque chose ?

La femme hoche la tête sans rien dire. Elle me jette un regard pénétrant.

— J'allais au collège ici, dis-je. Isabel Hartman était dans ma classe. Cela fait un bout de temps qu'elle a disparu, mais je pense avoir des éléments nouveaux.

Les deux femmes policiers et l'homme venu faire sa déclaration me regardent.

Je ne détourne pas les yeux.

— Mouais, dit la femme à laquelle je me suis adressée. Tu sais qui s'occupait de l'affaire Hartman, Fabienne ?

— Rolf, répond sa collègue.

— Vous avez un moment ?

Elle revient au bout de quelques minutes, m'invite à l'accompagner et me fait entrer dans une petite pièce.

— Vous voulez bien attendre ici un instant ? M. Hartog arrive tout de suite. Il est parti chercher le dossier.

— Parfait, dis-je en m'installant.

Peu après, la porte s'ouvre sur un inspecteur. Je suppose qu'il s'agit du Rolf Hartog qui a enquêté sur la disparition d'Isabel à l'époque. Grand, le teint mat, il a des boutons d'acné dans le cou. Sûrement un célibataire, car s'il avait une femme, elle lui aurait dit que sa cravate vert pistache jure avec sa chemise bleu ciel. Il tient sous le bras un épais dossier.

Il me tend sa main libre.

— Rolf Hartog. Mademoiselle... ?

— Sabine Kroese.

— Je ne vous invite pas à vous asseoir, puisque vous êtes déjà assise, dit-il en riant à sa propre plaisanterie.

Je souris par politesse.

— Un café ?

— Volontiers.

Il pose le dossier sur la table et disparaît. Il reste si longtemps absent que je regrette d'avoir accepté sa proposition. Je fixe vainement la porte en poussant des soupirs d'impatience. Je tends la main vers le dossier lorsque la porte se rouvre.

— Désolé d'avoir été si long. La cafetière était vide, dit Hartog en posant deux tasses sur le bureau.

Il prend place en face de moi.

— Dites-moi tout, mademoiselle Kroese ! J'ai cru comprendre que vous aviez de nouvelles informations concernant la disparition d'Isabel Hartman.

— Des informations potentielles, dis-je pour nuancer. En tout cas, il me semblait nécessaire de vous les signaler.

— Je brûle de curiosité. J'ai parcouru rapidement le dossier, même si je le connais de fond en comble. Vous dites que vous étiez une amie d'Isabel Hartman. Or, votre nom n'y apparaît pas une seule fois.

— Nous étions dans la même classe, mais nous n'étions plus amies. À l'école primaire, Isabel et moi, nous étions inséparables, puis nous nous sommes éloignées. Ce sont des choses qui arrivent, vous savez comment ça se passe. Pourtant, sa disparition m'a toujours préoccupée. Nous avions été si proches pendant si longtemps...

— Je comprends.

— Une réunion d'anciens élèves doit avoir

lieu bientôt. C'est peut-être pour ça que je repense à Isabel ces jours-ci. Je rêve d'elle, je me souviens de choses que j'avais oubliées depuis des années... C'est comme ça que j'ai subitement repensé à M. Groesbeek.

Je lance un regard à Hartog, mais il demeure imperturbable.

— Je me demandais si M. Groesbeek avait été interrogé à l'époque.

— Oui, répond l'inspecteur sans même consulter son dossier.

— Ah ! Et qu'en est-il ressorti ?

— Mademoiselle Kroese, quelle est l'information que vous souhaitiez nous communiquer ?

— Cela a un rapport avec M. Groesbeek. Il était concierge au lycée. Un homme charmant, mais un peu... spécial. Il faisait beaucoup de bruit, il était assez grossier et... euh...

J'hésite, mais Hartog m'encourage d'un signe de la tête à continuer.

— Enfin, oui, il était parfois un peu étrange. Je me demandais toujours si j'étais en sécurité quand je me retrouvais seule avec lui, vous comprenez ? Ce n'est pas qu'il m'importunait, mais... Il avait l'habitude de ramener des élèves dans sa camionnette quand il faisait mauvais.

Silence. Hartog tousse derrière sa main et feuillette son dossier avant de dire :

— Nous savons cela, oui. C'est pour cette raison que nous l'avons interrogé, mais M. Groesbeek a déclaré qu'il n'avait pas quitté la cité scolaire le jour de la disparition d'Isabel Hartman. Plusieurs professeurs et plusieurs élèves ont confirmé son témoignage.

— M. Groesbeek se déplaçait beaucoup. Il allait sans cesse d'un bâtiment à l'autre. À un moment, vous le trouviez à la conciergerie, mais l'instant d'après, il était sur la route dans sa camionnette. Il était impossible de savoir où il se trouvait.

Hartog lit attentivement une page du dossier.

— Isabel Hartman a quitté le collège à quatorze heures dix. Entre quatorze et quinze heures, la présence de M. Groesbeek a été constamment signalée à un endroit ou à un autre de l'établissement.

— « À un endroit ou à un autre ». Pas à un endroit précis, donc. Il est tout à fait possible qu'il se soit éclipsé à un moment.

Hartog s'enfonce dans sa chaise et referme le dossier. Il pousse un profond soupir. Il a subitement l'air très las.

— Mademoiselle Kroese, quelle est l'information qui vous a fait venir jusqu'ici ?

— Je suivais Isabel à vélo le jour où elle a disparu.

Maintenant, j'ai toute l'attention d'Hartog. La fatigue s'efface comme par miracle de son regard. Les bras posés sur la table, il se penche légèrement vers moi.

— Elle roulait au côté de Mirjam Visser, dis-je. Je pensais qu'elle allait chez celle-ci, parce que Mirjam habitait quelque part dans le Jan Verfailleweg, je ne sais pas où exactement.

Mais Isabel a continué tout droit, vers les Dunes noires. Elle avait rendez-vous au snack, près de l'entrée de la plage.

Hartog est tout ouïe.

— Vous avez vu avec qui ?

— Non, dis-je. J'ai tourné avant, parce que je n'avais pas envie de la rattraper.

Hartog me regarde quelques secondes en silence avant de rouvrir le dossier. Il l'étudie un certain temps et j'essaie de le lire aussi d'où je suis. Je vois plusieurs fois le nom de Mirjam Visser.

— Pendant toutes ces années, nous avons cru que Mirjam Visser était la dernière personne à avoir vu Isabel Hartman vivante, dit-il enfin. En fait, c'était vous.

— Non, dis-je. C'était la personne avec qui elle avait rendez-vous.

Hartog hoche la tête.

— Bien sûr, si nous retenons l'hypothèse du crime. Avez-vous aperçu des personnes de votre connaissance près du snack, disons entre deux heures et demie et trois heures ?

— Non, pas près du snack, je ne suis pas allée jusque-là, mais au carrefour où j'ai tourné.

Hartog actionne son stylo à bille.

— Quel carrefour était-ce ?

— Entre le Jan Verfailleweg et la Seringenlaan. C'est là que j'ai tourné à droite.

Hartog prend note.

— Et qui avez-vous vu ?

— Je n'ai vu personne, mais plutôt quelque chose. Une camionnette verte, très sale. La même que celle de M. Groesbeek.

Hartog feuillette longuement le dossier.

— À quelle heure approximative vous trouviez-vous à ce carrefour ?

— Je ne sais plus... C'était il y a neuf ans ! Je sais que j'ai quitté le collège dès la fin des cours. Je n'ai pas roulé très vite, mais il devait être dans les deux heures et demie.

Hartog consulte une nouvelle fois son dossier.

— À ce moment-là, M. Groesbeek rapportait des thermos de café vides du gymnase, où avait eu lieu un examen.

— Ne vous braquez pas sur quelques minutes ! Il peut très bien avoir quitté la cité scolaire juste après. Je me rappelle qu'il m'a dépassée.

Hartog referme le dossier d'un coup sec.

— Je vous remercie pour cette information, mademoiselle Kroese. Nous revérifierons. En tout cas, nous savons maintenant dans quelle direction Isabel Hartman est allée. C'est une information précieuse.

Le ton de sa voix dit exactement le contraire.

— Ce n'est pas ce que j'étais venue vous dire. Enfin, si, ça aussi, mais ce n'est pas ce qui a motivé ma démarche.

Hartog pose ses mains sur le dossier.

— Et qu'aviez-vous d'autre à me dire ?

— M. Groesbeek a six chats.

Hartog me regarde, l'œil interrogateur.

— Six chats. Je suis allée chez lui cet après-midi. C'est pour ça que je suis couverte de poils.

Hartog fait un geste impatient de la main et ouvre la bouche pour dire quelque chose, mais je le devance.

— La plupart des gens donnent des noms stéréotypés à leurs chats. Poussy, Pompon, des trucs de ce genre... Mais M. Groesbeek est plus original. Beaucoup plus original que ce qu'on attendrait d'un homme comme lui. Vous savez comment il les a appelés, ses chats ?

Hartog écoute avec le visage de quelqu'un qui a dû entendre les histoires les plus folles au fil des ans et qui sature.

— Mademoiselle Kroese...

— Non, attendez ! dis-je en produisant mon calepin, même si je connais par cœur les noms des chats du concierge. Je vous les donne : Nina, Lise, Anne, Lydie, Rose et Belle...

Je sors les photocopies de mon sac et je les pousse sur la table en direction d'Hartog.

— Ces disparitions vous évoquent certainement quelque chose. Les prénoms des jeunes victimes aussi. Nina, Lisette, Anne-Sophie, Lydia, Rosalie et Isabel...

Hartog regarde les photocopies, sans y toucher. Il connaît ces prénoms, je le vois à son visage.

— Vous êtes très perspicace, finit-il par lâcher. Mes félicitations ! Mais cela ne veut rien dire.

— Cela ne veut rien dire ? Le concierge a

donné à tous ses chats les prénoms des victimes, ou en tout cas des noms qui s'en approchent fortement !

— Ce n'est pas interdit par la loi.

— Non, bien sûr, ce n'est pas interdit par la loi. Mais c'est quand même frappant. Trop frappant !

Hartog s'enfonce dans son fauteuil.

— Mouais, dit-il.

Je me redresse sur ma chaise.

— Qu'allez-vous faire ?

— Écoutez, je ne peux pas faire grand-chose. Il n'est pas interdit de donner à ses chats les prénoms de personnes qui ont fait l'actualité. Oui, c'est frappant, comme vous dites, mais sans plus. Il arrive souvent que des gens qui ont été bouleversés par des faits divers réagissent de cette manière. Surtout les vieilles personnes. Elles n'ont plus grand-chose d'autre à faire que de regarder la télé et de s'intéresser à ce qui se passe dans leur village. C'est souvent le seul lien qu'il leur reste avec le monde extérieur.

— Monsieur Hartog, Isabel a disparu il y a neuf ans. Lydia van der Broek il y a cinq ans. Ce sont les affaires les plus récentes. Les autres jeunes filles ont disparu depuis bien plus longtemps. S'il s'agissait de l'actualité, je vous donnerais raison, mais...

— D'après votre théorie, Rose serait Rosalie. C'est le seul prénom qui correspond véritablement. Et Rosalie Moosdijk a été retrouvée un mois après sa disparition.

239

— Je sais. Elle était morte. Étranglée par un certain Sjaak van Vliet.

Hartog hausse un sourcil.

— Vous êtes bien informée. Vous conviendrez d'autant plus facilement que M. Groesbeek n'a rien à voir avec la mort de Rosalie Moosdijk. Sjaak van Vliet a avoué ce meurtre.

— Il avait peut-être un complice. Et on n'a retrouvé que Rosalie ! Si van Vliet est également impliqué dans les autres affaires, il est peu probable qu'il ait agi tout seul. Il avait sans doute un rabatteur. Quelqu'un qui était en contact avec des jeunes filles, quelqu'un qui pouvait les emmener dans sa camionnette sans éveiller leur méfiance !

Sans m'en apercevoir, j'ai glissé jusqu'à l'extrémité de ma chaise.

— Ce ne sont que des suppositions, objecte Hartog.

— N'est-ce pas comme ça que débute une enquête ? Par des suppositions ? Il faut quand même bien commencer quelque part !

Hartog consulte discrètement sa montre, mais reste patient.

— Les affaires de disparition attirent toujours beaucoup l'attention, mademoiselle Kroese. Elles produisent beaucoup d'émoi. Régulièrement, quelqu'un leur consacre une émission de télé qui les ramène à la une de l'actualité. Cela arrive plusieurs fois par an ! Ces émissions sont très regardées et travaillent beaucoup l'imagination de certaines personnes. Surtout les personnes âgées, comme je vous l'ai dit. C'est beaucoup plus fréquent que vous ne le pensez.

Je reste silencieuse un moment. Je bois mon café en réfléchissant. Rosalie Moosdijk fréquentait un autre collège, mais elle a été tuée à Callantsoog. Or, c'est là qu'habitait Groesbeek. Y a-t-il un lien, ou a-t-il simplement été bouleversé par cette histoire ? Au point d'avoir donné à son chat le nom de cette fille ? Il est tout à fait possible qu'il ait connu Rosalie. Mais les filles qui ne vivaient pas dans son village et qui ne fréquentaient pas le collège où il était concierge ?

— Il doit y avoir un lien, dis-je, obstinée. C'est peut-être fréquent, mais je persiste à trouver étrange que ce soit justement M. Groesbeek qui ait donné à tous ses chats les noms de victimes de disparition. La moitié de ces filles allaient au collège du Helder !

— Je trouve ça curieux, en effet, je dois bien l'admettre. Ce n'est cependant pas un argument suffisant pour penser que cet homme est coupable de crime, dit Hartog sur le ton de quelqu'un qui fait tout pour paraître amical et raisonnable, mais qui se demande quand il va bien pouvoir mettre un terme à cette discussion lassante.

— Il est peut-être seulement complice. Vous pouvez chercher s'il est lié d'une manière ou d'une autre à Sjaak van Vliet. Vous savez ce que vous devriez faire ? Creuser dans le jardin de Groesbeek ! Il est plein de monticules de terre !

Hartog reste silencieux. Il se contente de me regarder comme s'il n'avait jamais rencontré quelqu'un comme moi.

— Nous y consacrerons toute notre attention, mademoiselle Kroese, mais n'en espérez pas trop.

— De quelle manière ?

— Pardon ?

— Vous dites que vous y consacrerez toute votre attention. De quelle manière ?

Hartog lève les mains dans un geste de reddition.

— Nous allons avoir une petite conversation avec M. Groesbeek.

— Vous n'avez pas assez d'éléments pour obtenir un mandat de perquisition ? Vous n'allez pas fouiller son jardin avec des pelleteuses ?

— Je crains bien que non.

— Il perd la mémoire ! Vous n'avancerez pas beaucoup si vous vous contentez de parler avec lui.

— Nous ne pouvons pas faire plus, je le crains.

23

Olaf m'attend devant ma porte. Ce n'était pas prévu, ça. J'ai passé ce dimanche de Pentecôte à bavarder à une terrasse de café avec Jeanine. Je klaxonne joyeusement.

— Salut ! dit-il dès que j'ouvre ma portière.

— Salut ! Tu as de la chance de me trouver. J'étais dehors toute la journée !

— Je sais. Je suis passé plusieurs fois.

— C'est vrai ? Pourquoi tu ne m'as pas appelée ? dis-je en me dirigeant vers l'entrée de mon immeuble.

Il m'emboîte le pas.

— Mais je t'ai appelée. Plusieurs fois, même. Tu n'as pas répondu. Pourquoi avais-tu éteint ton portable ?

— Il était éteint ?

Je sors mon téléphone de mon sac pour vérifier.

— Tu as raison. C'est stupide ! dis-je en riant.

Olaf me jette un regard sévère.

— Qu'y a-t-il ? dis-je, étonnée.

— Rien.

Il pousse la porte et me devance dans l'escalier.

— Tu ne crois quand même pas que c'était volontaire ? Pourquoi j'aurais fait ça ? dis-je dans son dos.

— Je ne sais pas, répond Olaf d'un ton cassant. Tu avais peut-être besoin d'être seule aujourd'hui.

J'ignore ce que je dois répondre à ça. D'un côté, sa jalousie m'amuse. De l'autre, elle m'irrite.

— Tu veux boire quelque chose ? dis-je en lançant mon sac sur le canapé.

Pour toute réponse, il m'attire à lui, un bras enserrant ma taille.

— Sabine...

Je l'interroge du regard.

— Est-ce que tout va bien entre nous ?

Ses yeux si près des miens... Son souffle qui se mêle au mien... Sa main posée fermement dans mon dos...

— Oui, dis-je, interloquée. Bien sûr !

Sa respiration s'accélère. Il se penche vers moi et m'embrasse, mais je n'y prends aucun plaisir. C'est un baiser désagréable, agressif, et quand il me guide lentement mais sûrement vers ma chambre, je le repousse. Une lueur de colère passe dans son regard. Je me sens subitement mal à l'aise.

— Tu veux boire quelque chose ? dis-je pour la deuxième fois d'une petite voix.

— Non.

D'une main ferme, il me pousse jusqu'à ma chambre et dégrafe mon soutien-gorge sous mon pull. Je m'écarte.

— Olaf, je n'ai pas envie. J'ai eu une longue journée. Si on se contentait de boire un verre en regardant la télé ?

Il me repousse brutalement et je tombe sur le lit.

— Qu'est-ce qu'il y a ? éclate-t-il.

— Rien. Je suis fatiguée, c'est tout. On ne peut pas se faire juste des bisous et ouvrir une bonne bouteille ?

En fait, j'ai surtout envie qu'il dégage rapidement, mais quelque chose dans ses yeux me dissuade de le mettre à la porte sans autre forme de procès.

Olaf me fixe longuement.

— D'accord, finit-il par dire.

Dans la cuisine, je me bats avec le tire-bouchon en réfléchissant au comportement étrange d'Olaf. J'arrive à la conclusion qu'il est jaloux. Qu'il est mort de peur à l'idée que je ne veuille plus de lui. Tout ça parce que j'ai passé une journée en ville sans lui et que j'ai oublié d'allumer mon portable ! Hou là là !

D'un geste nerveux, je débouche la bouteille. Olaf a posé deux verres sur la table de la salle à manger. Il est assis dans le canapé, les bras posés sur le dossier. Il a encore une drôle d'expression. J'ai envie de m'asseoir ailleurs, mais je m'installe à côté de lui et je le laisse m'embrasser. Revoici l'Olaf tendre et charmant que je connais, mais moi j'ai du mal à changer d'humeur aussi vite. Je me dégage en douceur pour remplir les verres.

Quand la bouteille de vin est presque vide,

Olaf a complètement oublié son coup de colère. Il est tout contre moi, à deux doigts de s'endormir.

— Tu sais, dit-il en butant sur les mots. Parfois, j'aurais envie de croire en Dieu.

— Pourquoi est-ce que tu me dis ça tout à coup ?

— Comme ça.

— Et pourquoi aurais-tu envie de croire en Dieu ?

— Parce que la foi t'apporte un soutien. Et la possibilité d'un pardon.

Il lâche un rot et reste plongé dans ses pensées, le regard sombre.

— Et quel affreux péché aurais-tu besoin de te faire pardonner ? dis-je, amusée.

Sans répondre, il fouille sa poche à la recherche d'une cigarette. Il en trouve une, l'allume et rejette la fumée vers le plafond.

Je ne supporte pas qu'on fume chez moi. Je tire bien sur une clope de temps en temps, mais jamais dans l'appartement, toujours dans la rue ou dans un café. Mais ce n'est pas le moment de rouspéter. Faisant contre mauvaise fortune bon cœur, je regarde Olaf en souriant.

— Allez, dis-moi ! Quel sombre secret me caches-tu donc ?

Il tire sur sa clope.

— J'ai fait quelque chose d'horrible, avoue-t-il.

— Quoi ?

Il secoue la tête et détourne les yeux.

246

— Nous faisons tous des choses que nous regrettons par la suite, dis-je, sur un ton léger.

— C'est ça le problème, justement. Je ne regrette rien.

— Ah...

Sur le moment, je ne sais plus quoi dire.

— Eh bien, dans ce cas, arrête d'y penser ! Même si c'est quelque chose de très grave !

— Tu sais, Sabine, parfois, on fait des choses dont on ne mesure pas tout de suite les conséquences. Des choses qui vous échappent complètement. Il vaut mieux ne pas en parler. Personne ne comprendrait qu'on n'a pas voulu que ça se termine ainsi. Personne. Parce que c'est beaucoup trop grave.

C'est comme si une main glacée m'étreignait le cœur. J'en ai la chair de poule.

Olaf se tourne vers moi. D'un doigt, il repousse une mèche de cheveux tombée devant mes yeux.

— À part toi, dit-il tendrement. Toi, tu comprendrais.

Je ne demande rien. Je me contente de le regarder, mais je sens l'angoisse m'envahir. Je n'aime pas qu'il soit si près de moi. En cas de besoin, il me serait impossible de lui échapper. Je ne veux pas de son visage si près du mien. Je ne veux pas qu'il m'embrasse. Je ne veux pas que ses mains me caressent là où je refuse d'être caressée.

Mais à quoi fait-il allusion, bon sang ? Qu'a-t-il bien pu faire de si terrible ? Ai-je vraiment envie de le savoir ?

— Il faut que j'y aille, dit Olaf tout à trac.

Il se lève et se rend aux toilettes, sans fermer la porte derrière lui. J'ai envie de me lever pendant qu'il pisse à son aise, mais je me ravise, parce qu'il pourrait comprendre que j'ai hâte d'être débarrassée de lui. Alors je reste assise nonchalamment dans le canapé et je me verse le fond de la bouteille. Olaf est déjà dans le couloir.

— Eh bien ! On se voit demain au bureau, dis-je, soulagée.

— Je te rappelle que demain, c'est le lundi de Pentecôte. Congé !

— Oh, c'est vrai ! Génial !

— Qu'est-ce qu'on fait ?

— Je ne sais pas... Une bonne grasse matinée !

— Et après ?

— On pourra arranger quelque chose, dis-je mollement.

— On verra bien. Je t'appelle, d'accord ?

— D'accord.

Je me lève, mon verre de vin à la main, j'embrasse Olaf et je lui ouvre la porte. Lorsqu'elle se referme sur lui, je respire profondément. Plusieurs fois. Que peut-il bien avoir de si terrible sur la conscience ?

24

Pendant tout le lundi de Pentecôte, j'attends un appel d'Olaf. Rien. Le mardi, je vais au boulot à vélo sous un soleil radieux. Dès que j'entre dans le secrétariat, les conversations s'interrompent.

Renée, Margot et même Zinzy me regardent comme si je les avais prises en flagrant délit. Mes yeux vont de l'une à l'autre, mais je ne dis rien. J'allume mon ordinateur avant d'aller me chercher un café au distributeur, aussi calme et naturelle que possible. Zinzy a vite fait de me rejoindre.

— Ne va pas croire que je participe à cette mise en scène ! me dit-elle gravement. Ce n'est pas parce que je regardais de leur côté...

— OK, dis-je simplement.

Franchement, je ne sais pas très bien quoi penser de l'attitude de Zinzy. Je comprends qu'elle n'ose pas prendre ouvertement mon parti, mais, à sa place, j'aurais tourné le dos aux deux autres et j'aurais continué à travailler comme si de rien n'était. J'évite son regard.

— Je vais me chercher un Mars.

Sur le chemin de l'ascenseur, je rencontre

Ellis Ruygveen, qui travaille à la gestion du personnel.

— Quelle mine réjouie ! dit-elle en riant. Encore des problèmes avec Renée ?

Je la regarde, étonnée.

— Wouter en a parlé à Jan, explique-t-elle.

Jan Ligthart dirige le service du personnel. Ils sont donc au courant !

— Hé, ne fais pas cette tête-là ! Tout le monde n'a pas une aussi haute opinion de Renée que ton boss, faut pas croire ! Tu sais qu'elle s'est portée candidate à un poste dans notre service ? Mais elle ne m'a pas fait bonne impression.

— Elle a postulé chez vous ?

— Je suis enceinte, répond Ellis en souriant.

Immédiatement, mes yeux se posent sur son ventre, lequel a en effet considérablement grossi.

— Je vais bientôt passer à mi-temps, continue-t-elle. Et comme nous avons de toute façon besoin d'une personne de plus, nous cherchons quelqu'un pour bosser à temps plein.

— Et Renée s'est proposée ? Elle a ses chances, tu crois ?

— Le ciel nous préserve de cette calamité ! J'aimerais beaucoup mieux travailler avec toi, Sabine. Et si tu te portais candidate ?

Mon sang ne fait qu'un tour.

— Oui, dis-je. Ce serait bien...

— Dans ce cas, écris ta lettre de motivation !

Aujourd'hui ! Renée est la seule personne qui a le profil souhaité. Sauf si tu te mets sur les rangs !

— Mon profil n'est pas si bon que ça. Et puis, Renée a le statut de chef.

— Chef de quoi ?

— Chef du secrétariat.

— Qu'est-ce que c'est que cette histoire ? Cette fonction n'existe pas ! C'est bien Wouter, ça ! Ce n'est pas la première fois qu'il invente une fonction de toutes pièces pour motiver ses troupes. La carotte qui fait avancer l'âne, tu vois ? Rien de plus.

Subitement, la journée qui commence s'annonce beaucoup moins longue.

— Maintenant que tu travailles de nouveau à plein temps, je voudrais mettre certaines choses au clair avec toi, dit Renée, les mains croisées sur son bureau. Il faut absolument que tu fasses des efforts pour améliorer ton comportement et ton investissement personnel et... Tu m'écoutes ?

— Quoi ? dis-je, concentrée sur mon écran.

— Je disais que tu devais faire des efforts pour améliorer ton investissement personnel ! Et je trouve que...

— Je vais me chercher un café, dis-je en me levant. Tu en veux un aussi ?

Elle me suit des yeux, bouche bée. Lorsque je reviens, mon gobelet à la main, elle est toujours assise dans la même position.

251

— Sabine, dit-elle froidement. Nous avions une conversation.

— Non, dis-je. Tu m'engueulais. C'est très différent. Et, officiellement, tu n'as absolument rien à me dire ! Alors je n'ai aucune intention de t'écouter. Pigé ?

Je me rassois à mon ordinateur et je bois une gorgée de café.

— Je vais parler à Wouter, dit-elle en se levant.

J'éclate de rire.

À dix-huit heures, quand tout le monde quitte le bureau, je m'attarde un peu. Dès que je suis seule, je tape vite ma lettre de candidature et mon CV. Je les imprime avant de les effacer de mon disque dur, je glisse les deux feuilles dans une enveloppe et je cours jusqu'au service du personnel. Ellis est déjà partie. Jan est encore dans la maison. Il n'est pas à son bureau, mais j'aperçois sa veste sur son fauteuil. Je dépose mon enveloppe en évidence sur son clavier.

Le soir, Olaf m'appelle, et je lui parle de cette candidature.

— Tu l'auras, ce poste ! J'en suis sûr !

— Je me demande d'où te vient cette belle assurance, dis-je en riant.

— Ça saute aux yeux ! Entre Renée et toi, y a pas photo ! N'aie pas peur ! Cette teigne ne te fera plus de l'ombre longtemps !

Je l'espère aussi, mais je ne serais pas aussi affirmative que lui.

J'ai toujours ces flashs, ces bribes de souvenirs, ces images en noir et blanc qui surgissent du fond de ma mémoire aux moments les plus incongrus. Je me rends compte que je me suis toujours évertuée à les refouler. À présent, je décide de les laisser venir. J'ai mûri, et tout cela s'est passé il y a si longtemps ! Je dois pouvoir affronter le passé, à présent.

C'est alors que je sens le vent dans mes cheveux.

Les mains sur le guidon, je pédale comme une folle. J'entends ma respiration haletante. J'ai les poumons en feu. La peur me chasse aussi sûrement qu'une rafale de vent qui m'aurait emportée par surprise. Je pédale comme si j'avais la mort aux trousses. Je n'en peux plus. Chaque fois qu'un lambeau de souvenir passe devant mes yeux, je secoue la tête et j'appuie plus fort sur les pédales.

La maison est vide. Le cyclomoteur de Robin n'est pas rangé devant la porte, la voiture non plus : ma mère vient de partir à l'hôpital.

Je monte l'escalier quatre à quatre. Je me réfugie dans ma chambre. La peur ne peut pas m'atteindre à travers l'épais brouillard derrière lequel je me suis cachée. Et pourtant, ce sentiment d'affolement et de désarroi s'ancre profondément dans mon cœur.

Je tourne en rond, à peine consciente du côté obsessionnel de mon comportement. C'est seulement quand le brouillard se lève et que ma chambre d'adolescente s'estompe que je m'arrête enfin. Lentement, je marche jusqu'au dressoir. Et là, je regarde attentivement mon reflet dans le miroir chiné aux puces.

Je n'ai pas l'air d'une jeune femme qui porterait un lourd secret. Sauf, peut-être, si on regarde mes yeux, car il n'y brille aucune étincelle. Les yeux sont le miroir de l'âme. J'appuie mon nez contre le verre et je scrute intensément mon visage. Mes yeux bleus ne livrent pas leur secret.

« Face à un problème, il ne faut pas chercher les solutions, mais les causes, disait ma psy. Ton inconscient possède toutes les réponses. C'est là que tu as tout emmagasiné. Ce que tu dois faire, maintenant, c'est tenter de prendre conscience de ce que tu sais déjà. Je suis certaine que quelque chose se cache dans ton inconscient, mais je ne parviens pas à le faire s'exprimer. Pas sans ta collaboration. »

Ce discours avait glissé sur moi sans que j'y prête véritablement attention, mais je m'en souviens maintenant mot pour mot. Je regarde autour de moi, désespérée. C'est comme si les murs de mon appartement se refermaient sur moi... J'empoigne mon sac, dévale l'escalier en courant et saute sur mon vélo.

Il fait un temps magnifique. Et tellement chaud ! L'air et le soleil me font du bien.

L'angoisse qui m'oppressait desserre son étreinte. Les bruits de la ville ont quelque chose de familier et de réconfortant.

Je m'arrête devant la bibliothèque, le long du Prinsengracht, et je place mes trois antivols sur mon vélo. Si je veux des réponses à mes questions, c'est ici, au département de psychologie, que je les trouverai. J'y reste jusqu'à l'heure de la fermeture. Je consulte plusieurs livres sur le fonctionnement de la mémoire. Je lis, je photocopie des extraits, puis je choisis d'autres livres et je les emporte chez moi.

Je m'installe sur le balcon avec une tasse de thé et je commence à lire. Le premier chapitre s'intitule « Qu'est-ce que la conscience ? » Bonne question. Le cortex cérébral, les cellules nerveuses, les lobes du cerveau... Bon, d'accord, mais la conscience ne s'explique pas avec de simples notions de biologie. C'est un processus neurologique. Comme un morceau de musique créé par l'ensemble des interactions qui viennent de tous les endroits de la scène, d'après la définition du neurologue américain Antonio Damasio. Imaginons un orchestre composé d'innombrables musiciens. Où la musique se situe-t-elle exactement ?

Bof... Cela ne m'intéresse pas particulièrement. Je continue à tourner les pages. *Ah ! Voilà ! La mémoire !*

Je commence à lire, fascinée.

« Les souvenirs sont des constructions. Ils évoluent et vieillissent avec nous. Selon le psychologue Michael Ross, c'est une absurdité que d'affirmer : "Je m'en souviens comme si c'était hier !" »

Quelques pages plus loin : « William James avait déjà compris, à la fin du XIXe siècle, que la mémoire avait besoin d'un petit coup de pouce de temps en temps. Imaginez que je me taise puis que je m'exclame : *Allez, les souvenirs ! Revenez à la surface !* Ma mémoire obéirait-elle ? Reproduirait-elle n'importe quelle image choisie arbitrairement dans mon passé ? Certainement pas. Elle me dirait : *Oui, mais quel souvenir veux-tu que j'aille te chercher ?* »

« La mémoire ne fonctionne pas sur commande, elle réagit à des impulsions. Ne demandez pas à celui qui se souvient ce qui l'a mis sur la trace du souvenir : en général, il l'ignore. »

Je continue à feuilleter. Soudain, mes yeux tombent sur ces lignes :

« Partir à la recherche de souvenirs oubliés, c'est pénétrer dans l'étrange royaume psychique nommé refoulement. Les partisans de la théorie du refoulement croient l'esprit capable de se protéger contre des événements émotionnellement insoutenables en tenant certaines expériences ou émotions éloignées de la mémoire. Comme si nous ouvrions des portes ou que nous les fermions. Une partie de la mémoire, la mémoire explicite, ne se souvient pas de ces événements et organise une amnésie, tandis qu'une autre partie, la mémoire implicite, fonctionne en autonomie et va cueillir des souvenirs dans le trauma en leur donnant vie sous la forme de rêves ou d'angoisses. Le refoulement n'est pas un processus conscient. On l'associe à une situation émotionnelle, psychologique ou physique à laquelle l'individu est incapable de faire face. Nous ne choisissons pas délibérément de chasser une image de notre esprit, nous le faisons sans nous en rendre compte. Le refoulement est un mécanisme de protection. C'est pour l'esprit un moyen de se protéger contre quelque chose qu'il n'est pas capable de regarder en face. »

Toutes ces affirmations sont étayées par des exemples bien réels et bien vivants. Je les lis avec un sentiment croissant de malaise. Je laisse tomber le livre pour boire une gorgée de thé. Loin, très loin en moi résonne une petite voix que j'ai forcée à se taire il y a de nombreuses années.

La nuit, dans mon lit, je mets ma mémoire à l'épreuve en fermant les yeux et en m'ouvrant à tout ce que j'ai apparemment chassé de ma conscience. Cela ne marche pas. C'est comme si une ombre cachée en moi m'entraînait dans une direction donnée et disparaissait sans laisser de trace au moment où je croyais la rattraper.

Je parviendrais peut-être à me rappeler quelque chose si je m'appliquais vraiment, mais je n'ose pas. Chaque fois que la pénombre se laisse pénétrer et que je parviens à entrevoir une faible lueur, je dérive lâchement dans mes rêves... des rêves révélateurs qui s'effacent de ma mémoire aux premières lueurs du jour et me laissent trempée de sueur au réveil.

Je pars travailler épuisée. Il pleut. La chaleur des semaines écoulées a été chassée par une averse qui fait monter une odeur d'humus. Je cours à ma voiture et me faufile à travers la ville en faisant fonctionner les essuie-glaces à double vitesse pour voir plus ou moins où je vais. J'arrive à La Banque avec quelques minutes de retard. Tous les employés sont en train de secouer leurs parapluies et leurs imperméables dégoulinants. J'ouvre le courrier, totalement absente. Les remarques haineuses de mes collègues glissent sur moi comme les gouttes de pluie sur les vitres.

Je m'observe comme si j'étais sortie de mon corps. Une jeune femme qu'on évite et qu'on isole, voilà ce que je suis. Ma psy m'a appris à me consoler. Elle m'a conseillé de chercher la Sabine solitaire et malheureuse d'autrefois et de la réconforter. Je l'ai fait. La jeune fille d'autrefois, je l'ai cherchée. Et je l'ai trouvée. Dans les rues du Helder et dans la cour du collège.

Je la vois à présent dans le vestiaire du gymnase. Elle prend une douche, après les autres pour bénéficier d'un peu d'intimité. Les filles du clan font comme si elle n'existait pas, selon leur habitude. Elles s'habillent en bavardant et en riant sous cape. Elles sont toutes parties quand la jeune fille sort de la douche.

Dehors, elle entend la rumeur qui s'élève de la cour. C'est la récré. Dans cinq minutes, la cloche sonnera, et les élèves d'une autre classe entreront dans le vestiaire.

Elle s'enveloppe dans sa serviette de bain pour arrêter la panique qu'elle sent monter en elle. Ses yeux fouillent le petit local, en vain : rien sur les bancs en bois, rien aux portemanteaux, rien par terre. Les autres filles ont disparu, mais aussi son jean, son pull blanc, sa veste, ses chaussures et ses vêtements de sport. Elle court dans le vestiaire et regarde partout, en haut, en bas, à droite, à gauche, mais rien, rien, rien ! Tous ses vêtements ont disparu !

Elle se précipite vers le couloir qui mène au gymnase et appelle la prof. Pas de réponse. Elle finit par se glisser dans la réserve où sont rangés les ballons de basket, les crosses de hockey et la manne des objets trouvés.

Elle y trouve un vieux tee-shirt et un short usé. Elle traverse le couloir pieds nus et se faufile par la sortie de secours, ce qui est strictement défendu.

À ce moment précis, la cloche sonne et la cour de récré se vide comme par enchantement. Elle court jusqu'à son vélo et là, elle voit ses vêtements éparpillés dans la boue, piétinés et déchirés : sa nouvelle veste, son jean préféré, son petit pull blanc, complètement fichu, et ses chaussures.

Elle enfile ses vêtements sales, observée par d'innombrables paires d'yeux derrière les fenêtres, enfourche son vélo et rentre chez elle. Il n'y a personne. Elle met son jean dans la machine, frotte ses chaussures avec de l'eau chaude et du savon, examine son pull blanc troué et sa veste déchirée avant de les jeter.

Tout lui revient subitement.

C'est Robin qui, plus tard, l'a conduite en ville sur son cyclomoteur pour lui acheter une nouvelle veste. Robin qui, à son retour, l'a découverte en pleurs dans sa chambre, assise au beau milieu de ses vêtements abîmés.

« Ne le dis pas à maman, lui a-t-elle dit quand ils sont rentrés de la ville. Elle a déjà bien assez de soucis avec papa à l'hôpital. »

Il a hoché la tête, le visage tendu, les lèvres serrées.

Elle s'est enfermée dans sa chambre, s'est couchée sur son lit et s'est demandé ce qu'elle avait fait de mal pour qu'Isabel la déteste autant. Elle n'a pas trouvé la réponse.

Aujourd'hui, je n'ai pas davantage de réponse à cette question. J'émettais sans doute des ondes qui faisaient de moi une victime facile et qui ont donné au clan d'Isabel l'envie de tester mes limites. Elles étaient extrêmement extensibles. Car je ne me défendais pas. Je me repliais sur moi-même, de plus en plus, jusqu'à me retrouver totalement isolée au fil des longues journées de collège.

Rien que d'y repenser, j'ai de nouveau une boule dans la gorge.

« Qu'aurais-tu envie de dire à cette jeune fille solitaire ? m'avait demandé ma psy.

— Que les choses ne seront pas toujours comme ça. Je voudrais la réconforter et la consoler.

— Eh bien, fais-le. Prends-la dans tes bras. »

Depuis lors, je l'ai souvent fait. Cela m'a aidée. Pas directement, mais à un moment donné, j'ai pu me détacher de cette jeune fille. J'ai commencé à voir une Sabine différente, plus âgée, et capable, oui, de consoler la plus jeune.

Mais maintenant, cela ne me suffit plus.

Je veux des réponses à mes questions.

25

Impossible de me concentrer sur mon travail. Il faut que je retourne au Helder. Sans la moindre culpabilité, je prétexte un malaise pour quitter le bureau. De toute façon, je suis vraiment malade, totalement vidée, épuisée. Je suis étonnée de la quantité de choses qui remontent à la surface, par bribes. Les souvenirs en appellent d'autres, comme attirés par un aimant.

Désormais, je ne peux plus arrêter le film, et je n'essaie même plus. Je connais cette histoire, je crois même savoir comment elle se termine, mais je n'ai aucune certitude.

J'avale une grande tasse de café fort à la cantine, puis je m'en vais. Je roule jusqu'au Helder le plus calmement possible, la radio allumée. Je chante, mais ma voix est mal assurée. Après une heure de route, j'arrive en vue de mon objectif. Je tourne à droite en direction du centre et descends de voiture. À ma droite, le théâtre. Devant moi, la bibliothèque. Un endroit familier, où je me suis souvent réfugiée pour y passer de longues heures de solitude. J'entre, je monte l'escalier et je m'assieds à une table pour y lire mon carnet secret.

La jeune fille vient d'elle-même me rejoindre.

— Il faut que tu m'aides, dis-je.

Elle me fixe de ses grands yeux bleus, sans rien dire.

— Tu ne peux pas continuer éternellement à te taire.

Elle détourne les yeux.

— Tu l'as vue. Non, pas au carrefour. Tu l'as vue après. Pourquoi tu n'en parles pas ? Pourquoi tu ne me dis pas ce que tu as vu à ce moment-là ?

Elle demeure silencieuse.

Ses cheveux châtain clair pendouillent devant son visage.

— Si on allait se promener toutes les deux ? dis-je enfin.

Il a plu toute la matinée, mais le soleil perce maintenant les nuages. Le Helder est désert, presque mort. Nous sommes le 2 juin. Les vacances d'été n'ont pas encore commencé. Tout le monde est encore enfermé derrière une fenêtre, dans une salle de classe ou dans un bureau. Nous longeons la cour de récré, où les vélos étincellent au soleil. Nous ne nous arrêtons pas. Nous continuons jusqu'au carrefour du Jan Verfailleweg. Le feu est rouge. Je freine. Je regarde droit devant moi. La jeune fille aussi. J'essaie de lire dans ses pensées, de partager ses souvenirs.

— C'était ici, dit-elle. La camionnette était

263

là. Et j'étais là, sur mon vélo. Isabel se trouvait devant. Elle ne m'a pas vue.

Je fais oui de la tête.

— Et puis le feu est passé au vert, reprend la jeune fille. Isabel a continué tout droit. La camionnette l'a dépassée et j'ai tourné à droite.

— Oui. Tu as pris la Seringenlaan, et puis tu as pédalé en direction des Dunes noires.

— Elle avait rendez-vous.

Les battements de mon cœur s'accélèrent. Je ferme les yeux un instant.

— Avec qui ? Avec qui avait-elle rendez-vous ? dis-je d'une voix un peu enrouée.

— Je ne sais pas. Elle n'a pas dit son nom, et je n'ai vu personne.

— Mais tu les as vus entrer dans le bois ensemble ! Tu les as suivis !

La jeune fille détourne le visage.

— Non, dit-elle. Où vas-tu chercher ça ?

— Tu peux me le dire, à moi !

Je me fais violence pour me montrer amicale et patiente.

— Je sais pourquoi tu les suivais, dis-je encore. Je sais ce que tu craignais.

Elle continue à fixer la vitre.

— C'est si grave que ça, ce que tu as vu ? dis-je d'une voix douce. Grave au point que tu ne veuilles même pas m'en parler à moi ?

Elle garde le silence.

Le feu passe au vert. Je continue tout droit. Je n'arriverai à rien comme ça, il faut que j'aborde le problème autrement.

Les Dunes noires dressent devant nous leur

inquiétante masse sombre. Elles ne prennent un aspect plus accueillant que lorsque nous longeons le bois. Les rayons du soleil tombent sur l'épaisse couronne des arbres, chassent les taches d'ombre entre les troncs et déroulent un tapis de lumière sur les chemins. Des gens se baladent à vélo, marchent ou font du jogging dans le sentier qui suit la lisière du bois. Quelques ados sont assis à la terrasse du snack. Lorsque je m'engage dans le parking, la jeune fille commence à s'agiter. Elle tourne et retourne sa bague et lance des regards apeurés à travers la vitre avant de fixer ses chaussures.

Je coupe le contact.

— Tu viens ?

J'ai parlé sur le ton amical mais décidé de quelqu'un qui ne tolérera pas la contradiction. J'ouvre la portière et je sors, mais elle reste à sa place.

— Viens, on y va toutes les deux ! dis-je d'une voix persuasive.

Après une longue hésitation, elle sort enfin. Je ferme la voiture à clé et nous entrons dans le bois. Passé la ferme pour enfants, nous nous enfonçons plus profondément sous les arbres. De temps à autre, un joggeur en survêt nous dépasse. Nous longeons l'étang aux canards, le point de vue, et nous continuons notre progression. De plus en plus déserts, les sentiers se rétrécissent et serpentent davantage au fur et à mesure que nous approchons des dunes.

Soudain, la jeune fille s'arrête. Je la regarde.

— C'était ici ? dis-je.

Pour la première fois, elle plonge ses grands yeux bleus dans les miens.

— Ils se disputaient ! chuchote-t-elle. C'était terrible ! Il l'a giflée et il s'est mis à la secouer. Puis il l'a giflée une deuxième fois, mais elle a réussi à se dégager et elle s'est enfuie. Par là !

La jeune fille indique une direction où le bois est très touffu.

L'endroit est calme et désert, comme par cette belle journée d'autrefois. Je fixe le point indiqué par la jeune fille en essayant de remonter le temps. Le soleil tape fort. Je reviens tout juste de l'école. On est lundi, le jour le plus difficile. Le week-end est terminé et vendredi est encore très loin. Le lundi après-midi, en général, je vais à la bibliothèque où je passe des heures à chercher des livres qui me transporteront dans un autre monde. Mais je ne suis pas à la bibliothèque. J'ai suivi Isabel, je l'ai vue entrer dans le bois avec un homme puis se disputer avec lui dans ce lieu isolé.

Je me revois, mon vélo à la main, au bord du chemin. La végétation m'enserre dans une étreinte asphyxiante. Avec toutes ces herbes hautes, ces branches et ces troncs d'arbres, ces deux-là ne peuvent pas me voir. Même quand Isabel se dégage et qu'elle s'enfuit dans le bois en criant quelque chose à son agresseur, je demeure invisible.

Je quitte le sentier et me débats avec la végétation qui est encore plus dense qu'il y a neuf
ans. Je suis Isabel, comme cette fois-là.
L'homme a disparu. Est-il parti ? Ou a-t-il pris
un autre chemin dans l'intention de lui couper
la route un peu plus loin ?

Mes pas me guident vers la clairière. Je
pourrais y aller les yeux fermés. Il me suffit de
suivre l'ombre qui m'appelle du plus profond
de ma mémoire pour aller là où je n'ai jamais
voulu aller. Les arbres reculent... Le sable des
dunes étouffe mes pas... Voilà, j'y suis. C'est la
clairière, l'endroit exact où le bois cède la place
à la première dune.

Dissimulée dans l'ombre de deux arbres, je
regarde. Le soleil danse devant mes yeux et
m'aveugle. La main en visière, j'avance d'un
pas et je vois Isabel couchée dans le sable
blanc, ses cheveux noirs déployés telle une
auréole autour de sa tête.

Ce souvenir me hante pendant tout le trajet
du retour. Il y a des trous dans ma mémoire,
oui, mais ce ne sont pas des trous noirs et
sans fond. C'est comme s'ils étaient recouverts
d'un voile opaque que j'essaierais de percer
pour en avoir le cœur net.

Quand je m'enfonce dans l'obscurité du Wij-
kertunnel, sous le canal de la mer du Nord, et
que j'émerge à la lumière du jour, j'ai laissé
derrière moi Le Helder et tout ce qui me relie
à cette ville. Je retourne à ma petite vie,
accueillant d'un sourire les panneaux routiers

familiers, comme si je venais d'échapper à un grand danger.

Je mets un quart d'heure à trouver une place de parking dans mon quartier. Enfin, je parviens à m'intercaler entre deux voitures, poussant l'une et l'autre à coups de pare-chocs bien dosés. *Parfait !*

Je me hâte vers ma rue. La vue de mon appartement me cause un effet étrange, comme si le reflet du soleil dans les fenêtres m'envoyait des signaux d'alerte.

Mes pas ne résonnent pas comme d'habitude dans l'escalier. Je monte sur la pointe des pieds. Mon cœur a du mal à supporter l'effort que je lui demande. Je regarde la porte d'un air méfiant.

Quelqu'un serait-il venu ici en mon absence ?

J'essaie d'ouvrir la porte. Elle est fermée. Je tourne la clé dans la serrure. J'entre. Comme dans une scène cruciale d'un film, je reste prudemment sur le seuil, les sens en éveil. J'ai toujours détesté les moments de tension dans les thrillers, quand l'héroïne pressent le danger et qu'elle pénètre en tremblant dans sa maison obscure pour découvrir qu'elle a été mise sens dessus dessous. À ce moment-là, il ne lui vient jamais à l'esprit qu'elle pourrait chercher une arme, prévenir la police ou, simplement, allumer.

Mon appartement n'est pas plongé dans le noir. Il n'a pas été mis sens dessus dessous non plus. Et pourtant, quelqu'un est bel et bien entré en mon absence.

D'où je suis, dans l'embrasure de la porte, je le vois. Un bouquet de roses rouges adroitement disposé dans un vase, au milieu de la table.

Elles n'ont pas l'air bien dangereuses, ces roses. Pourtant, j'ai du mal à entrer chez moi. Je ne connais qu'un seul homme capable d'un geste aussi romantique. Mais comment a-t-il fait pour entrer ?

Assaillie par des sentiments contradictoires, je marche enfin jusqu'à la table. Je retourne le carton accroché à une rose. Le texte est moins poétique que je ne l'aurais imaginé.

« Appelle-moi ! Olaf. »

26

— Sabine, tu es chez toi ? Où es-tu ? Appelle-moi dès que tu entendras ce message !

La voix de Zinzy est nerveuse et fébrile. Les yeux braqués sur les roses d'Olaf, sa carte à la main, j'écoute le message sur mon répondeur.

Elle appelle depuis le bureau. Aussitôt, j'ai de nouveau mal au ventre, encore plus que quand je montais l'escalier de mon appartement, pleine d'appréhension. *Merde ! J'ai dit que j'étais malade !* Je prends le temps de préparer ma défense : « Je suis restée au lit tout l'après-midi. Non, je n'ai pas entendu le téléphone. Enfin oui, juste une sonnerie, mais je me sentais trop mal pour me lever. Oui, maintenant, ça va mieux. Je ne sais pas ce qui m'est arrivé. »

Quelle heure est-il ? Pas encore dix-huit heures. J'appelle le bureau. C'est Zinzy qui décroche.

— Salut, c'est Sabine ! Écoute, je suis restée au lit tout l'après-midi et...

— Oh ! Sabine ! Je suis contente que tu appelles ! Renée a eu un accident !

Je ne vais pas dire que la nouvelle me terrasse. *Bien fait !* C'est ma première pensée. Je dois faire un gros effort sur moi-même pour ne pas l'exprimer tout haut et pour demander d'un ton inquiet :

— Oh non ! Qu'est-ce qui s'est passé ?

— Un incendie, dans son appartement. Elle était en congé cet après-midi. C'est arrivé pendant qu'elle prenait une douche.

— Elle était chez elle ?

— Oui. Le salon et le couloir étaient déjà enfumés, alors elle a ouvert les portes-fenêtres de la cuisine et elle a sauté dans le vide depuis le balcon.

Silence. Je suis quand même impressionnée.

— Et... ?

— Comme elle vit au premier étage, elle n'est pas tombée de très haut, mais elle s'est mal réceptionnée. Je ne sais pas ce qu'elle a exactement. On vient de nous apprendre qu'elle était aux soins intensifs.

Choquée, je regarde dans le vide.

— Sa vie est en danger ?

— Je n'en ai pas la moindre idée. Nous irons la voir demain. Enfin, si on peut. Peut-être que les médecins n'acceptent que la famille proche à son chevet.

Elle ne me demande pas si j'ai l'intention de les accompagner, et je ne fais aucune suggestion dans ce sens.

— Il me semblait que tu devais être au courant, dit Zinzy. On ne parle que de ça, ici. Ce serait bizarre si tu t'amenais au bureau sans rien savoir.

— C'est vrai. Merci, Zinzy.

— À demain, Sabine.

Je raccroche. Le témoin du répondeur continue à clignoter. Il y a un autre message. La voix d'Olaf emplit la pièce : « Salut, beauté ! À mon avis, tu te caches de nouveau au Helder. Je voulais que tu saches que je pense à toi et que je trouve qu'on ne se voit pas assez. Est-ce que les fleurs te plaisent ? Si tu veux me remercier en personne, ce sera avec plaisir. Rendez-vous ce soir au Walem, à sept heures ! »

Je regarde le carton, que je tiens toujours à la main. Après son attitude agressive de dimanche, je ne sais pas si j'ai encore envie de voir Olaf. Je décide de lui donner une dernière chance.

Le Walem est un restaurant à la mode situé le long d'un canal. La salle est toute en longueur, avec des meubles *trendy*, un sol en granit, et des tables toujours réservées longtemps à l'avance. J'y suis allée une fois dans ma vie. J'ai trouvé qu'on y était mal assis, mais la cuisine était bonne et l'ambiance géniale.

Je m'attends à voir Olaf à une table, une rose entre les dents, mais je ne le trouve pas parmi les clients déjà attablés. Nonchalamment, comme si je voulais commander un verre, c'est-à-dire en faisant tout pour qu'on ne remarque pas que j'attends quelqu'un, je m'appuie contre le bar. Je prends un bonbon à la menthe dans une coupe, je consulte discrètement ma montre, je m'évente.

Sept heures et quart. Je n'étais déjà pas en avance, mais lui est franchement en retard. S'il y a bien quelque chose que je ne supporte pas, ce sont les hommes qui ne respectent pas leurs rendez-vous.

Tant pis. Je franchis la porte pour ressortir lorsque je me heurte à... Olaf !

— Salut ! Tu es déjà arrivée ? s'exclame-t-il joyeusement.

Il m'enlace, m'attire à lui et m'embrasse longuement.

— On se voit trop peu, dit-il gravement. Il faut que ça change ! Tu viens ?

— Tu as réservé ? C'est plein comme un œuf !

— On va bien se trouver un petit coin !

Olaf pousse la porte et entre d'un pas décidé, me laissant seule sur le trottoir. Encore un peu, et je prenais la porte dans la figure !

— Merci ! dis-je dans son dos, mais il n'entend pas.

Je le suis en regardant autour de moi. Au fond, près du jardin, un jeune couple vient de poser un billet de cinquante euros sur la table.

Olaf se précipite dans leur direction, prenant de vitesse deux personnes plus âgées qui regardaient depuis un moment autour d'elles d'un air indécis. Avec un sourire désarmant, Olaf pose une main sur le dossier d'une chaise.

— Ah ! Vous partez ! Ça tombe bien !

La jeune femme sourit en se levant.

— Il y a du monde, hein ? dit-elle. Asseyez-vous, on va payer au bar. Viens, John !

J'hésite, mais Olaf s'assied. Le couple âgé en reste bouche bée.

— Vous voulez... dis-je, mais ils s'éloignent déjà.

— Assieds-toi ! dit Olaf. Qu'est-ce que tu veux boire ?

— Du vin blanc.

— Du Frascati ?

— S'ils en ont.

— Bien sûr, qu'ils en ont ! Alors, tu n'as pas été étonnée quand tu es rentrée chez toi tout à l'heure ?

— Si. Je me demande seulement comment tu as pu entrer.

— Oh ! La voisine du dessus avait la clé. Elle me l'a prêtée.

Je prends la résolution de lui dire deux mots, à ma voisine.

— Je l'ai glissée dans sa boîte aux lettres en sortant. Ta voisine trouvait ça très romantique, les roses, dit-il en me jetant un regard polisson.

— Moi aussi. C'est très gentil ! dis-je en me forçant à sourire.

Que se passe-t-il ? Où est le climat détendu et bon enfant qui régnait encore récemment entre nous ? Pourquoi suis-je assise au bord de ma chaise, en train de me creuser les méninges à la recherche d'un sujet de conversation ?

— Tu as appris ce qui était arrivé à Renée ?

— Oui, l'incendie. Typique.

— Comment ça, typique ?

— Ça tombe à pic.

Je le regarde sans comprendre.

— Elle briguait un poste au service du personnel, non ? explique Olaf. Ellis m'a dit qu'elle avait rendez-vous avec Jan pour un entretien d'embauche. Eh bien, c'est tombé à l'eau. C'est toi qui vas avoir la place, puisqu'il n'y a plus d'autre candidate.

— J'ai l'impression que tu vas un peu vite en besogne. Ils peuvent prolonger la période de candidature, non ?

— Tu oublies le congé de maternité d'Ellis...

Je souris.

— Tu as raison. Ils vont devoir se décider rapidement. Tu es certain qu'il n'y a pas d'autre candidat ?

— D'après Ellis, il n'y en a pas. Évidemment, je ne sais pas si Jan avait quelqu'un d'autre en tête, mais je suppose qu'il a passé en revue tous les candidats éventuels avec Ellis. Au bout du compte, c'est elle qui devra travailler en tandem avec la nouvelle recrue.

— Oui, dis-je en étudiant la carte, mais j'ai la tête ailleurs.

Je me verrais bien travailler avec Ellis. C'est une fille agréable. D'un autre côté, je n'avale pas l'idée que Renée ait presque réussi à m'écarter.

— Elle restera hors course un moment, dis-je. Bon sang ! Comment allons-nous faire sans la secrétaire en chef ?

Olaf éclate de rire.

— Vous allez être complètement perdues, j'en ai bien peur.

Un serveur au look branché débarrasse la table et prend notre commande. Je choisis une salade César et un steak. Olaf prend des pâtes. Nous trinquons.

— Alors ! Où étais-tu cet après-midi ? Au Helder ?

— Oui.

— Tu as vraiment besoin d'y retourner ?

— Ça m'aide, d'aller là-bas. Je retrouve peu à peu la mémoire. Des souvenirs me reviennent.

— Pourquoi y tiens-tu tellement ?

Je le regarde, perplexe.

— Je cherche à y voir clair. Ça m'énerve d'avoir oublié des choses si importantes.

— Tu ne sais pas si elles sont importantes. Tu le penses, c'est tout.

Je scrute son visage, qui me semble brusquement fermé et presque courroucé. En quoi cela le gêne-t-il ? Je le lui demande. Il pose sa bière en poussant un profond soupir.

— Oh ! Je n'aime pas que tu fouilles ainsi le passé, c'est tout. Le passé, c'est le passé, point barre ! Aujourd'hui, tout le monde semble avoir vécu quelque chose de traumatisant dans sa jeunesse ! Tout le monde va voir un psy ! Il faut soi-disant apprendre à se connaître, découvrir ses émotions, plonger dans son inconscient... Des conneries, oui ! Si tu as oublié tout ça, c'est qu'il y avait une raison ! Laisse les souvenirs en paix !

Il s'arrête quand il constate que ses paroles ne me plaisent pas beaucoup. Alors il ajoute sur un ton un peu radouci :

— Nous vivons ici et maintenant, Sabine. À quoi ça t'avance de remuer le passé ?

— À savoir la vérité.

On nous apporte nos plats. Un silence tendu s'installe entre nous. Dès que le serveur a tourné le dos, Olaf reprend la conversation là où nous l'avons laissée.

— Et la vérité te rendra-t-elle plus heureuse ? Cela va-t-il changer quelque chose à ta vie quand tu sauras ce qui est arrivé à Isabel ?

— Je ne sais pas.

— Eh bien moi, je sais ! Ça ne changera rien du tout ! Ça ne va t'apporter que des soucis et des souvenirs douloureux, et ça ne fera pas revenir Isabel !

Je me tais. Manifestement, ce n'est pas un sujet que je peux aborder avec lui. Dommage, j'aurais aimé réfléchir avec quelqu'un qui, justement, a vécu ce drame de près, comme moi.

Nous parlons ensuite de tout et de rien. C'est sympa, bien sûr, mais je reste sur ma déception.

Nous faisons l'impasse sur le dessert et nous traversons la ville à vélo. Olaf m'accompagne jusqu'à chez moi, mais je ne lui propose pas de monter. Adossée au chambranle de la porte d'entrée, je l'embrasse. Sa bouche descend dans mon cou, ses mains glissent sur mes hanches. Je le laisse faire, même si je sens monter son excitation. Je finis par le repousser un peu, le plus gentiment possible.

— Je suis crevée ! Je serai contente de retrouver mon lit !

— Ah bon ? Quelle idée ! Qu'est-ce qui te fatigue tellement ?

Je hausse les épaules.

— Le boulot... Et j'ai passé tout l'après-midi au Helder.

— Et ça t'a fatiguée au point que tu ne puisses même pas boire un dernier verre avec moi ? Même pas un petit ? Sabine ! Il est à peine dix heures !

Le regard soupçonneux qu'il me lance ne me plaît absolument pas.

— Je suis désolée. Une autre fois, dis-je en me tournant vers la porte.

— Un petit verre ! Allez ! On a passé une soirée sympa, non ? Je promets de ne pas rester longtemps ! insiste-t-il en m'embrassant dans le cou.

Je sais que s'il entre, il passera la nuit chez moi. Je secoue la tête en souriant. L'ombre d'une colère réprimée passe sur son visage. Ou bien est-ce le produit de mon imagination ?

— Quand est-ce qu'on se voit, alors ?

— Demain ?

— Chez moi ! Je te fais à manger ! Qu'est-ce que tu aimes ?

— Le poulet rôti.

— Le poulet rôti ? Comment on fait ça ?

Je ris, j'attire son visage à moi et je l'embrasse.

— Je te taquine. Fais ce que tu veux. Surprends-moi !

— D'accord ! Bonne nuit !

Il m'embrasse une dernière fois, enfourche son vélo et attend que je sois entrée dans l'immeuble. Je souris et je lui envoie un baiser avant de disparaître.

Je monte l'escalier et je reste un moment à écouter dans le couloir. À soixante-dix ans, Mme Bovenkerk est un peu dure d'oreille. Elle regarde souvent la télé tard le soir, de sorte que je me suis acheté des boules Quiès pour ne pas entendre les pubs à travers le plafond. Là, j'entends une femme vanter les mérites d'une pâtée pour chats. Ma voisine est donc encore debout. Je monte jusqu'au deuxième et je frappe à sa porte.

— Madame Bovenkerk ? C'est moi, Sabine !

La télévision se tait brusquement. Mme Bovenkerk ôte la chaîne de sécurité, tourne la clé et entrouvre sa porte.

— Sabine ? C'est toi ?

— Oui, c'est moi ! Pardon de vous déranger si tard, mais je voulais vous demander quelque chose.

La porte s'ouvre un peu plus.

— Entre, mon petit, ne reste pas dans les courants d'air ! Tu m'as donné une de ces frousses !

— Je suis désolée, dis-je en entrant dans

279

son appartement rempli de bibelots en porcelaine, de tableaux représentant de petits tziganes en pleurs et de photos jaunies.

— J'allais justement me préparer une tasse de lait chaud. Tu en veux une aussi ?

— Non merci. Je voulais vous demander... Est-ce que... euh... Enfin... Est-ce que vous pourriez ne plus prêter ma clé, s'il vous plaît ? Même à mon petit ami ou à mon fiancé...

— Bien sûr que non ! me répond la vieille dame, stupéfaite. Je ne prêterais jamais ta clé !

— Mais vous l'avez bien donnée à Olaf cet après-midi ?

— Olaf ?

— Oui, le jeune homme que je fréquente en ce moment. Grand, blond, plutôt beau...

— Oh ! Celui-là ! Il a l'air très bien, ce garçon. Mais pas assez pour que je lui confie ta clé !

— Pourtant, cet après-midi, vous...

— Je n'ai pas vu ton ami cet après-midi ! Et je n'ai pas bougé d'ici de toute la journée !

— Vous en êtes certaine ? Il m'apportait des fleurs.

— Je n'ai reçu la visite de personne aujourd'hui, reprend-elle, catégorique. Et je peux te dire que s'il était venu sonner à ma porte, je ne lui aurais pas donné ta clé ! Qu'est-ce que tu crois ? Je ne fais pas confiance à n'importe qui, tu le sais parfaitement. Il n'y a pas longtemps, un homme est venu. Il prétendait être envoyé par ma banque. Il y avait soi-disant des faux codes en circulation, et il voulait vérifier le mien. Je lui ai dit : « Contrôlez plutôt ce que vous avez dans la tête ! Si vous croyez que je vais tomber dans le piège ! » Et je lui ai refermé la porte au nez ! Non mais ! Je suis peut-être vieille, mais je ne suis pas folle !

Je souris. En effet, Mme Bovenkerk a encore la tête bien plantée sur les épaules.

— Mais comment est-il entré, alors ?

— Il est entré chez toi ? Dans ton appartement ?

— Oui. Il y avait un gros bouquet de roses rouges sur la table à mon retour. Il m'a dit qu'il vous avait demandé la clé et qu'il vous l'avait rendue en la déposant dans votre boîte aux lettres.

— Alors, c'est que ton ami est un gros menteur !

Aussitôt, j'appelle Olaf sur mon portable. Cela sonne dans le vide un long moment avant que sa boîte vocale se déclenche. J'interromps la communication, énervée.

— Sois prudente ! me conseille Mme Bovenkerk. Les hommes qui entrent chez toi par effraction ne sont pas dignes de confiance ! Même s'ils t'offrent des roses rouges ! Ce sont des loups déguisés en moutons ! Comme ce jeune homme que j'ai trouvé devant ta porte ce soir. J'ai entendu du bruit. Je suis descendue et j'ai crié : « Monsieur ! Puis-je savoir ce que vous êtes en train de faire ? » Je lui ai flanqué la peur de sa vie ! Il a marmonné quelque chose et il est parti sans demander son reste !

Un frisson parcourt tout mon corps.

— Un homme ? Ce soir ? Devant ma porte ? Que faisait-il exactement ?

— Il essayait d'ouvrir. Il sonnait. Il écoutait, l'oreille posée contre le battant. Un type louche, si tu veux mon avis ! J'ai failli appeler la police, mais il est parti avant.

— Il a dit quelque chose ? À quoi ressemblait-il ? Il était jeune ou vieux ?

— Jeune ! À peu près de ton âge, peut-être un peu plus âgé. Avec des cheveux châtains.

Qui cela pouvait-il bien être ? Pas Olaf, en tout cas. À part lui, je ne connais pas beaucoup d'hommes. Et aucun qui écouterait à ma porte et tenterait de l'ouvrir.

— Madame Bovenkerk, si vous entendez un jour quelque chose de suspect dans mon appartement, un cri, un coup ou autre chose, vous voudrez bien appeler la police ? dis-je en agitant mes clés.

— Oui. Bien sûr. J'appellerai la police au moindre cri !

— Merci.

À contrecœur, je redescends l'escalier. Mme Bovenkerk attend que j'aie atteint mon palier.

— Tout va bien ? me crie-t-elle.

— Oui, merci !

— Je reste ici jusqu'à ce que tu sois rentrée. S'il y a quelque chose, crie !

Me sentant un peu ridicule, j'ouvre ma porte. L'appartement est plongé dans le noir et le silence. J'allume. Aussitôt, je retrouve la paix de mon chez-moi.

— Sabine ? Tout va bien ?

— Oui, pas de problème ! Bonne nuit, madame Bovenkerk !

— Bonne nuit, mon petit !

Je ferme la porte derrière moi, je mets la chaîne et ferme à double tour. Je reste un moment immobile dans le salon avant de coincer un tabouret sous la poignée. Un rien rassérénée, j'entre dans la salle de bains. J'ouvre le robinet de la douche, je me déshabille et je pose mon portable à portée de main. Puis, enfin, je me glisse sous le jet brûlant. Je reste longtemps ainsi, le visage tendu vers l'eau qui jaillit avec force.

27

Il règne un calme idyllique au secrétariat. Plusieurs collègues sont allés rendre visite à Renée, qui a quitté les soins intensifs, mais qui est toujours immobilisée avec une jambe dans le plâtre et un déchirement de la rate. On n'est pas près de la revoir au bureau ! Son séjour aux soins intensifs s'explique par le fait qu'elle avait inhalé de la fumée, mais son état s'améliore.

J'ai signé la carte idiote montrant une souris affublée d'un énorme plâtre et admiré la colossale corbeille de fruits que Margot, Tessa et Roy ont emportée avec eux.

— Voilà ! Ils sont partis ! dit Zinzy. Ah ! Quel calme ! Tu veux un café ?

Sans attendre ma réponse, elle s'éloigne et revient quelques minutes plus tard avec un café au lait pour moi et un autre sucré pour elle. Elle pose les gobelets en plastique et s'installe confortablement, les pieds sur son bureau.

— Quelqu'un a téléphoné pour toi hier, dit-elle.

— Ici ?

— Oui, un homme.

Une goutte de café tombe sur mon pantalon blanc.

— Un homme ?

— Oui, en fin d'après-midi. J'ai dit que tu étais malade et que tu étais rentrée chez toi. Il m'a répondu que tu n'y étais pas.

— Il a donné son nom ?

— Non, désolée. Un type un peu bizarre.

Elle me regarde, inquiète.

— Il y a un problème ? On te harcèle ?

J'esquisse un geste impuissant de la main.

— Ma voisine a trouvé un homme devant ma porte hier soir. Il essayait de trafiquer la serrure et avait posé son oreille contre le panneau.

— Merde ! s'exclame Zinzy. Et après ?

— Ma voisine n'est pas du genre à se laisser impressionner. Elle l'a chassé.

Je bois une gorgée avant d'ajouter :

— J'en ai rêvé cette nuit.

— Je te comprends ! Moi aussi, j'en ferais des cauchemars ! Tu as une idée de qui ça peut être ?

— J'ai bien réfléchi, mais non, je ne sais vraiment pas, dis-je, l'air sombre.

— C'est peut-être quelqu'un que tu as connu autrefois. Quelqu'un qui n'apprécie pas que tu retournes si souvent au Helder pour faire revivre tes souvenirs.

— J'y ai pensé aussi. Je suis allée chez l'ancien concierge du lycée il n'y a pas longtemps. Je me suis souvenue de deux ou trois trucs et je voulais vérifier certaines choses avec lui.

Zinzy me regarde par-dessus son gobelet.

— De quoi t'es-tu souvenue ?

La camionnette de Groesbeek, le bois, mon malaise qui croissait à mesure que j'avançais sur le sentier, tout y passe.

— Ça n'a pas l'air d'un souvenir inventé, remarque Zinzy.

— Non, mais en même temps, tout est tellement flou ! Ce qui est très clair, en revanche, c'est ce que j'ai découvert chez M. Groesbeek.

Je sors les articles de journaux de mon sac. J'avais de toute façon l'intention de les lui montrer.

— Toutes ces filles ont disparu, dis-je pendant qu'elle les parcourt. Et ça, ce sont les noms que M. Groesbeek a donnés à ses chats, dis-je en lui montrant la page de mon calepin.

Zinzy prend le temps de lire les deux listes de noms et de les comparer.

— Waouh ! dit-elle, époustouflée.

— Si ma voisine avait vu un vieil homme à ma porte, j'aurais pensé à Groesbeek. Mais un type de mon âge...

— Comment sais-tu que c'est un type de ton âge ? dit Zinzy en mélangeant son café sans lever les yeux des coupures de journaux.

— Parce que Mme Bovenkerk me l'a dit. Ma voisine.

— Elle a quel âge, ta Mme Bovenkerk ? demande Zinzy en repoussant les articles dans ma direction.

Je les remets dans mon sac.

— Qu'est-ce que j'en sais, moi ! Dans les soixante-dix ans.

— Une femme de cet âge doit trouver jeune un homme de cinquante ans. Autrement dit, ça peut être n'importe qui ! Ou alors, c'était le fils ou le petit-fils de ton concierge...

Le téléphone sonne. Je décroche à contre-cœur. Je m'apprête à débiter la formule habituelle quand mon interlocuteur me coupe dans mon élan :

— Salut, frangine ! Alors, on bosse dur ?

Je sursaute, renversant mon café.

— Robin ! Oh merde ! Je ne dis pas ça pour toi, mais à cause du café qui coule sur mon bureau. Je ne m'attendais pas à t'entendre ! On dirait que tu es tout près !

— Exact ! Je suis de retour aux Pays-Bas ! Je suis chez moi !

— À Amsterdam ? C'est génial ! Ah zut ! Je travaille toute la journée maintenant, et je ne peux absolument pas me libérer ! Si on se voyait ce soir ?

Zinzy entreprend d'essuyer mon bureau.

— Super ! répond Robin. De toute façon, je dois travailler aussi. Il se passe des tas de choses au siège central, mais je ne vais pas t'ennuyer avec ça. Je suis passé chez toi hier soir. Apparemment, tu n'étais pas là. J'ai attendu, jusqu'au moment où une petite vieille m'a chassé avec son balai de sorcière. Elle m'a causé la peur de ma vie.

J'éclate de rire.

— Ha ha ! Je suis bien protégée !

— Bon, on fait comme on a dit, alors ? On mange ensemble ce soir ?

— Où ?

— Le restaurant du vieux port ?

— D'accord ! À ce soir, vers sept heures ! Je me réjouis de te voir !

Quand j'ai raccroché, Zinzy ne cache pas sa curiosité.

— Encore un rancard ? Eh bien, madame est très demandée, ces temps-ci !

— C'était mon frère ! C'est lui qui est venu chez moi hier soir !

— Ah ! Tout s'arrange, alors !

— Oui, et... oh ! Merde ! J'ai rendez-vous avec Olaf ce soir ! Il avait promis de me préparer à manger ! Merde !

Vite, j'envoie un mail à Olaf pour me décommander. « Désolée, j'ai un contretemps. Je ne pourrai pas venir manger chez toi ce soir. Ce n'est que partie remise, j'espère ! Bisous, Sabine. »

Sa réponse me parvient presque aussitôt : « Pas de problème. »

Je reste abasourdie. Cet homme a une capacité ahurissante à retomber sur ses pattes. Eh bien ! Qu'il se débrouille !

Zinzy approuve.

Comme c'est bon de revoir mon frère ! Robin est déjà installé à une table quand j'arrive. Quand il me voit, il se lève. Nous nous embrassons en riant. Nous passons une excellente soirée dans ce restaurant à l'ambiance si particulière, à manger, à parler, à plaisanter, à boire et à évoquer notre jeunesse.

— Tu te souviens de la fois où tu étais rentré à la maison beurré comme un Petit Lu ? Tu avais vomi dans toute la salle de bains !

— Oui, tu dormais à côté, ça t'avait réveillée ! À trois heures du matin, tu as rempli un seau d'eau savonneuse et tu as tout nettoyé pour que les parents ne s'aperçoivent de rien. C'était tellement chou de ta part !

— Tu m'aidais toujours à faire mes devoirs de maths et de biologie ! Et tu venais me chercher à la sortie du bahut pour me protéger de ces petites pestes ! Ça aussi, c'était chou !

— Nous pouvons donc en conclure que tu étais la sœur idéale pour moi et moi le frère idéal pour toi. Tu m'as manqué, tu sais !

— Toi aussi ! Pourquoi êtes-vous partis vivre à l'étranger ? Nous aurions pu être si heureux tous ensemble !

Robin hoche la tête, mais évite mon regard.

— Qu'est-ce qu'il y a ?

— Eh bien... Autant te le dire tout de suite, puisqu'on en parle. Mon retour aux Pays-Bas n'est que provisoire, Sabine. Je m'installe définitivement à Londres.

— Quoi ?

— Je savais que ça ne te plairait pas beaucoup. Désolé, frangine. J'ai rencontré une gentille demoiselle.

— Mandy.

— Oui. Tu comprends...

Je pousse un profond soupir.

— Génial ! Je vais bientôt me retrouver toute seule !

— Hé ho ! Tu as Olaf, maintenant !

Je n'en suis pas si sûre. Enfin, oui, peut-être, à moins que ce ne soit plutôt lui qui m'ait.

— Comment ça va entre vous ?

— Oh, je ne sais pas... Il est gentil, sympa et tout ce que tu veux, mais il a aussi un côté auquel j'ai du mal à m'habituer.

— Je te l'avais dit. Olaf est un superpote, à condition que tout aille comme lui le veut. Et la politesse, il ne connaît pas. De temps en temps, on était gênés à donf, mais je dois avouer qu'on se marrait comme des baleines avec lui. Il est grossier et sans-gêne, mais d'une façon tout à fait désarmante.

Nous parlons encore un peu d'Olaf, puis de Mandy, puis nous revenons à notre adolescence. L'infarctus de notre père... Mes problèmes à l'école... L'aide que m'apportait Robin...

— J'avais tellement mal pour toi. Tu étais toujours si pâle quand tu rentrais de l'école. J'avais envie de les étrangler, ces filles ! D'autant plus que chaque fois que je sortais, je tombais sur Isabel. Et qu'elle n'hésitait pas à me draguer et à me provoquer ! Quelle salope, cette fille ! Quelle salope !

— Ça ne t'a pas empêché de sortir avec elle.

— J'avais trop bu. Et c'était vraiment une fille superexcitante, Sabine. Excitante à un

point que c'en était dangereux. Et elle le savait.
Elle pouvait se taper tous les mecs qu'elle
voulait.

— Et quels mecs voulait-elle ?

— Tous ! Elle ne faisait pas dans le détail !
Elle les alignait tous en rang et elle faisait son
choix, selon son caprice du moment. Je suis
content d'avoir mis un point final à ça après
cette soirée. À partir de ce moment-là, elle n'a
pas arrêté de me poursuivre. Elle ne pouvait
pas supporter que je l'aie repoussée.

— Et Olaf ? Tu m'as dit qu'ils avaient eu une
histoire tous les deux, mais il prétend que ce
n'est pas vrai. D'après lui, tu confonds avec
Bart de Ruijter.

Robin fronce les sourcils.

— Avec Bart de Ruijter ? C'est toi qui sortais
avec lui, non ?

— Mais peut-être qu'il voyait Isabel en
cachette, dis-je, ravagée à l'idée que Bart ait
pu me tromper.

— Non, je l'aurais su. Il t'adorait !

— Alors, pourquoi Olaf dit-il que c'est Bart
qui sortait avec Isabel et pourquoi refuse-t-il
d'admettre qu'il a eu une histoire avec elle ?

Robin allume une cigarette et aspire profondément la fumée.

— Pour ne pas te blesser, peut-être. Il
t'aimait déjà bien, à l'époque. Il te trouvait trop
jeune et pas assez mûre, mais ça ne l'empê-
chait pas de dire que tu étais géniale. En fait,
ça ne m'étonne pas que vous soyez ensemble
maintenant et qu'il refuse d'admettre qu'il en

291

a pincé pour Isabel. Il ferait n'importe quoi pour ne pas te perdre.

Robin lève la main en indiquant son verre vide au serveur.

— Pourquoi lui en voudrais-je d'être sorti avec elle ? Surtout si elle l'a maltraité comme elle m'a maltraitée moi ? Cela devrait plutôt nous rapprocher que nous séparer. C'est débile, qu'il mente à ce sujet.

— Mouais... Les hommes voient sans doute les choses autrement.

Au fil de la soirée, je parle à Robin de mes flashs, des bribes de souvenirs qui me reviennent peu à peu, de ce que j'ai découvert au Helder à propos de M. Groesbeek et de la scène dans le bois, le jour de la disparition d'Isabel, qui est remontée à ma mémoire.

— Comment peux-tu être certaine que cela a un rapport avec sa disparition ?

— Parce que je pense l'avoir vue juste avant qu'on ne la tue !

Robin laisse tomber sa fourchette. Dans ses yeux, je ne lis pas seulement l'étonnement, mais aussi une émotion insaisissable qui ressemble à de l'effroi.

— Je ne sais pas ce qui s'est passé exactement, mais je sais où ça s'est passé, et quand, dis-je doucement.

Robin regarde son assiette. Il a manifestement perdu l'appétit.

— Tu étais là, dit-il.

Je fais oui de la tête.

— Tu en es sûre ? Je veux dire, tu es sûre que tu ne l'as pas rêvé ?

— J'en rêve souvent, et alors, je vois le meurtrier. À mon réveil, j'ai oublié. En fait, je ne sais plus ce que je dois croire ou pas. Quand une nouvelle image se présente à mon esprit, provient-elle d'un souvenir, ou d'un rêve ? C'est tellement déstabilisant !

Robin reprend sa fourchette et porte machinalement un morceau d'endive gratinée à sa bouche.

— Tu ferais peut-être mieux de renoncer. Cette histoire est en train de te détruire !

Je souris faiblement.

— Oui, tu as raison. Peut-être que tout ça est le produit de mon imagination. C'est tellement facile de déformer ses souvenirs et de relier des événements qui n'ont aucun rapport entre eux !

— Alors arrête, dit Robin en me souriant gentiment. Tu veux encore quelque chose ?

— Un Irish coffee, ce serait génial !

Robin appelle le serveur. Nous passons la fin de la soirée à éviter de parler d'Isabel.

Je me réveille en sursaut, au beau milieu de la nuit, une main sur la poitrine. Le téléphone ! Les battements de mon cœur sont si rapides qu'on dirait un signal d'alerte intérieur. Dans l'obscurité, la sonnerie lancinante s'engouffre dans les moindres recoins de mon appartement. Mon réveil numérique indique 01:12.

Je décroche.

— Allô. Sabine Kroese à l'appareil.

Silence.

Je ne répète pas mon nom, car je sais que je l'ai prononcé distinctement. Un léger souffle parvient à mon oreille et fait vibrer chaque cellule nerveuse de mon corps.

Je raccroche. Aussitôt, le téléphone se remet à sonner. Même si je m'y attendais plus ou moins, je sursaute. Je décroche sans rien dire. Silence à l'autre bout du fil aussi.

J'ai très envie d'injurier mon interlocuteur fantôme, mais je me maîtrise. Il paraît que ça fait bander certains. Je raccroche très calmement et, avant que le téléphone ne sonne pour la troisième fois, je le débranche. *Enculé ! Trou du cul !*

Allongée sur le dos, ma lampe de chevet allumée, j'essaie de me rendormir.

Qui était-ce ? Un fou ? Que me voulait-il ? Je le connais peut-être. À moins que ce ne soit une femme...

Je pousse un soupir énervé avant de donner des coups de poing dans l'oreiller. *Connerie ! Dors, Sabine ! Ce n'était qu'un débile mental !*

C'est à ce moment précis que je la vois. Cela dure plusieurs secondes. Oui, je vois clairement Isabel. Ses traits tordus... Ses yeux fixes... Son visage bleui...

Je cligne des yeux, mais l'image ne s'en va pas. Je bondis hors de mon lit, j'allume toutes les lumières, rien n'y fait : je continue à voir Isabel. La tête renversée en arrière, elle fixe le ciel. Il y a du sable dans ses cheveux noirs.

Est-ce un souvenir ? Une illusion ?

Je me remets au lit, les mains sur les yeux. *Sabine ! On n'a jamais retrouvé Isabel ! Tu ne peux pas l'avoir vue morte ! C'est un tour que te joue ton imagination !*

Mes mains tremblent comme celles d'un alcoolique en manque. Impossible de les apaiser. Impossible aussi de m'empêcher de claquer des dents.

Je cours d'un coin à l'autre de mon appartement, poursuivie par cette vision, en me tenant les épaules. Mes ongles s'enfoncent dans ma chair. J'ouvre la bouche pour chasser cette horreur en un long cri, mais au lieu de ça, je me mords la main jusqu'au sang.

Je rebranche le téléphone. Il faut que j'appelle Robin ! La sonnerie retentit dans le vide. *Allez, Robin, décroche ! Je dois parler à quelqu'un !* Mes doigts composent le numéro d'Olaf.

— Olaf van Oirschot, marmonne-t-il dans son sommeil après seulement trois sonneries.

— Je l'ai vue, dis-je dans un murmure.

— Qui est à l'appareil ? Sabine ?

— Oui. Je l'ai vue, Olaf.

— Tu as vu qui ?

— Isabel.

Le silence se prolonge jusqu'à en devenir insupportable.

— Comment ça, tu l'as vue ?

— Dans un flash. Elle était étendue sur le sol, morte, avec du sable dans les cheveux.

Olaf ne dit rien. Cette fois, c'est moi qui romps le silence.

— Je ne sais pas si je m'en suis souvenue ou si je l'ai inventé. Mais je ne dormais pas. Non, je ne dormais pas. C'est sorti du néant. Comment est-ce possible ? Je ne peux quand même pas avoir vu ça en vrai ?

— J'arrive !

Olaf raccroche. Je reste assise dans le canapé, hébétée. Je grelotte.

Vingt minutes plus tard, on sonne. Je me lève. Par une fente entre les rideaux, j'aperçois la tête blonde d'Olaf au pied de l'immeuble. Rassurée, je vais actionner le bouton de l'interphone. Les pas d'Olaf résonnent bientôt dans l'escalier.

— Ça va ?

Il me guide jusqu'au canapé. Je m'assieds. Il s'accroupit devant moi. Il m'observe, préoccupé, avant de se lever pour aller me chercher un verre d'eau.

Je ne sais pas d'où vient l'idée que boire un peu d'eau aide à se sentir mieux, mais je ne veux pas refuser sa sollicitude. Je bois donc le verre qu'il me tend et je m'y accroche comme à une bouée de sauvetage.

— Elle est morte, dis-je dans un murmure.

— Tu l'as vue ? dit Olaf en prenant le verre de mes mains tremblantes.

— Oui.

— Tu es sûre que tu ne rêvais pas ?

J'hésite.

— Non, je m'en suis souvenue. Ça m'est revenu d'un coup.

— Est-ce qu'il y avait quelqu'un d'autre près d'elle ? demande Olaf en me secouant légèrement. Est-ce que tu as vu quelqu'un ? Parle ! Est-ce que tu as vu quelqu'un d'autre ?

Je regarde ses grandes mains puissantes aux articulations blanches. Comme sa voix se fait insistante...

— Je... je ne sais pas. Non, je n'ai vu qu'elle.

Il me lâche. Sans oser le regarder, je bois. Mes dents heurtent le verre.

Il m'étudie longuement.

— Tu te tracasses beaucoup trop avec tout ça, dit-il enfin. Tu devrais essayer de prendre du recul.

— Oui, peut-être.

Je ne peux plus détacher mon regard de ses mains.

— Je ne veux plus que tu ailles au Helder, dit-il. Tu vis ici, à Amsterdam, dans le présent. Le passé est le passé ! Tu n'y changeras rien.

— Cela changerait peut-être quelque chose pour ses parents s'ils savaient ce qui lui est arrivé.

— Tu veux leur raconter ta vision ? Ou en parler à la police ? Allez, Sabine ! Tu sais très bien comment ils réagiraient !

— Oui.

— À moins que tu n'aies vu autre chose ?

— Non, rien. Seulement qu'elle était morte.

— Avec les cheveux dans le sable, complète Olaf. Ça pourrait être dans les dunes. Mais

297

ils ont cherché dans les dunes, non ? Avec des chiens, des scanners à infrarouge et tout le reste... Si elle avait été là, ils l'auraient retrouvée !

Pas forcément. Lydia van der Broek a été déterrée sur un chantier, dans un quartier de constructions nouvelles. La végétation avait empêché les scanners à infrarouge de la repérer. Les chiens pisteurs étaient passés tout près, mais le vent soufflait dans la mauvaise direction. On ne l'a retrouvée que plusieurs années plus tard, quand on a de nouveau fait des travaux dans ce quartier.

Mais je ne dis rien.

Olaf me relève le menton, m'obligeant à le regarder dans les yeux.

— N'y pense plus, dit-il d'une voix douce. Tu ne peux de toute façon rien y changer. Tu veux que je reste ici cette nuit ?

— Non, ça va mieux.

— Tu es sûre ? Je suis là, de toute façon. Si tu recommences à faire des cauchemars, je te réveillerai.

Je suis trop fatiguée pour lui tenir tête.

— Bon, d'accord. Comme tu veux.

Il passe son bras autour de ma taille. Mon dos plaqué contre son ventre, avec son bras qui pèse sur moi, je fixe l'obscurité, les yeux écarquillés.

28

La fumée noire envahit mon appartement. Elle progresse inéluctablement vers ma chambre. Comme paralysée, je la vois se frayer un chemin sous la porte et m'engloutir. Je sais que je dois faire quelque chose, appeler les pompiers, sauter par la fenêtre... mais des mains invisibles me maintiennent couchée dans mon lit. Je me débats. Je parviens enfin à me relever au moment où la masse asphyxiante roule sur elle-même, obturant hermétiquement la seule issue possible.

Je jette des regards affolés autour de moi, mais le balcon et la fenêtre ont subitement disparu. Dans mon angoisse, c'est cela qui me surprend le plus.

La fumée progresse à une allure folle. Derrière ma porte, j'entends les flammes lécher les murs. La fumée profite de ce que je hurle pour s'introduire dans ma bouche, dans ma gorge et dans mes poumons. *Je ne veux pas mourir ! Je ne veux pas mourir ! Je ne veux pas mourir !*

J'ouvre les yeux. La blancheur du plafond présente un tel contraste avec l'obscurité de la chambre, juste avant, que je ne comprends absolument rien. Je regarde autour de moi. Rien. La fumée a disparu.

Infiniment soulagée, je ferme les yeux et je pose une main sur ma poitrine pour apaiser mon cœur qui bat la chamade.

Au même moment, je sens une odeur de brûlé. Je me précipite dans le couloir en pyjama.

— Et merde ! crie Olaf en laissant tomber quelque chose sur le sol.

Je le trouve dans la cuisine, en boxer, un toast brûlé à ses pieds. Mon vieux grille-pain se consume sur le plan de travail.

Je me frotte les yeux.

— Qu'est-ce que tu fabriques ? Ce truc est cassé. Les tartines ne sautent plus.

— Merci, j'ai vu ! dit-il en ramassant le pain noirci. Je voulais te faire une surprise en t'apportant le petit déj' au lit. C'est raté !

— C'est allé jusque dans mon inconscient ! Tu as même réussi à percer mon sommeil ! dis-je en bâillant et en m'étirant. Je vais prendre une douche. Et arrête les frais ! Je ne mange pas autant le matin. Tu sais ce que je préfère encore ? Une tranche de pain complet...

— ... avec des fraises, achève Olaf. Oui, je m'en souviens. Ça vient, princesse. Va prendre une bonne douche !

Comme il est gentil avec moi ! Tout en disparaissant derrière des nuages de vapeur et en me laissant gagner peu à peu par la félicité, j'essaie de comprendre pourquoi je ne m'ouvre pas davantage à Olaf. Il est beau, sexy, sympa et visiblement fou de moi. Pourquoi est-ce que je ne me laisse pas aller ? Pourquoi ai-je du mal à le laisser farfouiller dans mes placards, prendre possession de ma cuisine et respirer l'air de mon appartement ? Peut-être à cause des remarques de Robin sur son caractère emporté. Honnêtement, cet Olaf-là ne me plaît pas du tout. Mais il y a l'autre Olaf, et celui-là me séduit infiniment.

En chantonnant, je m'enduis de gel douche à la pomme. Au fond, Olaf est un gars chouette. En tout cas, il s'impose moins qu'avant. Quel autre homme se maîtriserait suffisamment en cet instant précis pour continuer à me préparer mon petit déjeuner au lieu d'ouvrir le rideau de la douche d'un coup sec et de me sauter dessus ? La vérité, c'est que j'ai de la chance de l'avoir trouvé et que je suis seulement en train de le comprendre.

— Du café ou du thé ? crie-t-il depuis la cuisine.

— Du thé ! dis-je, occupée à me sécher les cheveux, penchée en avant.

J'enroule la serviette autour de ma tête et j'en prends une deuxième pour m'essuyer.

— Je viens de faire un terrible cauchemar. Sans doute à cause de ce toast brûlé.

— Raconte !

— Mon appartement était en feu et j'étais prisonnière dans ma chambre. Je voulais m'enfuir par le balcon, mais la porte avait disparu.

Coiffée de ma serviette, j'entre dans ma chambre et j'ouvre mon armoire.

— C'est peut-être aussi à cause de ce qui est arrivé à Renée.

Dans l'embrasure de la porte, Olaf me regarde. Je me sens étrangement gênée, comme s'il me voyait nue pour la première fois. J'enfile prestement un slip et un soutien-gorge, avant de passer le premier débardeur blanc qui me tombe sous la main.

— Oui, c'est vrai. Inconsciemment, ça me travaille. Comment un incendie peut-il se déclarer spontanément ?

— Ça arrive, dans les vieux immeubles. Un court-circuit, par exemple. À mon avis, c'est venu de sa télé. Elle était très vieille. Elle a dû imploser.

Olaf repart dans la cuisine. Je l'entends remplir la bouilloire et mettre la cafetière en marche. Je fronce les sourcils.

— Comment sais-tu ça ? Tu es déjà allé chez elle ? dis-je en introduisant une jambe dans mon pantalon gris à rayures.

— Non, elle me l'a raconté !

J'essaie d'imaginer une conversation entre collègues où l'un des deux mentionnerait l'âge de son téléviseur. J'essaie surtout de m'imaginer une conversation entre Olaf et Renée. Je croyais qu'il ne la supportait pas.

Après une dernière vérification dans le miroir, je vais m'asseoir à la petite table de la cuisine, contre le mur. Ma tartine aux fraises est prête. Mon thé aussi. Olaf s'assied en face de moi, toujours en boxer, avec un œuf à la coque et une tasse de café.

— Je ne savais pas que vous vous entendiez aussi bien, dis-je.

— Je ne peux pas la voir en peinture. Ça ne nous empêche pas de bavarder de temps en temps. Il y a des choses qu'on ne peut pas éviter dans la vie.

— C'est vrai, dis-je en consultant ma montre. Dis donc, il faut accélérer. Dans un quart d'heure, on doit être partis.

Même si je trouve affreux ce qui est arrivé à Renée, je profite au maximum de son absence. Le silence qui règne à présent au secrétariat a une qualité nouvelle. De moi-même, je reprends les attributions qu'elle m'avait volées. Maintenant que je travaille à temps plein, je suis au courant de tout. Je vide le bac de Renée et je m'approprie son agenda.

Il suffit de quelques jours pour que les commerciaux et le personnel administratif se tournent vers moi pour obtenir de l'aide, même si, au départ, ils sont assez hésitants et mal à l'aise.

— En fait, je trouvais que Renée allait trop loin avec toi, me confie Tessa. On pense tous la même chose ici. Heureusement, je ne croyais pas la moitié de ce qu'elle me disait.

Je ne réponds pas.

— Mais bon, poursuit Tessa. Ce que je voulais dire, c'est que j'ai besoin d'un coup de main. Il faut sortir un énorme mailing. Tu as le temps ?

— Bien sûr !

— Ça va peut-être nous mener tard ce soir. Jusqu'à six ou sept heures.

— Aucun problème. Si tu me laisses finir mon travail d'ici le déjeuner...

— Parfait ! Tu veux qu'on mange ensemble ce midi pour en parler ?

— OK.

Nous nous sourions, même si mes yeux refusent d'imiter mes lèvres.

Je passe la matinée à courir pour vider mon bac et celui de Renée. Bien sûr, il est impossible de tout faire, alors je dépose le trop-plein sur le bureau de Margot. Zinzy sourit.

Je n'ai pas le temps de répondre aux messages qu'Olaf m'envoie à peu près tous les quarts d'heure, ni même celui de les ouvrir. À midi et demi, il m'attend à l'entrée de la cantine.

— Tu n'as répondu à aucun de mes messages ! dit-il d'un ton plaintif.

Je vais chercher un plateau. Il m'emboîte le pas.

— Désolée, j'ai énormément de travail en l'absence de Renée. Tu voulais me demander quelque chose ? dis-je en prenant une assiette et des couverts.

— Non, j'avais juste envie de bavarder.

— Désolée. Je n'avais vraiment pas le temps.

— Si on se payait une toile ce soir ? Le

304

dernier film avec Denzel Washington, ça te dit ?

— Malheureusement, je crois que je vais devoir faire des heures sup, je serai trop crevée. Cela faisait longtemps que je n'avais pas couru comme ça.

Il se tait.

Alors qu'il choisit un dessert dans la vitrine réfrigérante, j'étudie son visage à la dérobée. Je suis encore en train de me demander ce que je vais prendre quand il attrape un yaourt à la pêche, se dirige vers la caisse, paie et va retrouver ses collègues sans un mot.

Haussant les épaules, je paie à mon tour et rejoins mes collègues. L'ambiance est très agréable. Pour la première fois depuis des lustres, elles me parlent et prennent des nouvelles de ma santé. Je leur réponds. J'ai autant besoin d'elles qu'elles ont besoin de moi.

Assise en face de moi, Tessa papote comme si nous étions copines depuis toujours.

— Dis, il y a quelque chose entre toi et ce type de l'informatique ? demande-t-elle tout à trac en indiquant Olaf des yeux.

— Oui, il y a quelque chose entre nous. Mais quoi exactement, je me le demande !

Elle rit.

— Rien de sérieux, donc ? Je me demandais ça parce que je l'ai entendu convenir d'un rendez-vous avec Renée.

Je lève les yeux de ma tartine au fromage.

— Quoi ?

— Chez elle.

— Pardon ?

— Ça fait une éternité qu'elle est dingue de lui. Ça date de quand tu étais malade.

Tessa se sert un verre de lait.

— Ils étaient ensemble ?

— Non, non ! Il ne la voyait même pas. Et puis tu es revenue.

— Aha !

Tessa avale une gorgée de lait puis elle me regarde.

— Tu sais ce qu'il lui a dit ? « Je n'aime pas les femmes qui ont un grand nez » ! Devant tout le monde ! Alors qu'on savait toutes qu'elle l'a dans la peau ! À vous fendre le cœur !

Ses yeux pétillent de malice. Pas les miens.

— Il a vraiment dit ça ? Eh ben, dis donc !

— C'est vrai qu'elle a un grand nez, commente Tessa en riant.

Je secoue la tête. L'amitié est une chose si fragile...

— Mais pourquoi est-il allé chez elle si elle ne lui plaît pas ?

— C'était vendredi dernier. Elle avait un problème avec son ordinateur – une antiquité – et elle en faisait tout un plat. Elle se demandait si elle n'aurait pas mieux fait d'en acheter un neuf. Olaf passait par là. Il a entendu et il lui a proposé d'y jeter un coup d'œil. Comme ça.

— Ah ! Ce n'était donc pas un rendez-vous amoureux !

— Pour elle, si ! Tu aurais dû la voir...

306

Perdue dans mes pensées, je laisse errer mon regard à travers la salle bondée. Je repense à la confession partielle qu'Olaf m'a faite dimanche dernier. La voix de Tessa me parvient comme toutes les autres : un flot continu de sons sans signification aucune. Est-ce difficile de trafiquer un vieil ordinateur pour provoquer un court-circuit ? Et, de là, un incendie ?

Soudain je m'aperçois que je suis en train de fixer Olaf. Assis un peu en retrait, il dévore son repas d'un air maussade. Comme s'il sentait quelque chose, il se retourne. Nos yeux se croisent. Je souris, mais mon sourire se fige sur mon visage quand je remarque son regard glacial.

Impossible d'avaler ma tartine de fromage. Je repousse mon assiette, dégoûtée.

— Alors, on s'y met ? dis-je. Comme ça, on n'aura peut-être pas besoin de faire des heures sup !

29

C'est la première fois que je suis contente de reprendre le chemin du bureau après le week-end. Je me mets au travail avec le même enthousiasme que du temps où Jeanine était assise en face de moi. Même Wouter s'en rend compte. Il me sourit, plaisante – ce qui indique qu'il m'a vraiment à la bonne.

— Je voudrais que Renée ne revienne jamais, dis-je à Zinzy.

Nous sommes au dixième, près du distributeur, et nous mangeons un Mars.

— Elle ne reviendra pas tout de suite, répond Zinzy, mais elle reviendra.

— Beaucoup de choses auront changé pour notre secrétaire en chef.

— En fait, c'est toi la chef, maintenant ! Et à juste titre. Tu es celle qui travaille le plus de nous toutes.

— Zinzy, cette fonction n'existe pas ! Ellis, tu sais, celle qui travaille au personnel ? Elle me l'a dit, elle était formelle. Renée n'est pas payée un centime de plus. Il n'y a rien d'écrit. Elle a tanné Wouter, elle l'a convaincu qu'il y avait besoin d'une secrétaire en chef et, pour la motiver en mon absence, il lui a dit qu'il lui confiait cette lourde responsabilité.

— Et pourtant, elle se comportait en chef ! Tu aurais dû résister dès ton retour.

— Je voulais faire la paix. J'ai été stupide. Mais il n'est pas trop tard, dis-je en jetant mon emballage de Mars dans la poubelle.

La semaine passe à une vitesse incroyable. Le vendredi après-midi, je suis vannée. Comme le veut la tradition, nous nous réunissons dès quatre heures pour le pot hebdomadaire. Deux filles vont chercher de la bière, du vin et des chips pendant que les autres sont déjà en grande discussion au secrétariat. Je n'avais pas assisté à ce pot depuis une éternité. Quand je travaillais encore à mi-temps, j'étais déjà rentrée chez moi, et depuis, je m'étais toujours arrangée pour avoir quelque chose à faire aux archives. À l'autre extrémité du couloir, dissimulée entre les dossiers poussiéreux, j'entendais la voix de Renée dominer les conversations.

Est-ce mon imagination, ou les gens sont-ils plus à l'aise qu'avant ? Moi, je reste silencieuse. Cette longue semaine m'a mise sur les genoux, et je repousse à regret la proposition de continuer la fête dans un café tout proche. Ce soir, j'irai me coucher tôt, c'est sûr !

Je m'apprête à partir lorsque Olaf entre. Ses yeux croisent immédiatement les miens. Il s'avance vers moi en me faisant son plus beau sourire.

— Alors ? Prête à t'éclater ce soir ?

— Pour être franche, je n'en ai pas du tout envie, dis-je en prenant mon sac. J'ai l'intention de me coucher tôt.

— Te coucher tôt ? Un vendredi soir ?

— Il y a une loi qui empêche les gens de se coucher tôt le vendredi soir s'ils ont besoin de sommeil ?

Son visage s'assombrit.

— Je voulais t'emmener danser au Paradiso !

— Vas-y ! dis-je en marchant vers la porte. Tu n'as pas besoin de te coucher tôt, toi, si ?

Il me suit dans le couloir, m'attrape, me pousse contre le mur et fait glisser ses mains sur mes vêtements.

— En fait, j'ai très envie d'aller au plumard le plus vite possible, murmure-t-il dans mon cou.

Si une de mes collègues apparaît dans le couloir à ce moment précis, je n'y survivrai pas. Encore moins maintenant qu'Olaf ouvre un à un les boutons de mon chemisier.

— Olaf, s'il te plaît ! Nous sommes au boulot !

Je le repousse, gênée, et j'entreprends de me reboutonner.

— Et alors ? Si le spectacle dérange quelqu'un, il n'aura qu'à regarder ailleurs ! dit-il en m'attirant de nouveau à lui.

Il commence à m'embrasser avec ardeur, comme si nous étions au lit, seuls au monde. Moi, je ne peux pas. J'accorde peut-être trop

310

d'importance à ce que les autres pensent de moi, mais je n'aime pas du tout me laisser aller comme ça au bureau.

D'abord, j'essaie prudemment de me glisser hors de ses bras, mais lorsqu'il resserre son étreinte, je ne trouve pas d'autre solution que de lui mordre la lèvre.

— Bordel ! Connasse !

Il me lâche instantanément, mais trouve le moyen de me gifler. Nous nous regardons, stupéfaits. Il essuie le sang de sa lèvre avant de dire posément :

— Je suis désolé, mais tu l'as cherché.

— Je l'ai cherché ? Je croyais t'avoir dit clairement que je souhaitais que tu me laisses tranquille. C'est toi qui l'as cherché ! Si c'est comme ça, c'est fini ! Ne m'appelle plus, ne m'invite plus, ne m'écris plus : laisse-moi tranquille ! Je ne veux plus te voir !

Il me dévisage, incrédule. Il s'apprête à dire quelque chose, mais je ne lui en laisse pas le temps. Je remonte mon sac sur mon épaule et m'éloigne en courant.

— Sabine ! hurle-t-il derrière moi.

Je ne m'arrête pas. Dès que j'ai tourné le coin, je me réfugie dans les toilettes pour dames. Il ne manquait plus que ce connard hurle mon nom dans les couloirs ! Tout le monde l'a entendu !

Tout en faisant couler de l'eau froide sur mes mains, j'inspecte mon visage dans le miroir. La gifle d'Olaf n'a pas été suffisamment forte pour laisser une empreinte sur la joue,

311

mais ma peau me picote. Robin avait raison : il y a quelque chose de dangereux chez Olaf. Mon frère a préféré prendre ses distances. Et c'est exactement ce que je vais faire.

Je bois un peu d'eau, je fais pipi et je ne sors des toilettes qu'une fois tout à fait calmée.

Quand je suis partie de chez moi ce matin, il tombait une de ces averses qui chassent la chaleur accumulée durant les premiers jours de l'été. Je suis venue au bureau en voiture. Heureusement, car en définitive, il a plu toute la journée. Je traverse le parking en évitant les plus grandes flaques. En quittant La Banque, je repère une voiture familière dans mon rétroviseur. Olaf !

Je fronce les sourcils. Il m'aurait attendue ? Il est fou !

Je passe la deuxième en surveillant la Peugeot noire dans mon rétro. Olaf habite dans le sud d'Amsterdam, il devrait tourner à gauche.

Il tourne à droite.

Je mets la troisième et traverse le carrefour à l'orange. Il passe au rouge. Plusieurs voitures se faufilent entre nous, mais il me suit toujours. Quelles sont ses intentions ? Pourquoi n'est-il pas venu à ma rencontre sur le parking s'il voulait me parler ?

Voici mon quartier, ma rue... Je trouve une place juste devant chez moi. Merde ! Il se gare en double file, mais reste dans sa voiture. Je ne lui ai jamais vu une expression pareille.

Pas rassurée, j'ouvre ma portière, je sors de

ma voiture, mon sac à la main, et je cours jusqu'à mon immeuble. Je tourne la clé à la hâte dans la serrure, claque la porte derrière moi et monte l'escalier quatre à quatre.

Ouf ! Enfin en sécurité ! Avec un profond soupir, j'entre chez moi et referme la porte à clé. Je me prépare aussitôt une infusion de fenouil. J'aime les vertus apaisantes de cette plante, et j'en ai particulièrement besoin maintenant. Je me livre ensuite à un rituel : une bougie allumée sur la table du salon et des morceaux de chocolat dans un plat, comme faisait ma mère. En général, je me contente de tremper un sachet de tisane dans un verre d'eau frémissante, mais j'ai parfois besoin de récréer le cérémonial de mon adolescence.

Ma tasse entre les mains, je regarde par la fenêtre. Olaf est toujours garé en double file devant ma porte. Il a baissé sa vitre et sort nonchalamment un bras. Il regarde dans ma direction.

Je recule instinctivement. Je décide de m'asseoir en tailleur sur mon canapé. Ainsi, il a décidé de faire le pied de grue en bas de chez moi ! Il va vite se lasser, car je n'ai aucune intention de sortir. *Comme vous voulez, Olaf van Oirschot ! En ce qui me concerne, vous pouvez rester là jusqu'à demain, je m'en contre-fiche !*

Mais ce n'est pas vrai. J'avale une gorgée de tisane qui, au lieu de me calmer, me brûle la lèvre. Je pose ma tasse en jurant et je me venge en me jetant sur le chocolat. J'ai cassé

313

deux tablettes en morceaux, plus pour faire joli que dans l'intention de tout manger, mais je vide très rapidement le plat. Les scientifiques ont prouvé que le chocolat contient des substances qui agissent sur l'humeur. Je ne comprends pas pourquoi on consacre tant d'argent à démontrer scientifiquement un fait que chacun peut vérifier empiriquement dans son salon. Ni pourquoi on ne met pas de chocolat dans les antidépresseurs !

Un peu nauséeuse – il y a malheureusement des effets secondaires –, je bois mon infusion à présent tiède. Il est six heures et demie, mais je n'ai plus très faim. Je me préparerai un croque-monsieur quand mon estomac aura surmonté son overdose de chocolat.

Après m'être resservie une tasse de fenouil, je m'installe devant la télé. Une petite heure plus tard, je commence à avoir faim. Dans la cuisine, je jette un coup d'œil par la fenêtre. Olaf est toujours devant chez moi. Il a trouvé une place pour se garer.

Je glisse un CD de Robbie Williams dans le lecteur et je me mets à chanter à tue-tête tout en me préparant mon croque-monsieur.

— *Come undone !*

La sonnerie du téléphone retentit. Je décroche. Personne. C'était la sonnette de la porte d'entrée. Olaf !

Je n'ai pas besoin de regarder par la fenêtre pour vérifier mon intuition. D'ici, je l'imagine dans son attitude habituelle, une main sur le chambranle de la porte, son long corps un peu penché en avant, impatient.

Je fais comme si de rien n'était. Quand mon portable sonne, un coup d'œil à l'écran me confirme qu'il s'agit bien d'Olaf. J'éteins l'appareil et monte le son de la chaîne stéréo pour ne plus entendre la sonnette.

Toute la soirée, Olaf reste devant chez moi, sonne, s'éloigne, resonne, klaxonne longuement, laisse des messages sur mon répondeur... Quand la nuit tombe, je l'entends enfin démarrer. Soulagée, je prends une longue douche avant de me réfugier dans mon lit. J'ignore si j'aurais réussi à m'endormir en sachant qu'Olaf avait les yeux braqués sur mes fenêtres. Reviendra-t-il demain ? En tout cas, je ne l'attendrai pas ! Je pars pour le week-end ! Je retourne au Helder !

30

Je suis sortie sur le coup de huit heures et demie, avant qu'Olaf n'ait l'idée de s'inviter. J'ai passé une nuit agitée. J'ai rêvé de lui, mais la seule chose dont je me souvienne, c'est que je me suis réveillée en sursaut, le cœur battant, et que ma joue picotait à l'endroit où il m'a giflée. *C'est la première fois, mais c'est aussi la dernière, mon gars !*

Une fois installée dans ma voiture, j'allume la radio et dépose mon thermos de café à mes côtés. J'ai une petite heure de route jusqu'au Helder, et j'ai besoin de ma dose de caféine.

Adieu, Amsterdam ! Le Helder, à nous deux !

La journée s'annonce chargée. Il y a peu de trafic. Heureusement, car je suis trop accaparée par mes pensées pour me concentrer sur la route. Je reste sur la voie de droite et ne dépasse que si c'est vraiment nécessaire, en m'octroyant de temps en temps une gorgée de café.

Peu avant Le Helder, je quitte la voie rapide et emprunte une petite route qui mène au village où s'est jouée mon adolescence. Le développement anarchique des quartiers résidentiels doit donner des cauchemars aux facteurs. Heureusement, je sais encore précisément où habitait Isabel.

Il est tôt – à peine neuf heures et demie –, mais je n'hésite pas une minute. Le jardinet est resté tel qu'il était autrefois, avec une joyeuse profusion de géraniums.

« C'est ici qu'habitent Elsbeth, Luuk, Isabel et Charlotte Hartman », annonce une plaque bordée d'une guirlande de fleurs.

Je la contemple longuement avant d'oser sonner.

Personne. Je n'avais pas imaginé ce cas de figure. C'est stupide. Je suis sur le point de faire demi-tour lorsque la porte s'ouvre sur une petite femme aux cheveux noirs, dans la cinquantaine. Face à son air interrogateur, je reste silencieuse, certaine qu'elle va me reconnaître. Mais elle continue à me fixer sans rien dire, un sourcil haussé.

— Vous ne vous souvenez pas de moi ? Sabine Kroese !

Mme Hartman met une main devant sa bouche, surprise.

— Sabine ? Oh oui ! Maintenant, je te reconnais ! Que fais-tu ici ?

Comprenant sans doute que sa question pouvait paraître impolie, elle ouvre aussitôt la porte en grand.

— Entre, entre ! Ça alors ! Quelle bonne surprise ! Tu passais dans le quartier ?

— En fait, il y aura bientôt une réunion des anciens du lycée...

— Oui, j'ai lu ça dans le journal. Tu y vas ?

— Je ne sais pas encore.

Mme Hartman me précède au salon. Je parcours machinalement la pièce des yeux – entre les meubles sombres, je reconnais le piano derrière lequel Isabel et moi nous nous sommes si souvent assises – avant de m'arrêter sur une photo encadrée au mur. La dernière photo d'Isabel, prise au collège.

— Je peux te proposer une tasse de thé ? demande Mme Hartman derrière moi.

Je me retourne.

— Du thé ? Oui, merci !

Je m'assieds sans y avoir été invitée, contente que Mme Hartman me laisse seule pour se diriger vers la cuisine. A-t-elle besoin de maîtriser ses émotions, elle aussi ? Cela me permet en tout cas de regarder autour de moi et de mettre de l'ordre dans les souvenirs qui m'assaillent.

Mme Hartman revient à petits pas prudents, tenant un plateau sur lequel elle a posé une théière en verre, deux tasses et une coupelle contenant des biscuits. Vite, je déplace quelques revues pour lui faire de la place sur la table du salon. Elle pose le plateau en souriant, mais sa main tremble légèrement lorsqu'elle sert le thé.

— Quelle surprise ! répète-t-elle. J'en suis toute retournée !

— Je passais dans le quartier. Je ne sais pas pourquoi je suis venue ici. Une envie subite...

— Tu as bien fait ! Il y a longtemps que nous ne nous sommes pas vues ! Comment vas-tu ?

La porcelaine fine est plus chaude que le liquide qu'elle contient, et je me brûle la lèvre en prenant une gorgée de thé. Les larmes me montent aux yeux. Mme Hartman m'observe. Un silence tendu s'installe.

Quand nous prenons la parole en même temps, nous éclatons de rire. D'un geste de la main, elle m'encourage à poursuivre. Je lui parle de mes études, de mon travail, de mon appartement à Amsterdam... Chacun de mes mots lui fait mal, je le vois bien, mais elle sourit vaillamment.

Moi, je n'en peux plus. Une minute de plus, et je craque.

— Et vous ? Comment allez-vous ? dis-je enfin en posant une main sur son bras et en plongeant mes yeux dans les siens.

Son sourire disparaît.

— Ah ! lâche-t-elle. Que veux-tu que je te dise ?

Ses yeux brillent. Je resserre mon étreinte.

— Au début, on a encore un peu d'espoir. On se lève le matin en se disant : « Aujourd'hui, peut-être... » Mais au bout d'un moment, on doit faire un effort pour ne pas rester couchée toute la journée et pour remplir toutes ces heures vides d'occupations qui ne riment à rien... J'ai essayé de me ressaisir, pour Charlotte. Mais quoi que je fasse, je pense à Isabel. Quand je vais faire les courses, je la cherche constamment des yeux. Quand on me demande combien d'enfants j'ai, j'hésite. Dois-je dire un ou deux ? Et chaque année revient son anniversaire, et celui du jour où elle a disparu...

Elle se tait. Elle vit dans le passé, la douleur, le désespoir. Sa peine est indescriptible. Indicible.

Nous buvons notre thé, plongées dans nos pensées. Dans son cadre, Isabel nous fixe de ses grands yeux noirs. Je suis comme aimantée par son regard.

— J'ai l'impression qu'elle me regarde, reprend Mme Hartman comme si elle lisait en moi, et qu'elle me dit : « Et alors ? Vous baissez les bras ? La vie continue sans moi ? » Je n'ose rien faire d'agréable. Si je ris ou si je cesse de penser à elle un instant, je me sens coupable.

Je ne sais absolument pas quoi répondre à cela.

— Tant que nous n'aurons aucune certitude, nous continuerons d'espérer qu'un jour, elle surgira devant la porte.

— L'enquête n'a pas progressé ? dis-je.

— Non. Mais la police continue à chercher. Les inspecteurs qui étaient sur l'affaire restent en contact avec nous. Il y a eu un nouvel appel à témoins dans l'émission *Disparus*, à la télé.

— Ça a donné quelque chose ?

— Oui, il y a eu énormément d'appels, mais rien de concret.

— Je suis désolée...

Mme Hartman nous ressert du thé.

— En tout cas, tu vas bien, toi ! J'en suis très contente ! dit-elle, en essayant de prendre une voix enjouée. Cela me fait plaisir de te revoir ! Tu as toujours été d'une telle gentillesse avec Isabel ! Je ne la laissais partir à vélo que parce que je savais que tu l'accompagnais, au cas où elle aurait eu une crise. Je me rappelle qu'à l'école primaire, tu avais lu tout ce que tu avais pu trouver sur l'épilepsie pour pouvoir lui venir en aide. Je lui ai souvent répété qu'elle avait une chance énorme d'avoir une amie comme toi. Tu étais toujours là, fidèle au poste ! Tu veillais sur elle...

— Je me souviens de la fois où nous sommes allées au parc d'attractions avec l'école. Nous avions neuf ou dix ans à l'époque.

Elle sourit.

— Je ne voulais pas qu'Isabel y aille parce que le médecin lui avait déconseillé les émotions fortes. Mais tu m'as juré que vous éviteriez les attractions les plus spectaculaires, que tu lui rappellerais de prendre ses médicaments et que tu ne la laisserais pas seule un instant. Je n'avais même pas à demander, tu prenais toujours les devants.

— Et grâce à ça, vous lui avez donné l'autorisation d'y aller !

— Oui. Le lendemain, votre instituteur m'a dit à quel point tu t'étais bien occupée d'Isabel. Il en était tout attendri.

Le silence retombe. Nous ne nous regardons pas, trop absorbées par les souvenirs douloureux qui flottent entre nous.

— Je pense souvent à elle, dis-je, sans donner d'explication. Quand j'ai lu cet article sur la réunion des anciens, c'est comme si elle avait ressurgi devant moi. À propos, j'ai retrouvé un garçon qui était sorti avec elle.

— Ah oui ?

— Oui, Olaf van Oirschot. Vous vous souvenez de lui ?

— Ce nom me dit quelque chose, mais je dois admettre que je n'étais pas très au courant des fréquentations de ma fille. Elle ne ramenait jamais personne à la maison.

— Elle allait souvent au Vijverhut, non ?

— Oui, je crois. Et aussi au Mariëndal, près des Dunes noires. Enfin, je ne sais pas exactement. Elle était très autonome…

— Et tellement populaire ! À l'époque, la police ne vous a pas posé de questions sur ses amis ?

— Si, si, bien sûr. Elle les a interrogés. Je ne les connaissais pas tous. Je me suis servie de son agenda.

— Son agenda ? Elle ne l'avait pas avec elle le jour de sa disparition ?

— Non, elle l'avait oublié. Il est toujours sur son bureau.

— Vous l'avez gardé ?

— Oui, bien sûr. Il est dans sa chambre. Pourquoi ? Tu voudrais le voir ?

— Oui, j'en serais très heureuse.

Mme Hartman accueille cette réponse sans bouger. Elle semble attendre une explication.

— Je vais être honnête avec vous, dis-je en posant ma tasse sur la table du salon. Pendant des années, je n'ai eu aucun souvenir du jour où Isabel a disparu. Peu à peu, la mémoire me revient. Je pense que j'ai dû refouler, comme disent les psychologues. Pour une raison qui m'échappe, il me semble que le processus est en train de s'inverser.

Une lueur s'allume dans ses yeux.

Attention, Sabine ! Ne lui donne pas de faux espoirs !

— Cela ne veut sans doute rien dire, mais on ne sait jamais. J'essaie de me remémorer un maximum de détails. La police pourra peut-être en faire quelque chose.

Elle demeure immobile sur le bord de sa chaise, laissant errer son regard de la fenêtre à la photo d'Isabel, avant de me fixer droit dans les yeux.

— Je peux t'aider ? demande-t-elle d'une voix douce.

— Oui. Je voudrais voir l'agenda d'Isabel.

— Alors viens !

Nous montons l'escalier. Brusquement, nous sommes devant la porte de la chambre d'Isabel. Je retiens mon souffle. Que suis-je venue chercher ici ? Sa chambre telle que je l'ai vue la dernière fois, peu après notre entrée au collège ? Avec ses posters de stars, son petit bureau croulant sous les papiers, ses livres ouverts sur le sol, et ses petites chaises en rotin où nous échangions nos secrets ?

Mme Hartman ouvre la porte. Nous entrons. Le papier peint n'est pas le même que dans mon souvenir. Aucun livre ne traîne, tous sont soigneusement rangés dans la bibliothèque. Le petit salon en rotin est toujours là. Il y a des fleurs sur la table. Le bureau se trouve toujours contre le mur, près de la porte. Je suppose que les tiroirs sont remplis des cahiers d'Isabel, de ses stylos et de ses autres effets personnels. L'ensemble est ordonné, frais, lumineux, et n'évoque en rien un mausolée.

Mme Hartman ouvre un tiroir du bureau et en sort un agenda épais.

— Il est plein de photos, dit-elle avec un petit rire nerveux. Tu reconnaîtras peut-être certaines personnes.

— Je peux l'emporter ?

— L'emporter ?

— Non, laissez. C'était une demande idiote. Je vais le regarder ici tout à mon aise.

J'aimerais rester seule, mais Mme Hartman s'assied au bord du lit et se met à lire avec moi.

Lentement, je feuillette l'agenda, étudiant soigneusement chaque page. Je passe en revue le répertoire : les noms, les adresses et les numéros de téléphone des élèves de la classe y sont retranscrits de la belle écriture penchée d'Isabel. Plus bas, elle a rajouté les coordonnées de Robin, d'Olaf et de plusieurs garçons que je ne connais pas.

Je les recopie dans mon calepin, en soulignant d'un trait l'adresse d'Olaf.

Puis, j'examine les photos. Isabel rayonnante au milieu d'un groupe de garçons et de filles. Le cliché est pris à l'extérieur, dans un endroit inconnu. Ils se tiennent tous par la taille, comme s'ils faisaient front. Les garçons sont un peu plus âgés que les filles.

Isabel dans un bar avec Robin. Ils n'ont pas l'air contents qu'on les dérange. Isabel qui embrasse Olaf. Isabel dans les bras d'un inconnu. Une photo d'identité d'Olaf. À la page suivante, le visage bronzé d'Olaf, tout sourire, les cheveux mouillés, avec la mer dans le fond.

J'avance jusqu'au 8 mai. Sous les devoirs du jour, Isabel a écrit de sa belle écriture menue : « DN 10 ».

— Qu'est-ce que ça veut dire, DN ?

— Je ne sais pas. La police a d'abord cru qu'elle avait un rendez-vous quelque part à 10 heures avec quelqu'un dont les initiales étaient DN, mais cette piste n'a rien donné. Plus tard, elle a pensé aux Dunes noires, sans aucune certitude.

— Ils ont fouillé les dunes ?

— Oui, avec toute une équipe et des chiens pisteurs. Ils ont même mobilisé un hélicoptère équipé d'un scanner à infrarouge, mais ça ne marche que sur des terrains dégagés : en mer, sur la plage ou dans les dunes. Ils n'ont rien trouvé. Même en marchant à un mètre les uns des autres, les policiers ont très bien pu passer à côté d'elle sans la repérer. Quand on cherche toute la journée, tu sais, la concentration finit par baisser. C'est pour cette raison qu'ils ont recommencé une semaine plus tard, mais là encore, ça n'a rien donné.

Je n'écoute ces explications que d'une oreille, trop occupée à suivre le fil de mes pensées.

325

— Je ne comprends pas pourquoi Isabel aurait eu un rendez-vous à dix heures. Elle était en cours à ce moment-là. Nous ne quittions le collège qu'à treize ou quatorze heures. Je suis certaine qu'elle n'a pas séché.

— Je sais. La police a vérifié. Elle a bien assisté à tous ses cours. Elle avait peut-être rendez-vous à dix heures du soir, mais ça, nous n'en aurons sans doute jamais la confirmation.

Quelle écriture fine et précise... Un trait rectiligne suivi d'un zéro bien arrondi... C'est important, je le sens. J'ai entendu Isabel dire qu'elle avait rendez-vous après les cours, aux Dunes noires. Je ne savais pas avec qui, et je m'en fichais royalement. Comme je voudrais avoir tendu l'oreille à ce moment crucial !

— Dix... dis-je. À quoi ce nombre pourrait-il correspondre ? Est-ce qu'Isabel tenait un journal ?

Mme Hartman secoue la tête :

— Non, ce n'était pas son genre. Elle était beaucoup trop impatiente, beaucoup trop occupée, toujours sur le point de voir quelqu'un ou de faire quelque chose... Elle avait beaucoup d'amis, reprend-elle en souriant. Elle leur consacrait beaucoup de temps. Cela nous a d'ailleurs posé pas mal de problèmes au moment de sa disparition : nous ne savions pas par où commencer les recherches.

Je reviens à la page du 8 mai. Je commence à voir le sens de tout cela... Mon corps se raidit quand enfin je comprends. J'ai toutes les peines du monde à refermer l'agenda, mais je le fais. Inutile de bouleverser Mme Hartman. *Surtout, ne pas lui donner de faux espoirs*, me dis-je une deuxième fois. Je prends mon sac et je me lève.

— Veux-tu encore un peu de thé ?

— C'est très aimable à vous, madame Hartman, mais il faut que j'y aille.

Elle me suit dans l'escalier. Sur le pas de la porte, elle m'embrasse sur les deux joues.

— Je suis bien contente de t'avoir revue, Sabine ! dit-elle avec chaleur.

— Allez, courage !

Elle prend ma main dans la sienne, comme pour me retenir encore un moment.

— S'ils pouvaient la trouver ! dit-elle d'une voix triste. Au fond de mon cœur, je n'espère plus qu'elle soit encore en vie, mais si on la retrouvait, je pourrais enfin lui dire adieu.

Dans son visage prématurément vieilli, ses yeux sont inondés de larmes.

— Oui, dis-je. Vous avez raison. Il faut qu'on la retrouve très vite.

31

Dans la voiture, je me rends compte que mon portable est resté éteint. Je l'allume pour consulter ma boîte vocale. Cinq messages. Tous de ce matin, car j'ai effacé les précédents hier soir.

9 h 11 : « Sabine, c'est Olaf. Je suis devant ta porte, mais apparemment tu n'entends pas la sonnette. Il faut que je te parle. »

9 h 32 : « Je suis allé faire un tour avant de revenir, mais on dirait que tu n'es toujours pas réveillée. Je ne savais pas que tu aimais tant faire la grasse matinée. Où est ta voiture ? Tu es partie ? Appelle-moi dès que tu entends ce message ! Je rentre chez moi. »

10 h 15 : « Sabine ! Appelle-moi ! »

10 h 30 : « Mais où es-tu ? Pourquoi tu n'as pas allumé ton portable ? »

10 h 54 : « Je suis en route pour Le Helder. J'avais envie de faire quelque chose de chouette avec toi, mais pour ça, il faut que tu me rappelles. Où es-tu ? »

Il est tout de même incroyable ! Aucun regret, aucune excuse...

Je consulte ma montre : presque onze

heures. Vite, avant qu'il ne fasse une nouvelle tentative, j'éteins mon portable !

Avec la voix glaciale d'Olaf qui retentit dans ma tête, je roule vers la première adresse que j'ai trouvée dans l'agenda d'Isabel.

De vieilles maisons de maître se dressent le long du canal Prins Willem-Alexander. N'osant pas me garer au bord de l'eau, je laisse ma voiture un peu plus loin.

Au numéro 23, une plaque de cuivre indique « Famille van Oirschot ». Je suis à la bonne adresse. Je sonne. Le son agréable d'un gong résonne dans le couloir. Presque aussitôt, j'entends quelqu'un descendre un escalier et marcher jusqu'à la porte. Celle-ci s'ouvre sur une dame déjà âgée aux beaux cheveux blancs retenus en chignon.

— Vous êtes bien madame van Oirschot ? La maman d'Olaf ?

— Oui.

— Je suis Sabine Kroese, dis-je en tendant la main. La nouvelle petite amie de votre fils.

Elle me serre la main d'un geste léger et gracieux en regardant derrière moi dans la rue.

— Je suis seule, dis-je en souriant. Olaf avait un autre engagement. Je venais au Helder aujourd'hui, et je suis passée par hasard dans votre rue. Je ne sais pas pourquoi je me suis arrêtée. La curiosité, sans doute ! Mais si je vous dérange, n'hésitez pas à me le dire !

— Puisque vous êtes là, dit-elle en souriant, je trouve très sympathique que vous vous soyez arrêtée ! Il ne faut jamais fermer sa porte à l'imprévu. Entrez, Sabine ! Je viens justement de préparer du café.

— Bonne idée ! dis-je en pénétrant à sa suite dans la maison.

— Kroese... dit-elle sans me regarder. Ce nom me dit quelque chose... Ne nous sommes-nous pas déjà rencontrées quelque part ?

— Non.

— Étrange...

Le couloir débouche sur une oasis d'espace et de lumière, le salon. Un parquet ciré, des rideaux de très bon goût dans des coloris pastel, des murs blancs et beaucoup d'antiquités. Les moulures du plafond me semblent authentiques.

— Quelle maison magnifique !

Mme van Oirschot sourit.

— Oui, c'est une belle maison. Je m'y sens bien. Olaf la trouve trop grande pour moi toute seule, mais je n'ai aucune envie de la quitter.

— Vous avez bien raison !

Je prends place dans le fauteuil que Mme van Oirschot m'indique tandis qu'elle s'assoit dans le canapé.

— Le café est en train de passer, reprend-elle. Comme je suis contente qu'Olaf ait enfin trouvé une amie ! Vous êtes ensemble depuis longtemps ?

— Quelques semaines. Pourquoi dites-vous « enfin » ? Olaf a certainement eu plusieurs petites amies avant moi ?

Mme van Oirschot secoue la tête.

— Olaf est un garçon très difficile. Il ne trouve aucune jeune fille à son goût !

— Pourtant, il a beaucoup de succès au bureau, croyez-moi !

Mme van Oirschot sourit.

— À mon avis, cela le laisse de marbre. J'essaie de temps en temps de me renseigner sur ses rapports avec les jeunes femmes – mettez ça sur le compte de la curiosité maternelle –, et ses réponses m'ont toujours laissé peu d'espoir d'avoir un jour une belle-fille. L'une est une bêcheuse, l'autre une m'as-tu-vu, la troisième fait trop grand cas de sa beauté... Il y a quelques mois, il m'a dit : « Apparemment, les filles simples, maman, ça n'existe plus ! Pour flirter, c'est quand tu veux, mais impossible d'avoir une conversation normale. Tout ce qui compte pour elles, c'est de réussir à sortir avec un mec. Une fois qu'elles l'ont eu, elles le laissent tomber au bout de quelques semaines. » Ça ennuie beaucoup Olaf. C'est un garçon sérieux et adorable. Pas un coureur de jupons.

— Mais il a quand même eu quelques amies avant moi ?

— Oui, bien sûr, mais je n'en ai jamais rencontré une seule. Cela s'est toujours terminé très vite. Sa déception était terrible.

— Je les connais peut-être. Comment s'appelaient-elles ?

— Ah ! Ma chère enfant, je n'en ai aucune idée ! Je vous l'ai dit, je n'en ai rencontré aucune. Ah ! Si ! Il y a une exception : Eline

Haverkamp. Une jeune fille charmante, très intelligente. Dommage que ça n'ait pas tenu entre eux. Si vous voulez bien m'excuser, je vais voir si le café est prêt, dit-elle en quittant la pièce d'un pas gracieux.

Je profite de son absence pour écrire le nom de cette jeune fille dans mon calepin.

— Je me demande si je ne connais pas Eline, dis-je quand Mme van Oirschot revient avec un plateau. Elle habite Amsterdam ?

Mme van Oirschot réfléchit, ce qui fait apparaître une légère ride entre ses sourcils.

— Non, d'après moi, elle vit au Helder. Olaf et elle ont fait leurs études ensemble à Amsterdam, mais elle est revenue s'installer par ici. Racontez-moi plutôt comment vous vous êtes rencontrés tous les deux !

La mère d'Olaf sert le café avec élégance avant de me proposer des biscuits au gingembre qui ont l'air délicieux. J'en prends un en repensant aux chocolats infâmes du vieux concierge.

— Au travail, dis-je. Le plus drôle, c'est que nous nous connaissions depuis longtemps. Au lycée, Olaf était très ami avec mon frère Robin.

— Robin Kroese ! Bien sûr ! Voilà pourquoi ce nom me disait quelque chose ! Oui, j'ai bien connu Robin. Alors vous êtes sa sœur ? Comme le monde est petit ! Tu veux aussi du sucre, Sabine ? reprend Mme van Oirschot en maniant la pince. Je peux te tutoyer, n'est-ce pas ? Non, pas de sucre ? Tu as raison, c'est mauvais pour la ligne. Bien que tu n'aies aucun souci à te faire de ce côté-là, tu as une silhouette parfaite !

— Oh ! Vous aussi ! dis-je spontanément. Vous êtes splendide, madame van Oirschot. Je ne vous imaginais pas du tout comme ça.

— Ah bon ? Comment m'imaginais-tu ?

— Heu... dis-je en me sentant rougir. Olaf a parfois un côté un peu brut, alors que vous êtes si... si...

— Je comprends ce que tu veux dire, répond Mme van Oirschot en remuant sa petite cuillère dans sa tasse sans me regarder. Olaf tient ça de son père. Cela étant, c'est un garçon qui a le cœur sur la main. Il vient me voir tous les samedis, dit-elle en s'interrompant brusquement. Tiens, pourquoi n'êtes-vous pas venus ensemble ?

— Comment ça ?

— Il vient déjeuner tous les samedis. Il arrive toujours à midi.

Je jette un coup d'œil à la pendule. Onze heures et demie. Je vide rapidement ma tasse. Plus le temps de biaiser.

— Madame van Oirschot, vous souvenez-vous d'Isabel Hartman ?

— Oui, bien sûr que je me souviens d'elle.

— J'étais dans sa classe.

— Je sais.

Cela me surprend. Cela me surprend même tellement que j'en reste muette. Je ne sais pas exactement ce que j'espère de cette conversation avec la mère d'Olaf. Des informations... Des réponses... Mais pour cela, il faut poser

333

les bonnes questions. Jetant un regard désespéré à la pendule, j'attaque :

— Olaf était fou amoureux d'Isabel, non ?

— Beaucoup de garçons étaient attirés par cette jeune fille. Je ne l'aimais pas. Elle jouait avec leurs sentiments. Elle les séduisait avant de les repousser. J'ai mis Olaf en garde, mais quand on aime, on est sourd et aveugle... Ils sont restés assez longtemps ensemble, jusqu'au jour de sa disparition. Olaf était catastrophé. Je n'ai pas pu lui parler pendant plusieurs semaines.

— Il a été entendu par la police ?

— Bien sûr, mais il n'avait rien à leur dire. Il n'a pas vu Isabel ce jour-là.

— Non ? Je pensais qu'ils avaient rendez-vous dans l'après-midi.

— Olaf avait un examen. Quand il a eu fini, il est rentré directement à la maison. D'ailleurs, je l'ai dit à la police.

— Il n'est pas allé à son rendez-vous avec Isabel ?

— Non. Il est rentré directement à la maison, répond Mme van Oirschot en se redressant.

Elle se métamorphose sous mes yeux. Soudain, il y a dans sa voix une note glaciale qui ne me plaît pas. Elle me regarde comme un prédateur évaluerait la capacité de résistance d'une proie potentielle. Je change de position, consulte une nouvelle fois la pendule et me force à sourire.

— Eh bien, c'était très agréable, mais je dois

partir, maintenant. Un grand merci pour le café !

— Reste assise !

Je sais maintenant de qui Olaf a hérité son regard froid.

Mme van Oirschot se penche légèrement vers moi, exactement comme le ferait son fils :

— Tu n'es pas venue ici uniquement pour échanger des politesses avec moi, n'est-ce pas ?

Au lieu de répondre, je prends mon sac et je me lève, ignorant son ordre.

— Je dois vraiment partir. Au revoir !

Il est midi moins dix.

— Sabine !

Je m'arrête à contrecœur à la porte du couloir. Mme van Oirschot vient se planter devant moi, mais je n'ai pas peur d'elle. Je soutiens son regard. Ce n'est pas cette petite femme toute frêle qui va me retenir.

A-t-elle vu mon expression changer ? Toujours est-il qu'elle reste là, les mains croisées. Le silence pèse une tonne. Quand elle reprend enfin la parole, sa question m'étonne beaucoup.

— Tu es vraiment la petite amie d'Olaf ?

— Non, plus maintenant.

— Est-ce que tu lui as déjà dit que c'était fini entre vous ?

Après une seconde d'hésitation, je fais non de la tête.

— C'est ce que je craignais.

— C'est ce que vous craigniez ? Pourquoi ?

— Je te l'ai dit, Olaf a du mal à garder une petite amie. Je ne sais pas pourquoi. Eline n'a pas su me l'expliquer. Et toi, tu pourrais me le dire ?

Les douze coups de midi retentissent dans la maison.

— Je suis vraiment désolée, mais je dois partir.

Je m'enfuis dans le couloir. Je me bats avec la chaîne avant d'ouvrir enfin la porte. Je m'attends à ce qu'une main se pose sur mon bras, mais je suis déjà dans la rue, en plein soleil.

Une voiture vrombit à ma gauche. C'est la direction que je dois prendre, mais je pars en courant vers la droite, en me contrefichant de ce que peut penser Mme van Oirschot. La voiture s'arrête devant la maison que je viens de quitter.

Je me retourne juste le temps d'apercevoir une Peugeot noire. Les portières restent fermées. Je disparais au coin de la rue, certaine d'entendre une voix prononcer mon prénom derrière moi. Pourtant, tout est silencieux. Pour plus de sécurité, je m'enfonce dans les rues latérales, puis dans une venelle. Enfin, je reprends mon souffle, adossée à une petite remise.

J'attends de m'être calmée pour partir à la recherche de ma voiture, ce qui me prend pas mal de temps. Quand je la trouve enfin, je m'y réfugie et j'actionne aussitôt le verrouillage central des portes.

Je consulte le répondeur de mon portable. Six messages. Je démarre sans prendre le temps de les écouter. Direction : la poste !

32

Des Haverkamp, il y en a toute une flopée dans l'annuaire. Je m'apprête à les essayer un à un depuis le bureau de poste, mais j'ai de la chance dès le troisième appel.

— Eline Haverkamp à l'appareil, dit une jeune femme.

— Bonjour, ici Sabine Kroese. Nous ne nous sommes jamais rencontrées, mais je crois savoir que nous avons une connaissance commune. Olaf van Oirschot.

Silence au bout du fil.

— Vous êtes toujours là ?

— Oui. Qu'y a-t-il avec Olaf ?

— Rien, sauf que je sors avec lui et que...

— Soyez prudente !

— Quoi ?

— Il n'est pas aussi gentil qu'il en a l'air. Je sais de quoi je parle.

— C'est pour ça que je vous appelle. Pourrais-je passer chez vous ?

— Maintenant ?

— C'est très important.

— Bon, d'accord. J'habite le quartier du Schooten. Vous connaissez ?

— Oui, très bien ! Je me trouve à la poste. Je serai chez vous dans un petit quart d'heure.

Je raccroche et je recopie l'adresse d'Eline dans mon calepin. Puis je fonce vers le Schooten, en périphérie du Helder. L'ancien quartier de Mirjam.

La rue d'Eline Haverkamp n'est pas difficile à trouver, et il y a toute la place qu'il faut pour se garer. Je range ma voiture juste devant chez elle. Je ne l'ai pas encore fermée que déjà une jeune femme m'ouvre sa porte en souriant. Nous nous saluons d'une franche poignée de main.

— Bonjour ! dit Eline. Entre ! On se tutoie, d'accord ? Ce sera plus facile. Attention, ne te prends pas les pieds dans les courses, je reviens tout juste du supermarché !

— Tu as acheté des provisions pour toute la semaine ! dis-je en riant.

— Oui, c'est comme ça quand on travaille. Je peux t'offrir un café ?

— Non merci, je viens d'en boire.

Je préférerais qu'elle me propose quelque chose à manger, mais ce ne sont pas des choses qu'on dit. Alors je m'assieds en regardant autour de moi. Assez petit, mais très sympa, le salon est décoré suivant mes goûts : beaucoup de bois blanc, de plantes vertes et une énorme bibliothèque qui occupe tout un pan de mur.

— Bon, écoute, je ne vais pas tourner autour du pot. Fais très attention avec Olaf van Oirschot ! dit Eline en s'asseyant.

Elle allume nerveusement une cigarette avant de poursuivre :

— Je suis restée un an avec lui, mais les six derniers mois ont été un enfer.

— Pourquoi ?

— Oh ! Comment expliquer ? Il se comporte comme un mâle dominant. C'est quelqu'un de très possessif. À partir du moment où nous avons commencé à sortir ensemble, c'est comme si j'avais été sa propriété exclusive. Sa chose... Il voulait que je lui consacre chaque minute de mon temps libre. Je ne pouvais plus voir mes amies sans lui, il fallait qu'il me suive partout. Quand j'avais d'autres projets, il boudait comme un gosse. Il était parfois très bizarre, il cherchait la dispute, il me provoquait, puis il se montrait de nouveau charmant, et ça recommençait. En fait, les seuls moments où ça allait bien entre nous, c'est quand je faisais exactement ce qu'il voulait. Vous êtes ensemble depuis combien de temps ?

— Quelques semaines, mais nous nous connaissions avant.

— Comment tu t'appelles, déjà ?

— Sabine Kroese.

— Je connais un Rob Kroese. C'était un pote d'Olaf.

— Robin. C'est mon frère. C'est par son intermédiaire qu'on s'est connus, Olaf et moi, mais on s'était perdus de vue. On s'est retrouvés par hasard il n'y a pas longtemps, et ça a tout de suite collé entre nous. Mais j'ai toujours eu un drôle de pressentiment, je ne sais pas pourquoi.

— Moi, je sais, dit Eline en tirant sur sa cigarette. Olaf van Oirschot est l'exemple type du beau mec qui se transforme en tyran quand il se croit délaissé.

— C'est grave à ce point ?

— Ça peut le devenir, oui. Plus la relation dure, plus il s'accroche. À ta place, je le quitterais avant qu'il ne devienne violent.

— Violent ?

— Il m'a frappée, dit Eline. Pas fort, mais quand même... Désolée, mais moi, je ne reste pas avec un homme qui me bat. J'ai voulu le quitter après la première gifle, mais ça n'a pas été facile. Il me harcelait, il me téléphonait sans cesse, il ennuyait mes amis pour savoir où j'étais... Finalement, j'ai appelé la police. L'affaire a été jugée au pénal. Il s'est vu interdire de venir dans ma rue. Ça ne l'a pas empêché de continuer à me téléphoner et à m'envoyer des lettres de menace pendant des semaines. Il a fini par me laisser tranquille. Sans doute parce qu'il a rencontré une autre fille.

— Je veux quand même bien une tasse de café, dis-je en m'enfonçant dans les coussins et en m'allumant une cigarette.

Eline sourit d'un air compréhensif et se dirige vers le coin cuisine. Pendant que le café passe, elle s'appuie contre le bar qui sépare les deux espaces.

— Je t'ai fait peur ?

— Non, tu confirmes mes craintes, dis-je. Au collège, j'étais dans la classe d'Isabel Hartman. Ce nom te dit quelque chose ?

— Bien sûr ! Il y avait des affiches partout après sa disparition. Ne me dis pas qu'Olaf est sorti avec elle ?

— Il ne t'en a pas parlé ?

— Non. Étrange...

— D'autant plus que vous êtes tous les deux du Helder.

Eline écrase sa cigarette dans le pot d'une plante.

— J'étais dans la classe d'Olaf, dit-elle. C'est pour ça que je connaissais Robin. Nous avons dû nous croiser souvent, Sabine, mais c'est bizarre, je ne me souviens absolument pas de toi.

— Je n'étais pas très visible, dis-je en souriant. Et puis, j'avais plusieurs années de moins que toi.

— C'est vrai. Tu étais dans la classe d'Isabel ?

— Oui.

— Je me demande pourquoi Olaf ne m'a jamais dit qu'il l'avait si bien connue. Surtout que nous avons regardé ensemble une émission où il a beaucoup été question d'elle.

Eline se tait. Tandis qu'elle réfléchit, je reprends :

— À moi non plus, il n'a rien dit. D'après sa mère, il a été bouleversé quand elle a disparu. Elle m'a dit qu'il ne l'avait pas vue ce jour-là, mais je sais que ce n'est pas vrai. Ils avaient

342

rendez-vous aux Dunes noires. Et puis elle a disparu.

L'air soucieux, Eline sort deux tasses du buffet de la cuisine et verse le café.

— Tu crois qu'Olaf a quelque chose à voir avec cette disparition ? demande-t-elle en apportant les tasses fumantes.

— C'est bien possible. Il est le dernier à l'avoir vue, mais il ne l'a dit à personne.

— Comment es-tu si certaine qu'il ait été le dernier à la voir ?

— D'après l'agenda d'Isabel, ils avaient rendez-vous aux Dunes noires. Je l'ai entendue en parler au lycée, sans savoir qui était le garçon. Puis aujourd'hui, j'ai pu voir son agenda. Le jour du 8 mai, elle avait noté deux lettres : « IO ». Isabel et Olaf !

— Non ! Ce n'est pas vrai !

Nous échangeons un regard qui en dit long.

— Rien ne dit qu'ils se soient vus, objecte-t-elle finalement.

— Isabel avait l'intention de se rendre à ce rancard. Je l'ai vue partir à vélo dans cette direction. J'étais derrière elle. Elle n'a pas pris le chemin habituel pour rentrer chez elle. Elle est allée droit vers les Dunes noires.

Eline souffle sur son café pour le refroidir.

— Ça ne prouve pas qu'elle ait vu Olaf. Il a très bien pu oublier leur rendez-vous.

— Oui, c'est possible. Mais c'est peu probable. Isabel voulait lui parler. Je l'ai entendue en discuter avec ses copines. L'une d'entre elles a dit : « Il ne sera pas content », et elle a répondu : « Eh bien, c'est dommage ! » Je pense qu'elle voulait le larguer, dis-je en prenant une gorgée de café.

— Et ça, quelqu'un comme Olaf ne le supporte pas. Franchement, Sabine... Je pense que tu dois prévenir la police.

Pour mettre de l'ordre dans mes idées, je décide d'aller faire un tour au parc où je me suis si souvent baladée, mes tartines à la main, au temps du collège. Les sentiers qui serpentent autour de l'étang et entre les pelouses soigneusement entretenues ont toujours eu un effet apaisant sur moi.

Le parc me tend les bras. Quel silence ! Quelle sérénité ! Pourtant, un coup d'œil aux briques rouges de la cité scolaire suffit à me donner un sentiment de culpabilité, comme si j'étais une ado en train de sécher les cours.

Cette époque est révolue depuis longtemps. Aujourd'hui, j'ai vingt-quatre ans, je travaille, j'ai des trous de mémoire et un petit ami à qui je ne fais plus confiance. Suis-je plus avancée qu'à l'époque ? Que dois-je faire ? Aller trouver la police ? C'est mon devoir, maintenant que j'ai compris la signification des initiales dans l'agenda d'Isabel. Mais qui me prouve que le O désigne bien Olaf ? Je ne vois aucun autre garçon dont le prénom commencerait par un O, mais je ne connaissais pas non plus toute la ville. Et d'ailleurs, pourquoi faudrait-il chercher un prénom de garçon ? Il y avait au moins une Olga au collège...

À la croisée des chemins, j'hésite : l'un mène à la partie sombre du parc, l'autre vers les pelouses ensoleillées. Je choisis la lumière. Le visage tourné vers le soleil, je prends place sur un banc.

Un homme se promène avec son chien au bord de l'étang. Il joue à lancer un bâton, que le chien attrape en aboyant. Quand le morceau de bois tombe dans l'eau par accident, le chien plonge sans hésiter entre les nénuphars. Le rire de l'homme roule sur la pelouse. C'est un rire qui ne m'est pas étranger.

J'observe plus attentivement l'homme au chien. Il a mon âge, ou à peu près, mais il est trop loin pour que je puisse distinguer ses traits. Quand il part dans la direction opposée, je me lève et j'entreprends de le suivre avec une nonchalance feinte. Il porte une veste en jean. Il a une assez belle carrure, mais il n'est pas très grand et, surtout, il y a cette masse de cheveux noirs... Sa façon de marcher les mains dans les poches m'est également familière, et pourtant, je ne le reconnais vraiment que lorsqu'il s'arrête au milieu du sentier pour se retourner vers son chien parti flairer une piste dans les bosquets.

Mon cœur s'arrête. Il a vieilli de quelques années et ses cheveux noirs ne lui tombent plus dans les yeux, mais je le reconnaîtrais entre mille. J'ai tellement pensé à lui ces derniers temps que son apparition subite semble relever du miracle. Bart !

33

Nos regards se croisent. Le parc entier retient son souffle. Les arbres bruissent de murmures apaisants, quelques oiseaux gazouillent en sourdine, les rayons du soleil filtrés par le feuillage nous caressent la peau.

Bart! C'est bien lui. J'enregistre chaque détail de son visage... Le bleu de ses yeux... Son casque de cheveux noirs... Il est plus petit que dans mon souvenir, à peine une tête de plus que moi. Soudain je me revois enfiler des chaussures sans talon pour ne pas le dépasser.

Me reconnaît-il? En tout cas, il me regarde très longuement, beaucoup plus longtemps que ne le ferait un simple passant. Je devrais lui adresser la parole, mais je ne suis pas certaine de pouvoir maîtriser ma voix. Et puis j'ai peur qu'il ne s'agisse que d'un rêve et qu'il s'évanouisse quand je tendrai la main pour le toucher.

Bart amorce un mouvement, non pas dans ma direction, mais dans celle de son chien. Il tape plusieurs fois sur sa cuisse pour le rappeler, et je comprends qu'il a l'intention de s'éloigner. Alors je lui barre le passage en esquissant un pauvre petit sourire.

— Salut !

C'est le sésame qui ouvre sa mémoire. À moins qu'il ne reconnaisse ma voix. En tout cas, il s'arrête et me rend mon sourire.

— Sabine !

— Salut ! Tu ne me reconnaissais pas ?

— Je n'étais pas sûr. Et puis tu as souri.

Le chien me regarde avant de partir explorer les bosquets comme s'il comprenait que son maître n'était pas prêt à s'occuper de lui. On est loin des retrouvailles romantiques dont j'ai si souvent rêvé. Nous restons plantés là, à nous sourire maladroitement. Plus cela dure, plus mes sentiments d'autrefois reprennent corps... Pour le dire franchement, je suis retombée folle amoureuse de lui en une fraction de seconde.

— Quelle surprise de te rencontrer ici, finit-il par dire. Je viens au parc tous les jours avec Rover, mais je ne t'ai jamais croisée.

— Je n'habite plus ici. Je vis à Amsterdam.

— Ha ha ! La grande ville ! Et qu'est-ce que tu y fais de beau ?

— Je travaille comme secrétaire.

Brusquement, cela ne sonne pas aussi glamour que je le voudrais.

— Ha ha ! répète-t-il.

Le chien revient vers nous, tenant dans la gueule un bâton qu'il jette aux pieds de Bart, puis il renifle ma main et glisse son museau entre mes jambes.

Bart le saisit par son collier et l'écarte de moi avec un petit rire gêné.

347

— Rover, arrête, mon chien ! Ce ne sont pas des manières, ça ! On fait quelques pas ? Sinon, il ne va pas nous lâcher.

Nous avançons sur le sentier qui mène à la partie ombrageuse du parc. Une sorte d'intimité se recrée aussitôt entre nous, et je ne comprends pas pourquoi j'ai eu tant de mal à l'aborder il y a quelques minutes à peine. Malgré cela, nous restons embourbés dans la conversation convenue de deux amis qui se sont perdus de vue depuis longtemps.

— Et toi, que fais-tu ? Je suppose que tu vis toujours au Helder ? dis-je en feignant l'intérêt.

En fait, je ne dois pas beaucoup me forcer, même si je préférerais lui poser tout de suite la question qui me brûle les lèvres : a-t-il une femme et des enfants ?

— Oui, j'habite tout près. Je suis journaliste au *Noordhollands Dagblad*.

— Tu as réussi ! dis-je en me réjouissant pour lui.

— Oui, dit-il en donnant un coup de pied à un caillou. C'est ce que j'ai toujours voulu faire. Et toi, comment vas-tu ? Amoureuse, fiancée, mariée ?

— Aucun des trois, dis-je, heureuse de ne pas avoir à mentir, heureuse d'être libre, prête à répondre à ses avances.

Je nous imagine déjà dans un petit restau sympa du port, penchés l'un vers l'autre. Il a posé sa main sur la mienne et...

348

Le chien court vers nous. Bart l'arrête en riant, ce qui me donne l'occasion de voir sa main gauche. Difficile de nier l'anneau d'or qui brille à son annulaire.

— Eh bien, dis-je, déçue. Tu as donc fait ton nid ici. Un chien, un chouette boulot, une femme, des enfants...

Ma voix monte, vaguement interrogative.

— Ouais, se contente-t-il de dire.

— Comment ça, ouais ? N'est-ce pas ce à quoi tout le monde aspire ? Enfin, pas tout le monde, certaines personnes ne sont pas faites pour ça, ou ne sont pas encore prêtes... Les jeunes mettent de plus en plus de temps à s'installer, hein ? Les femmes ont des enfants plus tard, passé la trentaine...

— Je suis en instance de divorce.

J'en reste muette.

— Ah ? dis-je en essayant de ne pas trop montrer à quel point cette nouvelle me ravit.

Bart n'a pas l'air particulièrement enchanté, il semble au contraire très affligé. Franchement, je suis une belle égoïste, de me féliciter de l'échec de son couple ! Comme s'il allait automatiquement renouer avec moi ! Si ça a cassé entre nous, c'est qu'il y avait une raison.

— C'est triste ! dis-je en posant la main sur son bras comme pour le consoler.

Je me fais l'effet d'être une belle hypocrite, mais Bart me sourit.

— Tu as des enfants ?

Je prie pour qu'il réponde par la négative.

349

— Une petite fille. Elle a sept mois. Nous avons décidé que Kim resterait avec sa mère, mais elle passe les week-ends avec moi et j'essaie de la voir le plus souvent possible en semaine.

Il y a une telle tristesse dans sa voix que j'ai l'impression de m'enfoncer sous terre. Pourtant, mon cœur s'emballe. Une toute petite fille, encore un bébé ! Je la veux bien ! J'adore les tout jeunes enfants. Elle m'appellerait tata Sabine... Elle m'adorerait... Quand elle grandirait, nous l'emmènerions au parc d'attractions, et nous passerions le week-end suivant à deux, en amoureux...

Comme je voudrais que ce soit possible ! Comme je le voudrais !

Plus nous progressons dans le parc, plus Bart me confie sa souffrance et son chagrin, plus je m'attache à cette hypothèse, plus je me convaincs que nous pourrions vivre ensemble. Je le sauverais de lui-même, oui, je serais celle qui lui offrirait le refuge de ses bras, je serais son grand amour et lui, à son tour, me sauverait de moi-même. Nous avons tellement besoin l'un de l'autre !

— Je dois y aller, dit soudain Bart. J'étais en congé ce matin, mais maintenant je dois aller bosser au journal. Dire que je ne sais même pas ce qui t'amène au Helder aujourd'hui !

— C'est une longue histoire, dis-je en souriant.

Ah ! S'il pouvait lire dans mes pensées et

m'inviter à dîner ce soir sur le port, pour que je lui explique tout ! Mais il consulte sa montre avec nervosité avant de réprimer un juron parce que Rover vient de faire un plongeon impressionnant dans le fossé.

— Ah non ! Ce n'est pas le moment ! marmonne-t-il. Rover ! Au pied ! Viens ici immédiatement !

Le chien prend un malin plaisir à s'ébrouer juste à côté de nous.

— Je suis content de t'avoir revue, Sabine, dit Bart en me faisant la bise. J'aurais aimé parler plus longuement avec toi, mais bon...

— Eh oui ! Le travail avant tout, pas vrai ?

Je pense tout le contraire, évidemment. Il y a selon moi des cas de force majeure, mais ce n'est pas à moi de le lui dire.

— Au fait...

— Oui ?

— Tu n'aurais pas l'intention d'aller à la réunion des anciens ? Tu sais que le lycée organise une soirée ?

— Oui, je l'ai lu dans le journal, dis-je en voyant la manœuvre à trois mètres.

Ce n'est pas exactement ce que j'avais en tête, mais c'est mieux que rien.

— Et tu y vas ?

Je crois sentir une légère tension dans sa voix.

— Bien sûr ! Ce sera chouette !

— Génial ! On pourra continuer à bavarder ! dit-il avec enthousiasme. Je suis content de t'avoir revue, Sabine. Il faut vraiment que tu viennes à cette soirée !

— Oui, dis-je. Absolument !

Nous nous refaisons la bise. Nous échangeons encore un petit salut de la main et un grand sourire avant de nous séparer. Puis je me détourne, mais je regarde aussitôt par-dessus mon épaule pour lui faire un dernier signe. Il me rend mon salut avant d'attacher Rover à sa laisse et de s'éloigner en le tirant derrière lui. Je n'ose pas me retourner une deuxième fois, même si je brûle d'envie de savoir s'il me regarde partir. Si je veux le revoir, je sais ce qu'il me reste à faire : aller à cette fichue soirée.

34

Les réunions d'anciens élèves ont certainement été inventées par des gens qui régnaient autrefois sans partage sur la cour de récré et qui ne se consolent pas que cette époque bénie soit bel et bien révolue. Tout ce qu'ils veulent, c'est revenir sur le lieu de leurs forfaits et renouer avec leur gloire d'antan. Bien sûr, le soir dit, ils veillent à s'entourer de leur ancienne cour et à maintenir à l'écart les exclus d'alors. Enfin, c'est ce que je suppose.

Dans ce cas, qu'est-ce qui peut bien attirer les laissés-pour-compte à ce type de manifestation ? Qu'est-ce qui leur donne envie de se plier de nouveau aux règles de ce jeu dégradant ? Serait-ce parce qu'ils ont changé ? Parce qu'ils ne se considèrent plus comme des perdants ? Parce qu'ils veulent étaler leur réussite et leur confiance toute neuve pour clore en quelque sorte la parenthèse et oublier cette période ?

Le grand jour est arrivé. Nous sommes le samedi 19 juin, peu avant la grande transhumance estivale. Je reviens au Helder en me demandant ce que serait devenue Isabel, quel look elle aurait, quelles études elle aurait choisies... Elle aurait de toute façon continué à en imposer à tout le monde : il y a des choses immuables. Mais moi, j'ai changé. Et si elle avait encore été en vie, je serais malgré tout allée à cette réunion.

Cette pensée me prend totalement au dépourvu. Prenant un bonbon dans le sachet posé sur le siège du passager, je m'interroge soudain : aurais-je vraiment réussi à m'affranchir d'Isabel ? Peut-être...

Pour résister à certaines personnes, il faut les empêcher de vous atteindre trop profondément, de vous toucher, de vous blesser. On finit par reconnaître celles qui peuvent vous faire du mal. On essaie de ne plus répéter les mêmes erreurs et de se protéger.

Il est déjà plus de dix-neuf heures. Le soleil baigne le sommet des dunes d'une splendide lumière orangée. Les champs de tulipes semblent rêver sous ses derniers rayons. Je me souviens des journées entières passées à cueillir ces fleurs, un job de vacances que j'avais commencé avec Isabel. Au mois d'août, il y avait la fête foraine. L'été de nos treize ans, Isabel et moi, nous allions traîner entre les baraques. À la fin d'une de ces soirées, nous avions passé un temps fou à chercher nos vélos, écœurées par la barbe à papa et nos virées en autos tamponneuses. Il était dix heures du soir, mais il faisait encore clair. Le vélo d'Isabel avait disparu. Nous l'avons cherché pendant au moins une heure, en vain.

Nous étions complètement découragées lorsqu'elle a repéré un garçon qu'elle connaissait, prêt à quitter la fête sur son cyclomoteur. Elle a engagé la conversation et, peu après, il l'emmenait sur son porte-bagages. Il était déjà onze heures. Quelques ivrognes qui zigzaguaient entre le stand de tir et la grande roue m'ont repérée et ont marché dans ma direction. J'ai grimpé sur mon vélo sans demander mon reste et j'ai pédalé de toutes mes forces le long du Lange Vliet dans le noir total. Chaque fois qu'une voiture ou un cyclomoteur me dépassait, mon cœur battait à tout rompre. Bien sûr, j'aurais mieux fait d'appeler mon père ou Robin pour qu'ils viennent me chercher, mais je n'y avais pas pensé, tellement j'étais sidérée que ma meilleure amie m'ait ainsi laissée en rade alors que je l'avais aidée à chercher son vélo.

On pourrait dire que j'étais trop dévouée. Ma mère a bien tenté de me rendre plus forte et de m'inculquer un soupçon d'égoïsme, mais pour moi, une amie était une amie, quelqu'un à qui on pardonnait tout. Encore et encore.

Je gare ma voiture le long du parc où j'ai rencontré Bart quelques jours plus tôt. Maintenant que le lycée se dresse devant moi, je n'ai plus aucune envie d'aller à cette réunion. Seule la perspective de revoir Bart me retient de tourner les talons et de rentrer immédiatement à Amsterdam.

J'ouvre la portière avec un profond soupir.

Bon sang, quel look d'enfer! me dis-je en posant une jambe bronzée sur le trottoir. Je porte une jupe neuve en daim et un très joli petit pull dans un dégradé de roses qui met parfaitement en valeur ma peau dorée par le soleil. Mes cheveux sont retenus en arrière par une pince. Un dernier coup d'œil dans le rétroviseur. Oui, je suis contente de moi. Voilà qui me change. Je me dirige vers l'entrée principale, rassérénée. *Ils vont voir ce qu'ils vont voir!*

Malheureusement, mon entrée ne fait pas grande impression. J'arrive beaucoup trop tôt. La salle est encore presque vide. En passant rapidement en revue les quelques personnes présentes, je ne reconnais aucun visage.

Je déambule quelques minutes, je regagne le hall, je lis même le tableau d'affichage pour voir si j'y trouve encore des noms de profs que je connais... Pour tuer le temps, je vais m'enfermer aux toilettes. D'où je suis, j'entends la salle se remplir d'une rumeur familière qui me ramène des années en arrière. Les graffitis sur la porte des W-C insultent des élèves d'aujourd'hui. Mon cœur saigne pour eux.

Je sors de ma retraite, me passe les mains sous l'eau froide et vérifie mon maquillage. Rien à faire, tout est parfait. *Les épaules en arrière, les seins en avant! Vas-y, Sabine! Fonce!*

Après avoir pris une profonde inspiration, je quitte mon refuge. La salle se remplit lentement de jeunes adultes qui errent tous avec la même expression vaguement nostalgique. Je reconnais Mirjam Visser, même si elle a pas mal grossi. Elle rit d'un rire forcé, mais, bon sang, qu'est-il arrivé à ses dents ? On dirait un cheval ! Je me félicite d'avoir porté ce fichu appareil dentaire qui m'avait valu tant de quolibets à mon entrée au collège.

J'observe chaque nouveau venu avec le même œil acéré. Je reconnais presque tout le monde, mais c'est sans doute parce que je m'attends à les trouver ici. Dans la rue, je passerais à côté d'eux sans les voir. Je cherche Bart, en vain. Il ne va quand même pas me laisser tomber ? C'est que je suis venue rien que pour lui, moi !

— Sabine Kroese ? C'est toi ?

Une main se pose sur mon épaule. Je me retourne instantanément. Mes yeux plongent dans ceux d'une jeune femme inconnue.

— Oh, salut ! dis-je en esquissant un sourire.

— Je pensais bien que c'était toi, mais je n'en croyais pas mes yeux. Tu es... Tu as tellement changé ! Dis donc, c'est une idée géniale, cette réunion des anciens ! J'ai très envie de revoir tout le monde ! Tu as déjà repéré qui ?

— Euh... Toute la bande, à peu près.

— Bart de Ruijter est là, me confie l'inconnue. Je viens de lui parler. Vous ne sortiez pas ensemble, à l'époque ? Il est resté beau gosse, c'est incroyable !

Au lieu de perdre mon temps à lui demander

comment elle sait que nous étions ensemble, Bart et moi, je le cherche des yeux.

— Bart ? Où est-il ?

La fille que je n'ai toujours pas reconnue indique un endroit de la salle à présent bondée.

— Près du bar. Bon, je continue mon petit tour. À mon avis... Oui ! Là ! C'est Karin ! Comment est-ce possible ? Karin ! Karin !

Pendant qu'elle s'éloigne en criant et en faisant de grands gestes, je me faufile jusqu'au bar.

Il y a beaucoup de monde, mais Bart n'est plus là. Je commande un verre de vin, me retourne et tombe nez à nez avec Mirjam.

— Salut ! s'exclame-t-elle. Sabine, c'est ça ? Je suis surprise de te voir ici.

— Je n'aurais raté ça sous aucun prétexte !

J'ai repéré Bart dans la foule, mais il ne me voit pas. J'essaie en vain d'attirer son attention. Il disparaît de nouveau.

— Tu as vu quelqu'un ? me demande Mirjam.

Elle porte une jupe bleue et une veste assortie décorée d'un énorme nœud au revers. Elle doit trouver cela charmant, alors qu'elle ressemble à un œuf de Pâques.

— Bart, dis-je. Bart de Ruijter !

Son visage exprime successivement tous les degrés du ravissement, de l'étonnement, puis de la raillerie, comme si elle se demandait ce que je peux avoir de commun avec Bart de Ruijter. Bon sang ! Comme ce serait bien s'il arrivait derrière moi et passait un bras autour de mes épaules ! Mais je ne le vois plus nulle part. Si nous ne voulons pas jouer à cache-cache toute la soirée, il va falloir que je parte à sa recherche.

— Salut ! dis-je à Mirjam, l'interrompant au beau milieu d'une anecdote dont je n'ai pas écouté un traître mot.

Je regarde de tous côtés, me hisse sur la pointe des pieds, me tords le cou. Olaf ! Nos regards se croisent un instant, mais je feins de ne pas l'avoir remarqué avant de me faufiler à travers la foule dans la direction opposée.

Enfin, j'aperçois Bart. Il fume une cigarette devant l'entrée avec quelques anciens de sa classe que je ne connais pas. Mes vieilles peurs se réveillent. Je m'arrête net. Il est arrivé, l'instant fatidique où je dois m'avancer vers lui d'un pas décidé, poser une main sur son bras, rayonnante, et m'exclamer d'une voix ferme : « Bart ! Comme c'est sympa de te revoir ! »

Mais ce n'est pas possible, pour la simple et bonne raison que je ne suis pas suffisamment sûre de moi. Il risque de me jeter un regard blasé et j'aurais l'air ridicule.

En me retournant, j'aperçois Mirjam sur la dernière marche qui mène à la salle. Elle scrute l'assemblée, et ses yeux s'arrêtent sur Bart. Son expression arrogante dès qu'elle m'a repérée me ramène neuf ans en arrière. Et soudain, elle n'est plus seule à me toiser. Quoi qu'il soit arrivé à Isabel, elle est là, à côté de

Mirjam, et elles se moquent toutes les deux de moi, unies dans leur mépris.

Je détourne les yeux. Et là, je vois la jeune fille, cachée dans un coin. Le dos voûté, le visage tendu vers Bart, comme un chien qui quémanderait une caresse.

Sors de là ! Redresse la tête ! Montre qui tu es ! lui dis-je.

Elle détourne les yeux. J'aurais envie de la secouer violemment, mais, en même temps, je suis prise d'une immense compassion pour elle.

Quelqu'un me bouscule et renverse du Coca sur mes chaussures. Cela suffit à me faire reprendre mes esprits. Je me dirige vers la porte d'un pas décidé.

— Salut, Bart ! dis-je en posant une main sur son bras et en lui adressant mon sourire le plus charmeur.

Il est toujours en grande conversation avec ses anciens potes, mais son visage s'illumine dès qu'il m'aperçoit.

— Sabine ! s'exclame-t-il.

Il plaque trois bises sonores sur mes joues et m'attire vers lui.

J'espère que tous les regards sont braqués sur nous.

— Je te cherchais, murmure-t-il à mon oreille. Il y a du monde, hein ?

— Beaucoup trop, dis-je, heureuse de sentir son souffle sur ma joue.

— On s'en va ? propose-t-il.

— On s'en va.

Il me prend par le coude et me guide vers la sortie. Ni lui ni moi n'avons pris de veste par cette chaude soirée. Je me retourne une fraction de seconde, le temps d'entrapercevoir Olaf. Depuis la porte, il m'observe avec une expression qui me fait froid dans le dos.

35

— Enfin de l'air ! dit Bart.

Il a lâché mon épaule. Nous marchons vers les voitures. Je m'interroge sur ses intentions. Il ne va quand même pas rentrer chez lui ?

— Je ne comprends pas ce que je suis allé faire là-dedans ! s'exclame-t-il.

— Tu n'étais pas content de revoir tout le monde ? Tu dois avoir un tas de bons souvenirs du lycée, non ?

— Oui, mais c'était il y a neuf ans ! Je n'ai jamais revu la plupart de mes copains. Je suis seulement resté en contact avec deux d'entre eux. Franchement, je n'avais pas besoin de cette réunion ! Tout était écrit à l'avance. On dit quelques mots à l'un et à l'autre, en vitesse, et ça ne va pas plus loin, parce qu'il y a trop de personnes à qui parler en même temps. Alors, soit on reste superficiel avec tout le monde, soit on a une vraie conversation avec seulement un ou deux potes.

Prenant un ton blasé, il se parodie :

— Oui, je te jure, je vis toujours au Helder. Je suis journaliste au *Noordhollands Dagblad*. Marié, divorcé, un enfant. Oui, c'est difficile.

Quoi, qu'est-ce que tu dis ? Tu as reconnu quelqu'un ? Où ça ? Non, c'est pas vrai ! Ça alors ! Salut, Peter ! Comment ça va ? Oui, je vis toujours au Helder. Comment je vais ? Eh bien... que veux-tu que je te dise ? Marié, divorcé, un enfant...

J'éclate de rire.

— Je préfère me réserver pour la personne avec qui j'ai vraiment envie de parler, reprend-il. Qu'est-ce qu'on fait, Sabine ? Tu veux qu'on aille boire un verre en ville ?

Une brise légère me caresse la joue. Ai-je vraiment envie de m'enfermer dans un café ? Ne serait-il pas plus agréable de profiter des derniers rayons du soleil ?

— J'aimerais plutôt aller faire un tour sur la plage. Les terrasses doivent encore être ouvertes, non ?

— Bonne idée ! On fait ça !

— Ta voiture ou la mienne ?

— Je suis venu à pied. J'habite à deux rues d'ici.

— Eh bien, la mienne, alors, dis-je en indiquant ma Ford Ka grise. Elle n'est pas bien grande, mais si je rentre dedans, toi aussi.

La plage est à peine trop éloignée pour que nous nous y rendions à pied. En voiture, nous y sommes en deux minutes. La plupart des gens sont rentrés chez eux. Il ne reste plus sur la plage que quelques personnes qui apprécient la tranquillité.

— Si j'avais su, j'aurais pris mon maillot,

dis-je. Comme il fait bon ! L'eau doit être divine.

— Ils auraient dû écrire sur l'invitation : « N'oublie pas tes affaires de bain ! »

— « Et ta bonne humeur ! »

Nous éclatons de rire.

La digue offre une vue splendide sur la mer. Le soleil descend à l'horizon dans une débauche de rouges et d'orangés.

— Waouh !

— Tu as eu une bonne idée, dit Bart en cherchant ma main.

Il la serre très fort dans la sienne. Juste au moment où je commence à rire, un peu gênée, il se met à dévaler la dune en me tirant derrière lui. Je pousse un cri avant de le suivre à grandes enjambées. Il accélère tellement que je trébuche. Il se laisse tomber sur moi et nous roulons l'un sur l'autre jusqu'au pied de la dune. Nous nous relevons tout essoufflés en crachant du sable. J'ai à nouveau quinze ans.

— Ça ne se passe pas comme ça dans le film ! dis-je.

— Ça dépend quel film !

Il passe un bras autour de mon cou et approche son visage tout près du mien.

— Une comédie ou un film romantique ? Qu'est-ce que tu préfères ?

Je regarde le bleu intense de ses yeux, un bleu que je n'ai jamais réussi à chasser tout à fait de ma mémoire.

— Un film romantique, dis-je dans un murmure.

— Ça tombe bien, je t'en offre un, chuchote-t-il en se penchant vers moi pour m'embrasser.

Il dépose des petits baisers sur une lèvre, puis sur l'autre, puis sur toute ma bouche. Chaque fois que je veux répondre, il se retire. Puis il m'embrasse dans le cou avant de remonter peu à peu vers mes lèvres. Et d'y rester. Bien décidée à ne plus le laisser s'éloigner, je l'emprisonne dans mes bras et je lui rends ses baisers avec toute la force de persuasion dont je suis capable.

Maintenant, je sais ce qui me manquait avec Olaf. Maintenant, je sais ce qui différencie deux baisers. Je me contrefiche que des passants se retournent vers nous en souriant. J'ai retrouvé Bart. J'ai retrouvé Bart ! Le monde entier peut s'effondrer et disparaître à jamais sous le sable.

Nous finissons par nous lâcher, car il nous faudrait un peu plus d'intimité pour faire ce que nous avons envie de faire, et nous restons assis l'un contre l'autre, les yeux dans les yeux.

— Neuf ans ! s'exclame Bart. Je n'arrive pas à le croire ! Mais ça y est, tu es là ! Enfin !

D'un doigt rêveur, je suis les contours de son visage.

— J'ai tellement pensé à toi... dis-je.

Il embrasse mon doigt.

— Moi aussi. J'ai vraiment eu mal quand ça a cassé entre nous.

— Pourquoi as-tu rompu, alors ? Pourquoi m'as-tu quittée ?

Je ne voulais rien lui demander, mais les mots sont sortis d'eux-mêmes.

Bart me dévisage, surpris.

— Pourquoi je t'ai quittée ? C'est toi qui as rompu ! C'est toi qui ne voulais plus me voir !

— Ce n'est pas vrai !

— Si, c'est vrai ! Je passais chez toi tous les jours, je lançais du gravier contre ta fenêtre, je sonnais, mais tu ne m'ouvrais pas. Tu passais la tête dehors, tu faisais non, et voilà. Tu refusais même de me parler ou de m'expliquer. Finalement, c'est Robin qui m'a dit que tu ne voulais plus me voir.

Je me dégage et prends ma tête dans mes mains.

— Ce n'est pas vrai ! Ce n'est pas vrai !

— Tu ne t'en souviens pas ?

Je secoue la tête, en proie à une migraine aussi soudaine qu'horrible.

— Non, je ne m'en souviens pas. Vraiment pas. C'est moi qui ai rompu ? Tu en es sûr ? Pourquoi j'aurais fait ça ?

Bart me fixe toujours avec incrédulité.

— Comment peux-tu l'avoir oublié ?

— J'ai oublié tellement de choses ! dis-je en frottant le sable de ma jambe. Beaucoup trop. Je ne sais pas comment cela se fait, mais j'ai d'énormes trous de mémoire.

— Des trous de mémoire ? Depuis quand ?

— À peu près depuis le moment où Isabel a disparu. Mais je pensais qu'ils ne concernaient que sa disparition. J'ignorais que j'avais aussi oublié des morceaux de notre histoire à nous.

Je le regarde, pour être certaine qu'il me croit.

— C'est vrai que c'était une drôle de période. Il s'est passé tellement de choses... Le bac, la disparition d'Isabel, les interrogatoires de la police, les médias... Le bahut était sens dessus dessous. Et là-dessus, toi qui me quittes... C'est comme si j'avais perdu toutes mes certitudes du jour au lendemain.

J'étudie attentivement son visage familier. Après le désir et l'amour, j'y lis tant de souvenirs, tant d'émotions !

— Quand est-ce que j'ai rompu ? Au moment de la disparition d'Isabel ?

— Oui, la même semaine. Du jour au lendemain, tu n'as plus voulu me voir. Je n'ai jamais compris pourquoi.

Un sentiment de culpabilité m'envahit, mais je ne comprends toujours pas. Pourquoi ai-je fait ça ? Pourquoi ai-je quitté le garçon que j'aimais plus que tout au monde ?

— J'ai lu plusieurs livres sur le fonctionnement de la mémoire, dis-je d'un ton hésitant, craignant qu'il me croie folle. Je ne sais pas très bien comment ça marche, mais c'est comme si l'esprit décidait d'oublier certaines choses pour se protéger. Enfin, quand je dis qu'il décide, ce n'est pas tout à fait vrai, car il s'agit d'un processus inconscient. Je pense, non, je suis convaincue que c'est ce qui m'est arrivé. J'ai dû voir ou entendre quelque chose de trop terrifiant pour moi. Pour pouvoir continuer à vivre, je l'ai relégué dans un coin

367

très éloigné de ma mémoire. Mais ce quelque chose est toujours là. La preuve, de temps en temps, des bribes de souvenirs me reviennent.

— À propos du harcèlement dont tu étais victime ?

— Non, ça, étrangement, je m'en souviens assez bien. Ça concerne la disparition d'Isabel.

— Comment ça ?

— C'est difficile à expliquer, parce que je n'ai aucune image précise. C'est plus... une sensation diffuse...

Bart s'allonge dans le sable, les mains sous la nuque.

— Tu sais, je suis convaincu que la mémoire fonctionne comme tu le dis. N'aie pas peur, je ne pense pas que tu es folle ! Je suis à cent pour cent avec toi !

C'est tellement bon de pouvoir parler à quelqu'un qui vous comprend et qui connaît les protagonistes de l'affaire !

— Je suis aux Dunes noires, à vélo, dis-je, et je vois quelqu'un marcher devant moi. Soudain, cette personne n'est plus là, elle a disparu. Je continue, puis je rebrousse chemin. J'ai sans doute remarqué quelque chose, mais je ne sais pas quoi. Je descends de vélo et j'entre dans le bois, très prudemment, comme si je sentais qu'il se passait quelque chose que je ne pouvais pas voir. J'arrive à une clairière. En fait, c'est plutôt l'endroit où le bois s'arrête et où les dunes commencent. Je reste cachée derrière les arbres.

Je me tais. Je frotte encore un peu de sable collé à ma jambe.

— Et alors ? Qu'est-ce que tu vois ? demande Bart en posant une main sur mon bras.

— Rien. Je suis aveuglée par le soleil. Je cligne des yeux, mais rien n'y fait. Mon souvenir s'arrête là.

Je regarde les vagues s'écraser sur la plage.

— Pour être honnête, je ne suis pas sûre qu'il s'agisse d'un souvenir, dis-je après un silence. C'est peut-être un tour que me joue mon imagination.

Bart se couche sur le côté, en appui sur un coude.

— Mais au fond de toi, tu crois dur comme fer avoir été témoin de quelque chose d'horrible. Quelque chose qui est arrivé à Isabel, dans le bois. La seule façon de t'en assurer, c'est d'en parler à la police et de la convaincre de faire des fouilles à cet endroit. Tu te souviens encore du sentier que tu as pris pour entrer dans le bois ?

Je me vois déjà assise dans le bureau de l'inspecteur Hartog :

« Je me rappelle que je suis entrée dans le bois et que j'ai marché jusqu'à une clairière.

— Et qu'avez-vous vu à ce moment-là ?

— Euh... rien, en fait... Je ne sais même pas si c'est un souvenir ou un rêve. Mais pourquoi n'iriez-vous pas fouiller là-bas avec tous les policiers disponibles ? »

D'un air sombre, je secoue la tête en enfonçant mes orteils dans le sable.

— Ils ne me croiront jamais ! Il leur faut du concret. Il faudrait que je puisse leur montrer l'endroit.

— Et tu te rappelles où c'était ? me demande Bart en me scrutant du regard.

— Non. Pas exactement.

Ce n'est pas vrai. Je pourrais y retourner si je le voulais, mais quelque chose m'empêche de le lui dire. Il serait capable de me traîner aux Dunes noires maintenant, et je n'en ai aucune envie.

— Je suis allée chez M. Groesbeek, dis-je, pour changer de sujet.

— Chez Groesbeek ? Pour quoi faire ?

— Je m'étais souvenue d'un détail. C'est étrange comme les choses vous reviennent parfois. Je me rappelais très bien avoir suivi Isabel à vélo le jour où elle a disparu. Elle s'était arrêtée au feu rouge au carrefour du Jan Verfailleweg et de la Seringenlaan. J'avais complètement oublié que j'étais arrêtée derrière une camionnette. Une camionnette vert sale, comme celle de Groesbeek. Et elle a pris la même direction qu'Isabel.

— La camionnette a suivi Isabel ?

— Non, elle l'a dépassée, mais ça ne veut rien dire. Groesbeek aurait très bien pu l'attendre un peu plus loin.

Bart réfléchit.

— Tu en as parlé à Groesbeek ?

— Non, je n'ai pas dit un mot à ce sujet. En

370

fait, je ne sais toujours pas pourquoi je suis allée chez lui. J'espérais sans doute apprendre quelque chose. Il ne m'a pas reconnue, et le nom d'Isabel ne lui a rien dit non plus. J'ai quand même découvert un truc intéressant.

Je lui raconte brièvement ma visite chez Groesbeek, sans oublier de parler de ses chats, bien sûr.

— Tous ses chats portent un nom de fille : Anne, Lydie, Lise, Nina, Rose, Belle... Lise pourrait être le diminutif de Lisette, Anne d'Anne-Sophie, Lydie de Lydia. Nina est restée Nina, Rose est Rosalie et Belle pourrait être Isabel.

Bart en reste bouche bée.

— Non ? Tu me fais marcher ! Il n'a quand même pas appelé ses chats comme ça ?

— Si !

— Il faut absolument que tu en parles aux flics !

— C'est ce que j'ai fait. Ils m'ont dit qu'ils allaient avoir une conversation avec lui, mais ils n'avaient pas l'air très impressionnés.

— C'est pourtant clair ! Ce sont tous des noms de jeunes filles disparues !

— Tu es bien informé, dis-je, songeant que je ne connaissais pas moi-même la plupart de ces prénoms avant mon passage aux archives du journal local.

— N'oublie pas que je suis journaliste. On marche un peu ?

Il se lève, me tend la main pour m'aider et ne lâche pas la mienne une fois que je suis debout. Je suis contente. Nous longeons la grève en silence pendant un moment.

— Tu as eu tort d'aller toute seule chez Groesbeek, Sabine, dit Bart en posant sur moi un regard grave. S'il est vraiment impliqué dans toutes ces histoires...

— Je m'étais assise tout près de la porte.

— Tu ne te sentais donc pas à ton aise. Pourquoi y es-tu allée, alors ?

— Parce que mes souvenirs reviennent les uns après les autres. Je veux y voir clair. Plus je fouille, plus je retrouve la mémoire. J'ai toujours eu l'impression que j'en savais plus que je ne me rappelais sur la disparition d'Isabel. Maintenant, c'est devenu une certitude.

Je jette un coup d'œil à Bart, qui contemple la mer.

— Pourquoi les gens refoulent-ils certains événements ? demande-t-il.

Je ne sais pas s'il attend vraiment une réponse. Nous nous taisons de longues minutes, puis il plonge ses yeux dans les miens.

— Parce qu'ils sont trop bouleversants, dis-je.

— Et qu'aurait-il pu arriver qui t'ait tellement bouleversée ?

— Je ne sais pas, dis-je, en détournant la tête.

Bart me force à le regarder.

— À mon avis, tu le sais très bien. Ou tu as des soupçons. Pourquoi tu ne le dis pas ?

Je soupire.

— Parce que je ne suis pas sûre.

— Pas sûre de quoi ?

— D'avoir été témoin de ce qui est arrivé à Isabel, dis-je malgré moi.

— C'est bien ce qui me semblait. Mais pourquoi l'avoir refoulé ? Si elle a été assassinée sous tes yeux, je comprends que ça ait été horrible. Je peux imaginer que tu étais terrorisée et que tu aies d'abord cherché à t'isoler du monde. Je peux même comprendre que tu n'aies plus voulu de moi. Mais après ? demande-t-il d'une voix de plus en plus pressante. Pourquoi n'en as-tu pas parlé à la police ? Pourquoi as-tu tout oublié ?

Il me serre les bras avec une telle force que j'en ai presque mal. Ses yeux sont si près des miens que je ne peux échapper à leur magnétisme.

— Je ne sais pas, dis-je dans un murmure. C'est un mensonge.

Je fonds en larmes. Tous les deux, nous savons que si j'ai refoulé la vérité, cela ne pouvait être que pour une seule raison : parce que je connaissais l'assassin. Et parce que je l'aimais beaucoup, beaucoup, beaucoup.

36

L'ambiance a changé du tout au tout. Bart me serre la main si fort que j'en ai mal aux articulations.

— Ce n'est pas moi, si c'est ce que tu penses, dit-il. Je n'aimais pas beaucoup Isabel, mais je n'avais pas de problèmes avec elle.

— D'après Olaf van Oirschot, vous êtes sortis ensemble.

— Tu crois ça ? Alors que j'étais avec toi ? Franchement, Sabine, tu me connais !

Je n'avais en effet rien remarqué, mais parfois, on refuse de voir l'évidence.

— Cette salope ! Dès qu'un mec la regardait, elle essayait de se le taper. Bien sûr, elle a joué son petit jeu avec moi comme avec les autres, mais ça n'a pas marché !

Ce n'était pas du tout ainsi que je m'étais imaginé notre promenade sur la plage. Je ne veux rien entendre de tout ça, je veux retrouver le romantisme du début de la soirée !

— Jusqu'à la fin, elle a essayé de me mettre à son tableau de chasse. Elle se consolait avec tout ce qui passait. Et crois-moi, ça défilait !

Je pense à Olaf et à Robin. Deux gars

sympas, la tête sur les épaules, qui n'avaient pourtant pas résisté à Isabel. Jusqu'à quel point puis-je être sûre que Bart n'a pas succombé lui aussi à son charme ? Cela n'a de toute façon plus beaucoup d'importance – à condition d'exclure la possibilité d'une dispute entre amoureux qui aurait mal tourné...

— Pourquoi tenais-tu tellement à ce que notre histoire reste secrète ? Pourquoi personne ne devait-il savoir que nous étions ensemble ? Euh... tu veux bien me lâcher la main, ça commence à faire mal.

— Désolé, pourquoi tu ne le disais pas ? s'excuse Bart en m'embrassant les doigts. Je ne voulais rien dire à personne pour t'éviter des ennuis. Isabel était sans cesse après moi. Si elle avait su que j'étais amoureux de toi, elle t'aurait rendu la vie encore plus impossible. Je pensais que tu l'avais compris.

— Je croyais que tu avais honte de moi. Mais j'étais tellement amoureuse de toi que je m'en fichais.

Bart soupire.

— C'est pour ça que tu as rompu ? Bon sang, comme on peut se méprendre sur les pensées de l'autre, parfois !

Je n'essaie pas de lui expliquer pourquoi je l'ai quitté. De toute façon, je ne le sais pas moi-même. Il peut y avoir une centaine de raisons, dont une relativement évidente. Mais non, ce n'est pas possible ! Je n'arrive pas à y croire !

Comment puis-je aimer un homme tout en admettant l'existence de zones d'ombre dans la relation que nous avions adolescents ? Et pourtant, je l'ai dans la peau !

Son profil possède une beauté et une puissance qui m'attirent inexorablement, comme quand j'avais quinze ans. Bouleversée comme je le suis par mes émotions et mes souvenirs, c'est la seule chose à laquelle je puisse me raccrocher.

Épuisée, je prends appui sur lui. Il m'entoure aussitôt de ses bras.

— Et maintenant ? dit-il, en posant son menton sur le sommet de ma tête. Que veux-tu faire ?

Le soleil a disparu à l'horizon depuis longtemps. Le froid et l'obscurité ont envahi la plage.

— Je suis frigorifiée, dis-je. Et crevée.

— Tu veux rentrer chez toi ?

— C'est loin, dis-je contre sa poitrine.

— Chez moi, c'est tout près...

Je me dégage un peu pour le regarder en face.

— Je vais dormir chez toi, alors.

Il acquiesce avec enthousiasme.

— Dormir ! J'ai dit « dormir » !

— J'ai très bien entendu. Il faudra bien dormir à un moment ou à un autre.

La tension a disparu. La main dans la main, nous remontons la plage. Il n'y a plus un chat. C'est la raison pour laquelle je remarque aussitôt la seule voiture garée un peu plus loin, à côté des escaliers, lorsque nous montons dans ma petite Ford Ka. En quittant le parking, je jette un coup d'œil dans le rétroviseur. Difficile de distinguer quoi que ce soit dans la pénombre, mais si je ne m'abuse, il y a bien une Peugeot noire qui nous suit.

J'accélère et mets mon clignotant vers la droite. Au carrefour, je fais mine de tourner à droite avant de contre-braquer brutalement.

— Hé ! Où vas-tu ? s'exclame Bart.

— Désolée. Je me suis trompée.

Je m'engouffre successivement dans plusieurs rues, au petit bonheur la chance.

— Mais qu'est-ce que tu fais ? me demande Bart, décontenancé.

— J'avais l'impression qu'on nous suivait.

Il regarde derrière lui.

— Les femmes ! dit-il en souriant.

Après cela, je ne distingue plus la Peugeot derrière nous, mais elle met bien plus longtemps à sortir de mes pensées.

37

Cela peut paraître incroyable, mais nous avons seulement dormi ensemble. D'accord, nous nous sommes embrassés, nous nous sommes murmuré mille et une choses, nous avons ri et nous avons échangé des souvenirs jusque tard dans la nuit. Puis, serrés l'un contre l'autre, nous sommes tombés dans un profond sommeil, comme si nous n'avions jamais été séparés.

Le réveil aux côtés de Bart n'a rien à voir avec ce que j'ai connu avec Olaf. Allongée sur le flanc, détendue comme jamais, je l'écoute respirer, attendrie par les petits bruits qu'il fait dans son sommeil, et me retiens de lui caresser le visage. Il est encore tôt, beaucoup trop tôt. Je le laisse dormir tout son saoul.

Je me pelotonne contre lui et, avec un profond soupir, je replonge dans le sommeil.

Quand je rouvre les yeux, Bart me regarde amoureusement.

— Bonjour !

— Bonjour... Quelle heure est-il ?

— Pas très tard. Nous avons tout notre temps, dit-il en m'embrassant doucement.

— Tout notre temps pour quoi ? dis-je en lui rendant ses baisers.

Il prend appui sur un coude.

— Pour réparer les erreurs du passé. C'est incroyable que nous nous soyons retrouvés maintenant. Il y a six mois, j'étais encore marié.

Il n'aurait pas dû dire ça. Quelque chose en moi se crispe. Tous nos efforts pour réparer les dégâts n'effaceront pas les neuf années que nous avons vécues chacun de notre côté. Il n'est plus le Bart que j'ai connu, il est un homme qui a un mariage derrière lui. Et le papa d'une petite fille.

Il lit dans mes pensées, comme il l'a toujours fait.

— Sabine ? C'est du sérieux, pour moi. Tu sais ça ?

— Mmm... dis-je en me sentant inondée d'une vague de bonheur. Pour moi aussi, c'est du sérieux.

Long baiser...

Le soleil se faufile entre les rideaux pour nous faire comprendre qu'il est l'heure de se lever, mais nous restons au lit. Plus nous nous embrassons, plus nous nous caressons, plus l'excitation monte.

Le téléphone sonne. Nous jetons un regard irrité à l'appareil posé sur la table de nuit, mais Bart ne se laisse pas impressionner et revient vers moi. La sonnerie continue imperturbablement. Bart finit par me lâcher et par décrocher en soupirant.

— Bart.

J'entends une voix de femme au bout du fil. Bart écoute et hoche la tête plusieurs fois, comme si son interlocutrice pouvait le voir.

— Mmm, finit-il par dire. Je comprends. Pas de problème. J'arrive.

J'attends, inquiète.

— Tu dois partir ? dis-je dès qu'il a raccroché.

Il niche sa tête dans le creux de mon épaule.

— Oui ! Je suis désolé ! J'aurais voulu faire tant de choses avec toi, mais Dagmar a la grippe et ses parents sont en vacances. Elle me demande si je veux bien garder la petite.

— Ah...

— Je ne pouvais pas dire non. Comment s'occuperait-elle de Kimmie si elle est coincée au lit ?

C'est rageant, mais je vais devoir m'y habituer. J'ai même intérêt à montrer combien je comprends ses inquiétudes de père.

— Tu as raison. Va vite chercher ta fille, nous nous verrons une autre fois.

— Tu es un amour ! dit-il en m'embrassant fougueusement. Vraiment, tu es un amour ! On va prendre le petit déjeuner ensemble et je te rappellerai le plus vite possible. Donne-moi ton adresse et ton numéro de téléphone.

À la table du petit déj, je vois bien que Bart trépigne. Il a hâte de retrouver sa fille, et peut-être aussi son ex. Ils se sont aimés, ils se sont mariés, leurs liens se sont encore renforcés avec la venue de leur enfant. Même s'ils ont divorcé, tous ces sentiments ne continuent-ils pas à faire battre leur cœur ?

Encore un baiser, encore un, encore un, juste le dernier ! Une dernière caresse, un salut de la main, un tout dernier baiser, et nous montons chacun dans notre voiture en klaxonnant.

Malgré ce départ abrupt, je plane sur un petit nuage. J'ai quitté le centre et pris la direction d'Amsterdam lorsque je m'aperçois que mon portable est éteint. Bart m'a peut-être déjà envoyé un SMS.

Tenant le volant d'une main, je fouille mon sac de l'autre et j'en sors mon téléphone. Je l'allume. Cinq messages dans ma boîte vocale. Tous d'Olaf, qui dit qu'il veut me parler.

— Connard !

Je redescends brusquement sur terre.

Il va falloir que je lui réexplique que je ne veux plus le voir. Il l'aura peut-être compris de lui-même s'il nous a regardés du haut de la digue. Ça ne va pas être facile, je le crains.

Plus j'approche d'Amsterdam, plus mon inquiétude grandit. Dans ma rue, je passe rapidement en revue toutes les voitures. Ouf ! Pas de Peugeot noire.

Pourtant, je ne suis pas rassurée en pénétrant dans mon immeuble. Mes pas résonnent étrangement dans la cage d'escalier. Sur mon palier, j'hésite. Je reste là, à fixer la porte, comme si j'avais le pouvoir de voir au travers.

Tremblante, je monte une nouvelle volée d'escaliers pour sonner chez ma voisine.

— Qui est là ?

— C'est moi, Sabine ! Vous voulez bien m'ouvrir, madame Bovenkerk ?

— J'arrive, mon petit, j'arrive ! Une petite minute !

Lançant des regards apeurés vers la cage d'escalier, j'attends patiemment. Impossible de m'arrêter de trembler.

— Bonjour, Sabine. Qu'est-ce qui t'amène ?

— Je voulais seulement savoir si quelqu'un était encore venu chez moi.

— Je n'ai rien entendu sur le palier, mais ton téléphone n'a pas arrêté de sonner !

— Et personne ne vous a demandé ma clé ?

— Non, personne. De toute façon, je ne l'aurais pas donnée !

Je souris.

— Merci beaucoup. C'est tout ce que je voulais savoir.

— Que se passe-t-il ? Quelqu'un te causerait-il des ennuis ?

— Un peu...

— Fais changer ta serrure ! Ou bloque ta porte avec des chaises ! C'est ce que je fais tous les soirs ! Ha ha ! Chez moi, ils n'entreront pas ! Et s'ils forcent la porte, je les attends de pied ferme ! J'ai la batte de baseball de mon petit-fils sous mon lit, claironne la vieille dame en scrutant l'escalier comme si elle espérait y trouver un malfaiteur à déloger. Ah ! Tant que j'y pense ! Je vais passer quelques jours chez ma fille. Tu voudras bien surveiller mon appartement ?

Je devrais peut-être en profiter pour m'installer chez elle, me dis-je, amusée.

Je regagne mes pénates rassurée. À cette heure du jour, le soleil baigne mon salon d'une belle lumière dorée.

Pas de fleurs sur la table. Pas de surprise. Pas d'Olaf.

Toute la tension tombe d'un coup. Je décide de prendre une douche, de me changer, puis de savourer une bonne tasse de café sur le balcon.

Une fois rafraîchie, j'enfonce la touche du répondeur pour écouter mes messages.

« Bonjour ma belle Sabine adorée ! Je voulais te dire combien j'ai été heureux de m'éveiller à tes côtés ce matin. Dommage que nous n'ayons pas pu passer ce dimanche ensemble, mais nous rattraperons vite le temps perdu, d'accord ? Apparemment, tu n'es pas encore rentrée. Je te rappellerai plus tard. »

La belle voix grave de Bart cède la place à quelques bruits de baisers. Mon sourire se fige dès que j'entends le message suivant, et tous les autres. Olaf, Olaf et encore Olaf. Des reproches, il passe peu à peu à la colère.

Après avoir effacé toutes ses récriminations, je vérifie de nouveau que j'ai bien fermé la porte. Bien sûr, je garde le message de Bart pour pouvoir le réécouter en boucle.

Je passe un après-midi divin à lire sur le balcon avant de me réchauffer une pizza au four. Il me reste de la salade et des tomates. Bref, je n'ai pas besoin de sortir. Je déguste mon repas devant la télé, en regardant une comédie qui me fait à peine sourire. Le film est presque terminé lorsqu'on sonne à la porte.

J'éteins aussitôt la télé. La sonnette retentit une deuxième fois. On donne aussi des coups dans la porte de l'immeuble.

— Sabine ! Tu es là ? C'est moi !

Olaf !

— Sabine !

Je reste assise dans le canapé, tétanisée, la télécommande à la main, comme si j'étais en mesure de zapper la présence d'Olaf en bas de chez moi. Les coups redoublent.

— Sabine ! Ouvre !

Il y a une telle colère dans sa voix que j'en ai la chair de poule.

Je vais jusqu'au téléphone sur la pointe des pieds. Il faut que j'appelle police secours. *C'est quoi, déjà, le numéro ? Zut ! Le 122 ? Non, le 112. Il n'y a pas un préfixe, avant ? Et merde ! Pourquoi faut-il que ma mémoire me joue des tours à cet instant précis ?*

Vite, dans ma chambre ! Mon téléphone portable est sur le lit. Oui, c'est bien le 112, me confirme l'annuaire numérique. Un doigt sur la touche d'appel, je tends l'oreille. Si Olaf force la porte, j'appelle immédiatement.

Mais je n'entends plus rien. Ni au pied de l'immeuble, ni dans l'escalier. Tous les sens en éveil, je quitte la chambre. Soudain la porte de l'appartement s'ouvre sur l'immense silhouette d'Olaf, une clé à la main.

384

Nous restons un temps infini à nous regarder en chiens de faïence.

— Olaf, dis-je bêtement.

— Il me semblait bien que tu étais là, répond-il glacial. Pourquoi tu ne m'as pas ouvert ?

— Je ne t'ai pas entendu. Comment es-tu entré ?

— Trouvée ! dit-il en agitant ma clé de secours sous mon nez.

— Trouvée ? Volée, tu veux dire !

Je la lui arrache d'un air que je veux assuré, mais la peur se devine sous mon masque.

— Prise, concède-t-il.

En moi, l'angoisse le dispute à la colère. Maintenant qu'il est entré, je dois éviter à tout prix de le fâcher. *Encore ce regard étrange... Fais gaffe, Sabine ! Fais gaffe !*

— Bon, eh bien, puisque tu es là, je t'offre quelque chose à boire ? Une bière ?

Je suis déjà dans la cuisine. Il me suit et s'appuie au chambranle de la porte, les bras croisés. Il suit chacun de mes mouvements. J'ai un mal fou à décapsuler sa bière. Je décide d'en prendre une aussi. Ça me fera le plus grand bien.

Olaf prend la bouteille que je lui tends, mais ne boit pas. J'évite son regard.

— Pourquoi tu ne m'as pas ouvert ?

Il a parlé calmement, mais je vois un muscle palpiter sur son cou.

— Je ne t'ai pas entendu, dis-je pour la deuxième fois.

— Qu'est-ce que tu faisais ?

— J'avais le casque de mon baladeur sur les oreilles, dis-je en entrant d'un pas nonchalant dans le salon pour me rapprocher du téléphone.

Il me suit, boit une gorgée de bière et me regarde.

— Il paraît que tu es allée voir ma mère.

— Oui, c'est sympa, hein ? Je passais dans le coin. J'ai eu envie de voir ton ancienne maison. Quand j'ai compris que ta mère vivait encore là, je me suis dit que j'allais lui rendre une petite visite de courtoisie.

— Pourquoi ?

— Comme ça. Il n'y a quand même rien d'anormal à faire la connaissance des parents de son ami ?

— J'aurais voulu qu'on y aille ensemble.

— Il faut parfois laisser les femmes papoter entre elles.

— Vous avez parlé de quoi ?

La colère est de nouveau palpable dans sa voix.

Je réfléchis. Il n'est pas exclu que sa mère lui ait fait un compte rendu détaillé de notre conversation.

— De toi. Et d'Isabel. Et d'Eline. J'avais envie de savoir avec qui tu étais sorti avant moi, dis-je avec un petit rire sensé exprimer une pointe de jalousie.

Olaf se détend.

— Tu aurais pu me le demander.

— Oui, c'est vrai. Ça t'embête tant que ça ?

Il tend le bras vers moi, m'attire à lui. Je me laisse faire, malgré son regard noir.

— C'était sympa, avec Bart ?

— À la réunion des anciens, tu veux dire ? Oui, c'était sympa. J'étais contente de revoir tout le monde.

— Tu n'es pas restée très longtemps.

J'ignore ce que je dois répondre. Pourquoi devrais-je me justifier ? En quoi cela le concerne-t-il ?

— Tu nous as suivis, non ? dis-je le moins froidement possible. J'ai vu ta voiture. Pourquoi ?

Il me lâche. Ou plus précisément, il me repousse.

— Parce que je n'arrivais pas à croire que tu étais avec lui.

— Quel mal y a-t-il à parler à un ancien ami ? Nous sommes allés nous balader sur la plage en toute innocence.

Silence. Nous nous mesurons du regard.

— Tu sortais avec lui, avant, non ? Robin m'en avait parlé. Vous vous êtes retrouvés ! Oooh ! Comme c'est romantique ! Mais c'est du vent, tout ça, Sabine ! C'est du vent, et tu le sais très bien ! Vous sortiez ensemble, mais personne ne devait le savoir ? Ah ! Le grand amour, vraiment !

— Il voulait garder le secret pour que les autres filles ne m'embêtent pas !

— C'est ça, oui ! Tu sais ce qui aurait été

chic de sa part ? De dire à tout le monde que vous étiez ensemble ! De se fiche de ce que les autres pouvaient penser et de les obliger à t'accepter ! C'est ça qu'il aurait dû faire ! Et c'est ça que j'aurais fait, moi !

Je le crois. Oui, je suis certaine qu'il dit la vérité.

Nous restons encore un moment à nous toiser. Tout mon être veut qu'il s'en aille, mais il prend ses aises dans mon salon. Il vide sa bière d'un trait, pose la bouteille sur le dressoir et lâche un rot.

— Je pourrais en avoir une autre ?

Je disparais dans la cuisine. Les mains tremblantes, je lutte de nouveau contre le décapsuleur. J'entends Olaf faire les cent pas dans le salon. Depuis l'embrasure de la porte de la cuisine, je l'observe. Face au téléphone, il enfonce la touche du répondeur. La voix de Bart remplit la pièce : « Bonjour ma belle Sabine adorée ! Je voulais te dire combien j'ai été heureux de m'éveiller à tes côtés ce matin. Dommage que nous n'ayons pas pu passer ce dimanche ensemble, mais nous rattraperons vite le temps perdu, d'accord ? Apparemment, tu n'es pas encore rentrée. Je te rappellerai plus tard. »

Il m'est insupportable d'écouter une fois de plus les baisers sonores qui m'avaient fait si chaud au cœur ce matin. Quelle conne j'ai été de ne pas effacer ce message ! Sur la pointe des pieds, je me glisse hors de la cuisine et, depuis le couloir, j'ose un coup d'œil dans le salon. Olaf s'appuie des deux mains au dressoir, la tête penchée en avant, comme quelqu'un qui fait un effort surhumain pour maîtriser sa colère. Il enfonce une deuxième fois la touche et, de nouveau, la voix de Bart emplit le salon. D'un geste brusque, Olaf efface le message avant de se retourner. Je me suis déjà précipitée aux toilettes et j'ai poussé le verrou. J'entends Olaf entrer dans la cuisine.

— Où es-tu ? demande-t-il d'une voix qu'il veut calme mais où je perçois un tremblement menaçant.

— Aux toilettes ! J'arrive ! Prends ta bière !

Je sursaute en entendant la bouteille se briser sur le carrelage de la cuisine. Pourtant, ce bruit n'est rien à côté du fracas qui retentit juste après. Apparemment, Olaf a balayé d'un geste rageur toutes les bouteilles alignées sur le plan de travail.

J'ouvre la porte des toilettes le plus doucement possible. Olaf est en train de fracasser une chaise contre la fenêtre de la cuisine. Je sors, cours récupérer mon sac dans ma chambre et me précipite vers la porte d'entrée. Olaf fait un tel boucan qu'il ne m'entend pas. Il s'attaque à ma vaisselle, mais j'ai déjà ouvert la porte. Dans l'obscurité du palier, je ferme à double tour derrière moi. Même s'il doit rester un ou deux doubles de la clé dans l'appartement, cela le ralentira un peu.

Enfin dehors ! La brise du soir me caresse

le visage. Heureusement, ma voiture est garée juste en face. Je traverse rapidement, me bats avec la serrure et m'effondre sur le siège du conducteur. *Vite, le verrouillage automatique ! Et en route ! Loin d'ici !*

38

C'est fou le nombre de gens qui se baladent un dimanche soir, à pied, à vélo ou en voiture. Je me sens rassurée, de savoir tout ce monde autour de moi, même s'il s'agit essentiellement de noctambules qui font la tournée des cafés. L'éclairage public, les néons publicitaires et les vitrines des bars me rappellent que la nuit peut être source de plaisirs. J'espère que Jeanine ne verra pas ma visite d'un mauvais œil.

Je reste à poireauter devant sa porte un temps infini. J'ai beau sonner, personne ne vient ouvrir. En désespoir de cause, je l'appelle sur son portable. Je sais qu'elle garde son téléphone sur sa table de nuit.

— Mouais ?

— Jeanine, c'est moi ! Sabine ! Je suis devant ta porte. Ouvre s'il te plaît !

— Sabine ?

— Oui, ouvre-moi, je t'en prie !

— Qu'est-ce que tu viens faire ici ?

— Je vais t'expliquer. Tu m'ouvres ?

— Mouais.

Dissimulée sous le porche de son immeuble,

je l'attends, surveillant la rue déserte, le cœur battant.

— Mais qu'est-ce qui se passe ? demande-t-elle, encore dans un demi-sommeil. On avait dit qu'on sortait ?

— Je peux dormir chez toi ? dis-je en m'engouffrant dans le couloir.

— Qu'est-ce qu'il y a ? Tu ne peux pas rentrer chez toi ?

— Non. Olaf est en train de tout casser.

Ses yeux s'écarquillent.

— La baise n'était pas à son goût ?

— Ce n'est pas marrant, Jeanine. Il est très différent de ce que tu crois.

— Raconte, dit-elle en me précédant dans son appartement.

Je décide de la faire courte, mais je donne quand même quelques détails qui laissent Jeanine interloquée.

— Qui aurait imaginé ça ? Bon, ça t'ennuie si on va dormir tout de suite ? Je tombe de sommeil, dit-elle en bâillant. Je n'ai pas envie d'aller te chercher une couette au grenier. Tu dormiras avec moi, ça te va ?

Personnellement, je m'en contrefiche. Après m'être déshabillée rapidement, je me glisse dans son grand lit. Elle se rendort aussitôt, comme si elle était juste allée faire pipi en pilotage automatique. Moi, par contre, je reste longtemps à fixer les contours des meubles dans l'obscurité. Je m'attends à ce que le téléphone sonne d'une minute l'autre mais non. À moins qu'Olaf n'ait pris sa voiture et qu'il ne frappe bientôt à la porte ? Ou qu'il ne m'attende demain matin, quand je sortirai ?

Non, il ne sait pas où habite Jeanine. Il trouvera bien le moyen de se renseigner, tôt ou tard, mais pas au beau milieu de la nuit. De toute façon, il ne sait pas que je suis ici, et demain, il faut qu'il aille bosser.

Malgré cette pensée rassurante, je reste tenaillée par la peur. Après avoir traversé l'appartement à tâtons, je vais m'installer dans le fauteuil à bascule, près du bow-window. Je tire un coin de rideau, j'entrouvre la fenêtre et j'allume une cigarette. Comment Olaf réagira-t-il quand il comprendra que je suis partie ? Il n'ira peut-être pas travailler et m'attendra chez moi toute la journée. Je ne peux plus retourner à mon appart.

On se croisera bien à un moment ou à un autre au boulot, mais ce n'est pas trop grave. Tant que je ne me retrouve pas toute seule avec lui... J'aurais dû appeler la police. Bon sang, comme j'ai été bête ! Il aurait été obligé de dégager, et j'aurais pu récupérer mon appartement.

Je tire longuement sur ma clope, soufflant la fumée par la fenêtre entrouverte tout en sur-veillant la rue déserte. Mon angoisse croît de minute en minute. Je fume cigarette sur ciga-rette. Toujours pas d'Olaf.

Au cœur de la nuit, mon téléphone sonne. En sursautant je me cogne le coude à l'appui de fenêtre. Je fouille mon sac à la recherche de

393

mon portable. Le numéro de mon appartement s'affiche à l'écran.

— Oui ?

— Sabine, c'est Olaf.

Sa voix est très calme. Je ne réponds pas.

— Il faudra bien que tu rentres. Je t'attends.

— Tu es devenu complètement fou ? Si tu n'es pas parti demain matin, j'appelle les flics !

— Alors, je viens te chercher. Où es-tu ? Même si tu ne me le dis pas, je te retrouverai.

Je raccroche, furax. J'ai besoin de deux cigarettes pour retrouver un peu de sang-froid. *C'est bien ce que je disais ! Il est cinglé, ce type !*

Je retourne au lit, me glisse sous la couette et réfrène mon envie de me pelotonner contre Jeanine.

— Et maintenant, je veux tout savoir ! dit mon amie en posant un plateau sur le lit.

Du café, un œuf à la coque, une tartine de confiture... Cela sent divinement bon. Elle est déjà maquillée et habillée.

— Tu es adorable ! dis-je en me redressant et en calant un oreiller contre le mur.

— Tu as parlé dans ton sommeil, tu sais ça ? Tu as dit le nom d'Olaf, et puis « Non ! Ne fais pas ça ! ». Tu as aussi prononcé le prénom d'Isabel...

Elle s'assied au bord du lit.

— Je t'ai laissée dormir.

— Quelle heure est-il ?

— Huit heures. Il faut que j'aille bosser.

— Moi aussi. Mais je crois que je vais me faire porter pâle.

Je vérifie mon portable. Pas de nouveau message.

— Comment avez-vous pu en arriver là ? Tout allait bien, entre vous, non ? demande Jeanine.

J'entreprends de tout lui raconter en mangeant mon petit déjeuner. Je lui parle d'abord de mes doutes à propos de ma relation avec Olaf, de son insistance, de ses mails, de son harcèlement téléphonique, du mystérieux bouquet de roses, puis de Bart et de la façon dont Olaf s'est invité chez moi hier soir. Je lui raconte aussi tout ce que j'ai découvert au Helder, notamment qu'il avait rendez-vous avec Isabel le jour de sa disparition, et de ce que m'a dit Eline. Enfin, je lui répète ses paroles de la nuit précédente, au téléphone.

— Je n'aurais jamais pensé ça d'Olaf, dit Jeanine. Et toi, il t'a frappée aussi ? Comment est-ce possible ?

— Au premier abord, il est sympa, adorable et tout ce que tu veux. Mais, en fait, c'est quelqu'un de très violent.

— D'accord, mais de là à en conclure qu'il a tué Isabel...

Elle fait la moue avant d'attaquer l'œuf à la coque qui ne m'inspirait guère.

— Isabel avait rendez-vous avec lui aux Dunes noires, dis-je, la bouche pleine. Disons qu'ils se retrouvent au snack. Après, ils font un bout de chemin dans le bois. Isabel lui annonce son intention de le quitter. Il pète un câble. Il la frappe. Elle s'enfuit dans le bois. Il la rattrape...

— Il se peut aussi qu'elle ait été agressée par un inconnu. Il y a de drôles de types qui se baladent dans les dunes et dans les bois...

— Oui, bien sûr, c'est possible. Mais dans ce cas, pourquoi m'a-t-il menti ? Pourquoi ne m'a-t-il pas dit qu'il était sorti avec elle ? Et pourquoi n'a-t-il pas avoué à la police qu'ils avaient rendez-vous ?

— Tu lui as posé la question ?

— Je n'ai pas osé. S'il est vraiment aussi violent que je le pense et si c'est lui le responsable de la disparition d'Isabel...

— En effet... Pourtant je ne le vois pas faire ça !

— Il est bizarre, Jeanine. Tu as déjà vu un mec inonder une nana de messages quand il ne la trouve pas chez elle ?

— Oui. Il suffit qu'il soit très, très, très amoureux...

— Il était aussi très, très, très amoureux d'Isabel, dis-je en posant le plateau du petit déjeuner par terre. Mais il y a un autre suspect : le concierge, Groesbeek.

Quand je lui parle des poils de chat dans mon thé et des chocolats moisis, Jeanine éclate de rire. Elle se tient encore les côtes quand je lui cite les noms des chats du concierge, mais elle s'arrête net lorsque je lui annonce que je suis allée en parler à la police.

En revanche je ne lui dis pas un mot des autres suspects que j'entrevois.

— Tu es à fond dans cette histoire, hein ?

— Si au moins j'arrivais à me souvenir de ce que j'ai vu dans cette fichue clairière ! Pourquoi n'ai-je pas donné l'alerte ? C'est tellement bizarre ! On dirait que j'ai *voulu* tout oublier ! La seule explication qui me vient à l'esprit, c'est que je connaissais le coupable.

Jeanine suit du doigt les fleurs imprimées sur la couette.

— Es-tu certaine qu'il s'agisse de souvenirs, Sabine ? Tout cela est tellement vague ! Ce ne sont peut-être que des rêves... Pourquoi faut-il que ça s'arrête au moment où tu arrives à la clairière ? Ce n'est pas logique. Or, les rêves n'obéissent à aucune logique, justement. Tu sais bien : on n'arrive jamais à les raconter, parce qu'ils sont surtout faits d'impressions et de sensations... Les images ne collent pas les unes avec les autres, tout est vague, brumeux... Puis le rêve revient, et on finit par lui trouver un sens et par se demander si ça n'est pas réellement arrivé...

— Non, ce n'est pas un rêve. Dans un rêve, il y a toujours quelque chose d'incongru ou d'absurde... Quand on est plongé dedans, on le trouve très logique, mais au réveil, on éclate de rire parce que ça n'a ni queue ni tête ! Ou alors on a tout oublié ! Non, ce n'est pas ça, Jeanine. C'est très différent !

— Et tu crois que tu vas te rappeler d'autres détails ?

397

— Je n'en sais rien. Je l'espère, mais je me demande si ça m'avancera à quelque chose. De toute façon, la police ne me croit pas. Toi non plus, d'ailleurs !

— Je te crois. J'envisage simplement la possibilité que tu te trompes. Mais tu as raison, les rêves sont absurdes, tandis que tes souvenirs suivent une chronologie et sont très réalistes. Tu sais ce qu'on devrait faire ?

— Quoi ?

— On devrait aller dans ce bois toutes les deux. Pour t'aider à retrouver la mémoire.

— Je l'ai déjà fait. Tout correspondait aux images que j'avais en tête : le bois, la clairière, les buissons... Tout était pareil.

— Bon, alors il n'y a qu'un moyen de vérifier si tu as rêvé ou pas.

— Oui ?

— On va creuser.

Cette seule idée me donne la chair de poule. Je nous imagine retrouvant le squelette d'Isabel, profondément enfoui dans le sable... Subitement, j'ai un doute. Et si Jeanine avait raison ? Et si mon cerveau me jouait des tours ? Ne serais-je pas en train de transformer des peurs, des suppositions, voire des désirs anciens en souvenirs dénués de réalité ? Tout mon être me crie que non, mais ma raison me dicte que je ne dois pas balayer cette hypothèse d'un revers de la main.

Et, là, à cet instant précis, contre toute attente, un nouveau souvenir affleure à ma mémoire. Et le doute n'est plus permis.

Cela doit être juste après la disparition d'Isabel, car mon père est encore à l'hôpital. Cela se passe en fin de soirée. Je descends l'escalier, à moitié endormie. Ma mère est en train de regarder la télé, un verre de vin à la main. Sans rien dire, j'entre dans le vestibule, où j'enfile mon manteau.

« Mais que fais-tu ?

— Il faut que j'aille aider Isabel !

— Retourne dormir, ma chérie ! »

J'éclate en sanglots, un bras déjà dans une manche de mon manteau. *Elle a besoin de moi !*

Ma mère me reconduit doucement, mais fermement à mon lit, et je me rendors aussitôt. Par la suite, chaque fois que je me réveillais la nuit, j'avais des larmes séchées sur le visage et un sentiment de culpabilité qui pesait une tonne.

C'est cet instant que choisit quelqu'un pour sonner avec insistance. J'ai tellement peur que je bondis hors du lit. Nous restons plantées là, incapables de prendre une décision.

Finalement, nous risquons un œil dans le couloir. Derrière le verre mat de la porte, nous distinguons la haute silhouette d'un homme aux épaules larges. Olaf !

— Habille-toi ! Vite ! ordonne Jeanine.

Je retourne dans la chambre. En deux secondes, je suis prête.

On resonne. Cette fois, Olaf ne relâche pas

le bouton, de sorte que le bruit remplit tout l'espace, comme une sirène.

— Oui, oui ! crie Jeanine. Je m'habille !

Elle me guide vers la fenêtre de la salle de bains, qui donne sur le jardin.

— Fonce ! En montant sur la poubelle, tu pourras franchir la palissade ! Vas-y ! Vite !

Je suis déjà partie. Jeanine me lance mon sac et referme la fenêtre derrière moi. D'où je suis, j'entends Olaf marteler la porte de coups de poing. Je cours jusqu'à la poubelle en zinc, je l'escalade et, comme si j'avais fait ça toute ma vie, je passe une jambe, puis l'autre par-dessus la palissade.

Dans le jardin voisin, une Turque est en train d'étendre son linge. Elle laisse tomber le drap qu'elle tenait et me regarde passer, interdite.

Je prends le temps de lui sourire avant de me précipiter vers le lourd portail, de le pousser et de le refermer derrière moi. *Voilà ! Cours, Sabine ! Cours !*

39

Où aller quand on fuit quelqu'un qui a les mêmes amis que vous ? Nulle part. Me rendre au bureau, ce serait me jeter dans la gueule du loup. Je n'ai qu'une seule solution : m'entourer constamment d'un maximum de gens.

Je laisse ma voiture devant chez Jeanine, convaincue qu'Olaf monte la garde à proximité, et je saute dans le premier tram en direction du centre. En chemin, je téléphone à La Banque pour annoncer que je prends un jour de congé.

Leidseplein. Je descends pour m'asseoir à une terrasse, n'importe laquelle, cachée derrière une plante verte. En attendant le serveur, je consulte ma messagerie vocale. Bart ne m'a pas appelée. L'œil dans le vague, je tapote la table avec mon téléphone. Pourquoi ce silence ? S'il n'avait pas laissé de message sur mon répondeur, j'aurais pu penser qu'il préférait en rester là, mais non. Serait-ce à moi de l'appeler ? « Ne jamais faire le premier pas avec un homme ! » m'a toujours dit ma mère. Sage conseil, mais pas très pratique. À continuer comme ça, je coifferai bientôt sainte Catherine...

En quelques clics rapides, je trouve le numéro de Bart dans mon répertoire et je l'appelle. « Vous êtes bien sur la messagerie de Bart de Ruijter. Je ne peux pas vous répondre pour le moment. Rappelez-moi un peu plus tard ou laissez-moi un message ! »

Je raccroche. Une jeune fille aux cheveux noirs tirés en arrière portant un petit tablier blanc s'approche de moi, un calepin à la main.

— Un café crème, s'il vous plaît.

Cachée derrière mes lunettes de soleil, j'observe les passants tout en surveillant mon portable, comme si cela pouvait le faire sonner. On m'apporte mon café. Un junkie passe entre les tables en tendant la main. Le tram 5 traverse la place en jouant de la cloche. Je scrute les visages des voyageurs.

Un peu plus tard, un grand blond descend du tram 2. Il marche droit sur moi. Je me réfugie au fond du bistro avant de me rendre compte qu'il s'agit d'un parfait inconnu. Regard gêné à l'adresse de la serveuse, qui me sourit vaguement avant de passer devant moi comme si de rien n'était.

Je m'enferme à double tour aux toilettes. Une fois que je me suis lavé les mains, je paie au bar, monte dans un tram et m'installe non loin du chauffeur. Pendant que nous sillonnons le centre d'Amsterdam, je compose le numéro de la police du Helder.

— L'inspecteur Hartog ne sera là que cet après-midi, madame, me répond l'agent de service.

— Vous pouvez lui laisser un message ? C'est urgent. Dites que Sabine Kroese l'a appelé. Il sait qui je suis. Dites-lui que j'ai reçu des menaces d'un certain Olaf van Oirschot.

J'ai beau essayer de rester calme, je sens que ma voix est un peu plus aiguë que d'habitude. L'agent promet de faire passer le message.

À mon avis, Hartog est en train de lire le journal chez lui, en sirotant une tasse de café, et il ne fera strictement rien de cette information. Au moins, j'aurai essayé. Je décide de le tenir informé de tout ce qui m'arrive à partir de maintenant, jusqu'à ce qu'il s'intéresse enfin à ce que j'ai à lui dire. Ce soir, je prendrai une chambre d'hôtel, et je le rappellerai. Il faudra que je retourne travailler demain, mais, avec un peu de chance, Olaf se sera calmé. De toute façon, au milieu de mes collègues, je serai en sécurité.

Je ne veux pas penser beaucoup plus loin. Jeanine avait raison. La meilleure chose qu'il me reste à faire, c'est d'aller au Helder et de faire des fouilles là où j'ai vu Isabel pour la dernière fois. Et si son corps ne se trouve pas dans la clairière ? Je préfère ne pas envisager cette hypothèse. Car, dans ce cas, il ne me restera plus qu'à me faire enfermer dans un asile psychiatrique...

La petite mélodie familière de mon portable retentit alors que je descends du tram. Je sursaute. « Numéro inconnu ». Je décroche, pleine d'appréhension.

403

— Oui ?

— Vous êtes Sabine Kroese ? dit une voix de femme.

— Oui.

— Ici l'hôpital Gemini au Helder. Je vous téléphone pour vous annoncer que M. de Ruijter a été admis chez nous hier après-midi.

— Quoi ? Bart est à l'hôpital ?

— Bart de Ruijter, oui. Il a eu un grave accident de la circulation.

— Mais... Il va s'en sortir ? Et pourquoi ne me prévenez-vous qu'aujourd'hui ?

— Nous avons immédiatement prévenu les membres de sa famille. Ils sont venus le voir dès hier, mais ce matin, il a demandé à ce qu'on vous mette au courant. Je pense qu'il serait préférable que vous veniez rapidement...

— Merci. J'arrive tout de suite. C'est grave ? Vous ne m'avez pas dit comment il allait.

— Il souffre de diverses fractures et d'une grave commotion cérébrale. Son état est actuellement stable, mais quelque chose nous inquiète... Après vous avoir demandée, il est tombé dans le coma. Il n'en est toujours pas sorti.

Je cours de toutes mes forces jusqu'à la gare centrale et je parviens de justesse à attraper le train pour Le Helder. Je m'aperçois trop tard que j'ai oublié d'acheter un billet. Pendant une heure, je ronge mon frein entre des jeunes coiffés d'un casque de baladeur et des employés pliant et dépliant leurs journaux.

Quand nous nous arrêtons en rase campagne pendant une dizaine de minutes, j'ai envie de hurler. Le train redémarre soudain sans qu'on nous donne la moindre explication. Enfin, nous entrons en gare du Helder. Je suis la première à descendre sur le quai. Je cours jusqu'au bus qui attend un peu plus loin.

— Vous allez à l'hôpital Gemini ?

— Non, dit le chauffeur en m'indiquant un autre bus en train de s'éloigner. Vous auriez dû prendre celui-là.

Oh ! J'en pleurerais de rage ! Brûlant d'impatience, je saute dans un taxi.

À l'accueil de l'hôpital, je me fais expliquer où se trouve la chambre de Bart. Ce n'est pas encore l'heure des visites. Je me hâte vers l'ascenseur, puis m'enfonce dans un dédale de couloirs. J'ai suivi le même chemin il y a des années, lorsque mon père a été hospitalisé. Qui aurait cru que je reviendrais un jour ici, avec la même appréhension au cœur ?

Chambre 205, chambre 205, chambre 205... Je m'immobilise en découvrant le nom de Bart sur une porte.

Je la pousse avec mille précautions, m'attendant à le trouver derrière un enchevêtrement de fils et de tuyaux. Le lit est vide. Affolée, je vérifie le nom sur la porte. Oui, c'est bien ici. Où est Bart ? Que lui est-il arrivé ?

Dans le couloir, je manque de renverser une infirmière.

— Je viens voir Bart de Ruijter. Sa chambre est vide ! Où est-il ?

— Qui êtes-vous ?

— Sabine Kroese. Vous m'avez appelée ce matin.

L'infirmière consulte le tableau.

— M. de Ruijter a été renversé par une voiture au moment où il traversait la rue, hier matin. Compte tenu des circonstances, il s'en est relativement bien sorti. Il a même réussi à parler un peu, mais il a perdu connaissance hier. Il est au scanner. Nous vous préviendrons dès que nous en saurons davantage.

Elle esquisse un petit signe amical avant de poursuivre son chemin. Je la suis des yeux, désespérée. À quelques pas de moi, j'entends quelqu'un renifler. Je me retourne. Dans la salle d'attente, une jeune blonde se penche sur un bébé installé dans un siège auto.

J'hésite. Serait-ce Dagmar et Kim ? Mais Dagmar n'était-elle pas malade ? Comme si ça changeait quelque chose ! Grippée ou pas, moi aussi j'aurais accouru au chevet de Bart ! Mais a-t-on le droit de pénétrer aux soins intensifs quand on est porteur de germes ?

Sans réfléchir plus avant, j'entre dans la salle d'attente.

— Dagmar ?

Elle lève la tête, espérant voir un médecin. Elle a les yeux gonflés et le visage sillonné de larmes.

— Oui ? demande-t-elle, surprise.

— Je suis Sabine Kroese. Une amie de lycée de Bart. Je l'ai revu samedi soir à la réunion des anciens. Que lui est-il arrivé ?

Dagmar répond sans s'interroger sur ma présence.

— Il a été renversé par une voiture, dans la rue. Juste devant chez moi, dit-elle amèrement. Et ce chauffard ne s'est même pas arrêté ! Il a continué comme si de rien n'était !

— Vous avez assisté à l'accident ?

— J'ai entendu un choc et puis j'ai vu une voiture s'éloigner à toute allure. J'ai couru près de Bart et je suis restée à ses côtés jusqu'à l'arrivée de l'ambulance. Ils sont en train de lui faire un scanner. Qui êtes-vous exactement ?

— Sabine. Sabine Kroese. Je suis une amie de lycée de Bart, dis-je pour la deuxième fois.

Elle hoche vaguement la tête, plongée dans ses sombres pensées.

Que dois-je faire ? M'asseoir à côté d'elle ? J'imagine la perplexité du médecin : « Vous êtes l'ex-femme de Bart de Ruijter ? Ah, et vous, son amie actuelle ? Je ne peux malheureusement accepter qu'une seule personne aux soins intensifs. » Il nous regarderait tour à tour, attendant que nous décidions de nous-mêmes laquelle verrait Bart la première. De quoi puis-je me prévaloir, après une seule nuit ?

Le bébé ressemble à Bart. C'est une jolie petite fille. Subitement, j'éprouve une jalousie terrible. D'accord, Dagmar a divorcé de Bart, mais cette enfant la relie à jamais à lui, quoi qu'il arrive. D'ailleurs, elle veut renouer avec lui, cela se voit comme le nez au milieu de la figure. Eh bien, nous sommes deux! Moi aussi, je suis prête à me battre pour le récupérer! Mais pas ici, pas dans un hôpital.

Elle ne m'entend même pas marmonner au revoir, car le bébé choisit ce moment pour commencer à pleurer.

À l'extérieur, la chaleur me frappe comme une gifle. Je retourne à l'arrêt du bus sans me presser. Le témoignage de Dagmar m'a donné matière à réflexion. Se peut-il qu'Olaf ait quelque chose à voir avec l'accident de Bart? Il nous a vus ensemble, et je suis certaine que c'est lui qui nous a suivis jusqu'à la maison de Bart. Dois-je en conclure qu'il a volontairement renversé Bart? Non, même si on ne peut pas exclure totalement cette hypothèse.

J'avais éteint mon portable en entrant dans l'hôpital. Je le rallume. Quatre appels en absence. Je consulte mon répondeur.

« Sabine, il faut que je te parle. Appelle-moi. »

« Où es-tu? J'ai quelque chose à te dire! C'est urgent! »

« Tu es certainement au Helder près de ce connard. Il ne t'attend plus, Sabine. Il ne t'attendra plus jamais! »

« Rappelle-moi, bordel! »

J'allais effacer les messages d'Olaf quand je me ravise. Je sais ce qu'il me reste à faire. Je monte dans un bus. Il fait chaud, et le trajet dure une éternité. Enfin, j'arrive en vue du commissariat. J'appuie sur le bouton rouge. Je descends.

40

La communication ne passe pas entre l'inspecteur Hartog et moi. Il m'écoute poliment,
mais rien n'indique qu'il me prenne au
sérieux. Je me suis assise en face de lui dans
le même bureau que la première fois et j'ai
recommencé à lui parler de mon amnésie et de
mes souvenirs qui reviennent un à un. Hartog
me regarde comme si j'étais le produit d'une
expérience terrifiante. Je lui parle de ma
relation avec Olaf van Oirschot, qui est sorti
avec Isabel Hartman. Je lui raconte ce que m'a
dit Eline et le relie au comportement qu'Olaf a
eu avec moi.

— Il ne supporte pas d'être plaqué, vous
voyez ! Quand Eline Haverkamp a voulu
rompre, il l'a frappée. Il me harcèle pour la
même raison. D'ailleurs, il a levé la main sur
moi aussi. Je pense qu'il a tué Isabel dans un
accès de colère quand elle l'a laissé tomber.

Hartog m'écoute patiemment en donnant de
petits coups de stylo à bille sur son bureau.

— La dernière fois, vous soupçonniez
M. Groesbeek, me rappelle-t-il.

— Et maintenant je vous parle d'Olaf van
Oirschot. L'un n'empêche pas l'autre. Il se

pourrait aussi que ce soit un parfait inconnu qui ait suivi Isabel dans le bois. Je ne prétends pas connaître le meurtrier, monsieur Hartog. J'essaie seulement de vous faire part de mes conclusions. Et, franchement, je ne serais pas étonnée que ce soit Olaf le coupable. À mon avis, c'est lui qui a renversé mon nouvel ami. Vous savez, l'accident d'hier...

L'œil d'Hartog s'allume.

— Le délit de fuite ? Aucun témoin n'a pu nous fournir de signalement du conducteur.

— Non, mais Olaf avait un mobile pour renverser Bart, dis-je en me penchant vers Hartog.

Il recule comme s'il refusait l'information que je lui sers sur un plateau.

En désespoir de cause, je lui tends mon portable. Il écoute attentivement les messages d'Olaf, mais demeure imperturbable.

— Je suis désolé que vous ayez des ennuis avec votre ex-petit ami. Cela étant, rien ne prouve qu'il soit responsable de l'accident dont a été victime M. de Ruijter.

— Il sait qu'il n'est pas chez lui ! Pourquoi ? Parce qu'il l'a envoyé à l'hôpital !

— Il a peut-être dit ça au hasard, tente le policier. Écoutez, mademoiselle Kroese, je comprends très bien votre inquiétude et je dois dire que le comportement de M. van Oirschot est pour le moins curieux. Mais ça ne suffit pas pour l'arrêter, vous comprenez ? Vous me communiquez quelques vagues suppositions et vous attendez de moi que je passe à l'action, mais je manque d'indices pour entreprendre quoi que ce soit. Vous auriez intérêt à vous expliquer avec votre ex-ami et à mettre les choses au clair entre adultes responsables.

— Je n'ai pas fini.

Hartog pose les mains sur son bureau et me jette un regard résigné.

— Qu'est-ce que vous avez encore à me dire ?

Alors, je lui parle de ma visite à la mère d'Isabel et de l'agenda qu'elle m'a montré. Enfin, il me témoigne de l'intérêt.

— Isabel avait un rendez-vous le jour de sa disparition. Vous le saviez ?

Hartog sort de son dossier la copie de cette page de l'agenda d'Isabel.

— Avec DN, dit-il.

— Non, avec Olaf van Oirschot. DN, ce sont les Dunes noires, et là, ce n'est pas un « un » et un « zéro » pour faire « dix », mais deux lettres, « I » et « O », pour Isabel et Olaf. Ils sortaient ensemble, mais Isabel voulait rompre. Je ne sais pas si elle l'a fait, parce qu'elle a disparu juste après.

Hartog regarde la page du 8 mai avant de consulter le dossier d'Isabel.

— IO...

— Olaf avait un mobile. Et il a eu l'occasion de s'en prendre à Isabel. Il est sorti du gymnase où avait lieu l'épreuve de math du bac à deux heures et demie. Isabel et moi, nous avons quitté le collège vers deux heures

411

dix, et je l'ai suivie dans la direction des Dunes noires.

Hartog feuillette le dossier.

— D'après son témoignage, Olaf van Oirschot est rentré directement chez lui après l'examen. Sa mère a confirmé.

Je hausse les épaules.

— Isabel Hartman a été tuée ce jour-là. D'après Eline Haverkamp, Olaf peut devenir très violent quand les choses ne se passent pas selon son bon vouloir.

Hartog plisse les yeux.

— Tuée ? Qui vous dit qu'elle a été tuée ?

— Je le sais parce que j'ai vu son corps ! J'ai tout occulté pendant des années, mais je me suis souvenue de son visage. Elle a été tuée, monsieur Hartog !

Il n'a pas l'air impressionné le moins du monde.

— Vous l'aviez oublié pendant tout ce temps, dit-il en appuyant sur le mot *oublié*, et subitement, la mémoire vous revient ! Vous expliquez ça comment ?

Je soutiens son regard.

— Je ne sais pas. Peut-être parce que je me sens plus forte et que je suis maintenant capable de regarder la vérité en face.

— La vérité ! Et d'après vous, la vérité, c'est qu'Isabel Hartman a été tuée ?

— Oui. Cela m'est revenu il y a quelques jours. Je l'ai vue devant moi, comme si ça venait de se produire. J'ai vu son visage, ses yeux écarquillés, le sable dans ses cheveux...

Je ne sais pas comment j'ai pu oublier une chose pareille.

— Moi non plus, mademoiselle Kroese.

— Ma psychologue pensait que j'avais refoulé des événements passés.

Hartog range la copie de l'agenda d'Isabel dans son dossier en m'observant attentivement.

— Vous suivez une thérapie ?

Je n'ai aucune envie de m'aventurer sur ce terrain.

— J'en ai suivi une, oui. Mais pas très longtemps, et je vais très bien, dis-je en croisant les jambes et en essayant de prendre une attitude posée.

Hartog continue à me dévisager.

— Je ne vois pas en quoi cela peut vous intéresser. Je ne suis pas folle, si c'est ce que vous pensez. Le refoulement est un phénomène bien connu des psychologues. Vous devriez vous réjouir que j'aie retrouvé la mémoire et que je sois en mesure de faire progresser l'enquête.

— Mais je m'en réjouis, mademoiselle Kroese, dit Hartog en fermant son dossier. Je m'en réjouis.

Il s'enfonce dans sa chaise et joint les mains comme un médecin confronté à un cas particulièrement épineux.

— Résumons-nous. Vous avez été témoin de la mort d'Isabel Hartman, vous l'avez oubliée pendant neuf ans et maintenant, la mémoire vous revient peu à peu. C'est ça ?

— Oui, dis-je sans détourner les yeux.

— Avez-vous vu le meurtrier ?

— Non. Tout ce dont je me souviens, c'est d'avoir vu Isabel étendue dans le sable de la clairière. Elle était morte.

En disant cela, je comprends combien ces propos doivent paraître étranges à des oreilles étrangères, surtout celles d'un policier. Hartog me regarde, les sourcils froncés. J'ai brusquement du mal à respirer.

— Vous n'avez pas vu le meurtrier ?

— Non.

— Vous rappelez-vous s'il y avait quelqu'un d'autre ?

J'hésite. Dans mon rêve, j'ai vu un homme marcher vers Isabel, mais dans quelle mesure peut-on se fier à un rêve ? Ce n'est pas exactement un souvenir et, pourtant, il me semble important. Hartog cessera peut-être de me regarder avec méfiance si je lui parle de cet homme.

— J'ai vu une silhouette entre les arbres. La silhouette d'un homme.

— Que faisait-il ? Est-ce qu'il s'éloignait, est-ce qu'il était immobile ? Est-ce qu'il se dirigeait vers Isabel ?

J'espérais que cette révélation le mettrait en ébullition, mais il ne paraît toujours pas convaincu.

— D'abord il était là, immobile. Quand il l'a vue, il a marché vers elle.

— Avait-il quelque chose d'effrayant ?

— Non. Elle lui souriait.

414

Hartog regarde son dossier en jouant avec son stylo à bille.

— Mouais, dit-il après un moment. La question est de savoir si vos souvenirs sont fiables, mademoiselle Kroese. Le temps peut altérer la mémoire...

— Vous pourriez faire des fouilles.

— Des fouilles ? Où ça ?

— Aux Dunes noires ! C'est un peu compliqué à expliquer, mais je peux vous faire un plan...

Hartog me regarde avec un regain d'intérêt.

— Je vous en prie, dit-il en me tendant une feuille de papier.

Pendant qu'il boit son café, je dessine les sentiers des Dunes noires. Je les connais par cœur. J'indique également les chemins plus éloignés, dont je ne me serais pas souvenue si je n'y étais pas retournée récemment. Avec le sentiment du devoir accompli, je tends ensuite la feuille à l'inspecteur. Je m'attendais à ce qu'il la porte immédiatement à son équipe. Au lieu de ça, il lui jette à peine un regard, ce qui ne fait qu'accroître mon agacement. Qu'est-ce qu'il a, ce type ? Me prend-il pour une affabulatrice qui ne cherche qu'à attirer l'attention sur elle ?

Hartog lit sans doute sur mon visage, car il me regarde d'un air grave.

— Vous savez, mademoiselle Kroese, j'ai fait des recherches sur vous...

— Sur moi ?

— Oui. Vous n'apparaissez pas dans le

415

dossier, et je me demande pourquoi. Vous étiez pourtant dans la classe d'Isabel Hartman.

— Oui, dis-je à contrecœur.

— Et vous aviez été à l'école primaire avec elle.

— Oui.

— Mais vous n'avez pas été interrogée après sa disparition.

— Non.

— C'est une grossière erreur de notre part. Je suis content que vous ayez eu le courage de venir nous trouver.

Je lui jette un regard méfiant.

— En posant des questions à droite et à gauche, j'ai cru comprendre que vous n'aviez pas une relation très amicale avec Isabel Hartman, et c'est un euphémisme, dit-il sur le ton d'un flic qui cherche à endormir la méfiance d'un suspect.

Je ne tombe pas dans le piège.

— Nous étions de très bonnes amies à l'école primaire.

— Mais plus après. Elle vous a rendu la vie impossible.

Je garde le silence.

— Vous étiez régulièrement harcelée et agressée par le petit groupe de filles dont elle était la meneuse. Cela a dû être très difficile pour vous.

— Bah...

— Tellement difficile que vous faisiez des cauchemars la nuit et que vous n'osiez plus aller à l'école, n'est-ce pas ?

Je me redresse sur ma chaise.

— Les psychologues ne sont-ils pas tenus au secret professionnel ?

— Pas dans les affaires criminelles, mademoiselle Kroese, répond calmement Hartog. Votre psy m'a également rapporté que votre frère vous attendait régulièrement dans la cour pour vous ramener chez vous. Il en voulait beaucoup à Isabel Hartman, pas vrai ?

Hartog continue à parler sur le même ton amical. J'ai de plus en plus chaud.

— Vous pouvez ouvrir la fenêtre ?

Hartog accède de bonne grâce à ma demande. Une légère brise pénètre dans la pièce. Je regarde avidement l'ouverture qui me relie au monde extérieur.

— Oui, Robin m'attendait de temps en temps après les cours, et alors ? Je ne vois pas en quoi...

— Cela a dû être un soulagement pour vous lorsque votre tortionnaire a disparu, pas vrai, mademoiselle Kroese ?

Cette insinuation me met dans une rage folle. Je fais un effort surhumain pour me contrôler.

— Que voulez-vous dire ? Que c'est moi qui ai tué Isabel ?

— Je ne veux rien dire du tout. J'énonce seulement un fait. Pour vous, la disparition de cette fille a été un soulagement.

Il me regarde comme s'il venait de prononcer une évidence. Je n'ai aucune intention de lui donner raison. Je hausse les épaules.

417

— J'ai ici votre dernière déclaration, dit Hartog en sortant une feuille du dossier. Vous disiez vous souvenir d'avoir suivi Isabel Hartman après le collège. Elle était en compagnie d'une amie. Lorsque celle-ci a tourné dans une rue latérale, Isabel Hartman a poursuivi son chemin toute seule. Vous avez continué à la suivre à une certaine distance. Au carrefour du Jan Verfailleweg et de la Seringenlaan, vous avez tourné à droite pour qu'elle ne remarque pas votre présence. Pourquoi ne vouliez-vous pas qu'elle vous voie ?

— Cela me paraît évident !

— Vous aviez peur d'elle à ce point ? Même quand elle était seule, sans l'appui des autres ?

— Qu'auriez-vous fait à ma place ? Vous lui auriez fait la conversation ?

— Je me demande pourquoi vous la suiviez si vous ne vouliez aucun contact avec elle.

— Je ne la suivais pas. C'était mon chemin.

— Vous rentriez souvent chez vous par les dunes, mademoiselle Kroese ?

— Non, pas souvent. Seulement quand il faisait beau.

Silence.

— Donc, lorsque vous avez tourné dans la Seringenlaan, c'était pour l'éviter.

— Oui.

— Vous ne la suiviez pas.

— Non.

— Et pourtant vous dites que vous savez où

418

elle a été agressée. Mieux, vous avez vu qu'elle avait été tuée. Et ce n'était pas près du snack.

J'explique patiemment :

— J'ai dépassé le snack. En regardant à droite, j'ai vu Isabel entrer dans le bois avec quelqu'un.

— Et vous avez décidé de les suivre. Pourquoi ?

— Parce que je voulais savoir avec qui elle avait rendez-vous, dis-je, un peu énervée.

— Pourquoi ?

Je hausse les épaules.

— Par simple curiosité, je suppose.

Hartog semble accepter cette explication.

— Et avez-vous vu qui l'accompagnait ?

— Oui, sûrement. Mais je ne m'en souviens pas.

— C'était quelqu'un que vous connaissiez ?

Je réfléchis. Était-ce quelqu'un que je connaissais ? Oui, sans doute. Sans cela, je n'aurais pas subi un tel choc. Aussitôt, mon cerveau enregistre que j'ai subi un choc, alors que je l'avais jusque-là complètement occulté.

— Mademoiselle Kroese, je vous ai posé une question.

— Oh, désolée ! Oui, aussi étrange que cela puisse paraître, j'ai l'impression que c'était quelqu'un que je connaissais, mais je ne peux pas vous dire s'il s'agissait d'un proche ou d'une vague connaissance.

Hartog laisse échapper un profond soupir et se frotte le front.

419

— Vous savez, en discutant avec votre psychologue, j'ai compris que les souvenirs pouvaient mener une vie propre. Par exemple, il est tout à fait possible qu'Isabel ait rencontré quelqu'un, qu'elle ait parlé avec cette personne et qu'ensuite elle vous ait vue arriver et qu'elle soit entrée dans le bois avec vous.

— Pourquoi me souviendrais-je d'un homme, dans ce cas ?

— Je ne sais pas. Tout bien considéré, vous ne vous rappelez pas grand-chose. Vous prétendez savoir qu'il s'agissait d'un homme et vous dites que vous le connaissiez, mais vous ne savez plus de qui il s'agissait. Vous avez une mémoire très sélective, vous ne trouvez pas ?

Je ne réponds pas.

— Je vous propose une hypothèse. Et si c'était vous qui étiez entrée dans le bois avec Isabel Hartman ? Imaginons que vous aviez rendez-vous près du snack pour parler de je ne sais quoi. Cela ne vous semble-t-il pas plus réaliste, mademoiselle Kroese ?

Mes mains sont horriblement crispées. Je me rends compte que ça ne doit pas faire bonne impression, mais je ne parviens pas à me détendre. De témoin, je suis passée au statut de suspect, et la gentillesse avec laquelle Hartog me parle est en totale contradiction avec son regard inquisiteur.

Après avoir longuement fixé un fil qui pend à la manche de mon pull, je rassemble mon courage et lève les yeux vers l'inspecteur.

— Écoutez-moi bien, monsieur Hartog, dis-je avec un léger tremblement dans la voix. Je ne sais pas où vous voulez en venir, mais je n'avais pas rendez-vous avec Isabel près du snack et je ne suis pas entrée dans le bois avec elle. Cela s'est passé comme je viens de vous le dire. Pourquoi serais-je venue tout vous raconter si ce que vous insinuez était vrai ? Pourquoi ferais-je ça, bon sang ?

Je vois au visage d'Hartog que j'ai marqué un point. Reprenant du poil de la bête, je me redresse sur ma chaise.

— Je vous suggère d'aller fouiller à cet endroit. Quand vous y aurez retrouvé le corps d'Isabel, vous réviserez peut-être votre jugement sur le refoulement et le fonctionnement de la mémoire. Arrêtez Olaf van Oirschot, et vous mettrez sans doute la main sur le meurtrier d'Isabel. Ayez une conversation avec lui, vérifiez l'état de sa voiture... Cela ne fera de mal à personne.

— Vous avez peut-être raison.

Il trace quelques mots d'une écriture indéchiffrable.

— Vous me recontacterez ? dis-je en me levant.

Hartog pose son stylo à bille.

— Croyez-moi, mademoiselle Kroese, si j'ai des questions, vous serez la première personne que j'appellerai.

Il y a dans sa voix une ironie qui ne me plaît absolument pas.

41

Je marche jusqu'à l'arrêt du bus, agacée. J'ai l'habitude des regards inquisiteurs quand je laisse échapper que j'ai été suivie par une psy. En revanche, qu'on me prenne pour une meurtrière, ça, c'est nouveau ! Je suis tellement outrée que je ne parviens pas à décider de la prochaine étape. Rentrer chez moi ? Aller à l'hôpital ? Rester ici ? Tant que la police ne fera rien des informations que je lui apporte, je ne pourrai pas avancer.

Je prends un bus pour le centre. Là, mes pas me dirigent vers ma pizzeria préférée, dans Koningsstraat. Beaucoup de tables sont occupées. Je suis contente d'en trouver une toute petite où je peux échapper aux regards. Je commande n'importe quoi. En tartinant mes petits pains chauds de beurre à l'ail, je réfléchis à la suite à donner aux événements. Je peux prendre une chambre d'hôtel au Helder. L'avantage, c'est que je serai tout près de Bart. Olaf se donnerait-il la peine de téléphoner à tous les hôtels de la ville pour me chercher ? Je peux m'inscrire sous un faux nom, évidemment, mais s'il donne mon signalement ?

N'exagère pas, Sabine ! Bien sûr qu'il ne fera pas ça ! Il s'est juste un peu énervé, et toi tu prends la fuite comme une biche aux abois...

Pourtant, cet hôtel au Helder est une excellente idée. Je veux juste être près de Bart, cela n'a rien à voir avec ma peur d'Olaf. Et demain après-midi, je pourrai aller chez Robin. Peut-être me laissera-t-il dormir chez lui.

Je l'appelle aussitôt. Il met un temps infini à répondre.

— Oui, Robin Kroese.

— C'est moi ! Je peux venir dormir chez toi demain soir ? dis-je sans m'embarrasser de préambules.

— Hé ! Frangine ! Bien sûr ! Mais pourquoi ? Il se passe quelque chose ?

— Je t'expliquerai demain.

— Qu'est-ce qu'il y a ? demande-t-il, brusquement inquiet.

— C'est une longue histoire. Je préfère ne pas te raconter ça maintenant. Je suis dans une pizzeria au Helder. Dis, Olaf est passé chez toi ? Il t'a appelé ?

— Il vient de passer, en effet. Il te cherche.

— Qu'est-ce qu'il a dit ?

— Il m'a demandé si je savais où tu étais. Il veut que je le rappelle si j'ai de tes nouvelles. Vous vous êtes disputés ?

— Oui. S'il te plaît, ne l'appelle pas ! Et surtout, ne lui dis pas que je viens chez toi demain, d'accord ?

— Pourquoi ?

— Je t'expliquerai tout demain, Robin.

— D'accord, frangine. À demain !

Il raccroche. Puis-je faire confiance à Robin ou va-t-il essayer de recoller les morceaux entre Olaf et moi ?

Soupir.

Je suis en train de composer le numéro de l'hôpital quand arrivent mes *lasagne al forno*. La réceptionniste me passe le service de Bart. Je tombe d'abord sur une secrétaire, puis sur une infirmière ou un médecin, je ne sais pas au juste. De toute façon, je m'en fiche, pourvu qu'ils me donnent des nouvelles. Je suis effarée d'apprendre que Bart vient d'être opéré en urgence. Le scanner a révélé un caillot de sang au cerveau. Heureusement, tout s'est bien passé. Il est toujours aux soins intensifs. Il va bientôt regagner sa chambre. Il pourra recevoir des visites dès ce soir. Suis-je de la famille proche ? Non ? Dans ce cas, il vaut mieux que je vienne demain matin. L'épouse et les parents de M. de Ruijter sont près de lui. Il ne faut pas qu'il reçoive trop de visites en même temps.

Son EX-épouse ! ai-je envie de hurler dans le combiné. *C'est son ex-épouse ! Elle n'a pas plus le droit d'être là que moi !*

Mais je laisse tomber, bien sûr. Pas question d'aller voir Bart tant que sa famille sera à son chevet. Demain matin, je l'aurai peut-être à moi toute seule. Je vais lui envoyer un SMS, pour le cas improbable où il consulterait sa messagerie ce soir.

Les lasagnes me brûlent la langue. Vingt

minutes plus tard, je commande une glace et un café, après quoi j'appelle un taxi pour qu'il me conduise à l'hôtel des Dunes. Je suis fatiguée, et je n'ai plus envie que d'une chose : prendre un bon bain chaud, regarder un peu la télé et me coucher tôt.

Je m'en tiens exactement à ce programme, mais je dors mal dans ce lit inconnu. Le matelas est trop moelleux, la couette trop épaisse et l'odeur des draps ne m'est pas familière. Enfant, je détestais découcher. J'aimais bien quand mes cousins et cousines venaient à la maison, mais je n'avais jamais envie d'aller chez eux.

Le lendemain matin, je suis réveillée par la sonnerie irritante de l'alarme de mon téléphone portable. J'appelle aussitôt le bureau en priant pour que ce soit Zinzy qui décroche. C'est Margot. Je lui explique en deux mots que les circonstances m'obligent à prendre un jour de congé.

— Encore ? Ça ne peut pas continuer comme ça, Sabine !

— Pourquoi ? Il me reste suffisamment de jours. Je pourrais très bien les prendre tous d'affilée, et tu n'aurais rien à y redire !

Je raccroche sans lui laisser le temps de répliquer. Contrairement à il y a quelques jours, je me contrefiche de mon boulot. Cet autre monde, relégué très loin dans mes pensées, m'est devenu indifférent.

Je retourne au lit pour réfléchir à mon aise mais, contre toute attente, je me rendors.

Quand je consulte de nouveau ma montre, sans doute réveillée par le soleil qui filtre entre les rideaux, il est presque neuf heures et demie ! Les visites vont bientôt commencer à l'hôpital ! À ma grande joie, Bart m'a envoyé un SMS. Je déchante vite : « Tu me manques. Tu peux venir ce soir ? Dagmar vient ce matin avec Kim. »

Eh bien, c'est parfait ! Et qu'est-ce que je fais en attendant, moi ? Plongée dans mes pensées, je laisse mon regard dériver vers le ciel bleu azur. Olaf est-il à La Banque ? Sans doute. Je ne vois pas pourquoi il aurait pris un jour de congé. Sauf pour m'attendre chez moi.

J'appelle mon appartement. Personne ne décroche. Puis, je compose le numéro de La Banque et je demande le département informatique. Olaf décroche. Je coupe la communication, me réjouissant qu'il soit impossible d'identifier les appels entrants. Enfin, je suppose que c'est impossible. Les postes du secrétariat, en tout cas, ne sont pas équipés de cette fonction.

Après une douche rapide, je m'habille. *Damned*, mon pull ne sent pas très bon. De toute façon, je rentrerai chez moi dès que j'aurai pris mon petit déjeuner. Je n'ai plus rien à faire au Helder. J'irai à l'hôpital en voiture ce soir.

Mon sac à la main, j'entre dans la salle à manger et je choisis une table près d'une fenêtre. Une vue sur les dunes et un ciel magnifique, que rêver de mieux un mardi matin ordinaire ? Dans d'autres circonstances, j'en aurais profité. Je serais sans doute allée me balader sur la plage.

Après avoir fait mon choix au buffet, j'attaque mon œuf à la coque quand la sonnerie de mon portable retentit. Heureusement, il n'y a pas grand monde dans la salle. La plupart des tables qui m'entourent sont inoccupées.

— Sabine Kroese à l'appareil.

— Ici l'inspecteur Rolf Hartog. Je voulais vous annoncer que nous avons vérifié votre témoignage, mademoiselle Kroese.

— Ah ?

— Mon équipe a procédé à quelques fouilles aux Dunes noires, tôt ce matin.

Prise de vertige, je porte une main à mon front tout en plaquant le téléphone contre mon oreille.

— Je voudrais vous parler, mademoiselle Kroese.

— Pourquoi ?

— Nous avons creusé à l'endroit que vous nous aviez indiqué, explique Hartog de sa voix profonde.

Les battements de mon cœur s'accélèrent.

— Et... ?

— Nous avons en effet retrouvé les restes d'Isabel Hartman. Elle n'était pas enterrée très profondément. Elle a été étranglée.

Une demi-heure plus tard, me voici de retour au commissariat. J'ai rassemblé mes affaires à la hâte en avalant rapidement un petit pain beurré.

Hartog pose devant moi une tasse de café fumant et me regarde me servir du lait.

La porte de son bureau s'ouvre sur une femme en uniforme.

— Inspecteur Fabienne Luiting, dit-elle en me tendant la main.

Je me présente. Elle prend place à ma gauche.

La gorge serrée, je bois mon café d'un trait.

— Cette nouvelle vous a causé un choc ? demande Hartog d'un air compatissant.

Je fais oui de la tête.

— Il y avait évidemment un risque que vous vous soyez trompée.

— Oui, dis-je d'une voix blanche. Pauvre Isabel. Même si c'était une salope, elle n'a pas mérité ça.

— C'était une salope ? demande Fabienne Luiting.

Comme je n'ai aucune envie de lui parler, je me tourne vers Rolf Hartog.

— Vous avez prévenu ses parents ?

— Pas encore, répond-il. Nous voulons d'abord examiner sa dentition pour avoir la confirmation qu'il s'agit bien d'Isabel.

— Donc, elle a été étranglée, dis-je.

— Oui.

— Comment le savez-vous ?

— Nous avons constaté une déformation du larynx qui ne peut s'expliquer autrement.

— Ah !

428

— Et vous, vous saviez qu'Isabel avait été étranglée ? demande Hartog.

Je le regarde sans comprendre.

— Non, bien sûr que non. Comment aurais-je pu le savoir ?

Hartog et Fabienne Luiting me regardent. Il flotte comme une menace dans l'air. Je me sens mal à l'aise.

— Parce que vous saviez où elle se trouvait, dit Fabienne Luiting. Il est évident que vous êtes arrivée sur les lieux avant la mort d'Isabel puisque vous l'avez vue avant qu'on l'enterre. Cela signifie que vous savez qui l'a tuée.

— Peut-être. Enfin, je devrais le savoir, mais je n'en ai aucune idée. Je pense que c'était Olaf, mais je ne me rappelle pas l'avoir vu dans les dunes. J'ignore qui d'autre aurait pu être là.

Les deux policiers échangent un regard. Hartog a la mâchoire serrée. Fabienne Luiting demeure distante.

— Je me demande pourquoi, dit Hartog avant d'allumer une cigarette.

J'aimerais en avoir une aussi, mais je n'ose pas le demander, par peur qu'ils l'interprètent comme un signe de nervosité.

— J'ai oublié.

— Et pourquoi avez-vous oublié, selon vous ? demande Hartog en rejetant la fumée derrière lui pour ne pas me gêner.

Je préférerais qu'il me la souffle au visage, il arrêterait de me regarder comme ça. Ses yeux gris acier me rendent nerveuse, comme si j'étais coupable. J'ai toujours ce sentiment face à des policiers. Quand j'en repère derrière moi sur l'autoroute, je m'attends à ce qu'ils m'arrêtent, alors que nous allons simplement dans la même direction. C'est l'uniforme qui fait ça, et le regard inquisiteur et méfiant qu'ont toujours les flics. Il faut que je me ressaisisse si je ne veux pas faire mauvaise impression.

— Alors, vous allez arrêter Olaf ?

— Vous pouvez nous donner son adresse ? demande Fabienne Luiting.

— Avec plaisir ! dis-je en l'écrivant sur le calepin qu'elle me tend. Arrêtez-le vite, s'il vous plaît. Cela me permettra de reprendre le travail dès demain.

— Où travaillez-vous ?

J'inscris également l'adresse de La Banque dans le calepin.

— Olaf travaille au département informatique. Il y est aujourd'hui. Il a répondu quand je l'ai appelé pour vérifier.

— Nous allons nous entretenir avec lui.

— C'est lui le coupable ! J'en suis certaine !

— Peut-être. Ce sera difficile à prouver, dit Hartog en sortant une carte de sa poche. Voici mon numéro de portable. Appelez-moi si vous vous souvenez de quelque chose d'autre.

Je lis le numéro et le mémorise aussitôt.

— Si je me souviens du meurtrier, dis-je, ce sera considéré comme une preuve ?

— Après neuf ans ? J'ai bien peur que non. En revanche, si nous savons que nous avons

430

mis la main sur le coupable, des preuves, nous en trouverons.

— Des preuves, ou des aveux, dit Fabienne Luiting. C'était en tout cas quelqu'un de costaud. Isabel était grande et sportive. Pas le genre de fille qu'on étrangle comme ça, dit-elle en regardant mes mains.

Non, Fabienne, je n'aurais pas la force d'étrangler qui que ce soit. Isabel faisait presque une tête de plus que moi, et elle était incroyablement forte. Une petite collégienne mal dans sa peau comme moi n'aurait jamais fait le poids.

Ils me laissent partir. Quand nous nous serrons la main, leur sourire manque pour le moins de chaleur.

— On vous rappellera, dit Fabienne Luiting.

Le voyage de retour à Amsterdam me paraît durer une éternité. Je passe le temps à regarder par la fenêtre : les champs, les vaches, les quais, les rails... Je descends à la gare de Sloterdijk pour prendre le tram de Lommer. Me revoici dans ma rue. Me revoici chez moi.

Mon appartement est sens dessus dessous. Abasourdie, je regarde les tiroirs renversés, les armoires vidées de leur contenu, les vêtements éparpillés... Dans la cuisine, tous les bocaux ont été fracassés sur le sol, les couverts répandus sur le plan de travail, l'étagère où je garde ma collection de timbres et divers bibelots saccagée. Une odeur infecte monte

431

d'une grande flaque de bière. Partout, des débris de verre et de vaisselle...

Il va me falloir des heures et des heures pour tout ranger. Pas grave. Je suis de toute façon trop nerveuse pour rester inoccupée. Je me mets au travail après avoir mis la radio à fond. Je voulais procéder à un grand nettoyage ? Voilà l'occasion rêvée ! Je décide de jeter tout ce dont je peux me passer. Très vite, trois gros sacs poubelle s'alignent dans le couloir.

Je tends l'oreille à chaque bulletin d'information, mais on n'a pas encore annoncé la découverte du corps d'Isabel. En revanche, quand je reconnais le numéro de téléphone du commissariat du Helder sur mon portable, mon cœur s'emballe.

— Fabienne Luiting à l'appareil. Nous avons arrêté Olaf van Oirschot pour l'interroger. Je me disais que ça vous intéresserait de le savoir.

Je respire profondément.

— Oui, dis-je, merci. Un très, très grand merci !

Le soir, le téléphone sonne de nouveau.

— Alors Sabine, tu viens toujours ?

Merde ! J'avais oublié !

— Oh ! Robin ! Je suis désolée ! Ça m'était complètement sorti de l'esprit ! Il y a eu un imprévu...

— Merci quand même !

— Excuse-moi ! Excuse-moi ! Excuse-moi ! On a retrouvé Isabel.

432

Silence au bout du fil. Je me sens obligée de reprendre :

— La police m'a appelée. Ils voulaient me parler.

— Où l'ont-ils trouvée ? demande-t-il d'une voix très étrange.

— Aux Dunes noires.

— À l'endroit dont tu te souvenais ?

— Oui.

Nouveau long silence.

— Et maintenant ? demande Robin.

— Olaf a été arrêté.

— Non ! C'est vrai ? Mais c'est ridicule !

— Pas tant que ça. Il avait rendez-vous avec Isabel aux Dunes noires le jour de sa disparition. Je ne sais pas s'il y est allé, mais je pense que oui. Et je pense qu'elle l'a plaqué.

— C'est vrai. Pendant que nous nous dirigions vers le gymnase pour passer le bac de math, il m'a dit qu'il avait rendez-vous avec elle. Il avait l'air décidé à y aller.

— Tu vois ! Elle l'a largué et il a pété un câble.

— Alors il l'a tuée dans le bois, il l'a enterrée après avoir pris la clé de son antivol et il a ramené son vélo près du snack ?

— Oui.

— Je n'en crois pas un mot ! Pourquoi l'aurait-il tuée ? Parce qu'elle le plaquait ? Plutôt faiblard, comme mobile !

— Pour toi, peut-être. Mais pas pour un mec qui ne supporte pas d'être quitté...

Nouveau silence.

433

— On ne saura jamais ce qui s'est passé, finit par dire Robin. De toute façon, ce ne sont pas nos oignons. Laissons la police faire son boulot. Pour être franc, je ne crois pas une seule seconde que ce soit Olaf le coupable.

— Pourquoi ?

— Je le connais. On est potes depuis des années !

— Vous *avez* été potes pendant des années, tu veux dire. Jusqu'à quel point connaît-on quelqu'un ? Dans la plupart des affaires criminelles, la victime connaissait l'assassin. Surtout s'il s'agissait d'un pervers. Le gentil voisin au-dessus de tout soupçon, l'ami de la famille... Je ne t'apprends rien !

— Olaf n'a rien d'un pervers !

— Tu n'en sais rien.

— Écoute, Sabine, si Olaf a quelque chose à voir avec la mort d'Isabel, et je dis bien si, ce sera vraiment très difficile à prouver. Je ne pense pas que la police le gardera très longtemps.

— Je pense qu'ils le garderont jusqu'à ce qu'il passe aux aveux, dis-je d'une voix décidée, mais mon cœur bat la chamade : qu'adviendra-t-il s'il n'avoue pas ?

Je reprends :

— Bon, Robin, il faut que je raccroche. Je te rappelle demain, d'accord ?

— Donc, tu ne viens plus ?

— Non. Tu m'en veux ?

— Non, ne t'en fais pas !

Dès que j'ai raccroché, je compose le numéro

434

d'Hartog. Il ne répond pas. Je trépigne d'impatience jusqu'à ce qu'une voix sèche m'invite à laisser un message.

— Bonjour monsieur Hartog, ici Sabine Kroese. Je voulais savoir comment se déroule l'interrogatoire d'Olaf. En fait, je me demande si je peux aller me coucher tranquillement ou si vous l'avez relâché. Vous pouvez me tenir au courant ?

Je me sens subitement épuisée. J'aurais voulu aller à l'hôpital, mais je ne sais pas si j'aurais l'énergie de conduire jusqu'au Helder. Sans compter que ma voiture est toujours garée devant chez Jeanine.

Je tire le téléphone jusqu'au balcon et je m'installe au soleil dans une chaise en rotin. J'appelle Le Helder.

— Bart de Ruijter.

— Bart, c'est Sabine.

— Quand viens-tu ?

J'esquisse un petit sourire coupable.

— J'aurais voulu venir ce soir, mais j'ai peur de ne pas pouvoir. Je suis rentrée chez moi, à Amsterdam, et je suis épuisée. Je crois que je vais me coucher tôt.

— Ah ! dit-il, déçu.

Si déçu qu'il réussit presque à me faire changer d'avis. Et si j'y allais quand même ? Ce ne serait pas raisonnable, me dis-je. Je me masse les tempes, sentant poindre une migraine carabinée.

— Je suis vraiment désolée. Je risquerais de m'endormir au volant.

— Alors tu dois rester chez toi, répond-il, compréhensif.

— Je regrette vraiment, Bart. La journée a été terrible.

— Raconte !

— Plus tard. Je ne veux pas t'ennuyer avec ça maintenant. Essaie de vite te rétablir pour que nous puissions rattraper la journée de dimanche. Comment vas-tu ?

— Mieux, répond-il d'une voix faible. Tu me manques.

— Et Dagmar ?

— Quoi, Dagmar ?

— Je l'ai vue dans la salle d'attente de l'hôpital. Elle était bouleversée. Franchement, j'ai eu l'impression qu'elle voulait renouer avec toi.

Je fixe la rambarde du balcon, redoutant la réponse de Bart. Je sais déjà qu'il va me dire qu'il regrette d'avoir divorcé.

Au lieu de cela, il affirme d'un ton catégorique qu'il ne veut en aucune manière retourner vivre avec Dagmar, encore moins depuis qu'il m'a retrouvée.

— Tu es sûre de ne pas pouvoir venir ? demande-t-il encore, comme un enfant incapable d'accepter la frustration. Bah, laisse ! Tu as raison. Si tu es trop fatiguée, ne viens pas. Tu as l'air crevée, d'ailleurs. Qu'est-ce que tu as fait de ta journée ?

— C'est une longue histoire, dis-je, refusant de l'inquiéter en lui parlant d'Olaf.

— J'ai tout mon temps, répond Bart.

À son ton, je comprends que mon silence l'attriste. Alors, je me jette à l'eau :

— On a retrouvé Isabel !

— Quoi ?

— Aux Dunes noires, à l'endroit précis que j'avais vu en rêve. J'avais conseillé à la police d'aller faire des fouilles de ce côté-là. Ils m'ont appelée ce matin. En creusant, ils ont retrouvé son corps. J'ai passé toute la journée au commissariat.

C'est un peu exagéré, mais ça explique ma fatigue.

— Merde ! s'exclame Bart. Ils savent déjà comment elle est morte ?

— Elle a été étranglée.

Silence.

— Et maintenant ? demande-t-il.

Je reste dans le vague :

— Il faut attendre. Ils enquêtent.

— Appelle-moi si tu as du neuf.

Je promets de le faire, et après une longue série de baisers et de *je t'aime*, nous raccrochons. Je laisse tomber le combiné sur mes genoux et contemple un moment la façade baignée par la lumière du soir de la maison d'en face.

Je suis réveillée au beau milieu de la nuit par un coup de sonnette. J'ai si peur que je me dresse d'un coup dans mon lit et que je jette des regards effarés autour de moi. Une main sur le réveil, je me demande si j'ai bien entendu ou si j'ai rêvé.

Les chiffres rouges indiquent cinq heures. Cinq heures !

Je cours à la fenêtre du salon. Pas de Peugeot noire dans la rue. Malgré cela, je vais jusqu'à la porte, me faufile sur le palier obscur et descends dans le hall. À travers le judas, je reconnais mon visiteur. Olaf !

Mon cœur s'emballe. Je recule dans l'obscurité, comme s'il pouvait me voir à travers la porte. Il sonne une deuxième fois, mais j'entends aussi le bruit d'une clé qu'on glisse dans la serrure. *Merde ! C'est vrai ! Il a la clé !* Alors, pourquoi sonne-t-il ? Parce que ça l'amuse de me faire peur ? Je remonte l'escalier en courant, trébuche dans le noir et tente d'atteindre mon appartement. Le plus extraordinaire, c'est que je n'entends pas Olaf. Il ne dit rien, ses pas ne font aucun bruit dans l'escalier, sa respiration est tout aussi inaudible et, pourtant, il surgit brusquement derrière moi. Il me prend par le bras, pose une main sur ma bouche pour m'empêcher de crier et me pousse à l'intérieur.

Olaf referme doucement la porte et me force à lui faire face. Son visage est déformé par la colère. Je lâche un cri étouffé. Il retire sa main. J'ai envie de hurler, de faire du bruit, mais toute mon énergie et mon courage semblent m'avoir abandonnée. Horrifiée, je recule dans le salon.

— Alors tu crois que c'est moi le coupable ? gronde Olaf. Tu leur as dit de m'arrêter ! Tu leur as dit de venir me chercher au bureau comme un vulgaire criminel ! Tu sais combien de temps ils m'ont gardé ? Toute la nuit. Toute la nuit ! Bordel, Sabine ! Tu sais ce que ça fait de se retrouver dans une saloperie de cellule puante ? Tu sais ce que ça fait d'être regardé comme un monstre ?

Je me dirige vers le téléphone en me demandant si j'aurai le temps de l'atteindre. Dans l'obscurité, Olaf continue d'avancer vers moi.

— Non, tu ne sais pas ! continue-t-il. Tu n'as pas pensé une seule seconde à ce que ça fait d'être menotté et emmené par les flics sous les yeux de tous ses collègues !

Une arme ! Il me faut une arme ! Quelque chose pour me défendre ! Je passe la main sur le manteau de la cheminée et trouve une boîte à bijoux en métal aux arêtes aiguës.

— Pourquoi, Sabine ? Pourquoi tu m'as fait ça ?

En deux enjambées, il me rejoint et saisit mon poignet. Je pousse un cri, plus parce que la boîte à bijoux m'a échappé des mains qu'à cause de la force de son étreinte.

— Pourquoi ? me hurle-t-il en plein visage.

Je recule. Il continue à me maintenir fermement et me plaque contre la cheminée. En moi, la colère se mêle à la peur. Je parviens à le repousser et à m'éloigner de quelques pas.

— Parce que ! Tu avais besoin de te faire pardonner quelque chose, non ? Tu avais quelque chose de terrible sur la conscience, non ? Pourquoi tu m'as dit ça ?

Silence de mort. Je regrette vraiment de ne pas pouvoir distinguer son visage dans le noir.

— Renée, dit-il enfin. Je parlais de Renée.

— De Renée ?

— Je voulais t'aider. Il fallait donner une leçon à cette connasse. Et ça a marché, non ? Ça va beaucoup mieux depuis qu'elle n'est plus là, non ?

Son ton implorant est encore plus horrible que sa fureur. Je recule vers la porte.

— Tu as fait ça ? dis-je d'une voix tremblante. Pour moi ?

Olaf me jette un regard farouche.

— Et Isabel ? Ça aussi, tu l'as fait pour moi ?

Si je cours, je réussirai peut-être à lui échapper.

Olaf pousse un cri d'animal blessé et se met à faire les cent pas dans la pièce. Il passe et repasse devant la porte.

— Mais non, idiote ! Non ! Bien sûr que non ! Je t'ai dit que je n'avais rien à voir avec ça ! hurle-t-il. Pourquoi tu ne me crois pas quand je te dis quelque chose ? Pourquoi tu ne me fais pas confiance ?

À la seconde où il s'éloigne de moi, je me précipite sur la porte. J'ai déjà un pied sur le palier quand il me rattrape par les cheveux. Je perds l'équilibre et tombe sur le dos. Je n'ai pas le temps de me relever que déjà il a refermé la porte et s'est assis sur moi à califourchon. Ses mains se referment sur ma gorge, sans serrer. Je le regarde, totalement impuissante.

Il ne peut pas faire ça ! Ce n'est pas possible !
Il ne va pas faire ça !

— Tu crois que ça s'est passé comme ça ? dit-il en se penchant vers moi. Que je l'ai tuée parce qu'elle m'avait laissé tomber ? Oui, elle m'a quitté. Oui, ça s'est passé dans le bois. Et oui, j'étais furax et elle est partie en courant. Mais je ne l'ai pas suivie. Et je ne l'ai pas tuée !

Dans l'obscurité, il n'est qu'une silhouette avec une voix que je ne reconnais pas. Et d'énormes mains qui resserrent leur étreinte sur ma gorge...

— Ça fait mal quand la personne qu'on aime ne veut plus de vous. Je t'aime, tu sais ! Enfin, je t'aimais... Pourquoi as-tu si peur ? Tu me crois toujours capable d'une chose pareille ? Tu as peut-être raison. Je suis peut-être en train de te mentir. On va voir, Sabine. On va voir où sont mes limites.

Tout mon corps est en alerte. Sortant enfin de mon hébétude, je lutte pour me dégager. Olaf rit. Il appuie doucement sur mon larynx, provoquant une douleur intense. Les yeux écarquillés, je le regarde, mes mains posées sur les siennes.

— S'il te plaît ! dis-je dans un murmure.

— C'est si facile ! souffle-t-il à mon oreille. Si facile et si rapide ! Ça prendrait tout au plus une minute ! Tu crois qu'Isabel a résisté ? Je ne sais pas... Je n'y étais pas, alors comment pourrais-je le savoir ? Mais toi tu y étais, ma petite Sabine. Raconte ! Ça a duré longtemps ? Pourquoi tu ne dis pas tout aux flics ?

441

Pourquoi tu ne leur dis pas qui est le vrai coupable ? Pourquoi refuses-tu de t'en souvenir ? Dis, tu t'es posé cette question ?

Il continue à enfoncer ses pouces dans ma gorge. Ce n'est pas le manque d'oxygène, mais la douleur qui rend la strangulation insupportable.

Juste comme la souffrance devient insoutenable, un déclic se fait dans mon cerveau. Des détails enfouis au plus profond de ma mémoire ressurgissent avec une acuité effarante pour accéder à ma conscience une demi-seconde plus tard. Alors, je sais sans doute possible que toutes les pièces du puzzle sont enfin à leur place.

Je rouvre les yeux, épouvantée, me raccrochant au regard d'Olaf. Il éclate d'un rire qui me donne la chair de poule.

Je le griffe au visage, le bourre de coups de poing puis, ne parvenant pas à chasser les images odieuses qui ont envahi mon esprit, j'essaie de lui crever les yeux. Il immobilise mes bras avec ses genoux. Je suis totalement impuissante. À sa merci.

Il ne serre plus. Ses mains sont toujours autour de mon cou, mais elles laissent passer suffisamment d'air pour que je ne perde pas connaissance. J'entends sa respiration haletante, je sens son odeur de transpiration séchée et de tabac.

— Ce n'était pas moi, dit sa bouche juste au-dessus de la mienne. Nous savons tous les deux que ce n'était pas moi... Pas vrai, Sabine ?

Je parviens à émettre un son guttural. Il desserre légèrement son étreinte.

— N'est-ce pas, Sabine ? Sois honnête vis-à-vis de toi-même, pour une fois ! Plus la peine de jouer à cache-cache ! Tu le sais depuis le début, non ?

Je réussis à faire oui de la tête. Soudain je respire sans entrave.

— Ils ne peuvent rien prouver.

Le visage d'Olaf s'abaisse vers le mien. Je sens d'abord son souffle, puis sa bouche humide sur la mienne.

— Il n'y a pas de preuve, pas après neuf ans. Ça pourrait être n'importe qui. Tout ce qu'ils ont, ce sont tes souvenirs. Tu t'en souviens, Sabine ? Tu te rappelles m'avoir vu entrer dans le bois avec Isabel ?

— Oui...

Ses lèvres sont toujours posées sur les miennes.

— Moi aussi, je t'ai vue, même si tu ne le sais pas. Oh ! Pas tout de suite ! Plus tard, après la dispute, lorsque je suis parti furieux. Je t'ai vue cachée maladroitement derrière un arbre, avec ton vélo. Dis-moi, Sabine, est-ce qu'Isabel était encore vivante ?

— Oui.

— Alors, est-ce que tu m'as vu la tuer ? Dis-moi !

— Non. Ce n'était pas toi.

Ma voix est à peine audible.

— Il y avait quelqu'un d'autre, pas vrai ?

— Oui.

Il se redresse légèrement et me regarde.

— Donc, tu sais qui l'a tuée ?

— Oui.

Il sourit et me lâche enfin. Il se relève, me tend la main et m'aide à me remettre sur pied. Je m'appuie contre le chambranle de la porte, tel un pantin désarticulé.

— Les mystères de la mémoire ! dit-il. C'est fantastique ! Je savais que je pouvais te donner un coup de main !

Il se détourne et sort de l'appartement. Aussi sûrement que s'il me l'avait dit, je sais que je ne le reverrai jamais. Je me traîne jusqu'à mon lit, m'y affale et pleure comme je n'ai encore jamais pleuré.

42

— Je crains que nous ne puissions rien prouver contre M. van Oirschot, me dit Rolf Hartog. Le 8 mai, il est sorti de l'épreuve de maths du bac à deux heures et demie. Sa mère a confirmé qu'il était rentré chez lui directement. Il ne pouvait donc pas retrouver Isabel aux Dunes noires à ce moment de l'après-midi.

Je suis assise dans mon canapé, en robe de chambre, une tasse de thé brûlant dans une main, le combiné du téléphone dans l'autre. Il est neuf heures. Le soleil qui illumine l'appartement ne parvient pas à effacer les traces de mon angoisse et de ma détresse de la nuit écoulée.

— C'est pour ça que je vous appelle, dis-je, surmontant mon terrible mal de gorge. Je me suis trompée. Olaf van Oirschot n'a rien à voir avec la mort d'Isabel.

Silence étonné à l'autre bout du fil.

— Ah ? dit Hartog. Qu'est-ce qui vous fait dire ça ?

— J'ai retrouvé les dernières pièces du puzzle cette nuit. Je me suis souvenue de ce qui s'est passé. Je sais qui a tué Isabel.

Silence.

— C'était un inconnu. Il creusait fébrilement, à genoux, à côté d'elle. Isabel était morte. Elle avait la tête en arrière, les yeux écarquillés, la bouche grande ouverte. À un moment, l'homme a relevé la tête, comme s'il sentait que quelqu'un le regardait, mais il ne m'a pas repérée. Moi, j'ai clairement vu son visage. J'ai pris peur et je me suis enfuie.

Hartog demeure silencieux. J'entends des bruits de papier. Je l'imagine en train de prendre des notes.

— Sauriez-vous le reconnaître si je vous montrais des photos ? demande-t-il.

— Oui. Oui, je crois.

Nous convenons d'un rendez-vous.

Je prends un congé à durée indéterminée, expliquant brièvement la situation à Zinzy, puis je téléphone à Robin. Il est au bureau, mais il me propose immédiatement de passer chez moi quand je lui dis le motif de mon appel. Une demi-heure plus tard, il est dans mon salon.

— Sabine ! dit-il, épouvanté, à la vue des marques sur mon cou. Quel est le salaud qui t'a fait ça ?

— Olaf.

Je me recroqueville dans un coin du canapé en remontant le col de ma robe de chambre.

— Je vais le tuer ! Il est devenu complètement fou ? Tu as porté plainte, j'espère !

— Non, et je ne le ferai pas. Ce n'est pas Olaf

qui a tué Isabel, Robin. J'en suis certaine maintenant.

— Il n'a peut-être pas étranglé Isabel, mais il a failli te tuer ! Pourquoi tu ne portes pas plainte ? Je ne te comprends pas ! Qu'est-ce que tu feras quand ce malade reviendra ?

— Il ne reviendra pas. Il n'a jamais voulu me tuer. Il était furieux, mais je le serais aussi si quelqu'un m'avait injustement accusée et que la police m'ait gardée toute une nuit. Dans un certain sens, il m'a aidée, dis-je en me massant la gorge.

— Comment ça, il t'a aidée ?

— Le dernier souvenir qui me manquait m'est revenu. Quand j'ai ressenti ce qu'Isabel avait dû endurer, c'est comme si je m'étais retrouvée sur le lieu du crime... C'est une mort horrible. Horrible !

Robin m'entoure de son bras.

— Oui, j'en suis convaincu, dit-il gravement. C'est pour ça que je ne supporte pas l'idée qu'il reste en liberté après ce qu'il t'a fait. Même s'il était furieux, ce n'était pas une raison pour essayer de t'étrangler ! Tu veux qu'on aille trouver la police ensemble ?

Je secoue la tête d'un air las.

— Vraiment, Sabine, tu devrais le faire. Pour toi ! Regarde-toi ! dit-il en m'obligeant à lâcher le col de ma robe de chambre.

— Laisse. Vraiment, Robin, laisse. C'est infiniment plus important que je sache enfin qui a tué Isabel.

Un éclair d'angoisse passe dans les yeux de mon frère.

— C'est donc ça, la dernière pièce du puzzle ? Tu as vraiment vu l'assassin ?

— Oui.

— Et qui...

— Un parfait inconnu. Enfin, pas tout à fait. Je l'ai déjà vu quelque part, mais je ne sais plus où.

Robin me regarde en silence.

— C'était un homme jeune, dis-je. Blond, mince, avec deux lignes qui partaient de son nez pour rejoindre les commissures de ses lèvres. J'ai déjà vu ce visage, mais je ne me rappelle pas où. Je ne pense plus qu'à ça.

Robin continue à me dévisager.

— Et maintenant ? finit-il par dire.

— Je vais au commissariat du Helder cet après-midi. Hartog veut me montrer des photos pour voir si je reconnais l'assassin.

— Aha !

Nous nous taisons tous les deux.

— Tu veux du café ?

— Euh... oui, je veux bien.

Je vais à la cuisine. Pendant que le café passe, je me rassois dans le canapé. Robin s'est levé et s'est posté près de la fenêtre. Il me tourne le dos.

— À quoi tu penses ? dis-je.

Il ne se retourne pas.

— À Isabel. À son meurtrier.

— Oui, dis-je doucement. Moi aussi, j'y

pense tout le temps. Son meurtrier... Qu'est-ce qui peut bien pousser quelqu'un à prendre la vie d'un autre être humain ? Comment vit-on, après ça ? Comment réussit-on à ne rien dire ?

Robin demeure silencieux.

— On lit les journaux, on regarde les infos à la télé, on entend les suppliques des parents... Comment peut-on rester insensible à tout cela ? Est-ce parce qu'on n'éprouve aucun regret, ou simplement parce qu'on a peur d'être découvert ?

— Tu as donc retrouvé la dernière pièce du puzzle, dit Robin en se retournant vers moi.

J'examine mes ongles avant d'acquiescer.

— Oui.

— Et tu vas identifier l'assassin cet après-midi.

— Oui, dis-je en continuant à fuir son regard.

— Il faut vraiment que tu le fasses ?

Quelque chose dans sa voix me donne envie de courir vers lui et de le prendre dans mes bras, mais je ne le fais pas. Je reste assise dans le canapé, incapable de le regarder et plus encore de le toucher.

— Oui, il le faut, dis-je doucement.

— Tu es sûre de toi ? Ta mémoire t'a déjà joué des tours. Tu as dit toi-même que tu rêvais souvent de ce qui était arrivé à Isabel. Alors, qui te dit qu'il ne s'agissait pas encore d'un rêve ?

Il s'est mis à marcher de long en large en

faisant de grands gestes du bras, comme un avocat devant un tribunal.

— Je ne crois pas que ce soit un rêve, dis-je. Mais la police pense comme toi. Je n'ai pas l'impression qu'ils attachent beaucoup d'importance à mon témoignage. Moi, je ne leur dis que ce dont je crois me souvenir. Après, ils en font ce qu'ils veulent.

Je regarde prudemment dans la direction de Robin. Il a l'air préoccupé.

— Tu veux que je t'accompagne ?

— Non, ce ne sera pas nécessaire.

— Vraiment pas ?

— Je m'en sortirai.

— Oui, dit Robin. Oui, d'une manière ou d'une autre, tu t'en sors toujours étonnamment bien.

Soudain il marche vers moi et m'enlace. Cela me surprend. Nous sommes proches, mais nous n'avons jamais été très démonstratifs.

— Je t'aime, frangine, dit-il en m'embrassant sur la joue.

— Je sais, dis-je en souriant.

Et pourtant, je n'éprouve pas la moindre joie.

Nous ne sommes que fin juin, mais on dirait que l'automne s'installe déjà. Quand je me dirige vers ma voiture, une heure plus tard, la rue est pleine de flaques d'eau. Un vent subit a refroidi prématurément l'atmosphère. Cela me permet de porter un imperméable avec un foulard assorti, histoire de cacher les marques sur mon cou.

Je retourne une fois de plus au Helder, mais aujourd'hui, Rolf Hartog m'attend. Il me reçoit chaleureusement, avec une tasse de café et des gaufrettes, et prend de mes nouvelles avant d'en venir au fait. Notre entrevue se déroule dans le même bureau que les fois précédentes. Il dépose devant moi des classeurs contenant des centaines de photos.

— Regardez-les tout à votre aise, dit-il. Prenez votre temps !

J'ouvre le premier classeur. Tous ces visages inconnus ont la même expression patibulaire.

— Toutes ces personnes ont été mises en examen dans d'autres affaires ?

— Oui.

— Alors, l'homme que nous cherchons ne se trouve pas forcément parmi elles.

— Non, mais si Isabel ne connaissait pas son assassin, il y a de fortes chances pour que celui-ci ait commis d'autres crimes du même genre.

Hartog va se poster à la fenêtre pour fumer une cigarette. Il me tourne le dos.

Ignorant sa présence, je tourne les pages à mon rythme. Des bruns, des blonds, des jeunes, des vieux, des beaux, des laids... Il y aussi quelques femmes parmi tous ces hommes. Aucun visage ne retient mon attention. Juste quand je vais perdre espoir, je pousse un petit cri.

Hartog se retourne aussitôt.

— C'est lui ! dis-je en montrant une photo. Cet homme ! Blond, mince...

Hartog écrase sa cigarette dans le cendrier et me rejoint. Il regarde la photo que je lui indique.

— Vous en êtes certaine ?

— Oui, c'est lui ! Ces deux rides qui partent du nez et qui vont jusqu'aux commissures des lèvres... J'en suis sûre ! C'est lui !

Hartog considère la photo.

— Sjaak van Vliet, murmure-t-il.

— Il devait traîner dans le coin. Il a dû assister à la dispute entre Olaf et Isabel. Ensuite, il n'a eu qu'à la suivre quand elle s'est enfuie dans le bois.

— Est-ce qu'Olaf van Oirschot l'a suivie ? demande Hartog.

Je secoue la tête.

— Il a avancé dans sa direction, il a crié quelque chose, et puis il a fait demi-tour. Je me rappelle avoir poussé mon vélo dans les buissons quand il est passé à ma hauteur.

— Et alors, vous avez suivi Isabel.

— Oui.

— Pourquoi ?

— Je m'inquiétais pour elle. C'est logique, non ?

— Je ne sais pas, dit Hartog, comme s'il n'en pensait pas moins. Vous n'étiez plus vraiment les meilleures amies du monde...

— Non, mais nous l'avions été.

Hartog fixe Sjaak van Vliet en silence.

— Il est connu de la police ? dis-je.

— Pas seulement de la police. Du grand public aussi. Vous avez certainement déjà vu sa photo.

Je peux difficilement prétendre le contraire, alors je me contente de hocher la tête.

— Agressions sexuelles, attentats à la pudeur... Oui, il a commis une longue liste de délits. Nous l'avons arrêté pour le meurtre de Rosalie Moosdijk, deux ans après la disparition d'Isabel Hartman, mais il a toujours nié être impliqué dans cette affaire.

Je hoche de nouveau la tête.

— Ce que je ne comprends pas, c'est que vous ne l'ayez pas reconnu quand vous avez vu sa photo à la télé, dit Hartog, les sourcils froncés.

— Son visage me disait quelque chose. Mais je croyais que c'était à cause du battage médiatique. Je n'avais pas conscience de l'avoir déjà vu en chair et en os.

Hartog pose la photo sur son bureau et me regarde longuement. Je ne détourne pas les yeux et je m'interdis de briser le silence. C'est un combat sans parole. Je sais que je peux gagner. Je sais que je suis capable de maîtriser ma nervosité et de résister au regard inquisiteur d'Hartog.

Il cède le premier. Avec un soupir, il s'enfonce dans sa chaise et se masse les tempes, l'air fatigué.

— Nous allons enquêter, dit-il. C'est dommage que van Vliet soit mort. Il s'est tué dans sa cellule il y a deux ans, mais vous devez

453

le savoir. Van Vliet n'est pas notre seul suspect. Olaf van Oirschot a un alibi, mais il y a d'autres candidats. D'autres gens qui connaissaient bien Isabel. On peut tout supposer dans ce genre d'affaire. On peut même avoir des certitudes... Le problème, ce sont les preuves...

Sans crier gare, il se penche vers moi. Je me force à ne pas reculer.

— En ce qui me concerne, cette affaire n'est pas encore close, même si tous les indices désignent van Vliet, mademoiselle Kroese. Je continue à chercher.

Je lui rends son regard sans ciller.

— Comme vous dites, monsieur Hartog. Le problème, ce sont les preuves...

Les journaux ne parlent que de ça pendant plusieurs jours.

« Le meurtre d'Isabel Hartman sans doute enfin élucidé : la piste van Vliet apparaît la plus crédible. »

« Aurait-on enfin trouvé le meurtrier au bout de neuf ans ? »

Personne ne dit comment l'affaire a pu être résolue. Certains articles évoquent un témoin inattendu qui se serait brusquement souvenu de faits importants, relançant ainsi l'enquête. Il aurait surpris Sjaak van Vliet, lequel se promenait régulièrement dans les dunes et le bois du Helder, en train de creuser un trou pour y enterrer le corps d'Isabel Hartman, quinze ans. Pour des raisons que la police n'a pas cru bon de révéler, ce témoin n'avait pu se manifester plus tôt. Sjaak van Vliet s'est suicidé il y a deux ans dans sa cellule, où il purgeait une peine de prison à perpétuité pour le meurtre de Rosalie Moosdijk.

Je lis tous les journaux. Je découpe tous les articles. Après les avoir lus et relus jusqu'à les connaître par cœur, je les pose sur le barbecue et j'y lance une allumette. En moins d'une minute, il n'en reste que des morceaux de papier noirci qui se désagrègent au moindre contact.

Voilà. Tout est fini.

43

Il n'y a pas de banderoles. En revanche, un tonnerre d'applaudissements accueille Renée et les bises claquent. Assise à mon bureau, les mains sur les genoux, j'assiste à la scène. L'agitation retombe peu à peu. Chacun retourne à son poste. Mon regard croise celui de Renée. Je ne me lève pas.

— Bonjour, lui dis-je. Je suis contente que tu ailles mieux.

— Merci.

Elle dirige les yeux vers mon bureau.

— Comme tu vois, j'ai repris mon ancienne place. En tant que bras droit de Wouter, je trouvais ça plus pratique.

— En tant que bras droit de Wouter ?

Je souris.

— Il le fallait bien : tu es restée si longtemps absente... Mais rassure-toi, tu es toujours secrétaire en chef.

En d'autres termes, je suis ta supérieure. Je n'ai pas besoin de le préciser. Le message passe.

— Je croyais que tu allais travailler au service du personnel, finit par dire Renée.

— Wouter m'a fait une proposition plus intéressante.

— Ah !

Je lui souris de nouveau avant de retourner à mon travail. Plantée au milieu de la pièce, elle ouvre la bouche pour dire quelque chose, se ravise, puis elle tourne les talons et va s'installer à un bureau vide, très, très loin de moi.

— Ça t'amuse, hein ? murmure Zinzy, en face de moi.

— Pas vraiment. Je sais trop bien ce qu'elle ressent en ce moment.

Zinzy fronce les sourcils.

— Oui, bon, d'accord, dis-je en souriant. Ça m'amuse quand même un peu !

— Je ne comprends toujours pas pourquoi tu pars, reprend Zinzy. Ça va enfin comme tu veux et tu donnes ta démission ! Tu n'as même pas de boulot !

— Je n'en ai pas besoin. Je trouve génial de rester quelques mois sans rien faire. Juste voyager et vivre au jour le jour avec l'argent que j'ai mis de côté...

— Tu as déjà vendu ton appart ?

— Oui. Je pars au début de la semaine prochaine.

— Qu'est-ce que tu vas faire ?

— Aucune idée. Je vais d'abord rendre visite à mes parents dans le sud de l'Espagne. Tu sais quelle température ils ont, là-bas ? Plus de trente degrés !

— Génial !

— Et puis j'irai sans doute un peu à

Londres, chez Robin. Après, je verrai. J'ai toujours rêvé de faire le tour du monde.

— Moi aussi, dit Zinzy. Si j'avais de l'argent...

J'éclate de rire.

— Comme si j'en avais, moi ! Je trouverai bien un moyen de gagner ma vie. Si nécessaire, je ferai la plonge dans un restaurant. Je m'en fiche.

Zinzy me regarde, pleine d'admiration. Je savoure cet instant.

— Tout le monde rêve de tout plaquer et de partir, mais toi, tu vas vraiment le faire ! C'est géant, Sabine ! Je vais organiser une fête d'adieu.

— Non, s'il te plaît, non ! Je n'ai encore rien dit à personne.

— À personne ?

— Sauf à Wouter, bien sûr. J'aimerais que ça reste secret encore un moment. Il y a des gens à qui j'ai envie de faire croire que je ne lâcherai jamais le morceau, dis-je en regardant dans la direction de Renée.

Épilogue

J'ai écrit à Bart pour lui expliquer que je ne sais plus où j'en suis et que je ne le reverrai pas avant un moment. En fait, je ne le reverrai peut-être plus jamais, mais je n'en suis pas encore certaine. Je sais maintenant pourquoi je l'ai quitté après la disparition d'Isabel et pourquoi je me suis interdit de nouer de nouvelles relations ou d'être heureuse.

Si je pouvais changer le passé, je le ferais assurément. Isabel est morte à cause de moi. Je lui ai tourné le dos au moment où elle avait besoin de mon aide. Comment pourrais-je être heureuse et mener une vie normale alors que la sienne s'est achevée à cause de moi ? Je dois lui dire adieu. Je dois lui dire combien je regrette. Mais je ne peux pas le faire au cimetière où elle est enterrée. Il faut que je le fasse là où tout s'est passé.

Une semaine avant mon départ pour l'Espagne, je retourne au Helder. Je reviens aux Dunes noires. Je gare ma voiture à proximité du snack, à la lisière du bois, et je marche jusqu'à la fameuse clairière.

La jeune fille me suit comme une ombre. Elle pleure.

459

— Qu'est-ce que tu fais là ? À quoi ça rime ? L'affaire est close, non ? De quoi veux-tu encore te souvenir ?

— De rien, dis-je en me frayant un chemin dans les fourrés. Je sais tout.

— Alors oublie ! Tu l'as déjà fait une fois, et ça t'a fait du bien, non ?

— On ne peut pas oublier une deuxième fois, dis-je.

— Mais pourquoi reviens-tu ici ? Qu'est-ce que tu viens chercher dans les dunes ?

Nous atteignons la clairière et considérons les buissons de mûres.

— Je viens lui dire adieu. Et combien je regrette.

— Je ne regrette rien, moi ! dit la jeune fille.

Je l'attire vers moi.

— Moi si, dis-je doucement. Et toi aussi. Ce n'était pas ce que tu voulais. Tu étais furieuse. La colère accumulée au fil des ans s'était transformée en une arme redoutable.

Elle détourne les yeux.

— N'essaie pas de paraître forte !

Des larmes brillent dans ses yeux.

— Je ne voulais pas, dit-elle enfin. Ça s'est passé comme ça, c'est tout. Ce n'est pas ce que je voulais.

Je la regarde marcher derrière Isabel qui tentait d'échapper à la colère d'Olaf. Lorsqu'elle s'est aperçue qu'il ne la suivait pas, Isabel a senti venir une crise d'épilepsie. Elle s'est dirigée vers la clairière parce qu'elle savait qu'elle y serait à l'abri des regards et qu'elle ne risquait pas de s'y faire mal.

Je l'ai suivie. Je l'ai perdue de vue. Je l'ai retrouvée. Pourquoi l'ai-je cherchée ? C'est difficile à expliquer, sauf que je continuais à espérer qu'un jour, tout serait de nouveau comme avant. Je continuais à croire que nous pourrions redevenir amies, loin de la pression du groupe, et que je retrouverais l'Isabel d'autrefois.

En atteignant le bord de la clairière, quand je l'ai vue couchée sur le sable, j'ai tout de suite compris. Elle venait d'avoir une crise. Cela ne durait jamais longtemps, mais cela pouvait être violent. Elle était appuyée contre une souche, livide.

Je suis restée immobile entre les arbres, espérant qu'elle ne me verrait pas dans l'ombre. Elle a levé la tête, comme si elle avait senti ma présence. Elle m'a regardée droit dans les yeux. Je n'ai pas bougé. Elle non plus. Un silence vieux de plusieurs années avait dévoré tout ce qui nous unissait. Il n'y avait plus que le murmure du vent dans les arbres, le sable chaud et la force de nos pensées et de nos émotions.

L'une de nous devait briser le silence. Nous ne pouvions pas continuer à nous regarder comme ça éternellement. J'étais sur le point de dire quelque chose quand la voix d'Isabel m'est parvenue, marquée par une grande douceur et une terrible lassitude.

« Tu n'en auras jamais marre ?

— De quoi ?

— De toujours me suivre et de toujours venir à mon secours ! »

Je ne savais pas quoi répondre à ça.

« Je t'ai vue entrer dans le bois », ai-je fini par dire.

Isabel a fermé les yeux et renversé la tête en arrière. La crise d'épilepsie semblait l'avoir vidée de ses forces.

« Ça va ? » ai-je dit en faisant quelques pas vers elle, pénétrant ainsi dans la petite clairière qui nous avait jusque-là séparées.

Isabel a secoué la tête.

« Tu ne changeras jamais, hein ? »

J'ai regardé autour de moi, indécise.

« Mais regarde-toi ! Jusqu'où peut-on aller avec toi, Sabine ?

— Pourquoi tu ne me laisses pas tranquille ? On n'est pas obligées d'être amies comme avant, mais tu pourrais quand même arrêter de m'ennuyer ? »

Elle n'a pas réagi. Se rappelait-elle les bons moments que nous avions vécus ensemble ? Toutes les fois où nous avions dormi l'une chez l'autre, et nos vacances communes ?

« Comment va ton père ? a-t-elle demandé.

— Comme si ça t'intéressait ! »

Elle a haussé les épaules.

« Il est gentil, ton père. Ton frère aussi... »

Quelque chose dans la manière dont elle avait dit ça m'a fait frissonner.

« C'est fini avec Olaf. Et avec Bart. Je crois que Robin voudrait sortir avec moi. »

Sa voix s'était teintée de mépris. J'ai senti monter en moi une colère que je ne pouvais plus réprimer, comme une bulle d'air qui serait venue crever la surface d'une casserole d'eau bouillante. Cela faisait mal. Cela faisait mal parce que je savais qu'Isabel avait raison. Robin était loyal et il m'adorait, mais c'était un garçon comme les autres. J'avais vu comment il regardait Isabel quand il ne se savait pas observé. Elle le voulait, et elle l'aurait.

Un froid glacial a envahi mon cœur et mon corps. Me voyant changer d'expression, Isabel s'est mise à rire. Elle a tenté de se relever. Ses muscles ne lui ont pas obéi. Elle est retombée contre la souche. Je ne suis pas venue à son aide comme j'en avais encore l'intention quelques minutes plus tôt.

« Il faudra t'y habituer quand ce sera moi, et pas toi, qu'il attendra à la sortie du lycée ! » a-t-elle dit méchamment.

Je me suis jetée sur elle. J'ai été si rapide que je ne lui ai laissé aucune chance de me repousser.

J'avais des taches devant les yeux quand je l'ai saisie à la gorge et que j'ai commencé à serrer. On ne lisait aucune peur dans ses yeux, juste de l'étonnement, mais cela n'a pas duré.

Je continuais à serrer, serrer, serrer. Elle était incapable de m'opposer la moindre résistance. C'était facile. Elle a lutté, un peu, mais j'étais plus forte qu'elle. À un moment, elle m'a

463

jeté un regard implorant, comme moi durant toutes ces années.

Si sa crise avait été moins forte, elle aurait sans doute résisté davantage. Mais tout était fini avant que je ne m'en aperçoive. Elle a cessé de se débattre. Son regard a changé.

Horrifiée, j'ai lâché la gorge d'Isabel. J'ai regardé son visage sans vie, puis mes mains. J'ignore combien de temps je suis restée là. Peu à peu, j'ai pris conscience de la gravité de mon acte et je me suis mise à trembler. Ce n'était pas vrai. Je ne pouvais pas avoir fait ça. C'était une autre Sabine, quelqu'un que je ne connaissais pas, qui avait pris possession de mon corps et qui avait serré la gorge d'Isabel. Pas moi. Non, pas moi ! Je n'étais pas comme ça !

Cette autre personnalité ne m'avait pas encore quittée. C'est elle qui a pris la direction des opérations. Je l'ai vue fouiller la clairière et revenir avec un morceau de plastique dur, un panneau abîmé qu'elle avait trouvé dans les fourrés. En l'utilisant comme une pelle, elle a creusé un trou le plus profond possible sous les mûriers. Épouvantée, je l'ai vue prendre la clé de l'antivol d'Isabel dans une poche de son jean, tirer le corps jusqu'au trou, y lancer son sac et sa veste et tout recouvrir de sable.

Je suis retournée à mon vélo en titubant, anéantie par ce que je laissais derrière moi, mais Sabine Deux avait les idées très claires. Arrivée au snack, elle a détaché le vélo d'Isabel et l'a poussé d'une main jusqu'à la gare. Avec

464

la clé sur l'antivol, il ne resterait pas là long-temps.

Puis Sabine Deux m'a laissée tomber, et j'ai dû rentrer chez moi toute seule. Le trajet de retour a duré une éternité. Plus je pédalais vite, plus le visage d'Isabel me poursuivait. Les pensées les plus improbables me venaient à l'esprit. Tout mon corps tremblait d'effroi et d'incrédulité. C'est peut-être là que tout s'est joué : quand j'ai refusé d'admettre que j'avais été capable de commettre un acte aussi horrible.

Cela a marché pendant longtemps. Comment est-ce possible, je l'ignore, mais quelques jours plus tard, j'étais convaincue que j'aurais été incapable de faire une chose pareille.

Je fais demi-tour et regagne le chemin. Seule.

La jeune fille a disparu, pour toujours. Je n'ai plus besoin d'elle. Nous avons toutes les deux vu ce qui se cachait derrière les apparences. Je ne pense pas pouvoir refouler tout cela une deuxième fois. Ni en Espagne, ni à Londres. Pas même à l'autre bout du monde.

Mais je vais essayer...

*Composition et mise en pages réalisées
par ÉTIANNE COMPOSITION
à Montrouge.*

*Achevé d'imprimer par N.I.I.A.G.
en février 2010
pour le compte de France Loisirs, Paris*

N° d'éditeur : 58640
Dépôt légal : novembre 2009
Imprimé en Italie